바다뱀자리 장편소설

독 군의 뜰에 핀 꽃

2

동아

흑군의 뜰에 핀 꽃 2권

초판 1쇄 인쇄일 | 2019년 08월 06일
초판 1쇄 발행일 | 2019년 08월 14일

지은이 | 바다뱀자리
펴낸이 | 박성면
펴낸곳 | (주)동아

출판등록 | 제 396-2011-000014호
주소 | 경기도 파주시 문발로 115, 세종출판벤처타운 201-A호
전화 | (031)8071-5201
팩스 | (031)8071-5204
E-mail | bear6370@hanmail.net

정가 | 10,800원

ISBN 979-11-6302-235-0 (04810)
      979-11-6302-233-6 (set)

폭군의 뜰에 핀 꽃

DONGA ROMANCE STORY

바다뱀자리 장편소설

동아

차례

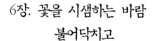

6장. 꽃을 시샘하는 바람 불어닥치고

분노에 찬 휘강의 발걸음마저 사나웠다. 그가 한달음에 내달려 도착한 곳은 바로 조모인 태황태후가 기거하는 궁이었다.

"할마마마, 이게 다 무슨 일입니까!"

휘강이 가까스로 분노를 내리누르며, 그러나 단호히 외쳤다. 태황태후는 한창 차를 즐기고 있었다. 그녀는 폭풍 같은 휘강의 고함에도 아랑곳하지 않고 여상한 태도를 고수했다.

맑은 백차가 든 잔을 들어 입술을 축이며 태황태후가 뒤늦게야 휘강에게로 고개를 돌렸다.

"이 할미가 황상께 그리 큰 소리 들을 일이라도 하였습니까?"

정말로 영문을 모르겠다는 듯, 태황태후가 고개를 갸웃하며 물었다. 휘강이 눈을 꾹 감고 다시금 분노를 내리눌렀다.

이리, 저런 태도로 황실의 미치광이들 사이에서 살아남았던 조모였다. 그것을 모르지 않으면서 대뜸 소리부터 내질렀으니 자신이 하책을 저지른 것이었다.

"후궁 후보들을 뽑아 궁으로 들이라는 명을 내리셨잖습니까."

"그것이 어찌 황상을 화나게 하였는지요? 이 할미는 잘 모르겠습니다."

"할마마마께 소손이 몇 번이나 말씀드렸지 않습니까, 아직은 황후도 황비도 맞이할 생각이 없다고 말입니다."

휘강은 태황태후가 권하지도 않았는데 그녀의 맞은편에 자리를 잡고 앉았다. 본디 상석인 지금 태황태후의 자리에 황제인 휘강이 앉아야 옳겠으나, 휘강은 태황태후의 앞에서 그런 격의를 따지지 않았다.

휘강이 앉은 자리 앞에는 이미 그가 올 것을 예상하였다는 듯 태황태후가 마시고 있는 것과 같은 백차가 든 찻잔이 놓여 있었다.

휘강은 당장에라도 이 찻잔을 어디로든 던져 버리고 싶은 충동을 가까스로 참았다.

"황상. 황상께서 황후와 비빈을 맞이하고 후사를 보는 것은 막중한 임무입니다. 더군다나 시기를 놓치면 더는 이룰 수 없는 임무이지요?"

"할마마마, 소손은 아직 한창입니다. 설마 손자의 생식능력을 의심하십니까?"

휘강의 적나라한 공격에도 태황태후는 낯빛 하나 붉히지

않았다. 그녀는 조심스레 찻잔을 내려놓고, 온기를 머금은 찻잔을 손끝으로 문질렀다.

주름진 얼굴, 그 노쇠한 얼굴에 부드러우나 의미심장한 웃음이 걸렸다.

"황상이 지금도 왕성하게 여인을 안고 있는 것을 아는데, 어찌 그대를 의심하겠습니까."

"그럼 왜!"

휘강이 다시금 언성을 높였다. 태황태후의 주름진 얼굴에서 삽시간에 미소가 사라졌다.

"황상. 이 할미는 황족을, 그것도 황제를 모욕하고 능멸한 죄인의 몸에 잉태된 아이를 후사로 두고 싶지 않아요."

"……모든 이의 걸음을 끊고 몸져누워 계시던 할마마마께서 궁내 상황을 참으로 잘 알고 계시는군요."

"다른 것은 모릅니다. 하나, 황후가 들어오지 않은 이상 황상께서 취하는 모든 여인은 전부 내명부를 다스리는 내 소관의 일입니다. 몰라서야 되겠습니까?"

휘강이 이마를 짚었다. 태황태후의 말이 전부 옳았으나, 다만 의아한 것이 있었다. 태황태후가 칩거한 것은 건강 문제였다. 하여 모든 일선에서 손을 떼고 물러나 있었다. 사사로운 것부터 큰일까지 어느 하나 신경 쓸 여유가 없을 정도로 노쇠해 있었단 말이다.

그런데 태황태후는 지금, 자신이 려화를 찾아 배를 맞추고 그 사이에서 후사라도 보게 될까 걱정하여 후궁 후보를 궁으로 들이라 명했다고 밝혔다.

어떻게 알고? 누구에게 듣고?

가는 날을 받아 놓은 것처럼 병색이 완연하고 노쇠한 태황 태후에게 감히 누가 입을 열었단 말인가. 마음 쓸 것이 있거 든 살날을 더욱 단축할 것처럼 보이던 노인에게 말이다.

"적어도 소손에게 말은 하고 일을 벌이셨어야죠. 이리해서 야 일국의 황제라는 자리가 우스워지지 않았습니까."

"후궁 첩지를 멋대로 내리겠다 한 것도 아니고, 그저 후보 가 될 여인들을 뽑아 궁으로 들이라 한 것뿐입니다. 이리 사 사로운 일까지 황상께 아뢰고 진행해야 합니까? 이 할미가 요?"

"됐습니다. 손주를 이리 궁내의 상황조차 제대로 모르는 천 치로 만들어 참 좋으시겠습니다."

휘강의 비꼼에도 태황태후의 얼굴에 다시금 부드러운 미소 가 돌아왔다. 주름진 얼굴이 인자한 인상으로 변했다. 휘강이 한풀 꺾여 준 것을 아는 까닭이다.

처음부터 내명부의 일이니 간섭하지 말라고만 했으면 휘강 은 절대로 이리 곱게 숙여 주지 않았을 것이다. 휘강은 결코 내명부의 일이니 참견하지 않겠다고 딱 선을 그어 줄 성군은 아니었다.

아무렴 저의 적손이자 유일하게 남은 친혈육이라 하여도 휘강은 폭군이었다. 그것을 태황태후는 잘 알았다.

다만 어려운 시절을 같이 버텨 준 자에게 고마움은 아는 귀여운 손자이기도 했다. 태황태후에게는 말이다. 그녀에게 영악한 방법으로 서찰을 전한 자 또한, 휘강이 이러할 것을 알고 있었을 것이다.

"어찌 그러세요. 첩지를 내릴 여인은 황상께서 직접 고르면 됩니다."

"아무에게도 첩지를 내릴 일은 없을 것입니다."

"그리 그 죄인이 좋으십니까?"

허를 찔렀다. 휘강이 짜증 섞인 눈으로 감히 조모인 태황태후를 노려보았다. 그러나 태황태후는 휘강의 날 선 눈빛에도 아랑곳하지 않았다.

태황태후의 시선은 오히려 탁자에서 조금 멀리 떨어져 앉아, 곤룡포 사이로 드러난 작은 주머니에 닿았다. 바느질은 차지하고 그 작은 주머니에 그려진 그림이 필시 여인의 솜씨였다.

"죄인이 올린 물건을 몸에 지니고 다니실 정도니 말입니다. 그 죄인이 좋으세요?"

좋으냐 싫으냐 물으면, 어느 쪽인지는 휘강도 잘 몰랐다. 그러니 흔치 않게 말문이 막혔다. 참으로 웃긴 일이었다. 제 앞에서 자신을 모욕한 여인을 두고 싫으냐 좋으냐는 물음에 말문이 막히다니.

딱 잘라 싫다, 끔찍하다 하지 못하는 연유야…….

찾으면 없을 것도 없었다. 광증을 불식시킬 정도로 딱 맞아떨어지는 살성. 몸정이 든 것이리라.

휘강의 자기합리화는 빨랐다. 다만 그것이 늙은 조모의 앞에서 말할 내용은 아닌지라, 그는 말을 돌렸다.

"죄인을 두고 좋고 싫고가 어디 있습니까? 그저 약조한 벌

11

을 주는 과정입니다."

화가 식지 않았으니 퉁명스레 나오는 휘강의 답에 태황태후는 코웃음을 쳤다. 불우한 소년기에 광증까지 지닌 제 손주가 참으로 많이도 유해졌다. 그나마도 저의 뜻을 거스른 일에, 제아무리 할미가 벌인 일이라도 이리 퉁명스러운 한두 마디로 넘어가는 것을 보면 말이다.

그러니 그 속이 제게는 다 읽히건만. 다른 이들의 눈에도 보이건만 정작 당사자인 휘강은 제 마음이 어디로, 어떻게 향하는지 하나도 모르는 듯 굴었다.

이립을 앞두고도 이리 철이 없어서야. 국정을 논하고 백성을 살핌에 있어서는 살벌할지언정 철두철미하기 그지없는 손주였으나.

태황태후가 보기에 그밖에는 너무나 맹탕이었다. 어찌 이러나 싶을 정도로.

"……황상께서 그러하시다면 그런 것으로 알고 있겠습니다. 일단은요."

"소손도 일단은, 이번 일은 넘어가겠습니다. 할마마마께서 저를 걱정하여 벌이신 일이라 생각하고 말입니다."

휘강이 태황태후가 묘하게 끝맺은 말에 인상을 찌푸리며 쏘아붙였다. 차가운 목소리에도 태황태후는 정말이지 아무렇지 않게 인자한 얼굴로 웃어 보였다. 연륜의, 살아남아 버틴 자의 힘이었다.

"그리 이해해 주니 고맙습니다. 황상."

휘강이 보통의 황제였다면, 이미 태황태후에게 휘둘리고도 남았다. 그가 광증도 유년기의 아픔도 없이 자란 평탄한 황제였다면, 사실 이리 서로 기 싸움을 할 일조차 없었겠지만 말이다.

그러나 휘강은 광증을 지녀 감정이 무디고, 유년기의 아픔으로 하루하루 남은 감정이나마 거세당한 사내였다. 친조모의 앞이라고 쉬이 물러서지 않았다.

"그러나 두 번은 없습니다. 할마마마."

"이 할미가 맡은 무게를……. 책임을 덜어 줄 황후만 들어온다면야 이리할 일이 또 일어나기야 하겠습니까."

"언젠가는 채워질 자리입니다. 너무 서두르지 마십시오."

태황태후가 고개를 내저었다. 휘강이 보기에 태황태후는 이전에 비해 이상하리만치 기운을 차린 상태였음에도, 이다음의 목소리는 유난히 기운이 없었다.

"이 늙은이의 목숨이 얼마나 남았겠습니까? 죽기 전에 황상의 반려를, 황상의 후사이자 이 노인의 증손주를 보고 싶은 마음을 어찌 몰라주세요."

"지금의 할마마마께선……. 충분히 건강히 보이십니다. 충분히요. 소손이 후사를 보고 그 아이가 커서 태자의 지위를 받을 때까지 버틸 수 있을 것으로도 보이십니다."

휘강이 덕담인 듯 말 속에 뼈를 심어 답했다. 서로가 말을 무기로 삼았다. 노소가 치열하게 공방을 주고받았다.

승자는 누구일 것인가. 말로써 겨루는 일에는 그 승자가 명확하지 않거나, 단번에 승패가 가려지지 않으니 금일 알 수 없는 일이었다. 적어도 태황태후는 그리 생각했다.

그러나 아무리 기운을 차렸던들, 나이가 들어 금세 기운이 꺼지고야 마는 태황태후가 불리했다. 휘강은 그래서 이 대화를 길게 끌었다. 본래라면 용건만 간단히 하고, 쉬이 자리를 떠났을 그였다.

"찾아온 용건을 다 마치고 나서야, 이 할미의 건강을 걱정해 주는 것입니까? 황상은 참으로, 참으로 야속한 손주가 아닐 수 없습니다."

"그야…… 이 황실 핏줄의 싹수라는 것이 그렇지 않습니까. 소손 또한 그 핏줄에서 자유롭지 못하니, 할마마마께 죄송할 따름입니다."

태황태후가 작게 고개를 가로저으며 혼자 중얼거렸다.

"……남이나 다름없는 조카 손주보다 못해서야. 이 모진 인생은 어찌 이리도 가여운지……."

정답을 찾았다.

태황태후가 갑자기 기운을 차린 이유도, 이리 갑자기 일을 추진한 이유도. 그 뒤에 누가 있어 움직였는지 말이다.

휘강에게 짚이는 바가 아주 없지는 않았지만, 진실을 가리기 어려운 심증에 가까웠다. 그러니 처음부터 짚어 나가려면 몹시 피곤할 일이었다.

그런데 이제는 실마리를 찾았다. 제 조모의 조카 손주라면 어사대부의 자식을 이름이었다. 일가가 모두 계도제의 손에 쓸려나갔던 태황태후였다. 살아남은 피붙이라곤 이르게 혼인한 언니밖에 없었다.

휘강은 태황태후를 찾아온 이가 있었다는 것조차 놓치고

있었다니 자신이 한심하면서도, 이리 확실한 소득을 얻었으니 기분이 썩 나쁘지는 않았다.

휘강은 자꾸만 비스듬히 올라가려는 입꼬리를 단속하며 짐짓 심각한 얼굴로 태황태후와의 대화를 이어 갔다.

노소의 대화는 아주 오랜만에, 퍽 길게 이어졌다. 뒤로는 쓸모없는 잡설들이었지만 말이다.

**
*

후궁 후보들의 입궁 건으로 황궁이 소란스러웠다. 유배소에 처박힌 려화도 알 정도로 말이다. 이제는 유배소에만 박혀 있다고 해도 그녀에게 소식을 물어 줄 이가 생겨서 더욱이 그렇겠지만, 그것이 아니라도 소란스러운 기류가 피부로 느껴질 정도였다.

"폐하께서 후궁이나마 좋은 배필을 얻으셨으면 좋겠는데……."

려화는 제법 진심을 담아 그리 뱉었다. 유배소는 황제궁 뜰에 있으니 후궁 후보들의 얼굴을 보지는 못하였다. 하지만, 어쩐지 바람에 그녀들의 분내와 향이 섞여 흘러들어 오는 것만 같았다.

려화의 곁에는 언젠가부터 려화를 감시한다는 핑계로 지키는 것에 주력하게 된 은호와, 얼마 전부터 려화의 전담 궁녀가 된 산여가 있었다.

그녀의 말을 들은 산여와 은호가 대번에 인상을 찌푸리며

15

말했다.

"그거 진심으로 하는 말이오?"

"언니, 정말로 그렇게 생각해요? 진짜로?"

늘 그러하듯 려화는 오늘도 처소 앞에 놓인 의자에 앉아 그림을 그리는 중이었다. 그녀가 그림을 그리던 비단을 고정한 수틀을 내려놓았다.

려화의 표정은 정말이지 산뜻했다.

"그러면 안 될 이유라도 있어?"

"언니는 나름대로……."

산여가 목소리를 높여 말하다가, 황제궁 주변을 지나는 환관이나 궁녀가 있을지도 모르는 것을 뒤늦게 깨달았다. 그녀가 려화의 곁으로 다가가 귓가에 속삭였다.

"폐하의 총애를 받고 있잖아. 그 총애가 다른 이를 향해도 좋단 말이야?"

려화가 산여의 어린 속삭임에 작게 피어난 들꽃처럼 웃었다. 산여가 귀엽게 여겨진 까닭이다.

은호는 처소 안쪽에서 흘러나올 이야기에 귀를 기울이는 자들을 신경 쓰느라 바깥을 바라보고 있었다. 하나 귀의 일부는 분명히 려화의 답변을 향해 열려 있었다.

"폐하께서 궁의 많은 여인들을 다 제쳐 두고 이 불온한 죄인에게만 총애를 두고 계신다는 것은 이상하잖아."

"그래도……."

"있어서도 안 될 일이고. 원래는 말이야."

듣다 못한 은호가 퉁명스레 입을 열었다.

"들자 하니 정말 제정신이오? 제 안위 지키자고, 남한테 총애를 자랑하자고. 그래서 나를 불러들인 게 아니었소? 그런데 이제는 폐하의 총애가 자신만을 향하는 게 이상한 일이다?"

은호의 말이 다 옳다는 듯 산여가 급히 고개를 끄덕였다.

"틀린 말은 하나도 안 했잖아요."

려화가 눈을 똥그랗게 뜨고 은호를 바라보며 답했다. 은호가 크게 한숨을 푹 내쉬었다. 본디 여인이기에 앞서 무사로 자란 그녀는 행동 하나하나가 여인답지 않게 크고 시원했다.

그것에 려화는 작게 웃음이 터져 버렸다. 은호가 더욱이 살벌한 눈으로 려화를 노려보았다.

"원론 따지자고 얘기하고 있소, 우리가? 내 말은!"

"폐하의 총애가 거두어지면, 언니의 안위가 위태롭지 않냐고 하고 싶으신 거죠! 무사님은!"

"맞소! 그거요!"

은호의 살벌한 시선에 잠시 끊겼던 려화의 웃음이 다시금 만개해 터져 나왔다. 이번에는 커다랗게 핀 모란처럼 흐드러지는 웃음이다.

"아하하, 좀. 좀 위태로우면 어때. 난 상관없어."

려화의 대답에 대번에 두 여인의 얼굴이 삽시간에 굳어졌다. 도무지 저 머리통에 든 생각을 읽을 수가 없었다.

"당신이 죄인이라는 걸 잊고 있는 건 아니겠지? 폐하의 총애가 거둬지면……."

"죽을 수도 있겠죠."

려화는 다시금 너무나 담담한 목소리로 답했다. 이번에는 산여가 툭 건드리면 금방이라도 눈물을 떨굴 것 같은 표정이 되었다.

"죽음이 두려워 날 불러다 호위로 삼은 게 아니었소? 도무지 이해가⋯⋯."

"난 내 죽음과 괴로움에는 이제 초연해요. 궁에서 겪은 바가 많죠. 내 죽음을 슬퍼할 혈육이 남아 있는 것도 아니고요."

"그럼 대체 왜!"

려화가 애틋한 눈으로 산여를 바라보았다. 그것으로 그치지 않고, 기어이 자리에서 일어나 산여를 품에 안고 등을 도닥여 달랬다.

"그땐 이 아이를 지키려고요. 나의 죽음과 괴로움은 상관없지만, 내게 정을 주는 사람의 괴로움은 두고 볼 수 없었거든요."

려화가 달래 주어 가까스로 눈물을 삼켰던 산여의 눈동자가 다시금 물을 머금었다. 눈시울이 붉어진 산여의 눈꼬리를 손끝으로 눌러 주며 려화가 부드럽게 웃었다.

"언니⋯⋯."

"어쨌든 폐하께 좋은 배필이 생겼으면 한다는 말은 진심이지만, 그렇다고 마냥 손 놓고 다시금 내 사람이 다치게 둘 생각은 없어요."

려화라고 생각이 아주 없는 것은 아니었다. 그러니 휘강의 관심 밖이 되어서는 안 된다는 건 알았다. 이제는 은호까지 더해 둘, 아니 지금도 종종 얼굴을 마주하는 세야까지 하면 셋이나 되는 제 사람을 지켜야 하기에.

물론 려화는 휘강이 제게 보이는 관심을 다른 이들의 생각처럼 총애라 여기지는 않았지만 말이다. 그저 완벽히 손에 쥐지는 못한 것에 대한 비틀린 소유욕에 가깝다 여겼다.

"말의 앞뒤가 맞지 않소."

"어째서요?"

"폐하께 좋은 배필이 생기는데, 어찌 죄인인 당신에게까지 폐하의 총애가 닿겠소?"

"닿지 못할 것은 또 뭐예요? 고금을 통틀어 황후와 후궁이 아닌 여인에게 총애를 보낸 황제가 얼마나 많았는데요."

려화의 말에 이제는 은호가 말문이 막혔다. 본디 말로 사람을 상대하는 것에 서툴렀는지라 더욱.

결국엔 그녀가 퉁명스레 한마디를 뱉었다. 그러고는 려화가 행여나 상처받지는 않았을까 눈치를 살폈다.

"당신이 총애를 유지할 수 있을 거라 어찌 확신하고……."

그러나 려화는 오히려 도발적이다 싶을 정도로 당당한 얼굴이 되었다.

"처음부터 내 편을 지키는데 필요한 총애 정도는 유지할 자신이 있어 뱉은 말이에요."

지켜보는 산여와 은호의 기가 질릴 정도였다. 려화는 품에 안고 있던 산여를 그제야 놓아주고는, 아무 일도 없었다는 것처럼 다시 의자에 앉았다. 그리고는 수틀에 고정한 비단을 다시 잡았다.

내려놓았던 붓을 잡아 정갈히 끝을 가다듬고 색을 먹이는 자세가 정말이지 아무 일도 없었던 것처럼 여상하기만 했다.

려화는 정말로, 휘강의 관심이 제게서 완전히 벗어나지 않도록 할 자신이 있었다. 이리 죄인의 몸이 되기 전까지 오 년을 그와 웃으며 보냈다. 만난 일수는 채 일 년도 되지 않을 것이지만 그사이에 나누었던 감정이 그리 얕지 않다는 것은 확신했다.

이제는 제대로 알고 있는 선황과 휘강 사이의 관계부터, 그가 자신에게 가지고 있는 생각까지. 연모했던 이이기에 허투루 듣고 넘긴 것이 없었다. 하나부터 열까지 지금 다시 나열하라 해도 다 읊을 수 있었다.

그러니 그것을 토대로 휘강의 마음을 어떤 방식으로든 붙잡아 놓을 자신이 없을까.

다름 아닌 공려화. 자신이 말이다.

려화의 속을 전부 모르는, 그 사연조차 제대로 다 알지 못하는 은호와 산여의 속만 타들어 갔다. 자신의 안위를 생각지 않는다는 려화의 말이 자꾸만 그들의 마음을 무겁게 했다.

가벼운 것도, 무거운 것도, 평범한 것도, 그렇다고 아주 이상한 것도 아닌 묘한 공기가 셋의 주변을 떠돌았다.

그중에 가장 아무렇지 않아 보이는 것은 당연케도 려화였다.

그것이 삽시간에 바뀌었다.

흔히 려화를 찾지 않는 시간에, 휘강이 곤룡포를 입은 채 유배소를 찾았다. 려화가 진심으로 놀란 듯 눈을 동그랗게 뜨고 자리에서 화급히 일어났다. 이번에는 제대로 갈무리하지 못한 수틀이 흙바닥으로 그냥 떨어져 버렸다.

막 밑그림을 그려 넣고 있던 흰 비단이 흙먼지로 누렇게 얼룩졌다.

"죄인이 감히 만인지상의 폐하를 뵙나이다."

려화가 허리를 깊이 숙여 인사했다. 은호는 무사의 방식대로 땅에 무릎을 붙이고 포권했고, 산여는 허둥지둥 려화를 따라 허리를 숙였다.

"그 죄인 소리, 좀 그만둘 수 없나?"

휘강이 언짢음을 숨기지 않은 목소리로 말했다. 인사의 답이 될 수는 없는 말이었으나 려화는 자연스럽게 숙였던 허리를 펴고 웃었다.

"심기가 불편해 보이세요."

"황궁에 내 심기를 어지럽힐 것들이 어디 한두 가지냐?"

휘강의 말에 려화가 쓰게 웃었다. 그가 말한 자신의 심기를 어지럽히는 것들에는 그녀도 포함인 듯 들렸기 때문이었다.

산여와 은호는 아직도 인사 중인 자세에서 벗어나지 못했으나 휘강은 그들을 신경조차 쓰지 않았다. 그는 본디 그런 성정이었다. 하나 오늘은 조금 더 심했다.

그도 그럴 것이, 려화의 말대로 심기가 불편했기에 그러했다.

방금까지 조정에서 신료들과 한바탕을 하고 오는 길이었다. 태황태후의 조카손녀인 곽인령을 앞세워 그들이 원하는 바를 이루고자 술수를 부렸으니 말이다.

원치 않는 후궁 후보를 궁에 들이게 생겼으니, 심사가 뒤틀린 휘강은 자신이 원하는 것도 한 가지를 얻고자 했다. 어차피 태황태후가 나선 이상 이번의 후궁 건을 없던 일로 무르는 것은 어려웠다.

그래서 휘강은, 근래 예쁜 짓을 착착 해내는 려화를 조금 풀어주고자 했다. 그의 입장에서 그리 큰 것도 아니었다. 그저 려화의 위리안치만을 풀어주고자 했다.

다시 궁녀로 삼겠다는 것도, 후궁 후보로 함께 올리겠다는 것도 아니었다. 그저 일 년이라는 시간 동안 잠음 없이 벌을 받았으니 그 처지를 조금 낫게 해 주겠다는 정도였다.

휘강이 원한 것은 고작 그 정도였거늘, 신료들은 자신이 려화에게 당장 첩지라도 내리겠다고 한 것처럼 펄쩍 뛰었다. 죽음을 불사하고 난리를 피웠다.

황제가 되고 단 한 번도 듣지 못했던 소리까지 들었다.

'차라리 소신이 죽을지언정, 폐하께 충언코자 합니다! 아니 됩니다!'

귓전에 아직도 그들의 목소리가 울렸다. 골이 다 흔들릴 정도였다. 그러니 휘강의 표정이 좋을 수가 없었다.

"처소로 드시겠습니까? 이들을 물릴까요?"

휘강이 정 심기가 불편하거든 이리 이르게도 자신을 찾는 것을 두어 번 경험한 려화였다. 그래서 이번에도 대낮에 자신을 안고자 함이라 생각해 그리 물었다.

그러면서 휘강이 있는 탱자나무 울타리의 입구 근처까지

발걸음을 옮겼다. 휘강은 려화에게 가까이 다가가지 않았다.

이것은 평소와 달랐다. 려화가 유배소 밖으로 발걸음할 수 없기에, 항상 휘강은 낮에 려화를 찾거든 탱자나무 울타리 안으로 깊이 들어왔었다.

"대낮부터 너와 뒹굴자고 온 것이 아니다."

그러나 오늘은 휘강의 방문 목적이 려화와의 색사에 있지 않았다. 하여 휘강은 탱자나무 울타리를 넘지 않은 것이다.

그의 표정은 여전히 좋지 않았다. 굳은 얼굴로 휘강이 려화를 뚫어지게 바라보았다. 려화는 휘강의 표정만으로는 도무지 그의 표정을 읽을 수 없었다. 이런 일은 흔치 않기에, 의아했다.

"그것이 아니고서야 폐하께서 저를 찾으실 이유가······."

휘강의 눈썹이 꿈틀거렸다. 그가 치미는 울화를 내리누르며 깊이 한숨을 내쉬었다.

다음으로, 그는 걸음을 한 걸음 물렀다. 려화는 휘강에게 살펴 가시라 인사를 드려야 하는지 고민했다. 려화의 고민이 답을 얻기 전에 휘강이 손을 뻗고 말했다.

"이리 나와. 내 손을 잡아 보라."

"그것은······."

려화의 얼굴에 난색이 깃들었다. 그녀는 유배형을 받아 유배소를 벗어날 수 없는 처지였다. 형벌을 내린 자는 다름 아닌 휘강이었다.

"어명으로 벌이 내려져 이곳에 발이 묶인 처지입니다. 폐하께서 가장 잘 알고 계시지 않습니까."

"너는 꼭 짐이 어명을 내린 황제가 아닌 것처럼 말하는구나."

"당치 않습니다."

한 번에 저의 말을 듣지 않는 려화의 태도가 다시금 휘강의 호기에 불씨를 댕겼다. 그가 한 걸음 더 물러났다. 이제 휘강과 려화의 거리는 좀 더 멀어졌다. 만일 려화가 휘강의 손을 잡으려거든, 탱자나무 울타리 밖으로 족히 다섯 걸음은 옮겨야 했다.

"짐이 황제다. 그러니 지금의 명 또한 어명이다. 이리 와 내 손을 잡아."

"폐하……."

그저 걸음만을 옮기면 될 일이다. 그러나 려화는 다리가 몹시 무거워 그것이 어려운 사람처럼 굴었다. 휘강의 눈썹이 점점 미간으로 모여들었다.

"잡아."

이번에는 아예, 짧게 말했다. 그러나 목소리는 전에 없이 단호했다.

려화는 정말로 이 울타리를 넘어 휘강의 손을 잡아도 좋을지 고민했다. 휘강의 말대로 지금 이 사사로운 명 또한 어명이 맞았다.

그러나 자신이 유배소에 갇힌 것은 기록에 실린 명이고, 지금 휘강이 내민 손은 그저 이 자리에 있는 자들이나 알고 넘어갈 명이다. 같은 것이라도 무게가 달랐다.

려화가 고민하며 입술을 물었다. 휘강의 손과, 치마폭에 숨은 제 발끝을 번갈아 보는 려화의 눈동자가 바빴다.

"잡으라 하였다."

휘강이, 당장이라도 소리를 내지르고 싶은 제 혈기를 누르고 네 번째 같은 명을 내렸다.

다른 것은 모르겠으나, 지금 휘강의 속이 펄펄 들끓고 있는 것만큼은 려화의 눈에 선명히 보였다. 이제는 수가 없었다. 당장의 분노를 피하고, 다음 닥쳐올 일이 있거든 그것은 그때 수를 읽어 행동하는 게 최선이었다.

그러니, 려화가 무거운 발걸음을 옮겼다.

한 걸음, 또 한 걸음. 무겁지만 사뿐한 걸음이 바람에 나부껴 떨어지는 꽃잎처럼 바닥을 디뎠다. 걸음은 울타리의 입구, 유배소 경계에서 잠시 멈추었다.

려화는 잠시 머뭇거리다가 눈을 꼭 감고 심호흡이라도 하듯 숨을 들이켰다. 각오가 필요했다. 고작 일여 년 전만 해도 이 바깥, 궁궐을 뛰어다니며 일하던 제 모습이 까마득하게 멀었다.

가장 무거운 걸음이었다.

려화가 드디어 탱자나무 울타리의 경계를 넘었다.

"후……."

려화는 들이켠 숨을 그대로 폐부에 담고 있다가 그제야 터뜨렸다. 차라리 이리 넘고 나니, 다음 걸음은 한결 가벼웠다.

려화가 다가가 휘강의 손을 잡았다. 휘강이 몹시 만족스럽다는 듯 웃었다. 올라간 입꼬리에 담긴 만족감이 포식 동물의 그것처럼 오만하고 당당했다.

휘강은 결국 려화의 위리안치를 완벽히 해제하는 데에는 실패했다. 차라리 죽이라 읍소하는 신료들의 목을 뽑아 버리고 싶은 충동을 몇 번이나 참았던가.

신료들은 제 여식을, 조카를 후궁으로 집어넣기 위해 태황태후를 움직였다. 그것이 금번 조정 논제가 되었다. 그들은 마음먹고 움직인 이상 끝까지 치졸하게 나왔다.

휘강이 려화와 관련된 어떤 말을 꺼내든, 태황태후를 들먹였다. 이미 태황태후를 자신들의 소관으로 만들었으니 기세등등한 것이었다.

그들은 휘강이 무슨 일을 벌이든 태황태후를 앞세워 비난할 생각이 가득했다. 무슨 일이든 그 기저에 황후와 비빈을 맞이할 생각이 없어 그러는 것이다, 태황태후에게 읍소해 다시금 그녀를 움직일 것이 휘강의 눈에 빤히 보였다.

"어찌 저를 유배소 밖으로 부르셨습니까?"

려화가 나긋한 목소리로 물었다. 이미 유배소 밖으로 나온 참이다. 어찌할 도리가 없게 되었지만, 이유만큼은 궁금했다.

휘강은 쉬이 답하지 않고 그저 붙잡은 려화의 손을 들어 올려, 그녀의 소지에 입을 맞추었다. 휘강의 눈빛이 타는 듯이 강렬했다. 그의 입술이 닿은 손가락도, 실제로는 기분 좋을 정도의 미온이 닿은 것이건만 불에 덴 듯이 화끈거렸다.

려화의 손에 불덩이를 쥐여 놓은 휘강이 아무 일 없었던 양 그녀의 손을 놓았다. 그리고 또, 열 걸음을 물러났다.

"다시, 이리로 와 내 손을 잡으라."

이미 유배소 밖으로 발을 뗀 참이다. 려화는 이제 가벼운 걸음으로 휘강에게 다가가 그의 명을 따랐다. 내민 손을 붙잡으니, 이번에는 약지에 그의 입술이 닿는다.

"이번에는 여기까지 와서."

이제 손을 잡으라는 말도 없다. 이번에는 스무 걸음이었다. 유배소가 점점 멀어졌다. 려화는 걸음을 떼기 전에 뒤를 돌아보았다. 휘강이 멀어졌으니 은호도 산여도 숙인 허리를, 굽힌 무릎을 폈나 하고 살폈다.

두 여인이 휘강과 려화를 아연한 얼굴로 바라보고 있었다. 산여의 두 뺨은 홍조로 새빨갛게 익어 있었다.

"오지 않을 것이냐?"

"어찌 폐하의 어명을 어기겠습니까."

이제 와 이유가 무슨 상관이랴.

기실 휘강의 속내가 조금은 짐작된 려화가 배시시 웃으며 그리 말하곤 걸음을 떼었다. 휘강의 스무 걸음이 려화의 서른 걸음은 되었다.

금시에 중지에도, 휘강의 입술이 닿았다.

이제 휘강은 말조차 없이 걸음을 옮겼다. 려화의 다섯 손가락 모두에 휘강의 손이 닿고 나자, 두 사람은 황제궁 권역에서도 조금 벗어난 위치에 서게 되었다. 점차 걸음을 늘린 휘강 덕이었다.

일여 년 만에 보는 풍경이 새로웠다. 휘강은 다섯 손가락에 모두 입을 맞춘 다음에는 려화의 손을 놓아주지 않았다. 그대로 손을 붙잡고 려화를 꽉 끌어당겼다.

려화의 얇은 치마폭이 피어난 꽃처럼 펼쳐졌다. 얇은 치맛

자락이 려화의 다리에 다시 감기고 나니, 어느새 휘강의 품 안이었다.

휘강의 입술은 이제 려화의 입술에 닿았다. 려화가 잠시 눈을 크게 뜨고 휘강을 바라보았다가, 그의 새카만 눈동자를 마주하고는 눈을 감았다.

파르르 떨리며 내려가는 눈꺼풀이 찻잎을 맑게 우린 수색과도 닮은 말간 눈동자를 가렸다. 휘강은 그것이 좋으면서도 아쉬웠다.

그 아쉬움을 채우려는 만큼 휘강의 혀가 려화의 입안을 헤집었다. 려화는 사랑을 조르는 아이처럼 구는 휘강의 혀를 한계까지 받아들여 제 안을 헤집는 것을 허했다.

덥고 더운, 여름 햇살에 달궈진 공기가 서로 하나였던 듯 붙어 있다 떨어진 입술에서만큼은 서늘했다.

"이제 이곳까지가 네 유배지다."

"……예?"

"네가 내게 준 보잘것없는 주머니에 답하는 내 선물이다."

려화가 난처한 듯도 보이는 얼굴로 웃었다. 오랜만에 보는 익숙하지만 낯선 풍경들이 그녀의 시선을 사로잡았다. 이리 저리 빙 둘러보지는 않았으나 대신에 려화의 눈동자는 바삐 굴렀다.

좋아야 하건만.

이 소소하게 더해진 자유가 좋기만 해도 모자라야 옳거늘 어쩐지 마냥 좋아하기만은 어려웠다. 그러나 휘강이 은혜를 베푼 것은 사실이기에, 려화는 어렵게 입을 떼 화답했다.

"폐하의 은혜에 감읍합니다."

휘강이 려화의 답에 피식 웃고야 말았다. 그가 언젠가의 한때처럼, 근처에 보이는 주인 없는 궁의 쪽마루에 려화를 데려다 앉혔다. 그리고는 부러 엄한 목소리로 말했다.

"감읍이라. 짐이 아는 것과 네가 아는 감읍의 뜻이 다른 것이냐?"

교합하지 않는다 뿐이지 휘강은 려화를 통해 어떻게든 제 혈기를 풀어낼 참이었다. 그는 그리 생각지 않아도, 본능적으로 그리되었다. 이리 려화에게 짓궂게 굴고 그 반응을 살피는 것. 과거처럼 여러 모습을 보여 주는 려화를 보는 것.

그것이 그의 혈기, 광기를 눌러 주었다.

"그럼 여기서 눈물이라도 흘려 볼까요? 그걸 원하세요, 폐하?"

려화가 휘강을 흘겨보며 물었다.

"꼭 그러란 것은 아니었다. 한데 그 불손한 눈빛은 뭐냐?"

"광명정대하신 폐하께서 사사로운 단어 하나의 뜻으로 저를 놀리셨으니, 눈빛이 그만 불손하게 나가고 말았습니다."

휘강이 려화의 말에 허, 하고 헛숨을 내뱉었다. 기도 안 찬다는 그의 반응에도 려화는 여전히 새초롬한 얼굴을 연기했다. 마치, 일여 년 전 과거의 자신처럼 굴었다.

휘강이 무엇보다도 그런 자신을 편하고 귀하게 여겼던 것을 안다. 톡톡 쏘아 댈 때마다 풀어지곤 했던 휘강의 눈빛을 기억했다. 과거, 떠올린 휘강의 눈빛이 려화를 아프게 찔렀다.

지금은…….

고개를 돌려 휘강을 마주 본 려화는, 가슴을 찌르는 날카롭고 거대한 통증을 참아 내고 가까스로 웃었다. 파르르 떨리는 입꼬리가 휘강의 눈에 보일까 그러잖아도 아픈 가슴을 졸였다.

다행인지, 불행인지.

휘강은 려화의 통증을 알아보지 못했다. 여전한 눈빛으로 려화를 마주 보았다. 과거에 그녀를 보던 때와 같은. 아니 그보다 더욱 깊어진 눈으로 말이다.

'폐하. 저를 헷갈리게 하지 마세요. 그런 눈으로 보아 폐하께서 전과 같은 마음으로 저를 대한다 생각하게 하지 마세요.'

마음을 다잡는 려화의 속을 모르는 휘강은, 그저 대단히 자랑스러운 얼굴로 려화의 머리칼을 쓰다듬었다.

풀어 내린 머리칼에 숨은 려화의 목덜미에 송골송골 땀이 맺혔다.

"짐이 진짜로 너를 울리고 싶은 걸, 참았다는 것만 알아 둬라."

"마음에 새기겠습니다."

"봐주면 한술 더 뜨는 계집이 아닌가."

휘강이 고개를 절레절레 내저었다. 그러나 그의 표정은 퍽 가벼웠다.

마음에 찬 분노와 화를 누르고 이리 예쁘게 구는 려화를 보라. 굳이 더, 죄인의 이름으로 눌러 두고 싶지 않았다. 변덕처럼 찾아든 마음이 깊어졌다.

그러나 죄인의 이름을 벗겨 주고 유배형을 거두는 것을 속행할 수는 없었다. 휘강 그 자신이 광증에 시달리는 폭군인들, 지난 세월 도국의 황제들이 세워 온 법치의 순서를 어겨서는 안 되었기에. 유일하게 살아남은 황실의 어르신인 조모의 반대가 굳건했기에.

해서 처음 마음먹었을 때부터, 우선은 이리 다닐 거리를 넓혀 주는 것부터 시작하고자 했었다. 그것이 더욱 큰 변덕이 되어 곧바로 유배형을 거두려 한 것은 태황태후를 흔든 신료들이 괘씸해서였었다.

그리하여 방방 날뛰는 신료들 앞에서 언성을 높였다. 목이라도 치고 싶은 것을, 치밀어 오르는 노기에 전쟁을 핑계 삼아 그들의 가산을 깡그리 화마에 던져 넣고 싶었던 것을 참고서 말이다.

처음 목표했던 것을 얻었으니, 이제 최종 목표를 향해 한 걸음씩 움직이면 될 일이었다. 신료들은 계속 반대할 것이며 태황태후 또한 다시 무거운 엉덩이를 들어 올릴지도 모르지만.

하나 패배가 확실해진 전쟁에서도 휘강은 늘 이겼다. 이번에도 그와 다르지 않을 터였다. 아마 먼저 나서는 것은 신료들이 될 것이다.

황후도 아니고 후궁 후보를 먼저 들이민 연유가 그들에게는 분명히 있었다. 무언가 계략이 있을 것이고…….

휘강은 그들의 도전을 정면으로 받아 원하는 것을 모두 쟁

취할 생각이었다. 그것이 꼭 려화와 관련한 것이 아니라도 말이다.

*
**

조정이 파했으니 신료들은 여느 때처럼 노 승상의 정자에 모였다. 이번 회의는 최근 어느 때보다 휘강의 노성이 쏟아 졌음에도 정자의 분위기는 화기애애하기만 하였다.

그야 이번에는 그들이 이겼으니 말이다. 휘강이 하고자 하는 것을 전부 이루지 못하게 만들었으니, 그 기쁨이 오죽하랴.

앞뒤 가리지 않고 폭정을 휘두르는 휘강이라 하나, 유년기 자신을 도왔으며 유일하게 남은 혈육인 태황태후에게는 한수 접어주었다. 그것을 제대로 파악한 노 승상이 옳았다.

그 기쁨이 모두에게 평소보다 더욱 많은 술을 쏟아붓게 하였다.

"참으로 통쾌한 날이 아닙니까! 매번 이리만 끝낼 수 있다면 폐하의 호통 따위 달게 들을 수 있지요."

"아무리 그래도 도국의 만인지상 폐하 아니신가. 말을 좀 곱게 하게."

"그리 말씀하시는 승상 어르신의 입가에도 미소가 잔잔하십니다, 그려!"

술이 거나하게 들어갔으니 다들 평소보다 긴장의 고삐를 한결 내려놓았다. 인자하지만 어렵기만 한 승상에게도 다들 좀 더 편히 말을 붙였다.

승상은 개의치 않는다는 듯 웃으며 그들의 말에 화답해 주었다. 속으로는 이때를 가장 조심해야 함에도 가볍게 구는 신료들에게 혀를 차고 있었으면서 말이다.

개중 유일하게 웃는 얼굴이 아닌 이가, 불현듯 노 승상의 눈에 띄었다. 노 승상이 그를 바라보며 먼저 말을 붙였다. 흔치 않은 일이었기에, 승상의 주변만큼은 왁자지껄한 분위기에서 금시에 조용해졌다.

"홍 계제사는 어찌 표정이 어두운가?"

"예, 예? 저 말입니까?"

그저 조용히 술잔을 들어 입술만 가까스로 축이고 있던 예부의 계제사 홍덕권이 놀라며 노 승상을 바라보았다. 그의 얼굴은 처음부터 낯빛이 어두웠는데, 지금은 반대로 희게 질렸다.

나이는 원숙하나 이곳 노 승상의 정자에 초대받기 시작한 것은 얼마 되지 않았다. 하여 계제사 홍덕권은 모든 것이 조심스럽고 어려웠다.

노 승상이 주름진 눈을 크게 뜨고 그를 바라보았다. 그리고는 평소보다 더욱 사람 좋은 미소를 지었다.

"자리가 불편한가?"

"아, 아닙니다……."

"그럼 어찌 표정이 어두운가?"

머뭇거리던 홍덕권이 좌중의 눈치를 보며 가까스로 입을 열었다.

"그것이……. 불경한 일임은 알지만, 승상 어르신이 전에 후궁 후보에 대해 이르신 말씀이 의아하여 그것을 곱씹고 있었습니다."

어렵게 입을 연 홍덕권의 말에 주변의 인상이 삽시간에 찌푸려 들었다. 이곳에 모인 이들은 각자 한 자리씩 하고 싶은 욕망에 자신을 가장 우선으로 하는 이들이다. 그러나 그에 앞서, 승상 노필상을 필두로 모인 자들이었다.

그러니 그들은 노 승상의 의견에 의문을 갖거나 불만을 표하는 것을 은연중에 금기시하였다. 분위기가 그러했다.

꼭 지금처럼.

그리고 이러한 분위기에서 입을 열어 가장 먼저 호통을 치는 것은 늘 그렇듯이 문하시중 육관억이었다.

"허허, 지금 내가 제대로 들은 것이 맞는가? 감히 승상 어르신의 고견에 의문을 가졌다?"

하나 그의 목소리가 평소와 달랐다. 평소의 육관억이라면 과하다 싶을 정도로 노한 기색으로 사람의 혼을 빼놓을 정도로 호통을 쳤을 것이다. 문관이 아니라 무관처럼 보일 정도로 말이다.

그러나 오늘은 달랐다. 사실, 육관억은 홍덕권이 무엇을 궁금해할지 대충 예상이 갔다. 그리고 그 또한, 이유가 있어 그 점이 궁금했던 차다.

"아닐세. 모두가 내 말만을 따르고 의문도 없이 행한다면, 그것은 꼭두각시가 아닌가. 이곳에 모인 모두가 도국을 이끄는 조정의 중진들일세. 각자의 생각을 펼쳐 놓고 이야기를 나누는 것이, 나쁜 건 아닐세.”

노 승상이 웃으며 육관억을 물렀다. 인자한 웃음으로 그의 눈이 휘어졌다. 주름진 눈꺼풀 아래 숨은 눈동자가 날카롭게 빛나고 있음은 아무도 눈치채지 못했다.

“그러시다면. ……감히 어르신께 여쭙겠습니다. 어째서 이번 후궁 후보들을 가문에서 아끼는 여식이 아닌, 그……. 재색을 겸비한 듯해도 어느 하나는 떨어지는 여인으로 하자고 하신 것인지가…….”

일순 모두 싸늘한 시선을 거두었다. 그들의 눈동자에도 의문이 머물렀다. 대충, 이유를 예상은 했지만 다른 이를 앞세워 노 승상의 진심을 들을 수 있다면 굳이 말리고 싶진 않았다. 자신들도 궁금했기에.

노 승상이 희고 긴 턱수염을 쓰다듬었다. 홍덕권이 이것을 궁금해하다 못해 질문까지 한 저의를 파악하고 답해야 했다.

한편으로는 반대로 홍덕권을 시험해 보고 싶기도 하였다. 문하시중 육관억이 제 오른손의 역할을 잘 해 주고는 있으나, 간혹 저 불같은 성정을 말리는 것이 피곤할 때가 있었다.

기는 약하나 아랫사람을 호령할 정도는 되고, 머리는 제법 돌아가며 자신에게 충성하는 자.

예부의 계제사인 홍덕권이 그 정도가 되는지가 알고 싶었다.

“당연한 이치가 있으니 그리하였네.”

“당연한, 이치라 하심은…….”

“금번 후궁 후보 중에 폐하께서 혹여 첩지를 내리신다면 말일세. 그중에 황후 삼을 생각이 있으시겠는가?"

모두가 입을 다물고 고개를 내저었다. 아니라 확언하긴 두려웠으나, 노 승상의 말이 옳았기 때문이었다.

지금 휘강은 이미 제 손을 벗어나 벌어진 일에 몹시 분노한 참이다. 더군다나 다른 것도 아닌, 자신의 후궁을 맞이하는 일이다. 아직 후궁을 들일 생각이 없다, 황후도 마찬가지다 귀에 딱지가 앉도록 말해 왔는데도 억지를 부렸다.

이런 자리에서 휘강이 얼마나 고운 눈으로 후보들을 바라보고 첩지를 내리겠는가?

"……아마도 어렵겠지요."

홍덕권은 노 승상의 눈이 자신을 향함에, 그것이 자신에게 답을 바라는 것만 같아 머뭇대며 답했다.

노 승상이 고개를 끄덕였다.

"이번은 제대로 황후 간택을 시작할 다음을 위해 추진력을 얻고자 벌인 일이네. 물론 이번에도 이 불초한 노인의 사람들이 후궁의 아비가 되고 백부가 된다면 참 좋은 일이지만 말일세."

"예……"

"또, 그리될 거로 생각한다네."

뒤에 사람 좋게 웃으며 노 승상이 덧붙인 말은 거짓이었다. 그는 이번 후궁 후보들 중에 그 누구도 첩지를 받지 못할 것이라 여겼다.

하나 딸을 내놓은 자들에게 그것을 드러내놓고 밝히지는 않았다. 확언하진 않았으니, 거짓은 아니다. 덕담에 가깝지 않겠는가.

"그럼 어떻겠는가? 이번 후궁 후보에 아끼는, 아까운 여식들을 올려 보낸다면 말일세."

"후궁 후보에 들었던 여식을 다시 황후 간택에 올리기 어려울 것이니, ……손해이겠지요."

노 승상이 다시금 고개를 끄덕였다.

"그렇지. 거기에 하나 더 있네."

홍덕권이 얼떨떨한 얼굴로 고개를 들어, 노 승상을 똑바로 보았다.

"후궁들이 기거하는 궁도, 차후 황후궁도 모두 이 노인의 사람들이 곱게 기른 여식들로 채울 것이네. 그 사이에서 후궁인데 재색을 겸비해 황후인 여인과 기 싸움이라도 벌이면 말일세. 자식을 올려 보낸 우리네의 사이는 어찌 되겠는가?"

그제야 모두 납득한 듯 홍덕권이 표정을 펴고 고개를 끄덕였다. 그다음에는 술상 너머로 노 승상에게 고개를 조아리며 화답했다.

"어르신의 고견에 담긴 뜻을 몰라보고 이리 불경하게 물었습니다. 송구합니다. 그 큰 뜻, 이제야 모두 알았습니다."

"계속 모르고, 홀로 의심하거나 일을 그르치는 것보다 훨씬 낫지 않은가."

노 승상은 잠시 홍덕권을 점찍어 둘까 진중히 바라보던 시선을 칼같이 거두었다. 무언가 자신의 의중을 파악해 질문을 던졌나 했더니, 다소 맹탕이었다.

홍덕권은 애써 표정을 풀고 다시 무르익은 정자의 분위기에 섞여 술을 거나하게 들이켜기 시작했다.

이 가운데서 노 승상은 속으로 저를 답답하게 만드는 아둔한 고관대작들을 보며 따로 준비한 찻물로 입안이나 씻었다.

문하시중 육관억이 종종 통쾌하게 웃음을 터뜨렸다. 금일 정자에 오르고 내도록 같은 웃음이었으나, 지금처럼 시원하지는 않았다. 그는 아까보다 기분이 좋아 보였다.

그럴 만했다. 어부지리로 원하는 바를 알게 되었으니 말이다.

노 승상도 느낀 바가 있는지, 곁눈질로 육관억을 바라보았다. 아직은, 아직까지는 문하시중을 대신할 자를 찾기 어려울 것 같았다.

*
**

"언니, 여름 타? 어찌 점점 먹는 양이 줄어?"

산여가 려화의 빨랫감을 정리하며 걱정 가득한 목소리로 그리 물었다. 막 점심을 들고 있던 려화가 수저를 내려놓고 산여를 바라보았다.

그녀가 괜히 입술을 비죽이며 서운한 얼굴을 하고는 입을 열었다.

"그냥 입맛이 없어 그래. 혼자 먹는 식사가 맛있어 봐야 얼마나 맛있으려고."

"에이, 또 그러신다."

"그러게 그냥 나와 함께 식사를 들자니까."

"가뜩이나 적게 먹는 언니 밥을 빼앗아 먹는 거 엄청 죄책 감 든다고!"

"둘 몫을 달라 하면 된다니까."

산여가 단호하게 고개를 저었다.

"그렇겐 안 해 줄걸."

산여는 려화에게 배속된 궁녀이나, 려화는 위치가 참으로 애매한 입장이었다. 승은이라면 승은을 입었으나 첩지를 받지 못하는 죄인이었다. 달린 궁도 없고, 그녀 아래로 배속된 궁녀는 산여뿐이다.

그러니 려화의 식사나 옷가지, 다른 의식주에 필요한 모든 것들은 전부 휘강의 명에 의해 황제의 것을 담당하는 궁녀들의 부서에서 나왔다.

아무래도 려화의 식사를 담당하는 궁녀가 간간하기 짝이 없는 모양이었다. 려화의 표정이 서늘하게 얼어붙었다. 혹, 죄인에게 배속된 궁녀랍시고 자신과 산여를 무시하는 이가 있는가 하였다.

"내가 먹는 음식을 네게 전달하는 궁녀들이 간간하게 구는 거니?"

"언니⋯⋯. 지금 표정 엄청 무서워."

"네게 화를 내는 게 아니니 대답해 줘. 그래?"

산여로서는 려화가 이리 살벌한 분위기를 내는 것을 처음 보았다. 그러니 빨랫감을 정리하는 손놀림마저 점점 느려졌다. 곧 산여의 손이 완전히 멈추었다.

려화는 산여의 시선이 저를 올곧게 향하지조차 못하고 의미 없이 빨랫감만 내려다보는 것을 뒤늦게야 알아챘다.

제가 과하게 흥분했다. 요즈음, 신경 쓰지 않고 있다고 해놓고 후궁 후보들이 들어온 것에 생각보다 정신이 많이 피곤했던 모양이다.

"내가 너무 험악하게 굴었니? 미안해. 그냥 네가 전처럼 누구에게 괴롭힘을 당하는 것은 아닌가 걱정되어서……."

"아냐! 언니가 날 걱정해서 그런 건데!"

산여는 금세 웃는 얼굴이 되어선 빨랫감을 마저 정리하고 려화의 맞은편에 앉았다. 웃으며 산여를 마주하고는 려화가 다시금 숟가락을 잡았다.

그러나 남은 음식이 많거늘 역시 입맛이 돋지 않았다.

"음식 엄청 맛있어 보이는데……."

"그러니까 같이 먹자니까."

"내 뱃속에는 궁녀들 먹는 거나 먹는 게 편해요, 언니."

"……정말로 네게 험하게 굴거나 해코지하는 궁녀가 있어 그러는 건 아니지?"

산여가 조금은 답답하다는 듯 볼을 부풀리고 고개를 내저었다.

"아니라니까. 매번 다른 사람이 주는데 뭘. 잠깐 받아 오는 사이에 해코지할 사람이 뭐 있어."

"그럼 정말 다행이고."

"내 걱정은 말고 언니나 몸 챙겨. 이렇게 말라선……. 벌써 숟가락 놓을 생각은 아니지?"

다시 숟가락을 놓을 생각이던 려화가 뜨끔했다. 이번에는 그녀가 산여의 눈치를 살폈다. 산여는 정말이지 큰일이라는 얼굴로 한숨을 푹 내쉬었다.

그렇다고, 식사가 어렵다는 려화에게 궁녀이자 동생인 제가 마냥 한술 더 뜨라고 강요만 할 수는 없었다. 그러나 걱정되기는 하였다. 그러다 몸이라도 상하면…….

가뜩이나 마른 몸에 식사까지 점점 줄어드니, 이런 상황에 후궁 후보를 들여놓고도 변함없이 거의 매일 려화를 찾는 휘강에게까지 산여의 원망이 미쳤다.

그러다가 퍼뜩 떠오르는 게 있었다. 산여가 혼자 놀라 눈을 크게 뜨고 입까지 헤 벌렸다.

"……언니, 혹시. 혹, 혹시. 혹시 말이야!"

"왜 그래?"

산여가 다급히 려화의 손목까지 붙잡았다. 본디 산여가 발랄하기는 하여도 이리 호들갑을 떠는 아이는 아니었다. 그런 아이가 이리 이상하게 구니 려화까지 분위기에 휩쓸려 얼떨떨해졌다.

산여는 제가 의술을 아는 것도 아니라, 진맥을 모르면서도 괜히 려화의 손목에 뛰는 맥을 손끝으로 느꼈다.

"회임……, 아닐까?"

"회임? 내 태중에 아이가 생겼을 것이란 말이니?"

"응! 입맛이 떨어지고 기운이 없고, 혹시 막 기분이 왔다 갔다 하거나 하지 않아?"

"……그건 이 유배소에 위리안치되고 거의 매일 그랬었는데."

산여가 급히 고개를 저었다.

"그런 뜻이 아닌 거 알잖아!"

소녀의 눈이 반짝이는 것이 부담스러운 듯, 어쩌면 곤란한 듯도 한 표정으로 려화가 마주 고개를 저었다.

"네가 기대한 것 같아서 말 꺼내기가 퍽 미안한데, 절대로 회임은 아닐 거야."

산여가 펄쩍 뛰었다. 아마 서 있었더라면 제 신분도 잊고 정말로 펄쩍펄쩍 날뛰었을지도 모르겠다. 그러고는 려화를 답답한 사람 보듯 하였다.

"폐하께서 이리 자주 언닐 찾으시는데 회임은 아닐 거라니!"

려화가 입을 굳게 다물고 난처한 얼굴로 웃었다. 그러고는 제 손목을 붙잡고 있는 산여의 손을 다른 손으로 덮어 잡았다. 그리고는 고민하던 것을, 입을 뗐다.

산여를 믿지 못하는 것은 아니나, 그저 누구에게도 털어놓기가 대단히 서글프고 부끄러웠기에.

"산여야, 난 회임할 수 없는 몸이야."

산여는 순간 제가 무엇을 들은 것인지 곧바로 파악하지 못했다. 멍하니 얼이 빠진 얼굴로 려화를 바라보다간, 저도 모르게 입을 열어 이리 말하고 말았다.

"그게 무슨 말도 안 되는 소리야."

"말도 안 되는 소리가 아니야. 언니는 회임할 수 없는 몸이야. 여인이 되다가 말았지."

"무슨……."

산여가 입술을 물었다. 들으면 안 될 것. 려화의 치부이자 아픔을 듣는 것이었다. 그것이 몹시 버거웠다. 무슨 말도 안 되는 말을 하냐며, 방금 려화를 힐책했던 제 입을 도려내고 싶었다.

그만큼 려화의 표정이 아팠다.

"난 달거리가 없어. 막 여인이 되어 가던 나이에 마음에 큰 충격을 받을 일이 있었어."

려화는 전쟁으로 가족을 모두 잃은 직후, 나이 많고 낯설 었던 사내의 집에서 눈을 떴을 때를 떠올렸다. 자신을 신부 삼겠다던 사내에게 달거리를 시작하면 그때 부인이 되어 주 겠다 약조했다.

그즈음 려화는 이미 열 살이었다. 짧으면 한 해, 길면 두 해 안에 달거리를 시작하고 조숙한 여인이 될 것이었다. 그 러나 그리되면 정말로 사내와 혼례를 올려야 했다. 살아온 길도 모르고 나이는 띠를 두 번을 돌았으며 수염이 덥수룩하 고. 피부는 검고 팔에는 길게 찢어진 흉터가 있는 그 사내와 말이다.

그것이 무섭고 두려웠다. 가족을 잃은 아픔을 채 다스리기 도 전에, 달거리를 시작하면 안 된다는 공포에 휩싸였다.

그래서인지, 아니면 다른 이유인지.

려화는 초경조차 제대로 시작하지 않았다. 그때는 하늘이 제 간절한 소망을 이루어 준 줄만 알았다. 사내와 혼례를 치 르고 초야를 맞아야 할 것이 겁나는 저의 몸이 여인이 되는 것을 잠시 미룬 줄 알았다.

그러나 사내가 전쟁에 차출되어 집을 비운 사이 도망치고 나서도, 궁에 들어오고 나서도 려화는 달거리를 시작하지 않았다.

간혹 몸이 몹시 고되면 두어 해에 한 번 정도 아래에 피가 비치기는 하였다. 그러나 세상은 그런 것을 하혈이라 하지 달거리라 하지 않았다.

더구나 여인이 많고 많은 궁이다. 황제의 여인 또한 기거하는 곳이니 달거리나 여인의 몸에 관해 기술해 놓은 서책도 많았다.

거기서 읽기로, 달거리에 나오는 피는 자갈색을 띤다고 하였다. 그러나 자신의 몸을 타고 내려온 피는 선홍색이었다.

"그때의 일 때문인지, 달거리를 제대로 한 적이 없어."

"하지만 궁녀가 되려면……."

"예비궁녀가 궁녀가 되기 위해선 선발을 거쳐야 하지? 거기서 제대로 여인이 되었는지도 전부 확인하고. 그래, 아마 그럴 거야. 한데 난 그 과정을 거치지 않고 정식 궁녀가 되었어. 내명부에 올린 이름을 기준으로 열셋 나이였지."

"……그때라면 늦된 경우 달거리를 하지 않기도 하니까. 그랬겠네."

려화가 더 풀어 설명해 주지 않아도, 산여는 려화의 아픔을 이해했다. 겉핥기라고 해도 말이다. 궁녀이되 여인이 되지 못했으니, 그것을 숨기기 위해서도 숱하게 울었을지도 모른다.

그리 생각하니.

자신을 지켜 주던 커다란 려화가 더욱이나 가엾게만 보였다. 본래 산여는 서책을 들고 파는 것을 좋아했다. 그러니 앞뒤를 따져 이치를 찾는 것을 좋아해, 눈물이 적고 감상적인 성격이 아니었다.

그럼에도 근래에는 려화 덕에 눈물 쏟을 일이 많았다. 이번에도 산여의 눈시울이 붉어졌다.

"언니……."

"난 이제 괜찮아. 개의치 않아."

진심으로 모든 것을 훌훌 털어 버린 얼굴이다. 지금 려화의 표정은 그러했다. 그러나 어쩐지 산여는 그것이 더욱 슬펐다.

제가 괜한 말을 꺼냈다. 해서 려화가 자신의 치부를 떠올리고 발설하게 만든 것이 몹시 미안했다.

"정말로 미안해……."

"미안해 마. 그저 부탁 하나만 하자면, 너만 알고 있어 줬으면 해."

"그건 당연하지! 언니의 이야기를 함부로 퍼뜨리지 않아!"

산여가 거세게 고개를 끄덕이며 다짐했다. 려화는 정말로 동생처럼 여기는 산여의 손을 붙잡아 주물러 주고는 흐릿하게 미소지었다.

흐릿하지만 담담한 미소였다. 그러나 산여는 제 시야가 흐리기 때문인지 려화의 그 미소가 몹시도 슬프게만 보였다.

다 저의 탓이다. 혼자 헛된 상상을 하고 입방정을 떨어서 그렇다. 그리 생각하니 려화를 가만둘 수 없었다.

때마침 생각났다. 휘강이 며칠 전 찾아갔을 때의 일이 말이다. 려화는 그때 분명히 이 유배소 밖을 얼마간 벗어날 수 있는 작은 자유를 얻었다.

그러나 려화는 그런 일이 있었냐는 듯 굴었다. 오히려 휘강에게 작은 자유를 허락받은 이후로는 아예 처소 밖으로 걸음 하는 일조차 줄였다.

혹여 휘강과 조우할 수 있을까 주변을 서성대는 후궁 후보를 마주치지 않기 위함이었다. 산여는 아직 려화의 속뜻을 다 몰랐다.

"언니, 식사 다 마쳤으면 그럼. 이따가 볕이 좀 덜 따가워지면 바깥바람 좀 쐬자. 응?"

바깥이라고 해 봐야 궁 안이고, 그중에서도 가장 신경 쓰는 황제의 처소 근처이니 지천이 화려하게 흐드러진 꽃이었다. 그러니 화사한 것을 보면 려화의 기분도 좀 나아지지 않을까, 산여는 그리 생각한 것이다.

려화는 가볍게 고개를 내저었다. 산여의 마음은 고마웠으나, 괜히 밖에 나갔다가 후궁 후보라도 만나면 외려 기분이 상할 일만 벌어질 것이었다.

그네들을 마주치는 것 자체는 사실 려화에게 달리 기분 상할 일은 아니었다.

그러나 후궁 후보로 들어온 여식들은 다를 것이다. 그네들이 려화에게 상냥할 리는 없었다. 휘강의 후궁이 되길 원하는 여인들이 그의 총애를 받는 것으로 유명한 려화를 반기겠는가.

"글쎄……."

해서 려화는 산여의 배려에도 애매하게 화답할 수밖에 없었다. 마냥 친동생 같은 산여인지라 딱 부러지게 거절하기도 어려웠다. 완전한 거절이 아니었음에도 산여의 표정이 다시금 흐려졌다.

"응……. 언니가 안 내키면 말고."

"네가 꺼낸 얘기 때문에 기분이 나빠 그러는 것은 아니니 너무 속상해 말아."

"에이, 그야 알지. 난 그럼 이 빨랫감을 맡기고 올게. 언니 너무 누워만 있지 말고 그럼 창문 밖으로라도 꽃 핀 거 보고 그래? 알았지?"

산여는 담담하게 답했지만 속상한 낯을 영 지우지 못했다. 려화는 괜히 죄책감이 들었다. 해서 빨랫감을 들고 나간 산여를 마중하러 나가기로 마음먹었다.

완연한 여름인지라 옷차림은 가벼워도 좋았다. 려화는 입고 있던 옷 그대로에 저고리만 실외용으로 바꿔 입고는 처소를 나섰다.

여전히 은호는 유배소의 입구를 지켰다. 서로 친해지긴 했어도 기본적으로 살가움이 덜한 은호는 바깥으로 나온 려화를 마주하고도 고개만 까닥일 뿐 따로 말을 걸지 않았다.

은호의 그런 태도가 이제는 익숙했다. 해서 려화도 은호에게 고개를 까닥여 인사하고는 다가갔다.

"나가려 하오?"

"어떻게 아셨어요?"

"폐하께서 낮에 다녀가셨던 날 이후로 칩거라도 하는 듯하다가, 이리 내가 있는 입구까지 다가오니 나갈 생각인가 하였소."

"바로 맞췄어요."

려화가 은은하게 웃으며 고개를 끄덕였다. 그리고는 은호의 옆에 섰다.

"부탁해도 괜찮겠어요?"

"……댁을 감시하는 게 내 일이오. 뭘 그런 걸 신경 쓰는 거요?"

은호는 죄인을 감시하는, 이라고 하려던 것을 말을 가까스로 삼키고 댁이라 바꿔 말했다. 본디도 려화에게 호감이 생긴 이후 그녀에게 죄인이라는 말을 피하긴 했지만.

'너는 보고에도, 근무 중에도 죄인이라는 단어를 사용 말라.'

'예?'

'사용하지 말란 말이 어렵나?'

'아닙니다, 폐하. 명 받잡겠습니다.'

이제는 자의가 아니라 타의로도 려화를 죄인으로 부를 수 없게 되었다. 그것에 불만은 없었다. 다만 은호는 려화에게 개인적 호감을 지니게 된 것과는 별개로 휘강이 려화에게 무녀지는 것에는 걱정이 되었다.

각자의 고민에 빠진 채로, 려화와 은호가 탱자나무 울타리를 넘었다. 은호는 감시역의 명목으로 려화에게 붙긴 했으나 누가 봐도 호위 무사의 위치로 보이는 좌측 후면에서 려화를 뒤따랐다.

휘강에게 이끌려 반쯤 강제로 울타리를 넘었던 이후 처음이었다. 주변의 눈초리가 따갑게 꽂히는 느낌이 들어 돌아보면 아무도 없는 경우가 절반이었다.

려화는 제가 신경증이라도 생긴 모양인가 하고 고개를 숙이고 피식 웃었다. 정작 산여가 저를 걱정하며 살피라 하던 꽃은 눈에 들어오지도 않았다.

"내가 유배소에만 머물렀던 일 년간 황궁에 새로 생긴 전각이나 바뀐 길은 없겠죠?"

"궁을 짓는 것이 뚝딱 되는 것도 아닌데, 그럴 리가 있겠소?"

"그럼 이쯤에서…… 이곳의 화원을 구경해도 될까요?"

은호는 이상할 정도로 조심스러운 려화의 모습에 한숨 섞인 웃음을 픽 내뱉었다.

"마음대로 하시오. 눈 가리고 아옹 할 뿐이지, 내가 말만 감시고 당신의 호위라는 건 궁내에 모르는 사람이 없잖소."

일일이 허락받지 않아도 된다는 말이었다. 어쩌면 다정한 말이건만 어쩜 저리 퉁명스레 할 수 있는지. 려화는 은호를 바라보며 참으로 휘강과 닮은 점이 있다고 생각했다. 고운 말도 곱게 못 하는 점이 말이다.

"……무인은 다 그런가."

"뭐가 말이오?"

하나는 확실하다. 려화는 배우다 만 것에 가까워 경지를 이루지 못했지만, 일정 이상의 경지를 넘은 무인들은 이목구비가 모두 밝아진다는 것 말이다.

휘강도 그러더니, 은호도 혼잣말을 귀신같이 들어내 딴지를 거는 것이 정말로 똑같았다.

"그냥 혼잣말이에요."

"나를 주제로 한 말이었잖소."

"궁녀였던 내가 아는 무인이 무사님 하나인가요?"

은호와 툭탁거리다 보니 기운이 살아났다. 하여 려화가 장난스러운 미소를 만면에 띠었다. 목소리도 살아났다.

은호는 려화의 혼잣말을 더 따지고 들려던 것을 그만두었다. 그녀가 픽 웃었다. 궁을 돌아다니는 여인 중 은호만이 머리를 높게 묶었다. 그녀가 단단하게 묶인 제 머리나 매만졌다.

"됐소. 따져 봐야, 나만 손해고 내 입만 아프지."

은호가 먼저 제풀에 그만두니 오히려 려화는 제가 나쁜 사람이 된 것 같았다. 그저 잘 넘어갔겠거니 하면 되련만 려화의 성격이 그러질 못했다.

어떻게 잘 포장해서라도 했던 생각을 알려줄 궁리나 하고 있으니 말이다.

이제 오랜만에 울타리를 넘어 금단의 구역을 걷고 있다는 불안감은 사라졌다.

"음……. 무사님께서 폐하와 닮았다는 생각을 해서요."

"내, 내, 내가 말이오?"

은호가 전에 없이 처음 보는 모습으로 말을 더듬었다. 그것으로 모자라 심지어 얼굴까지 붉게 달아올랐다. 그 말이 진심이냐, 려화를 바라보는 눈동자는 초롱초롱했다.

그것이 어쩜, 여인이 사내를 떠올리며 짓는 눈빛이건만 연심이라고는 눈곱만치도 찾아볼 수 없어서 려화는 조금 웃고야 말았다.

"……거짓이오?"

"참말입니다. 말투 행동 같은 태도가 같으니 그런 생각이 들었어요."

"어휴, 내가 어찌 감히 폐하를……."

좋아서 죽겠다는 표정을 숨기지도 못하면서 은호가 괜히 그리 말했다. 존경하고 충성하는 자를 닮았다는 소리가 어찌 기쁘지 않을까.

려화는 하여 그것을 저 또한 기쁘게 바라보았다. 여름 한낮의 볕이 따가울 정도로 거세었지만 기분은 나쁘지 않았다.

그것을 받아 한껏 피어나 저를 뽐내는 송이가 큰 꽃들이 아름다웠다. 화려함이 무르익는 계절이다. 그러나 색채가 어지러울 정도로 화려하기에 문득 눈이 더웠다.

이럴 때 보는 여름 꽃으로는 수국이 제격이었다. 려화가 살았던 공진성에는 이맘때에 수국이 흐드러지게 피었다. 공진성의 수국은 유난히 시원한 꽃이 모여 피어나는 모양이 아름답고, 또 오래갔다.

그러고 보니 황궁에서는 수국을 본 기억이 없었다.

"하긴, 수국은 황궁에 어울리는 꽃은 아니로구나……."

"수국이 보고 싶소?"

"갑자기 그러네요. 해가 따가워 그런가?"

"해가 따가우면 그늘로 가든가 아니면 돌아가는 게 좋겠소."

은호는 려화를 항상 곧이라도 쓰러질 듯한 병자로 대했다. 사실 몸을 숨긴 채로 머지않은 거리에서 려화를 지켜봐 왔으니, 려화가 표독스레 궁녀를 겁박했던 것을 보고서도 말이다.

의지와 체력은 다른 문제이니 꼭 틀린 말도 아니었다. 때마침 은호의 편견을 강화하듯 려화가 현기증을 느끼며 몸을 비틀거렸다.

은호가 급히 려화를 부축했다.

"돌아갑시다."

"산여를 마중 온 거예요. 곧 올 텐데. 지금 가면 너무 아쉽죠."

"언제 올 줄 알고? 거기다 유배소로 오는 길목이 이것 하나요? 그럴 수 없소. 돌아갑시다."

려화가 저를 부축한 은호를 조심스레 밀어내고 고개를 저었다.

"빨랫감을 들고 나갔으니 돌아오는 길은 이곳이 제일 빨라요. 이리로 올 겁니다."

"어찌 이리 쇠고집이오? 그러다 쓰러지면 누구의 경을 치려고!"

"사람이 그리 쉽게 쓰러지는 줄 아세요?"

방금까지 현기증을 느껴 몸을 비틀거렸던 려화가 퍽 당당하게도 말했다. 그때 은호와 려화가 있는 곳으로 한 여인이 다가왔다.

은호가 짧게 혀를 찼다. 려화가 비틀거린 것은 둘째치고, 제 발로 바깥나들이를 나선 첫날 좋지 못한 기억을 만들어 줄지도 모르는 타인과 마주치게 하고 싶지 않았다.

다가온 여인은 려화를 그대로 지나쳐 가지도, 혹은 먼저 인사를 건네지도 않았다.

여인에게서 먼저 건네진 것은 자신이 쓰고 있던 양산이었다. 안으로 검은 천을 덧대고, 바깥으로는 하얀 비단에 은사로 자수를 놓은 것이 보통의 물건은 아닌 듯이 보였다.

"누구시오?"

은호가 려화와 여인 사이를 막아섰다. 그리고 싸늘한 목소리로 물었다.

"후궁 후보 중 일인인 구향설이라 해요."

후궁 후보라 자신을 밝힌 향설의 말에 려화의 몸이 일순 굳었다. 려화는 곧 아무렇지 않은 체 표정을 가다듬었다. 아무것도 느껴지지 않을 만치 깔끔한 무표정이었다.

"가던 길 가시오."

"달리 목적지 없이 걷던 길이라, 가던 길이랄 것도 없네요. 그러던 중에 뙤약볕을 힘들어하는 이를 만났으니 도움을 좀 주고자 하는데 내가 주제넘었나요?"

향설은 작고 체격이 가냘팠다. 더군다나 용모는 화려하기 짝이 없으니 뭇 사내들의 마음을 흔들리게 하기에 딱 알맞았다.

아마 려화를 지키는 호위가 은호가 아닌 사내였다면 적잖이 누그러졌을지도 모른다. 물론 휘강이 뽑아 쓰는 사람이 그럴지는 미지수였지만.

그러나 향설의 외모는 외벽을 단단히 두른 사내의 마음도 녹이고도 남았다. 어쩌면 같은 여인들의 혼도 홀릴 듯이 화려하고 아름다웠다. 옷차림은 상반되게도 수수하니, 외려 얼굴의 아름다움이 더욱 돋보였다.

"정말로 주제넘었나요?"

수수한 옷차림을 따라 화장 또한 옅은 그녀의 얼굴에서, 가장 돋보이는 곳은 바로 붉은 입술이었다. 연지를 칠한 것이 아니라 제 입술의 색이 붉고 탐스러웠다.

그 탐스러운 입술이 호선을 그리며 올라갔다. 어서 답을 달라 채근하지 않아도, 채근하는 것처럼 느껴졌다.

"위리안치 중이라 함부로 누구와도 말을 섞을 수 없습니다. 후궁 후보시라면 신분이 귀한 분이실지나 제대로 인사드리지 못함도 그 때문이니, 이해하세요."

은호가 나서 계속 말을 섞으면 분위기가 더 거칠어질 것 같아 려화가 나섰다. 말을 섞는 것이 아니라, 그저 제 할 말만 하고 돌아서면 그 정도야 휘강이 문제 삼을까 싶었다. 신료들이 꼬투리를 잡는다면 그것이야 휘강이 알아서 하겠지.

그것으로 휘강이 짜증을 낸다면, 그쯤 짜증 내는 것 몸으로 받아 내면 그만이라 생각하며 려화가 몸을 돌렸다. 은호도 곧 려화의 뒤를 따랐다.

향설의 입술이 매끄러운 호선을 그리며 올라갔다. 그림 같은 미소였다. 그대로, 향설은 려화에게 내밀었던 양산을 다시 제가 쓰고 걸음을 옮겼다.

하얀 백조군 치마가 여름의 습한 바람에 나부꼈다. 향설의 치마를 스친 바람에서는 짙은 꽃향기가 났다.

**

낮에 바깥을 거닐며 적잖이 신경을 썼는지 몸이 무거웠다. 하여 려화는 초저녁부터 침상에 자리를 보전하고 누웠다. 려화가 텅 빈 담갈색 눈동자를 눈꺼풀로 덮었다. 감은 눈 너머로 붉은 입술이 떠올랐다.

작고, 화려하고, 어여뻤다. 뭇 사람들이 사랑스럽고 교태 넘치는 여인을 상상한다면 꼭 그런 모습을 떠올릴 것이다.

아마 휘강이 보통의 사내였다면 그런 여인을 놓치지는 않았을 것이다. 거기에까지 려화의 생각이 닿았다.

"쓸데없는……."

려화가 자조적인 웃음을 터뜨리고야 말았다.

그것이 저와 무슨 상관이란 말인가. 이렇게 마음을 전부 닫고 버리고, 그저 서로를 이용하는 관계일 뿐이라 다잡아 보아도 자꾸만 틈은 생겼다. 요즘에 와서는, 휘강이 자꾸만 과거처럼 다정하게 구는 것 때문인지 더욱이.

허탈하였다. 휘강의 다정함이 얼마나 덧없는 것인지 누구보다 잘 아는 것이 바로 자신이었다.

"속으면 안 돼."

붉은 입술이 그리는 호선 위로 휘강의 준수한 입술 선이 덧그려진다. 그것이 곧 제게로 가까워지는 듯한 착각을 느끼며 려화가 눈을 떴다.

"너는 그를, 미워해."

입에 남은 맛이 썼다. 그러나 려화는 입꼬리를 들어 올렸다. 기억에 남은, 한 번밖에 보지 못한 여인의 붉은 입술을 흉내 내 보았다.

이런 표정, 이런 태도로 휘강을 이용할 것이다. 전쟁밖에 모르고, 사람 죽이는 것을 아무렇지 않게 여기는. 변덕스러운 다정함을 잔인함으로 덮는 데에 일말의 상고도 하지 않는.

그런 휘강을 이용할 것이다.

"너의 그는 나겠군."

인기척도 없었거늘 휘강의 목소리가 들려왔다. 초저녁부터 산여도 일찍이 물리고 누워 있었던 까닭에 혼자 생각에 잠기다 정신이 이상해졌나 하였다.

려화가 목소리가 들려온 쪽으로 고개를 돌렸다. 처소의 입구에, 휘강이 서 있었다. 환청이 아니었다.

"인기척도 없이 오셨습니까."

침상에서 몸을 일으킨 려화가 휘강에게로 다가갔다. 화사하게 웃으며 휘강에게 손을 뻗었다. 품에 안아 달라는 듯이 말이다.

휘강은 려화의 웃음에도 짐짓 얼굴을 굳히고는 가만히 서 있었다. 려화는 한참이고 웃는 얼굴을 거두지 않고 팔을 뻗은 채 그가 자신을 안아 주길 기다렸다.

휘강이, 졌다는 듯 짧은 한숨과 함께 결국 려화를 끌어안았다. 품에 안긴 려화가 그의 가슴팍에 고개를 돌려 옆얼굴을 깊이 묻었다.

"대답하라. 네가 이른 '그'는 짐이 맞는가?"

조용히 넘어갈 수는 없는 모양이다. 이제는 혼자서 조용히 읊조리는 것도 조심해야겠다. 그리 생각하며 려화가 고개를 들어 휘강을 바라보았다.

"폐하께서 그리 생각하신다면 그리 받아들이셔요."

두루뭉술한 답이었다. 휘강의 눈썹이 묘한 각도를 그리며 올라갔다. 자신의 마음을 모르겠다. 하루하루 다르도록 자신을 헷갈리게 하는 려화를 어쩌면 좋을지 모르겠다. 감정이 널을 뛴다.

이성적으로는, 려화가 당연히 자신을 미워하고 싫어할 수밖에 없음이 이해가 갔다. 전쟁으로 가족을 모두 잃고 큰일도 겪을 뻔하였으니 하고많은 날마다 전쟁을 일으키는 자신이 미울 것이다. 이리 좁은 곳에 죄인의 이름으로 묶어 놔 세월을 보내게 하는 자신이 싫을 것이다.

그러나 휘강은 자꾸만 감정이 들끓었다. 아마도 려화가 미워한다 말한 '그'가 자신이라는 생각에 화가 났다. 마치 어린아이처럼.

세상 모든 이가 자신을 싫어하고 두려워해도, 려화만큼은 그러지 않아야 한다고. 그런 생각이 들었다.

저 자신이 우스워졌다. 그러니 화가 일었다. 휘강의 분노는 결국에 눈앞의 려화를 향했다.

"네가 짐을 미워하고 싫어했으니, 감히 짐의 앞에서 그런 망발을 저질렀었겠지."

휘강의 손이 려화의 목을 감쌌다. 려화는 입꼬리를 들어 올려 웃는 그대로 눈을 감았다. 까치발을 들고 고개를 올려 휘강의 손이 저의 목을 감싸는 것을 도왔다.

"이대로 절 죽이시려고요?"

"그렇다면?"

"이제 곧 어여쁜, 꽃 같은 후궁을 들이실 테니. 제 몸을 써서 폐하의 혈기를 누르실 필요가 없어지시기도 하셨겠지요."

려화가 감고 있던 눈을 떴다. 어둠에 갇혀 있던 려화의 담 갈색 눈동자가 그보다는 밝은, 그러나 희미한 등불의 빛을 받아 투명하고 깊은 적갈색으로 빛났다.

눈빛에 도는 이채는 마치 휘강의 광기를 옮겨 담은 듯 번 뜩거렸다.

려화의 두 손이 제 목을 감은 휘강의 손목을 붙잡았다. 처음부터 한 번도 힘은 실리지 않았던 휘강의 손이다. 그저 려화의 가는 목을 감싸고 있을 따름이었던 손이다.

휘강이 려화의 목숨줄을 쥐었던 것이 어디 지금 한 번뿐인가.

그는 몇 번이고 려화의 목숨을 취할 수 있었다. 하지만 명줄을 쥔 손은 단 한 번도 그녀의 목을 조르지 않았다.

"하지만 폐하께서는 절 죽이지 않으실 거예요."

"건방진 계집."

"아니, 절 죽이지 못하실 거예요."

려화의 손이 이끄는 대로 휘강의 손이 려화의 목에서 물러 났다. 그러고 나서 려화는 휘강의 목을 끌어안았다. 단단히 버티고 선 휘강의 고개를 숙이게 만들고, 그의 볼에 입을 맞추었다.

"폐하께 후궁이 생기셔도, 황후 마마를 모시는 궁에 주인이 생겨도. 폐하의 들끓는 파괴욕을 잠재울 이는 이 려화뿐일 거예요."

그대로 뒷걸음질 쳐 려화가 휘강을 제 침상으로 끌어들였다. 려화의 작은 몸 위로 휘강이 올라탄 듯이 되었다. 휘강은 기가 찬다는 듯 피식 웃으며 려화의 빰을 쓸었다.

"오만한 생각이로고. 무슨 자신감이냐?"

"후보들이 궁에 든 지 이레는 지난 것으로 압니다. 그러나 폐하께서는 죄인 계집이 유배되어 다닐 수 있는 길을 넓혀 주시고, 이리 찾아 주시기까지 하셨잖아요."

"그래서?"

"그런 폐하께서 저를 죽이신다고요? 아니요. 그러실 수 없을 것입니다."

휘강이 려화의 입술을 덮었다. 달콤한 입맞춤은 아니었다. 그는 그녀의 입술을 뜯어낼 듯 거칠게 물었다 놓았다. 아랫입술에 남은 아릿함에 려화가 미간을 찌푸렸다.

"어떤 계집을 품든 욕정이야 풀어내면 그만이다."

"그리하실 분이라면 진즉 그렇게 하셨겠죠. 하지만 지금도 저를 찾지 않으셨습니까?"

"네게 벌을 내리는 것이다."

"너무 쉽게 죄를 사할 순 없으니 살려 둔 기간으로, 일 년이 짧았습니까?"

"짧았다."

휘강의 눈썹을 손끝으로 매만지며, 려화가 읊조리듯 말했다.

"그러셨다면 그저 벌을 내리면 될 일이지……, 자꾸만 이 어리석은 계집을 헷갈리게 하지 말아 주세요."

휘강이 려화의 눈을 뚫어지게 바라보았다. 그녀의 속셈을 읽고자 하였다. 투명하고 깊은 눈은 어찌 이리도 읽히지를 않는지.

"짐이 베푼 자비가 네깟 계집을 헷갈리게 하기 위함이냐?"

"……아닙니다."

려화가 다리를 들어 올려 휘강의 허리에 감았다. 얇은 치마폭이 려화의 다리를 타고 흘렀다. 가는 맨다리는 없어도 무게감을 느끼기 어려울 정도로 가볍기만 했다.

"날이 더워 그만, 제가 실언을 하였다 생각해 주세요."

휘강은 려화의 유혹을 그냥 넘기지 않았다. 그래야 할 이유가 없었다.

그의 손이 거칠게 려화의 저고리를 파헤쳤다. 가슴 쪽을 동여맨 끈을 곱게 풀 시간도 없이 뜯어 버렸다. 그러자 고정되어 있던 치마폭이 흐트러지며 저고리도 자연스레 더욱 흘러내렸다.

그 사이로 려화의 봉긋한 젖무덤이 드러났다. 휘강이 그곳에 얼굴을 묻었다. 달콤한 살 내음과 젖 냄새가 한껏 그의 콧속을 간지럽혔다.

"웃, 폐하……. 너무 거칩, 니다……!"

려화가 고개를 저으며 휘강의 머리통을 밀어내겠다고 헛손
질을 하였다. 휘강이 비켜 줄 리가 없었다.

그는 기분이 상했다. 짜증이 일었으니 이것을, 제 기분을
상하게 한 려화에게 풀지 않고서야 물러날 생각이 없었다.
대수롭잖게 넘길 수 있는 일이거나, 그저 죽여 제 눈앞에서
치우고 넘어갈 일임은 까맣게 잊었다.

려화만큼은 다르고 특별했다. 휘강이 그것을 알든 모르든
말이다.

그가 말없이, 려화의 옷을 뜯어낼 듯 거칠게 마저 벗겨 내
고는 이번에는 드러난 려화의 음부에 중지를 곧바로 밀어 넣
었다.

휘강이 가슴골을 희롱하며 조금은 젖었지만, 그의 손을 받
아 낼 만큼은 아니었다. 려화는 얕은 통증을 느끼며 몸을 뒤
틀었다.

"폐하, 폐, 하……! 제발……!"

기다란 그의 중지가 려화의 안을 헤집었다. 그의 입술은
가슴골에서 옮겨가 이제는 그녀의 왼쪽 가슴을 입에 품었다.

거칠게 빨아들이고 깨물었다. 따끔한 통증에 그녀의 몸이
바르작거리는 것을 느끼며 중심을 세웠다. 유륜을 넓게 펼친
혀로 누르듯 핥고는 부풀어 오른 유두를 이를 세워 괴롭혔다.

려화의 몸은 착실하게 반응했다. 그의 손과 입술 혀가 닿
는 모든 곳에서 열이 올랐다. 자꾸만 허리가 들썩이는 것이
려화의 수치심을 일으켰다.

붉어진 얼굴이, 자꾸만 달뜬 숨을 뱉는 입술이 마음대로

제어되지 않았다. 얼마나 휘강의 손길과 입술에 익숙해졌는가. 그것이 싫은 듯 좋은 듯 마음이 어지러웠다.

"아웃, 흐윽……! 아응!"

중지가 촉촉하게 젖어 드는 걸 느끼며 휘강이 손가락 하나를 더 늘렸다. 그의 약지가 려화의 음부를 간질이다간 꽉 조인 입구를 파고들어 들어갔다.

중지와 약지가 함께 안을 헤집는 느낌에 려화가 본능적으로 밀지의 입구를 꽉 조였다. 왈칵, 그 조여든 안쪽으로 물이 쏟아졌다.

휘강의 손이 움직일 때마다 찌걱이는 소리가 났다. 짜르르하게 퍼지는 열기를 느끼며 려화의 눈가 또한 젖어 들었다.

번번이 관계를 맺을 때마다 려화는 눈물을 짜냈다. 그것이 수치심 때문인지 어떠한 마음의 조화 때문인지는 그녀도 몰랐다. 그저 몸에 퍼진 열기가 간혹 이지를 가진 생명처럼 자신의 가슴을 찌르고 흩어지는 것만 같았다.

그러거든 눈시울이 젖고 눈물이 흘렀다.

휘강은 려화의 눈물을 혀로 핥았다. 짭조름한 맛이 입안에서 금세 흩어진다. 손에 두고 굴리는 것 같다가도, 다시 보면 제 손아귀를 벗어난 것도 같은 려화와 닮았다.

그 쌉싸름한 듯 짠 눈물을 몇 번이고 핥아 삼켜도 휘강의 갈증은 줄지 않았다. 표면적으로나마 휘강의 열기를 식히고 혈기를 눌러 줄 수 있는 것은 려화의 은밀한 곳뿐이라.

휘강의 손이 려화의 등 뒤로 돌아 숨었다. 긁듯이 손톱 짧은 손끝을 세워 그녀의 등에 파인 골을 따라 내려왔다. 아래로 향할수록 그녀의 몸에 소름이 피어오르는 것이 느껴졌다.

입술에 닿는 려화의 도돌도돌한 살갗의 느낌에 휘강이 피식 웃었다. 그제야 부드럽게 변한 입술이 려화의 눈가며 콧대, 인중, 입술을 달랜다.

허엉, 서러운 울음이 터진 려화의 입술을 부드럽게 빨아삼키고 입천장을 혀로 다정하게 어루만진다.

경련하듯 빠르게 손가락을 죄었다 풀어 대는 려화의 안쪽으로 휘강은 검지까지 집어넣었다. 이제는 빠듯하다. 묵직한 느낌에 려화가 허리를 조금 들어 올렸다. 각도가 바뀐 휘강의 손가락이 안쪽을 훅 질러 들어오는 느낌에 려화가 안을 조이며 휘강의 어깨를 두 손으로 붙잡았다.

"폐하……."

애타는 목소리였다. 갈증은 이제 와 오직 휘강의 것만은 아니었다. 몸이 먼저 그를 품어 적응한 것이 슬픈 것인가. 이제는 시작처럼 거칠지 않은 휘강의 행위에도 려화는 또 눈물을 터뜨렸다. 무엇이 서러운 것인지도 모르고 말이다.

조금 흐트러지긴 했으나 휘강은 여전히 성장 중이었다. 그가 자신의 가슴팍을 손으로 헤쳤다. 그러잖아도 여름이라 더운 실내가 더욱이 후끈하게 느껴지는 까닭이다.

그러나 려화의 안에 들어갈 준비는 그것만으로 부족했다.

"네가 직접, 짐의 옷을 벗겨 봐라."

휘강이 단숨에 려화의 안을 희롱하던 손가락을 뽑아냈다. 아주 찰나 그대로 헤벌어졌던 려화의 음부가 금시에 다시 좁게 닫혔다. 그가 손을 뽑아내는 것조차 자극으로 느낀 려화의 안쪽에서 물이 흘렀다. 그것이 려화의 등 아래 깔린 치마를 적셨다.

려화는 잠시 숨을 골랐다. 몸을 타고 중구난방으로 날뛰어 대는 열기를 다스렸다. 색색거리던 숨소리가 잦아들고 나서야 려화의 손이 더듬더듬, 휘강의 고름을 잡았다.

어떠한 색스러움도 스미지 않은 손길이었다. 마치 아이가 장난이라도 치듯 서툴기도 하였다. 그러나 그것이 더욱 휘강을 달아오르게 하였다.

려화의 손끝이 휘강의 맨살을 스치는 순간은 찰나였다. 고름을 풀고 허리끈의 매듭을 풀어, 옷을 벗겨 내기 위해 드러난 목덜미부터 어깨를 감싸 쓰다듬고.

바지를 손으로 쥐어 내리고.

팽팽하게 부푼 거근을 품어 묵직한 속곳에 다다라서는 려화의 손이 잠시 멈추고야 말았다.

려화의 시선이 휘강의 눈을 향했다. 그러잖아도 새카만 눈동자는 어둡게 그늘진 얼굴에서도 가장 깊은 어둠을 차지하고 있었다.

그 묵직한 어둠의 한가운데. 동공에 맺힌 작지만 선명한 이채가 려화의 가슴을 뛰게 하였다.

"어찌 멈추는가?"

"……잠시 숨을 골랐습니다."

"왜 이 시점에서?"

"글쎄요. 왜 이 시점에서. 폐하의 거근을 눈으로 보는 것이 두려운 것일까요?"

휘강이 려화의 머리칼을 쓸어 넘겼다. 려화의 눈가를 간지럽히던 잔머리가 깔끔하게 넘어갔다. 티 없이 동그랗고 봉긋한 려화의 하얀 이마가 어쩐지 어여뻐 휘강의 입술이 그곳을 찾았다.

"이제 일 년도 훌쩍 넘었다. 적응하고도 남을 기간인데 이리 귀엽게 구는 이유는 또 뭐냐?"

려화가 휘강의 귓가에 속살거렸다.

"적응이 가능한 크기가 아니란 말입니다."

그와 동시에 려화의 손이 휘강의 속곳을 벗기고, 그 안의 커다란 것을 손에 쥐었다.

한 손으로 쥐는 것이 버거운 크기다. 그것이 단단하게 곧추서서 뜨겁게 달구어져 있었다. 려화가 심호흡을 했다. 휘강이 려화의 등을 받쳐 그녀를 일으켜 앉혔다.

그리곤 려화의 귓가에 입술을 붙이고 낮은 목소리로 말했다.

"앉아 봐라."

낮게 으르렁거리는 목소리였다.

"귀엽게 구는 것을 보고 있으니, 단숨에 꿰뚫고 들어가 너를 울려야만 마음에 차겠다."

***

몇 번이나, 몇 번이고 휘강의 것이 려화의 안을 휘저었다. 그 안에 자신을 풀어놓고 빠져나간 것만 벌써 한 손으로 꼽

65

을 횟수를 넘었다.

끝을 모르고 이어지는 자극에 려화의 눈이 반쯤 풀렸다. 이제는 그녀를 곱게 누인 채 휘강이 그녀의 안을 파고들었다. 밀려 들어오는 휘강의 양물을 느끼며 려화가 으흑, 하고 짧은 숨을 터뜨렸다.

어르고 달래듯 려화의 받친 등을 쓸어내리며 그 속도와 맞추어 휘강이 얕게 움직였다. 깔짝이듯 움직이는 휘강의 것에도 려화는 이미 과하게 몸에 쌓인 자극이 다시금 살아나 휘돎에 몸을 떨었다.

깊은 곳으로 느리게 들어가 끝머리를 돌리는 휘강의 재주에 려화가 허리를 들썩였다. 그만두었으면 하는 마음과, 아예 끝을 보아 까무룩하게 정신을 놓을 때까지 계속되었으면 하는 생각이 려화의 안에서 엎치락뒤치락 반복되었다.

"이번엔 토정하지 않을 것이다."

"폐하, 폐하아……."

려화의 목소리가 잔뜩 쉬었다. 등을 쓰는 손길에까지 몸은 바르작거렸다. 휘강이 버거웠다. 그러나 그렇다 한들, 이성을 유지할 기운을 잃어 본능에 가까워진 려화의 몸은 휘강을 놓치기 싫었다.

그리하여 려화의 다리가 휘강의 허리를 감았다. 꽉 죄는 느낌에 휘강이 미간을 찌푸렸다. 하나 이미 지칠 대로 지친 려화의 얼굴이 그의 아래에 있었다.

느리게, 아주 느리게.

휘강은 정말로 려화를 달래듯 움직였다.

"흐응, 흑, 으읏, 으응⋯⋯."

려화는 간혹 까무룩 기절하듯 수마를 맞이했다가, 또 부드럽게 쌓인 자극이 짜르르하게 등허리를 울리는 것에 퍼뜩 정신을 차리기도 했다. 그러면 제 안을 채운 휘강의 것이 생경하고 선명하게 느껴지는지라.

려화는 저도 모르게 안을 꽉 죄었다. 휘강을 쥐어짜듯이 말이다.

느리게 쌓인 자극 또한 무시 못 할 정도로 덩치를 키울 수 있는 법이다.

려화가 절정하며 그녀의 안쪽이 잘근잘근 휘강의 거근을 씹었다. 그것이 휘강의 안에 쌓였던 감각들 또한 배로 부피를 키우도록 종용했다.

휘강이 뻐근한 느낌을 받으며 려화의 안에서 제 것을 빼냈다. 그리고는 손으로 잡아 훑었다.

언젠가부터 더듬더듬 다가온 려화의 손까지 더해졌다.

휘강이 려화의 가슴 위로 사정했다. 몇 번이고 싸 낸 뒤의 정액은 멀겋기만 했다. 그것이 려화의 가슴이며 옆구리를 타고 흘렀다.

"⋯⋯너무 힘듭니다."

려화가 투정 부리듯 말했다.

"오늘 짐을 이리 도발한 것이 누구였더냐?"

휘강 또한 피곤함에 젖은 목소리로 말했다. 오늘은 려화만큼이나 휘강에게도 진득하고 피곤한 정사였다. 여태까지에 비하자면 유난히 예민하고 과할 정도로 잘 느끼던 려화의 몸에 취해 정신을 잃고 날뛰었다.

려화가 완전히 혼절하지 않은 것만으로도 대견할 지경이었다. 려화의 옆에 풀썩 몸을 눕힌 휘강이 그녀의 땀에 젖은 머리칼을 매만졌다. 이리하면 손끝에 려화의 냄새가 묻어날 것이다.

그것이 이 처소를 나서더라도 려화를 품에 안은 듯 느끼게 할 것이다. 이 사소한 습관이 어떠한 감정에서 나왔는지, 휘강은 알지 못하지만 말이다.

"해서, 만족할 만큼 울리셨습니까?"

잔뜩 쉰 목소리로 려화가 물었다. 그 물음에 휘강은 말없이 려화를 바라보았다. 피곤함에 폭 잠긴 려화의 눈동자가 퍽 귀여웠다.

휘강의 입꼬리가 비스듬히 틀어 올라갔다.

"짐에겐 언제나 부족하기만 하다."

"대체……. 얼마나 저를 울리고 안으셔야 폐하의 벌이 끝날까요?"

려화가 기함한 듯이 물었다. 그러나 그 기색이 질색하는 것으로는 보이지 않아서일까, 휘강은 그리 기분이 나쁘지 않았다. 그저 장난스러움이 마음 안에 가득 차는 것이 꼭 과거의 한때를 느끼게 했다.

"네가 죽음을 꿈꾸지 않을 때라면 고려해 보마."

"……이제 죽음으로 죄를 갚을 생각은 하지 않습니다."

"웬일로 대견한 소리를 다 해? 아까 짐을 미워한다 말했던 것이 마음에 걸려 그런 것이더냐?"

이죽거리는 듯도 들리는 휘강의 목소리에, 려화가 졸린 눈에 힘을 주어 그를 흘겨보았다. 그러고는 앙다물고 있던 입을 열어 답하였다.

"아직도 폐하께서는, 저를 모르십니다."

"짐이 알아야 하는가?"

"……모르셔도 됩니다."

"하나 마음을 돌린 연유는 궁금하니, 답해 보라. 왜?"

정말로 모르겠냐는 얼굴로, 려화가 휘강을 바라보았다. 휘강은 주인의 이에 깨물렸다 돌아온 바람에 붉어진 려화의 입술을 매만졌다. 꼭 려화의 이에 괴롭힘당한 것이 아니어도, 휘강의 희롱으로 이미 많이 부풀어 있던 입술은 통통하고 뜨끈하게 달아올라 있었다.

"……억울해서 그렇습니다. 억울해서."

"억울할 것이 따로 있나?"

"폐하께 이만큼이나 벌을 받고, 또 제 명줄까지 바쳐 죄를 사해야 한다면 그처럼 억울한 일이 어디에 있겠습니까?"

듣고 보니 려화의 말이 틀린 데가 없었다. 하여 휘강은 멋쩍은 웃음으로 답하고, 려화의 눈꺼풀을 제 손으로 덮어 내려 주었다.

"알았으니 잠이나 들라. 한동안 찾지 않을 터이니 몸 보전하고."

"……죄인을 생각해 주시는 마음에 감읍합니다."

"울지 않는 눈으로 감읍한단 소리는 그만두고."

"이미 많이 울지 않았습니까? 눈물이 모자라 그런 것이니,

이번에는…… 트집을 잡지 말아 주셔요……."

휘강이 기어이 참지 못하고 키득거렸다. 투정을 부리는 려화의 말이 귀여워 별수 없었다. 다만 그녀의 말꼬리가 점점 잦아드는 것에 보통을 넘는 피로를 읽었다.

그럴 만했다. 이제는 정말로 돌아가야 할 시간이었다. 밤이 짧아진 만큼 이른 여명은 진즉 시작되었고, 휘강은 어쩌면 이미 돌아갈 때를 놓쳤다.

려화의 숨소리가 고르게 바뀌었다. 간혹 목이 아픈지 잠든 와중에도 기침을 콜록거렸다. 휘강은 탁자에서 물을 머금고 잠든 려화의 입안으로 흘려주었다.

잠이 든 채로도 물이 그리 달가웠는지 꼴깍꼴깍 잘도 삼키는 려화를 보며, 휘강은 처음으로 유배소 안 처소에서 아주 오래 머물렀다. 그러곤 늦게야 걸음을 옮겼다.

7장. 낙화

탱자나무 울타리를 넘었던 첫 산책의 끝이 안 좋았던 까닭인지 그 후로 려화는 다시금 바깥으로 나오지 않았다.

아니, 깊이 파고들어 그녀의 사정을 아는 사람이라면 이유가 그것이 아님을 알았을 것이다. 려화는 휘강과의 진득한 정사 이후 몸이 도무지 회복되지 않아 처소에만 머물렀다.

그러잖아도 여름의 더운 날씨 때문인지 입맛이 줄어 버린지라 회복은 더 더뎠다. 사이사이 휘강이 려화를 찾지 않은 것도 아닌지라 더욱.

지난밤처럼 격하게 려화를 괴롭히지는 않았으나 려화의 밤 시간 일부를 가져갔다. 까무룩 조는 려화의 곁을 그저 지켜보다 갈 때도 있었지만 말이다.

사실 어찌 보면 휘강의 방문이 그리 려화를 지치게 하지 않은 것도 같았다. 하나 영문도 없이 려화의 지친 몸은 쉬이 회복될 기미를 몰랐다.

그런 려화를 보고자 하는 이가 있었다. 석류군의 붉은 치마를 흩날리며 고급 비단 양산을 쓰고 홀로 걸어온 이의 이름은 구향설.

붉은 입술이 매력적인 여인이었다.

"들어갈 수 없소."

그녀의 방문은 탱자나무 울타리 입구에서 막혔다. 하는 일도 없이 그저 울타리 앞만 지키는 신세가 된 은호에게 오랜만에 할 일이 생긴 것이다.

"그건 안됩니다. 그렇지만 울타리 너머로 이야기는 나눌 수 있지 않겠어요?"

"그게 될 거라고 보오?"

은호가 향설의 철없는 말에 피식 웃으며 답했다.

사실 위리안치하는 형벌을 받은 죄인에게 말을 붙이는 것이야 아주 법을 어기는 것은 아니었다.

그러나 황제가 엄히 다스려 내린 벌이었다. 황제의 미움을 산 자였다. 그러니 처음엔 누구도 먼저 려화에게 말을 붙이는 일을 꺼렸다. 그것이 암묵적으로 죄인을 완벽히 사회적으로도 격리하는 것처럼 굳어졌다.

뒤로는 려화의 처지가 조금 바뀌고 나서도, 섣불리 려화에게 말을 붙이지 않았다.

"어머나. 소녀가 아는 위리안치의 형벌이 언제 말조차 붙이지 못하는 것으로 바뀌었을까요?"

"그런 건 나는 모르오. 그저 안 되오. 그러니 돌아가시오."

은호가 성벽처럼 향설의 앞을 막아서고 그리 말했다. 앞을 막아선 은호의 몸뚱이보다 그녀의 태도가 더욱 단단한 벽이었다.

그럼에도 향설은 개의치 않았다.

"오늘이 안 되면 내일 다시 올까요?"

"내일이라고 되겠소?"

"그럼 다음 날도요."

은호가 미간에 골을 만들고야 말았다. 이리 진득하게 찾아와 귀찮게 굴겠다는 향설이 곱게 보일 리가 없었다. 더군다나 그녀는 후궁 후보로 궁에 들어왔다.

려화의 속이야 은호가 채 다 모른다지만, 려화의 입장만을 놓고 봐도 후궁 후보인 향설이 이리 손님으로 찾아오는 것이 려화에게 달가울 일은 아니었다.

더군다나 하필 려화의 식욕이 줄고 기운이 빠지며 예민해지기 시작할 무렵이, 황궁에 후궁 후보들이 들어올 때와 맞물렸다.

은호는 려화가 인정만 하지 않는다 뿐, 분명 마음 깊은 곳에선 후궁 후보들이 들어온 것에 신경이 쓰이고 있을 것으로 생각하였다.

절대로, 향설을 려화와 엮이게 두지 않을 생각이었다.

"매일 찾아와 날 귀찮게 한다 해도, 나는 당신이 내가 감시하는 자와 이야기 나누는 것을 허하지 않을 것이오."

하나 향설은 보통이 넘었다.

"어머나. 당신이 뭔데요?"

"황제 폐하의 직속 무사요."

"아뇨. 여기서 무사님이 하고 있으신 역할 말이에요."

"죄인……을 감시하고 있잖소."

향설이 피식 웃었다. 상황으로는 그녀의 입가에 매달린 미소가 분명 뒤틀려 있어야 하건만, 그녀의 미소는 깔끔하고 해사하기만 했다.

그것이 더욱 향설을 보통이 넘는 여인으로 보이게 했다.

"그럼 감시만 하세요. 당신이 폐하의 여인도 아닌데 내 앞길을 막지 말고."

할 말을 잃은 은호가 입을 꾹 다물고 대신에 향설을 죽어라 노려보았다. 그 시선이 검 끝처럼 날카로워 아프게 느낄 만도 하건만 향설은 여전히 웃는 낯이었다.

은호의 언성이 커졌던 까닭인지 바깥의 소란을 살피기 위해 산여가 빼꼼 나와 보았다. 근래 려화의 몸이 계속 좋지 않으니, 일찍부터 려화를 살피기 위해 와 있던 것이었다.

산여는 바깥 동정을 살피고는 후다닥 돌아 들어갔다. 그래도 오늘은 려화가 조금 기운을 차렸다. 침상에서 일어나 탁자에서 식사하고 있던 려화가 돌아 들어오는 산여를 보며 고개를 갸웃했다.

"무슨 일이라니?"

"웬 여인이 와서 무사님과 대치하고 있어!"

"대치? 여인이?"

산여가 눈치가 없는 편은 아니었으나, 그저 별일 아니었다고 넘기기엔 려화의 앞에서 너무 솔직했다. 그래서 본 것을 그대로 전했다. 하여 려화는 웬 여인인가 하고 고개를 갸웃하다가, 울타리를 넘었던 첫 외유에서 마주친 뇌리에 박힌 여인을 기억해 냈다.

"혹, 여인이 입술이 붉고 입매가 아름다웠어?"

"그리 자세히 보진 못했는데……."

"그럼 양산은? 비단 양산을 쓰고 있던?"

"……글쎄."

은호에게 려화가 자신을 배웅 왔던 길 후궁 후보를 마주쳤던 애기를 전해 들었던 산여였다. 그러니 려화가 저리 꼬치꼬치 캐묻는 이유를 짐작한 산여가 뒤늦게 말을 돌렸다.

너무 뒤늦었다. 려화는 이미 지금 유배소를 찾은 여인이 일전의 향설이 맞음을 확신했다. 하여 거짓말을 하고는 오히려 제 눈동자에서 눈을 떼지 못하는 산여를 보고, 려화는 귀여운 것을 보듯 웃었다.

수척한 감이 아직 남은 려화의 얼굴을 마주하는 산여는 괜히 속이 탔다. 원래 거짓말에는 재능이 없긴 하였다. 그래도 사는 데에 지장을 느끼지는 않았는데, 오늘은 그런 자신이 좀 미웠다.

"어쨌든 궁금하니, 잠시 나가 봐야겠다."

"언니! 식사도 아직이잖아."

"거의 먹었어."

"반도 못 비워 놓고!"

산여의 반응이야 어찌 되었든, 결국 려화는 자리에서 일어났다.

"점심은 양껏 먹을게."

모시는 려화가 이리 단호하게 구니 산여는 물러날밖에 도리가 없었다. 그나마 걸어 볼 소망이라곤 향설이 은호와의 대거리 뒤 떠나갔길 바라는 것뿐이었다. 바깥은 조용했으니 말이다.

그러나 산여의 소망은 산산이 부서졌다. 향설과 은호는 그저 말없이 대치하고 있었기에 조용한 것이었다. 처소에서 려화가 나오는 인기척에 은호가 먼저 고개를 돌렸고, 그를 따라 시선을 준 향설은 려화의 얼굴이 보이자 만면에 화색을 띠었다.

"일전에 보았던 후궁 후보 구향설이라 해요."

향설은 은호를 없는 사람인 양 무시하고 려화에게 인사를 건넸다. 은호가 려화에게 보이지 않도록 향설을 가리고 있었으나, 바지 차림인 무복으로 폭넓은 치맛단을 가리기는 역부족이었다.

하여 려화는 무슨 생각인지 향설과 은호가 있는 곳까지 나아갔다. 은호의 곁에 멈춘 려화가 제 무사의 어깨를 짚었다.

그것이 비켜도 좋다는 신호인 것을 알지만, 은호는 딱 버티고 섰다.

"나를 걱정해 주는 마음은 고맙지만, 괜찮아요."

려화는 그 자신도 사람을 상대하는 것에 익숙지 않지만, 적어도 은호보다는 낫다고 생각했다. 향설이 보통은 아닌 여인이라고 느꼈다. 첫 만남 한 번으로 말이다.

제 사람으로 만들었다 여기는 은호가 마음고생하느니 자신이 직접 상대하는 게 나았다. 려화는 그리 여겼다.

"제가 걱정할 만한 손님인가요?"

향설이 깜찍하게 눈을 깜박이며 말했다. 양산이 만든 흐린 그림자 아래에서도 피부가 윤이 나는 여인의 눈 깜박임은 정말이지 그림처럼, 비단 인형처럼 아름다웠다.

"아니라 하긴 어렵겠습니다. 폐하께서 세우신 울타리 안의 죄인에게 말을 걸겠다는 이가, 보통 사람은 아닐 테니 말입니다."

역시나 향설은 보통이 아니었다. 그러니 려화도 부드럽게 넘기기보다는 단호하게 나갔다. 향설은 은호를 상대할 때처럼 마냥 웃고 있지만은 않았다. 그녀의 얼굴에 시무룩한 표정이 깃들었다.

곧 눈물이라도 터뜨릴 것처럼 그렁그렁해선, 상대를 나쁜 사람으로 만드는 재주가 참으로 대단했다.

"나는 그저, 내가 후궁이 된다면 다 같은 폐하의 여인이니 정답게 지내고 싶어 그런 것인데……."

"후궁과 죄인 계집이 어찌 같겠습니까?"

려화의 말에 향설은 금세 눈물을 거두었다. 그리고는 정말 당연한 것을 묻느냐는 얼굴로 답하기를.

"넓은 황궁에 갇히나, 좁은 울타리에 갇히나. 폐하만을 목 빼고 기다리며 그 덧없는 정에 목매는 신세인 것이 뭐가 다르겠어요?"

려화조차도 향설의 방금 발언에는 얼이 빠졌다. 누가 감히 죄인과 첩지를 받고 황제의 여인이 된 후궁을 같은 선상에 두겠는가.

생각조차 닿지 않는 일을 아무렇지 않게 말하는 향설의 앞에서 말문이 막히지 않을 자가 몇이나 되겠냔 말이다.

"제 말이 틀린 건가요?"

"어디 가서 함부로 꺼낼 이야기는 아니겠지요."

"틀리다 여기진 않는단 말이로군요. 역시, 제 생각이 맞았어요."

"무엇이 말입니까?"

"당신과 내가 잘 통할 것 같다는 생각 말이에요."

향설의 붉은 입술이 다시금 호선을 그렸다. 려화는 진이 빠진 얼굴로 한숨을 푹 내쉬었다.

인정하기는 싫지만, 죄인과 후궁의 처지가 같다는 향설의 말에 일순 동의했다.

그녀의 교태 넘치는 태도는 차지하고 당당한 말투나 분위기는 나쁘지 않았다.

그래, 솔직히 려화는 자신의 처지가 지금과 같지 않고 향설과 이리 만나지 않았으면 그녀에게 매력을 느꼈을지도 모른다. 그러한 생각이 들었다.

하나 경계해야 할 대상이다. 후궁 후보씩이나 되는 여인이 보통이 넘지 않고서야 이리 죄인의 처소를 찾아올 일은 없으니 말이다.

"계속 이 가시 울타리를 사이에 두고 이야기를 나눠야 할까요?"

"불편하면 돌아가면 됩니다."

"그럼 불편하니 오늘은 돌아가지요, 뭐. 허면 내일 또 봐요."

향설은 만족할 만큼 려화와 대화를 나눈 것인지, 아주 깔끔하게 돌아섰다.

다만 내일을 기약했지만 말이다.

*
**

향설의 방문은 다음 날 하루로 끝나지 않았다. 일주를 넘어 열흘마저 넘겼다. 그리 매일 찾아와 울타리를 사이에 두고 사소한 한마디라도 려화에게 건네고 나서야 사라졌다.

어느 날은 몇 시간이고 자리를 지키기도 했다. 향설을 지켜 주는 것은 그녀가 들고 온 비단 양산 하나였다. 그것으로 햇살만을 막은 채, 간혹 비라도 온다면 양산이 우산으로 바뀌긴 하였으나 매일 같은 모습이었다.

이쯤 되면 울타리 안에 발을 붙이고 향설을 내쫓는 려화가 자신이 나쁜 사람이 된 기분을 느끼고야 마는 것이다.

딱 보름을 채운 시점, 기운을 조금 차린 려화는 결국엔 이러한 말을 꺼내고야 말았다.

"좀 거닐며 이야기하죠."

"이제 조금 당신 안에 있는 마음의 문이 열렸네요."

향설은 항상 그랬듯 붉은 입술을 끌어올리며 어여쁘게 웃었다. 그리고 향설이 려화에게 손을 내밀었다.

"기왕 이리된 것, 손도 잡아 주시겠어요?"

려화가 피식 웃으며 혀를 찼다. 그러나 마냥 웃는 얼굴에 침을 뱉기도 뭐하니, 기어이 려화의 손이 조심스레 향설의 손에 닿았다. 그 모습을 은호가 지켜보았다.

은호는 향설과 려화의 열 걸음 뒤를 따랐다. 그들은 려화가 발 갈 수 있는 곳을 따라 느리게 걸었다. 황궁 안이야 어디를 걷더라도 사람의 손길이 닿아 곱게 가꿔진 수목과 꽃들이 만개했다. 더욱이 황제궁 곁이었다. 굳이 볼거리를 찾아 어디를 헤맬 필요가 없었다.

"소식이 느린 내게도 곧 후궁 후보들 일부를 추려 출궁시킨단 말이 돌고 있는데, 어찌 당신은 태평하게 나만 찾아옵니까?"

"둘 중 하나겠죠."

"믿는 뒷배가 있거나, 애당초 생각도 않았거나?"

어느새 려화의 손을 놓은 향설이 근저에 앉을 자리가 있는 것을 발견하고는 그곳으로 가 털썩 궁둥이를 붙였다.

향설의 스스럼없는 태도에 려화가 더 놀랐다.

"와서 앉아요. 다리 아프지 않아요? 한동안 기력도 쇠했다고 들었는데."

거기다 제게도 자리를 권하는 것에, 려화는 또 한 번 향설의 앞에서 얼이 빠지고야 말았다.

"난 괜찮아요."

"와서 앉아요. 볕이 좋아서 돌난간이라도 서늘하지 않으니."

"정말로, 괜찮아요."

"내 옆에 앉는 게 싫은가요?"

려화가 고개를 저었다. 향설의 옆에 자리를 잡고 앉는 것이 마냥 싫었다면 애초에 그녀를 따라 이리 울타리를 넘어 나오지도 않았다.

궁녀복을 입었을 때라면 모를까. 혹은 아비와 오라비에게 검을 배울 때 입던 편한 무복을 입었으면 또 모를까.

지금 려화의 꼴이 이렇다 하지만 본디 그녀도 과거에는 지방의 한 성을 다스리던 태부의 딸이었다. 그러니 고운 옷을 성장한 때에는 몸가짐을 조심히 하는 귀족 자제 그 자체였다.

이유를 하나 더 찾자면, 려화는 지금 조금이라도 딱딱한 곳에 앉고 싶지 않았다. 휘강과의 격했던 정사 때문인지 딱딱한 곳에 함부로 앉으면 외려 서 있는 것보다 몸이 힘들었다.

"그 애매한 웃음을 내가 싫지만은 않아서라고 받아들여도 되겠죠?"

향설이 입술을 뾰족이며 말했다. 려화는 짧게 한숨 쉬듯 웃으며 한 번 고개를 끄덕였다. 마냥 미워하기에는 조금, 조금 아까운 데가 있는 여인이었다.

여태 본 것까지는 그랬다.

"참, 하던 이야기를 계속해요. 당신, 그러니까…… 려화라고 불러도 되죠?"

"그리하세요."

"려화가 짚은 두 가지도 틀린 것은 아니지만, 내가 말한 두 가지는 이것이에요. 폐하의 마음에 들 자신이 있거나, 아니면 처음부터 후궁이 될 마음이 없이 궁에 들어왔거나."

려화가 향설의 이야기에 고개를 갸웃거렸다.

"후궁이 될 마음이 없이 궁에 들어왔다고요?"

"난 아니지만, 분명히 그런 여인들도 있죠. 우리네 여인들이란 다 같지 않겠어요?"

려화가 향설의 말을 받듯이 중얼거렸다.

"내 마음 가는 대로 살지 못하는 신세……."

"그렇죠! 어쩜 이리 나와 생각이 잘 맞을까."

려화는 향설의 호들갑을 웃어넘겼다. 손짓 표정 목소리 하나 빼지 않고 교태와 사랑스러움이 넘치는 여인이었다. 답을 주진 않았지만, 려화는 자신이 이미 향설에게 함락되었음을 깨달았다.

그러나 한편으로는 휘강의 곁에 선 향설을 떠올리고 있었다.

저와 비슷한 신장, 비슷한 체격이었으나 얼굴에 화사함과 생기발랄한 사랑스러움이 넘치는 향설을 세우니.

휘강과 이다지도 잘 어울릴 수가 없었다.

이것이 다 무슨 상관이라고, 신경 쓰고 있는 자신이 우스워져 려화는 고개를 숙이고 쓸쓸하게 미소 지었다.

"참, 려화도 나를 향설이라고 불러 줘요. 그저 설아, 하고 불러도 좋고요."

"내가 설아 하고 부르면 당신은 나를 화아라고 부르겠군요."

"애정을 담아 부르는 게 싫으세요?"

"글쎄요. 당신이 싫지 않은 건 인정할게요. 내 입장이 이러해 경계를 늦출 순 없지만요."

향설이 새침한 얼굴이 되어선 려화를 밉지 않게 흘겼다. 이러한 모습이 전부 꾸며 낸 것이라면 향설은 그야말로 보통이 훌쩍 넘는 여인일 것이다.

"내가 폐하의 후궁이 되려 하니까요?"

"그런 이유는 아닙니다."

려화는 단호하게 답했으나, 향설은 그것이 려화의 본심 전부는 아닐 것이라 확신했다. 그녀의 감은 남들보다 훨씬 뛰어났다. 그러나 조금이나마 마음의 빗장이 풀린 려화에게 다시 경계심을 불러일으킬 필요가 있겠는가.

향설은 그녀의 마음을 슬쩍 엿보게 된 것에 금시에 관심을 끄고 해사하게 웃었다. 후궁 후보인 향설이나 그는 황제인 휘강의 여인인 려화가 황제에게 마음이 있든, 아니든. 그런 것에 연연하지 않았다.

"그리 딱딱하게 굴지 말아요, 화아. 아, 화아라 부르는 걸 허락하지 않았었죠? 내가 함부로 불러서 혹시 기분 나쁜가요?"

"편히 부르세요."

"좋아요! 화아."

그리 말하고, 잠시 려화와 함께 아무 말도 없이 눈앞의 궁궐을 바라보던 향설이 대수롭지 않게 말을 꺼냈다.

"참, 후궁이 될 마음이 없는 후보라면 나보다 더 편히 만날수 있겠어요?"

"어느 쪽이든 죄인의 입장으로 사람을 대하는 것이 편치는 않겠지요."

"흐음······."

향설이 또 입술을 비죽였다. 그녀가 양산의 대를 어깨에 대고는 빙글 돌렸다. 비단 양산의 그림자가 따라서 팽그르르 돌았다.

"글쎄요. 당신이 언제까지고 지금처럼 죄인일까요?"

어쩌면 지금 향설의 말은 려화가 듣기에, 원래의 주제와는 동떨어졌다. 그러나 완전히 맥락이 엇나간 것은 아니기에 그냥 답을 주었다.

"폐하의 앞에서 폐하를 능멸한 죄가 쉽게 사하여질까요?"

"생각을 달리해 봐요. 화아는 자신에게 모욕을 준 사람을 용서할 생각이 없다면, 그렇대도 그 사람과 몸을 섞을 생각이 들겠어요?"

직설적인 말에 려화의 얼굴이 삽시간에 붉어졌다. 향설은 그런 려화를 보고 귀여워 죽겠다는 듯 키득거렸다. 기어이 깔깔거리며 커진 향설의 웃음소리는 카랑카랑한 것이 듣기에 좋았다.

"어찌 그리 삿된 말을 쉽게 꺼냅니까!"

"그래요, 그건 미안해요, 화아!"

그리 화사하게 웃는데 계속 화를 내기도 미안할 지경이었다. 이러건대, 상대의 태도를 보고도 행동을 바꾸지 않는 휘강이 참 대단하게 느껴졌다.

해서 려화는 향설을 따라 조금 웃고는, 다소 자조적으로 말했다.

"이 궁에서 말을 함부로 했다가는 어떤 꼴이 될지 모릅니다. 혹자는 복마전이라 하더군요. 향설, 당신도 조심하세요."

향설이 얼굴에서 웃음을 거두었다. 그러고는 제법 진지한 것도 같고, 어쩌면 애틋하거나 안타까운 것도 같은 복잡한 눈으로 려화를 똑바로 보며 답했다.

"그리할게요."

그것으로 향설의 답은 끝이 아니었다. 향설은 멀쩡히 웃는 낯이 되어 다시금 후궁 후보의 이야기를 꺼냈다.

"그래서, 아직도 당신에게 호의적이고 폐하께는 관심 없는 후궁 후보를 만나 볼 생각은 없는 건가요?"

**

"후궁 후보 중 적어도 셋은, 아니 다섯은 첩지를 내렸으면 좋겠습니다."

"소손이 알아서 하겠습니다."

태황태후는 일차로 후보를 걸러 출궁을 앞둔 와중에도 후궁 후보의 얼굴조차 제대로 살피지 않는 휘강을 보며 전전긍긍했다. 그러니 근래에 들어서는 휘강을 매일 불러 앉히고 후궁에 대해 논했다.

곧 죽어갈 듯 나약해졌던 태황태후, 자신의 조모가 기운을 차린 것은 기쁠 일이었으나 휘강은 조금 피곤했다. 아니, 다소 많이 피곤해졌다.

낮에는 신료들이 어서 후궁을 뽑으시라 조용한 압박을 가하고, 저녁 무렵부터 밤까지는 태황태후가 자신을 불러 후궁에 대해 논하니 말이다.

낮의 일이야 그렇다 하고, 밤에 이리 태황태후가 자신을 불러내는 것에는 다른 이유 또한 있으리라 휘강은 짐작했다.

생각하고 말고 할 것도 없었다. 태황태후가 자신이 려화를 품으러 거의 매일을 유배소에 들르는 것을 아는 것이다. 그것을 조금이라도 막아 보고자 이러는 것이겠지.

"도성과 먼 곳에서 자라 철모르고 입을 놀리는 계집보다야 곱게 자라 어여쁘고 순종적인 여인이 백번 낫지 않겠어요. 그러니 이 할미 말을 들읍시다, 황상."

"……알아서 하겠다 하였습니다."

역시나. 휘강의 예상대로였다. 태황태후는 인간의 정이란 눈에서 먼저 멀어져야 마음도 정도 떨어진다고 생각하는 사람이었다. 그리 믿지 않고서야 버틸 재간이 없는 삶을 살았으니 말이다.

해서 휘강을 려화와 좀 떨어뜨려 놓고, 후궁 후보들을 자주 보게 하려 굴었다. 얼마 전에는 아예 자신의 궁에 후보 중 눈여겨본 몇을 불러다 놓고 휘강을 부르기까지 했다.

휘강은 그날, 단 한 번도 그래 본 적이 없거늘 조모와 눈이 마주치자마자 태황태후전에서 돌아 나왔다.

그 뒤로 태황태후가 직접 후보를 불러다 놓고 휘강을 부른 적은 없지만, 대신에 후궁에 대한 집착은 더욱 집요해졌다.

"그래요. 황상이 알아서 잘하겠지만……. 역시 할미 생각엔 다섯이 좋겠네요. 아시겠지요?"

계속해서 같은 말을 주고받으며 도돌이표를 반복하다 보니, 휘강은 슬슬 이러다 제가 미쳐 조모의 앞에서 광증이 일지는 않을까 싶어졌다. 그의 입가에 살벌한 미소가 내리 앉았다.

휘강의 말을 무시하며 제 할 말만 잘 해오던 태황태후가 하얗게 질리며 말을 멈추었다. 휘강의 미소가 자신의 지아비였던 계도제를 고스란히 닮았다.

아들에게서 느끼지 못했던 지아비를 손자에게서 느끼게 될 줄은 몰랐다.

그 때문이었을까?

"……아무렴, 황제가 되면 모름지기 대를 이어 다음 황제가 될 원자를 보는 것이 중요합니다. 그를 지켜 줄 상냥한 아비가 되는 것이 또 중요하고 또……."

"알고 있습니다. 소손이 태자일 적의 애기를 갑자기 꺼내십니까?"

태황태후는 여전히 휘강의 말이 들리지 않는다는 듯이 말을 이었다. 그러나, 아까 고의로 무시하던 때와는 느낌이 달랐다.

"또, 또……. 덕을 쌓아 주세요. 덕을 쌓아 후대에 물려주는 기분으로, 황제를, 내 아들을 살려 주세요. 태자."

"할마마마……?"

"그래 주세요."

언제 싸늘한 얼굴이었냐는 듯, 휘강이 진심으로 조모를 걱정하는 표정을 지었다. 그것으로 모자라 흔치 않게 태황태후의 주름진 손을 끌어 붙잡았다.

앞에 앉혀 놓은 휘강은 두고 더 먼 곳 어딘가를 바라보듯 흐려졌던 태황태후의 눈빛이 일순 다시 명정함을 찾았다.

"혹, 방금 이 할미가 무슨 실수를 했습니까?"

"그저 과거를 추억하셨습니다."

태황태후의 낯빛이 붉어졌다. 자신의 정신이 멀쩡하지 않았던 것이, 그것이 잠깐이었더라도 수치스러워 견딜 수가 없었다.

요즈음 깜빡거리는 일이야 잦아졌지만 이리 정신을 놓은 것은 처음이었다.

일생을 꼿꼿하게 살았다. 죽는 날까지 그리 살다가 갈 줄 알았건만…….

"오늘은 이만하지요. 밤이 깊었으니 황상께서도 돌아가 보는 것이 좋겠습니다."

"그리하겠습니다. 내일 해가 뜨면……."

태황태후가 인상을 찌푸리고 휘강에게 단호히 고개를 저어 보였다.

"의원을 보내겠단 이야기라면 됐어요. 건강을 찾은 지 얼마 되지 않았는데, 무리해 잠시 정신이 흐려진 것일 겁니다."

태황태후의 완고함에 휘강은 얕은 한숨과 함께 자리에서 일어났다. 당사자가 원치 않는데 진맥을 받게 한들 무슨 소용이겠는가.

외상이든 내상이든, 병이든 무엇이든 약과 의원을 의심하는 이상 치료에는 차도가 없는 법이다. 태황태후에게도 생각이 있으니 그러겠거니, 일단은 그리 넘길 밖에야.

"부디 강녕하십시오. 할마마마."

휘강은 진심이 담긴 인사와 함께 무거운 걸음으로 태황태후의 궁을 나왔다. 조모의 말대로 밤이 깊었으니 려화는 잠에 빠졌을 것이다. 밤이 어두워 그만큼 달이 밝았으니 말이다.

그답지 않게 걸음이 자꾸만 헤매었다. 갑작스레 얹힌 답답함을 풀기 위해 려화를 찾고 싶건만, 잠든 그녀를 깨울 생각은 들지 않았기에.

휘강이 이런 배려를 할 작자가 아니었다. 하나 얼마 전 려화를 격정적으로 탐한 뒤, 도무지 약 먹은 병아리처럼 기운을 차리지 못하는 것을 보았다.

그런 려화를 안고 싶지는 않았다. 눈앞에 보이면 결국은 탐하고 말 것이기에, 결국 휘강의 걸음은 황제궁으로 향했다. 어차피 끝 무렵 가는 길은 같다 하여도 목적지는 확실히 정해진 것이다.

이 시각, 이런 곳에서 마주칠 줄 알았기에 이리 쉽게 걸음을 포기했던 것일까.

"몸도 좋지 않은 계집이 이 시각엔 웬일로 깨어 있느냐?"

어느 길목이었다. 색색 화려한 여름 꽃이 만개한 곳에, 은호가 전한 이야기로 하이얀 수국을 옮겨 심은 곳이었다. 달을 닮아 작은 꽃들이 동그랗게 모여 핀 그곳에 려화가 같은 색의 하얀 옷을 입고 서 있었다.

작은 꽃잎이 말라 땅에 떨어지듯, 려화도 하나, 둘 떨어진 이파리처럼 날려 사라질 것 같은 풍경이었다.

한 폭의 그림 같아 움직이지 않을 것처럼 보이던 려화의 고개가 휘강을 향했다. 수척한 얼굴은 전보다는 살이 올랐으나 여전했다. 흐린 듯 선명한 달빛을 받으며 웃는 려화의 얼굴에는 수심이 가득했다.

"꽃구경을 하고 싶었습니다. 무사님께 수국을 심은 곳이 있다는 말을 전해 들어서요."

사람이 길을 지나지 않는 늦은 밤, 허공에 울려 퍼지는 려화의 목소리는 딱 기분을 편하게 할 정도로 잔잔했다.

그래서였을까, 휘강은 관자놀이에서 느껴지던 묵직한 둔통이 조금 달아난 것을 느꼈다. 날씨조차 그를, 혹은 그녀를 돕는 것처럼 여름답지 않게 적절히 선선했다. 바람은 습했지만 덥지 않으니 그것도 부드러운 비단이 감기는 것처럼 여겨져 그리 기분 나쁘게 여겨지지 않았다.

그림처럼 서 있던 려화가 걸음을 옮겼다. 바람이 부는 찰나였다. 수국 꽃의 시원한 풋내가 섞인 바람이 려화의 치맛자락에 휘감겼다.

하얀 치맛단이 수국 꽃의 흰 빛깔과 고스란히 닮았다. 그리 수국을 닮은 려화는 다가와 휘강의 목을 끌어안고 그의 품에 제 몸을 맡기듯 안겼다.

"네가 무슨 일로 이리 기특한 짓이냐?"

"폐하께 감사를 드리고 싶었습니다. 제가 가벼이 흘린 말을 전해 들으시곤 준비해 주신 것이잖아요."

"그렇게 마음에 들었나?"

려화가 대답을 대신해 수줍게 웃었다. 그것이 퍽 기특해 휘강은 려화의 얼굴을 가볍게 쓸어 주었다. 입술을 맞대고 싶었지만, 그것은 참아 넘겼다.

도저히 입술만으로 끝낼 수 있을 것 같지가 않았다. 한데 지금 자신의 기분이 썩 좋지 않으니, 분명 정사는 격해질 것이었다. 지금도 수척한 려화였다. 더군다나 식사량은 계속 줄기만 하고 늘 줄을 모른다고 하니 앞으로도 쉬이 기력을 회복하긴 글렀다.

휘강은 오래도록 려화에게 벌을 내릴 생각이었다. 지금 와서는 이것이 벌인지 아닌지를 따지는 것이 우스울 지경이 되었어도 말이다.

"여전히 밥은 새 모이만큼 먹는다지?"

"식사량을 늘리려 애쓰고 있습니다."

휘강이 려화의 손을 붙잡아 이끌었다. 만개한 수국을 심은 자리 옆에는 한사람이 앉아 구경하면 딱 좋을 크기의 낮은 돌기둥이 있었다.

휘강이 그곳에 려화를 앉혔다. 려화는 잠시 낯빛이 희게 질렸다. 낮에 볕을 가득 머금어 따뜻하게 데워진 돌 턱에도 앉지 않았었는데, 지금은 감히 황제가 권하는 것이니 거절할 수도 없어 앉았거늘.

아릿하게 쑤셔 오는 아랫배는 한기를 금세 받아들였다. 배에 얼음이 들어앉은 느낌에 밤이어도 한여름이라 춥지도 않건만 려화의 온몸에 소름이 돋았다.

휘강이 흘긋 그런 려화의 모습을 보고는 짧게 혀를 찼다. 제가 생각하던 것보다 더욱 속이 곪아 있는 것이 아닌가 싶어졌다.

그가 곤룡포를 벗었다. 앉혔던 려화를 다시 일으키고, 곤룡포를 돌기둥 위에 둘둘 말아 폭신하게 깔았다. 그러고 난 다음에 다시 려화를 앉혔다.

려화의 안색이 한결 나아진 것을 확인하고 휘강이 한숨을 푹 내쉬었다.

"쥐뿔도 모르는 너나 네 궁녀만 믿고 맡겨 두었다간 사달이 나겠군."

"그렇지 않습니다. 이제 발길 갈 곳도 넓어졌으니 걸음도 걷고 하다 보면 먹는 양도 자연스레 늘 것을요."

"아니. 짐이 믿지 못하겠으니 역시 그것만으론 안 되겠다. 황의에게 진맥을 받아 봐라."

려화가 눈을 동그랗게 뜨고 휘강을 올려다보았다. 휘강은 려화가 앉은 돌기둥 옆에 서서 수국을 바라보고 있었다. 려화의 눈빛이 따갑기에 고개를 돌린 휘강의 얼굴이 짐짓 사나웠다.

"그 눈빛은 뭐냐?"

"어느 죄인이 감히 폐하와 폐하께서 아끼는 혈육에게만 허락된 황의의 진맥을 받는답니까?"

"황의가 뭔 대수냐? 짐이 명하면 따르는 족속이라는 점에서 다를 것이 없다. 짐이 명할 것이니 너 또한 그것에 따라."

"폐하……."

하필 이 시국에 그래서야 하겠는가. 려화는 애가 타 절절 끓는 속을 가라앉히며, 어떻게 휘강을 말려야 할지 말을 골랐다.

려화가 말을 고르는 것보다, 휘강이 분노해 낮게 으르렁거리는 것이 더욱 빨랐다.

"짐이 건강해 팽팽 노는 황의를 좀 굴리겠다는데, 너까지 짐을 거역하지 말라."

휘강이 유난히 성을 내는 이유를 알았다. 그러니 려화는 정리해서 하려던 말을 전부 머릿속에서 밀어내 버리고 아예 다른 말을 꺼내 그의 시선을 돌렸다.

"저를 앞서 누군가 폐하의 호의를 거절하였군요."

"……네가 알 바 아니다."

"폐하께서 걱정하실 분이라면……."

"네 알 바 아니라지 않았느냐."

짚이는 바가 두 가지 정도 있었다. 휘강이 그리 신경 쓸 측근이라고 남은 자가 몇 없으니 말이다. 아마도 유 노인이 아니라면 태황태후일 것이다.

휘강은 곤룡포를 입고 있었고, 그것은 황궁 밖을 나서지 않았다는 뜻이니 그렇다면 휘강이 진맥을 제안하려 한 것은 태황태후일 것이다.

"마마께서 어디 편찮으신지요?"

려화가 염려 가득한 목소리로 물었다. 그는 휘강의 조모이자 비어 있는 황후의 자리를 대신해 내명부를 지금까지 책임지고 있는 수장이었다.

그런 그녀의 건강에 이상이 있다면 참으로 큰일이었다. 내 명부의 질서니 하는 것은 차지하고라도, 황제의 유일한 혈육이 아픈 것이며.

휘강의 몇 안 되게 열려 있던 마음이 닫히는 일이 생길지도 모르니.

려화도 마음이 답답해 이 늦은 시각에 굳이 수국을 보러 이곳을 찾았다. 은호조차 물리고 혼자 몸으로 말이다. 한데 마음에 짐이나 하나 더 얹었다.

차라리 그가 자신에게 더욱 험하게 구는 것은 상관없었다. 이미 그에게 받은 배신감이며 접어 삼킨 마음이 몇만 갈래인가.

태황태후마마께서 부디 강녕하셔야 할 터인데.

이 고집불통의 미치광이 황제가 어여쁜 황후를 맞이해 조금이라도 안정을 찾기 전까지는 말이다.

"너, 짐의 일에 신경 쓰지 마라. 한낱 계집이 신경 쓴다 하여 무슨 도움이 될 거라고. 가당찮다."

"어린 백성이라고 나라 걱정하지 말란 법은 없잖습니까."

"네 걱정이나 하란 소리다. 너, 이 시각에 굳이 이곳을 찾은 이유는 네 고민이 있어서 아니냐?"

휘강은 려화와 더 태황태후의 이야기를 나누고 싶지 않던 차에, 꼬투리 삼을 것을 찾아 곧바로 말을 돌렸다.

휘강의 말대로 려화도 마음이 답답하여 이리 걸음을 옮겨 수국 꽃이나마 보러 온 것이었다. 그러니 휘강의 말에, 그를 바라보던 시선을 떨어뜨려 바닥에 온전한 모양새로 떨어져

별처럼 새겨진 꽃송이나 바라보았다.

"폐하께서야말로……. 하잘것없는 죄인 계집의 고민에 신경 쓰지 마시옵소서."

건방지기 짝이 없는 말이었다. 하여 휘강이 비소했다. 그러고는 려화의 턱을 쥐고 고개를 들어 올렸다.

"짐은 황제다."

"제가 어리석은들 그것을 모를까요?"

"황제는 언제라도 백성의 고민을 굽어살피는 것이 이상할 것 없다."

"그러십니까?"

휘강의 오만한 미소에 려화는 할 말을 잃고 그리 답했다. 그의 손이, 려화의 턱을 쥔 그 기다란 손가락이 려화의 귓불을 살짝 건드렸다.

그 사소한 자극에도 려화는 움찔, 하고 반응했다. 이리 휘강에게 길든 몸이다. 려화는 차마 붉어진 얼굴로 휘강을 바라보고 싶지 않아 눈을 감았다.

"그거 아느냐?"

"무엇을요?"

"내 한때 너를 황후로 삼을까 했던 적이 있었다."

이상한 밤이었다. 달빛이 사람을 홀리는 것인지, 아니면 고민으로 어지러운 마음이 밤의 요사한 어둠을 만나 그리 된 것인지.

그래서 휘강은 평생 하지 않았을 말을 려화에게 꺼냈다. 그것이 더욱이 려화에게 상처가 될 것은 모르고.

감았던 눈이 떠지고, 낮에만큼은 아니라도 달빛을 받아 투명한 담갈색으로 보이는 눈동자에 불길이 일었다.

"전에 제게 이르신 적이 있었던, 그 변덕으로요?"

"변덕이었지."

"그 말을 지금에 하는 연유가……."

"그러나 진심이기도 했지."

려화의 심장에 가시가 박혔다. 그 가시는 휘강을 향하는 마음으로 이루어진 것이었다. 곱게 접어 저 기억의 기저에 두어 풍화되어 사라지길 바랐던 마음들이었다.

"이것도 제게 내리시는 벌입니까?"

"글쎄. 이것이 벌이 되었느냐?"

어쩔 수 없이 울 것 같은 얼굴이 되었다. 덧없는 가정을 하게 되었다. 유난히 아팠던 날의 기억이 떠오르며 다시금 휘강을 원망케 되었다.

지금도 접지 못하는 마음을, 차라리 그리되었더라면…….

쓸모없는 감정 소모다. 려화도 알고 있었다. 알고 있으니 추슬러야 했다. 쉽지 않더라도. 그렇더라도.

"짐이 괜한 말을 했다."

수척한 얼굴이 파리하게 질리고, 이윽고 마른 눈으로 눈물을 흘리는 것이 보였다. 휘강의 눈에는 려화가 그리 보였다.

그는 태생이 타인의 감정에 무감한 광증을 지닌 사내이거늘 그러했다. 참으로 불가해한 일이었다.

휘강이 잡고 있던 려화의 턱을 놓아주었다. 그러나 려화는, 여전히 무언가에 붙잡힌 듯 고개를 들어 올리고 있었다.

"못 들은 것으로 하라."

하여 휘강은 드물게 자신의 말을 물렀다. 그런다 한들 려화가 들은 모든 것들이 없었던 일처럼 기억에서 사라지지는 않겠지만 말이다.

그나마, 휘강의 이 태도가 싱겁게는 느껴졌던 까닭에 려화는 눈에서 마른 눈물을 지울 수 있었다. 다만 평소처럼 금세 아무렇지 않은 표정을 뒤집어쓸 수는 없었기에.

근래 눈에 각인된 향설의 표정을 따랐다. 매끄럽게 호선을 그리며 올라가는 입술에, 도도한 눈매 또한 부드럽게 휘어웃는 그 얼굴을 말이다.

마치 신기루처럼 려화의 슬픔이 전부 흩어져 사라졌다. 그 위로 덮인 미소는 정말로 그림 같은지라, 휘강은 려화가 금세 느꼈던 감정을 흩어 버렸다 착각에 빠졌다.

"그럼 제 고민이나 얘기 올릴까요?"

"그러든지."

휘강의 대답은 심드렁했지만, 흘긋 려화를 향하는 눈빛은 어서 이야기하지 않으면 그녀를 꿰뚫기라도 할 듯 강렬했다.

"산여……. 아니, 유배소에 보내 주신 궁녀가 같이 궁리해 달라 일러 준 이야기입니다."

려화는 이것이 저의 이야기임을 숨기기 위해 거짓을 고했다. 아무렴 휘강에게 자신이 후궁 후보인 향설과 안면을 텄다는 것을 알릴 수는 없는 노릇이었다.

산여의 이름을 빌려 거짓을 말하는 것이 미안했으나, 휘강이 진실대로 알아서도 안 된다고 생각했으며, 알리고 싶지 않은 마음이 컸다.

"남의 고민까지 네 삶에 얹고 가는 거냐? 대체 왜 그리 피곤하게 사는 것이냐? 몸도 안 좋은 계집이."

"깊이 사귄 벗의 고민은 자신의 것처럼 여겨지는 법이니까요!"

려화의 토라진 듯 팩 튀어나온 답에 휘강이 피식 웃었다. 같은 마음은 아니겠지만, 아까 태황태후를 걱정해 준 려화의 속도 그와 같았으면 좋겠다는 생각을 스치듯 했다.

그러곤 잠시 얼이 빠졌다. 광증에 걸린 황제가 그런 철없고 약 없는 생각을 했다니. 역시 이 밤에, 어딘가에 홀린 게 틀림없다. 휘강은 그리 생각을 정리했다.

"해서 네 고민 같다는 고민을 말해 보라."

려화는 휘강을 삼 처, 사 첩을 두어도 모자라지 않을 이국의 거부로, 자신을 산여의 벗이자 거부의 가문의 본처로. 마지막으로 향설과, 후궁이 될 생각이 없다는 후보 여인을 거부의 가문에 새로 들어온 세 처 중 둘로 빗대어 말을 꾸며냈다.

자신의 이야기를 빗대려거든 산여의 벗으로 꾸민 처지를 몸종이나, 못해도 양민으로 해야 했으나 그러면 휘강이 쉬이 눈치를 챌 것 같았다.

"산여에게는 신분도 나이도 맞지 않지만 어릴 때부터 함께 놀고 자라 친한 언니가 한 사람 있습니다. 가문의 이름까지야 듣지 못했지만, 높은 집안의 딸이라는 그 여인은 혼인한 몸이라고 하더군요."

"그래서?"

"사랑 없는 가문 간의 혼약이었다고 합니다. 그러니 두 사람 사이에는 쉬이 아이가 서지 않았다고 하고요. 응당 여인의 시모가 불편한 심기를 드러내며 첩을 들여야겠다고 날뛰었다고 합니다. 여인이야 제가 남편을 받들지 못해 아이를 갖지 못하는 것이니 입이 열 개라도 할 말이 없었지만, 가문이 차이가 나는 것도 아닌 자신을 두고 첩을 들이려는 시모에게 속이 상한 모양입니다. 그런데 이상하게도 여인의 남편 또한 첩을 들이는 것을 달가워하지 않았다고 하더군요."

"……듣기 편하진 않군."

휘강이 자신의 상황을 떠올리게 만드는 여인의 남편에게 이입했다. 그러나 이 이야기가 정말 려화와 자신을 빗댄 것임은 알아채지 못했다. 되레 그는 사랑 없이 혼약하여 지아비의 첩을 맞이하게 된 여인의 처지에 제 어미를 떠올리기에 이르렀다.

만일 그의 정신이 명정했을 때라면, 려화가 이 이야기를 지금 같은 상황에 꺼내게 된 것을 의심이라도 해 보았으련만.

휘강은 이미 신료들에게 들볶이고 태황태후의 심상찮은 기미를 보고 온 뒤인지라 심력이 소모되어 있었다.

"……그럼 그만 말할까요?"

려화는 휘강이 어쩌면, 이것이 산여의 친우가 아니라 자신의 이야기임을 알아채서 불편한 이야기라 한 줄 알고 그의 눈치를 보았다.

휘강이 고개를 저었다.

"계속해."

"결국, 가문의 대는 이어야 할 것 아니냐는 시모의 강제로 집안에는 두 첩이 들었다 합니다. 그러나 남편은 두 첩과도 달리 관계를 맺지 않은 것 같다 하더군요."

"그렇다면 남편의 사랑이 새로 들인 첩에게 향한 것도 아니겠거늘, 여인이 고민할 것이 뭐가 있느냐? 시모가 여인을 닦달하기라도 한다더냐?"

려화가 고개를 저었다.

"문제는 거기에 있지 않습니다. 그러니까……. 문제는 여기서 출발합니다. 새로 들인 처 둘 중 하나는 사실 사랑하는 사내가 따로 있었다고 합니다."

"그게 여인과 무슨 상관이 있단 말이냐?"

"함께 시집온 두 처는 친한 사이입니다. 그러니 제 벗이 말라 가며 수척해지는 것을 보며, 차라리 지아비에게 소박이라도 맞혀 달라 해 보라고 말했답니다. 사내는 첩들조차 본체만체하고 있으니 말입니다. 마음이 있는 것은 아니지 않겠습니까?"

"그럼 그렇게 하면 될 것이지."

려화는 휘강이 심드렁히 답하는 것을 보고 한숨을 내쉬었다.

"그랬다가 화만 사고, ……아닙니다. 그러지 못할 사정이라도 있는 것이겠지요."

막 끼워 맞춘 이야기인지라 허술한 곳이 많았다. 그러니 휘강은 점점 심드렁해졌고, 려화도 대충 이야기를 끝맺으려 애썼다.

"사내는 시모의 신경증이 고약해지자, 그럼 본처인 여인부터 먼저 안아야겠지 않겠냐며 그제야 아내를 찾기 시작했답니다. 그리고 그렇게 남편과 여인이 밤을 보낸 날이 여러 날이지만, 달리 아이는 서지 않았다고 하더군요. 해서, 시모는 첩들에게도 자주 찾아가야 하지 않겠냐고 하였는데……."

려화의 이야기를 대충이나마 계속 듣고 있던 휘강은, 장황해지는 것에 미간을 찌푸렸다. 휘강의 눈썹이 비뚜름히 올라간 것을 보고 려화가, 저도 모르게 입술을 뚜하니 내밀었다.

"본론만 말해라."

"그리 재촉하시지 않아도, 이제 본론입니다. 이 상황에서, 다른 사내를 연모하는 첩에게 그럼 지아비에게 소박이라도 맞혀 달라 해 보지 그러냐고 했던 첩실이, 여인을 찾아왔다고 합니다."

"흐음……."

휘강이 매끈한 턱을 쓰다듬었다. 첩이 아내를 찾아간 이유가 무엇인가. 대충 감이 잡혔다.

"본처에게 직접 부탁하러 갔겠군."

려화가 눈을 동그랗게 떴다.

"어찌 아셨습니까?"

"그것 말고 달리 서로 불편할 사이일 첩실이 본부인을 찾아갈 일이 뭐가 있겠느냐? 죽어가는 친우를 살리긴 해야겠지만, 저 또한 첩이니 지아비에게 찾아가 그런 부탁을 하긴 어려웠을 것이고. 그러니 본부인을 찾았겠지. 본부인의 입장에서야 첩실이 하나라도 물러나면 입지가 다소 나아질 테니 말이다."

려화가 멍한 얼굴로 고개를 끄덕였다.

"바로 그렇습니다. 부탁을 하러……. 왔다고 하더군요. 정확히는, 찾아온 첩이 제 벗에게 이리 말해 달라 했답니다. 지아비께서는 사실 나를 너무나 아껴, 소중히 대하느라 아이가 늦은 것뿐이니. 첩들에게는 관심이 없을 것이므로, 이곳을 떠나고자 한다면 부탁해 보라고……. 뭐 그런 식의 이야기를 해 달라고요."

"손해 볼 것 없는 부탁이거늘, 이 이야기에 본부인이란 여인이 고민할 이유가 있느냐?"

"그야……."

려화는 본부인에 빗댄 제 생각을 더듬어 보았다. 향설은 그저 한마디만 부탁했다. 그 후궁 후보를 만나, 폐하께서는 나를 마음에 품고 계시니 후보 중 후궁을 뽑을 일은 없을 거라 말해 달라고.

그리하면 이리 죽을 듯이 살다 정말 죽을 것 같은 여인 하나를 구할 수 있지 않겠느냐고.

아비가 예부의 계제사에다 승상의 눈에까지 들어 곧 승진을 앞두고 있으니 자신은 일차 경합에서는 절대로 궁을 나갈 수 없을 것이라 여긴다고. 그러다 후궁이 되어, 제가 연모하는 이에게 주어야 할 정절을 다른 사내에게 바쳐야 한다면 죽을 것이라고.

그 후궁 후보는 그리 생각한다 하였다. 죽을 사람 살리는 셈 치고 만나 달라고.

타인의 생명까지 자신의 책임인 양 구는, 과거의 기억에 발목이 잡혀 그런 사람으로 자란 려화에게 맞춤이라도 한 듯한 이야기였다.

그러니 한 사람 살린다는 마음으로 가볍게, 휘강은 자신을 연모하니 후궁을 뽑지 않을 것이라고. 그리 가볍게 얘기하면 그만이건만.

"거짓을 말해야 하니까요. ……남편인 사내가 본부인을 정말로 좋아하는 것은 아니잖습니까."

휘강이 려화의 말에 비소했다. 려화가 이리 어리게 구는 여인이었는가 생각했다.

"그 사내의 마음이 어떤지 어찌 확신하는데? 너는 네 일도 아니면서 사내가 절대로 본부인에게 마음이 없어야 한다고 믿는 듯 구는군."

"어떤 사내가, 그저……. 아니."

"편히 말해."

"의무처럼 몸을 섞었을 뿐인, 본디 밉고 귀찮았을지도 모를 여인에게 갑자기 마음이 생기겠습니까?"

지금 건넨 물음은 려화가 휘강에게 묻는 것이었다. 이야기 속 존재하지도 않는 사내의 마음을 휘강에게 묻는 것이 아니라.

그러니 려화의 눈빛에는 휘강이 이해하지 못할 원망의 빛이 섞였다. 휘강은 려화의 원망조차 읽어 내지 못했다. 그저 남의 이야기에 이리 빠진 려화가 그녀답다 생각하면서도, 평소보다 더욱 과한 태도에 의아할 따름이었다.

그가 피식, 웃음을 터뜨렸다.

"안될 건 또 뭐냐. 미치광이에 불과한 짐은 모를 일이나, 필부라면 몸이 가는 대로 마음이 가는 것도 어려운 일은 아닐 터인데…… . 이미 몸도 섞었다며? 게다가 설령 정실의 입장에서 그것이 거짓이더라도 첩실의 부탁을 못 들어줄 이유가 없다."

"거짓인데도요?"

휘강이 고개를 끄덕였다. 그리고는 마치 제가 그 본부인이라도 된 양 구는 려화를 내려다보았다. 그사이 달에 구름이 스쳤다. 그 구름의 그림자가 려화의 하얀 얼굴을 가리는 것이, 하필이면 이 시점에서 그러는 것이 퍽 우스웠다.

"정실은 정말로 거짓을 말하는 것이 어려워 그 간단한 부탁을 고민하는 것이냐? 내 듣기에는 다르게 들리는데."

"……어찌 들리시기에요."

빠르게 다가온 그림자는 달에 이르러서는 도무지 물러날 줄을 몰랐다. 그리 그림자에 가려진 려화의 얼굴빛을 휘강은 읽을 수가 없었다.

"본부인이라는 그 여인. 그 여인이 지아비에게 진심이 된 것 아니냐? 그러니 아무리 제게 이득이 되는 부탁이라도, 첩실의 말을 전하면 자신이 연모하는 사내에 대한 거짓을 말한 것이니. 뭐 내키지 않는다면 그따위 시시껄렁한 이유뿐이지 않겠느냐."

려화의 눈동자가 얼어붙었다.

그것이 여름의 훈훈한 바람에 녹으며 금세 휘어졌기에, 휘강은 려화의 눈동자를 채 살피지도 못하였지만.

"……그렇군요."

휘강에게 자신의 마음을 확인당했다. 접지 못한 마음이, 기저에 남겨 둔 앙금이 전부 밝혀졌다. 휘강이 이것을 자신의 이야기라 생각지 못할 수도 있겠지만. 아니 그리 보이지만 말이다.

오히려 그래서 려화는 더욱 아팠다. 폐부를 찔린 듯 숨을 쉬기조차 어려웠다.

타인의 눈에는 그것이 전부 보이는 것인가. 그렇다면 향설도 제 마음을 눈치챘을까.

달빛에 드리운 구름 덕에 사위가 더욱 짙은 어둠에 잠긴 것이 퍽 고마웠다. 더불어 수국의 흰 꽃잎도 흐릿한 검정을 뒤집어썼지만 말이다. 그 꽃잎을, 잘 보이지도 않는 것을 낱낱이 살필 것처럼 려화는 눈에 힘을 주고 보았다.

"그런 것이었군요……."

차마 속이 훤히 비친 이 눈으로, 휘강의 눈을 마주할 자신은 없어서.

*
**

예부의 계제사 홍덕권은 갑작스러운 문하시중의 호출에 의아했다. 심지어 야심한 시각이었다. 문하시중이라면 최고직인 삼성의 하나였고 예부의 계제사에 불과한 자신에게는 한참

위의 사람이었다.

근래 어찌 예부상서의 눈에 들어 줄을 잘 타고, 그 유명한 승상의 정자에 발을 붙였으나 첫 연회에서부터 그릇된 질문을 하여 눈칫밥을 먹었다.

하여 곧 승상의 정자에서 밀려나고 도태되지는 않을까 전전긍긍하였다. 그랬는데, 승상의 오른팔이라 불리는 문하시중의 부름을 받다니.

"도국의 한 기둥을 책임지시는 문하시중 나리를 뵙니다."

"왔는가. 내 기다리고 있었네."

정자에서 열리는 연회와 조정에서 봐 왔던 문하시중의 모습과 오늘이 달랐다. 그는 항상 얼굴을 붉게 물들이고 소리치는, 어쩌면 문관보다 무관에 가까운 인상이었다.

그러나 오늘 이리 독대한 문하시중 육관억은 차분하기만 했다. 어찌 문하시중의 자리에까지 올랐는지 의아할 정도로, 현기라고는 느껴지지 않는다 여겼던 눈에도 이채가 감돌았다.

그 번뜩임이 소름 끼치기는 하였지만.

"보잘것없는 소신을 어찌 이 야심한 시각에 보자 하셨습니까? 그리고 이것은 또 무엇인지……."

홍덕권이 자신과 육관억 사이에 놓인 지필묵을 바라보며 말하였다. 육관억이 반쯤 허연 회색 수염을 쓰다듬으며 껄껄 웃었다.

"자네, 예부의 계제사라면 늦기 전에 예부의 상서까지는 오르고 싶은 마음이 굴뚝이겠지?"

그야 중앙에서 나고 자란 귀족 사내라면, 높은 자리에 오르고 싶은 포부 하나 없을 리가 없었다. 당연한 말이었다.

그러나 홍덕권은 쉽사리 답하지 못하고 문하시중의 눈치를 살폈다.

"어찌 머뭇대는가?"

"사내로 태어났으니 응당 그런 상승심이 없다고는 할 수 없겠으나……. 소신의 그릇이 계제사의 직을 담기에도 적으면 그것으로 만족하지, 큰 욕심은 없습니다."

"……정말인가?"

낮게 깔린 육관억의 목소리에 홍덕권이 긴장했다. 침을 꿀꺽 삼켰다.

무슨 답을 해야 옳은가.

고민은 오래지 않았다. 육관억이 다시 입을 열었으니 말이다.

"혹 자네. 이전의 연회에서 입을 잘못 놀려 찍혀 나갈 것을 걱정해서, 몸을 사리는 것인가?"

정곡을 찔렸다. 그러니 저도 모르게 홍덕권의 눈썹이 제자리를 이탈해 움찔거렸다.

육관억이 그런 홍덕권을 보고 껄껄 웃었다.

"허허허, 다들 노 승상 나리를 승상이라는 직함만 보고 어렵게들 여기지. 자네도 다르지 않은 모양이고 말이야."

홍덕권은 여전히 답할 말을 찾지 못하고, 애매한 얼굴로 웃었다. 등에서는 식은땀이 흘렀다.

"그러나 승상 나리는 모든 일에 있어 공명정대하시고 인정이 넘치시는 분이야. 다만 그분의 곁에 있는 나를 포함한 측근 여럿이 사람을 골라내는 것뿐이네."

"……그러십니까."

홍덕권이 보기에는, 그 정자의 사람들 모두가 승상의 눈치를 보고 있었다. 그러니 나서는 것은 노 승상이 아니라도 모두의 손과 발이 노 승상이 원하는 대로 움직였다.

그 경직된 분위기를 아직도 잊지 못한다. 그렇지만 기회가 있다면, 홍덕권은 그 자리를 절대로 놓치고 싶지 않았다. 알토란 같은 권력의 정점들이 모인 자리다. 버티고 앉아 있으면 꿈에도 그리지 못할 자리라도 죽기 전에 차지해 볼 수 있을지 모르는 일이다.

그래, 육관억이 인사를 건네며 물었던 예부상서의 자리라도 말이다.

"믿지 않는 눈치로구먼? 하나, 내 선황 폐하의 두 번째 황후였던 묘호후의 아비였네."

묘호후라면 육관억의 말대로 선황의 두 번째 황후이자 현 황제인 휘강의 손에 죽임을 당한 비운의 황후였다. 그녀의 아비가 육관억이라는 사실을 모르는 이는 없었다.

선황 시절 그가 자신의 딸을 두 번째 황후로 들이는 데에 승상의 큰 도움이 있었음도 역시나였다. 그 후 육관억이 문하시중의 자리에까지 올랐으니, 그는 확실히 노 승상을 좋게 볼 수밖에 없었다.

홍덕권은 그리 생각했다.

"자네도 내 성정을 모르지는 않겠지? 조정에서 항상 목숨

내놓고 가장 큰소리를 치고 흥분하는 게 바로 나 아닌가. 허허허."

"그야……. 나리께서 이 도국을 사랑하는 마음이 깊으셔서 그러신 것이지요. 나리의 충심이……."

육관억이 고개를 내저으며 혀를 찼다. 홍덕권의 입장에서야 까마득한 윗전에게 예를 다 하고자 말한 것이었으나, 정답으로는 틀려먹었다는 뜻이었다.

육관억의 나이가 일흔이 다 되어 간다. 조금 더 버티면 천수를 누릴 나이라 하겠으나, 홍덕권도 장성한 자식을 여럿 두었으니 모자란 나이는 아니었다.

그러니 혀를 차는 윗전을 앞에 두고 수치심에 얼굴을 붉혔다. 육관억은 못 써먹을 놈을 두고 있는 것처럼 눈을 갸름하게 뜨고 홍덕권을 바라보았다.

"나는 내가 잘 알지. 난 그냥 앞뒤 가리지 않는 다혈질일세. 그런 내가 황후에까지 올랐던 딸을 잃고, 그 분을 어찌 삭이고 이리 살아남았는지 아는가?"

"그것은……. 소신은 잘 모릅니다. 송구합니다."

"승상께서 나를 도왔네. 철모르고 날뛰는 폐하께 그냥 들이받으면 아니 된다, 나를 옆에 두고 몇 날 며칠을 대작하며 달래셨지."

"그런……. 일이 있었습니까?"

"그렇네. 뭐, 나 기분 좋아지라 하신 말씀이겠지만 나 같은 충신이 이리 일찍 명을 달리해선 안 되지 않겠냐고 말일세."

홍덕권이 웃음으로 답했다. 자신의 과거를 풀어놓으며 육관억은 승상의 덕을 한껏 올려 두었다. 밑밥을 까는 것이었다.

"그때 승상께서는 나 말고도 여럿의 목숨을 살리셨네. 승상께서 육부의 낮은 자리에 있는 신료들까지 몇 번이고 폐하께 변론해 가며 숨을 붙여 놓았는지, 자네야 모르겠지."

"제가 아는 것보다 승상 나리께서 훨씬 대단하고 인자하신 분이십니다."

육관억이 만족한 듯 고개를 끄덕였다. 이미 서론이 너무 길었다. 그답지 않은 처사였다. 이제는 본론을 말할 차례다.

"그러니 승상께서는, 오히려 그 자리에서 응당 해야 할 질문을 몸 사리지 않고 한 자네를 좋게 보셨네. 그래서 나를 통해 홍 계제사 자네에게 막중한 임무를 맡기셨지."

육관억이 진중한 얼굴로 그리 말하며, 홍덕권의 앞으로 지필묵을 밀었다.

상기된 얼굴의 홍덕권이 복사지 위를 떨리는 손으로 쓸었다.

"그것이……. 이 지필묵과 관련이 있는 것이로군요."

"그렇네. 막중한 임무일세."

"막중한……."

육관억이 엄한 얼굴로 말하였다.

"각오는 되었는가?"

육관억이 말한 각오가 어떠한 것인지는 몰랐다. 그러나 노승상을 통해 육관억에게까지 닿아 자신에게 하달된 것이라면 그 임무의 막중함이 오죽하랴.

제대로만 하면 예부시랑, 아니 예부상서의 자리가 자신의 것이 되는 것도 헛된 꿈이 아니리라.

홍덕권이 결연한 얼굴로 고개를 끄덕였다.

"말씀만 내려 주십시오."

육관억의 얼굴에 만족스러운 미소가 피어올랐다.

"후궁 후보로 가 있는 자네의 딸에게 서찰을 한 통 쓰면 되네."

"그런 일이야……. 어렵지 않지요."

홍덕권이 대수롭지 않게 여기며 소매를 걷어붙이고 우선 먹을 갈았다.

"서찰의 내용은 어찌 됩니까? 어찌 적으면 되겠습니까?"

육관억의 얼굴에 오른 미소가 일순 비릿함을 띠었다.

"그건 내 불러 주지. 다만, 각오가 되었다고 하였으나 마음을 바꿀 수도 있는 일이니. 내 자네가 붓을 들기 전에 알려 줌세."

"예?"

"후보로 가 있는 둘째 딸이 행군사마 천자홍의 혼외자에게 마음이 있다지?"

눈앞에 보이는 듯한 예부상서의 자리에 하늘 위로 떠오르듯 했던 홍덕권의 기분이 단숨에 땅으로 곤두박질쳤다. 딸을 제대로 단속지 못한 것이 까발려졌으니 이리 수치스러울 수가 없었다.

"그렇……, 습니다만."

"곧 그와 연결해 줄 것이니 지금 상황을 잘 버텨 보라는 요지의 서찰을 쓰게."

"……예?"

홍덕권의 얼굴이 잠시 일그러졌다. 아무렴 장성한 세 자식 중 자신의 속을 가장 시끄럽게 한 딸이라고 하여도 자식은 자식이다. 외려 상사병으로 시름시름 앓는 모습만 마지막으로 보았으니 더욱 아픈 손가락이었다.

그런 아이였기에, 더욱이 혼외자식과는 결혼시킬 수 없어 억지로 궁에 밀어 넣었다. 그런데 결국엔 이 아이를 혼외자와 혼약시키는 상황이 되겠으니, 홍덕권이 멈칫하는 것도 이상한 일이 아니었다.

홍덕권이 침중한 얼굴이 되었다.

"제 딸을……. 속이는 것입니까? 아니면 실로 그자와 혼인을 시키라는……, 말씀입니까?"

"자네 딸을 속이라는 게 아니네. 그렇다고 별 볼 것 없는 혼외자에게 시집보내라는 것도 아니고."

"하오나……."

"서찰의 내용은 진실이 될 것이네만, 행군사마의 혼외자는 내가 손을 써서 별관으로 가 있는 자의 양자가 될 게야. 곧 음서로 무관직에 올라 위장군에 앉힐 거고."

"아……. 다만 한 번이라도 내명부에 관련한 여인은 다른 사내와 혼인할 수 없지 않습니까?"

육관억이 골치 아프단 얼굴로 미간을 매만지며 말했다.

"자네가 원치 않는 방법일 것이네만, 자네 딸은 한 번 죽을 거네."

"죽는…… 다고요?"

"쉽게 말하면 호적이 바뀌는 것이지. 그래야만 해. 그건 승상께서도 나도 어찌해 줄 수 없어. 우리의 대의에 자네 딸의 죽음이 필요하네."

홍덕권은 승상의 말을 듣고는 하얗게 질렸다. 육관억이 뱉은 앞과 뒤의 말이 맞지 않았다.

호적이 바뀐다. 이는 제 딸이 살아는 있되 외부를 속인다는 말이거늘, 뒤는 딸의 죽음이 필요하다는 말이지 않은가.

"세의…… 제 딸을, 어떻게 쓰려고 하심입니까?"

홍덕권이 어렵게 입을 떼 물은 말에 육관억이 껄껄 웃었다. 일전 정자에서 보았을 때도 느꼈던 것이지만, 참으로 의심이 많고 소심한 자가 아닌가. 그러니 고작 애써 올랐다는 자리가 계제사에 그치는 것이리라.

홍덕권의 이런 모습이 마음에 차지는 않았다. 차라리 쓸 수만 있다면 다른 자를 쓰고 싶었다. 그러나 금번 후궁 후보 중 홍세의만큼 육관억이 벌이고자 하는 일에 들어맞는 자가 없었다.

"나흘 정도 죽음을 변장하는 약이 있네. 그것을 함께 보낼 걸세. 자네 딸은 진짜 죽지 않아. 단지 그것을 먹고 잠시 죽은 듯이 자고 있다가, 닮은 계집의 시체로 바꿔치기해 궁을 나와 행복한 미래를 걸을 걸세."

홍덕권이 입술을 깨물었다. 자신의, 가문의 힘을 키우기 위해 딸을 죽은 자로 만들기까지 해야겠는가. 그런 생각이 들었다.

113

육관억이 홍덕권의 눈치를 살폈다.

"자네의 딸도, 자네도 만족하며 행복한 일이 될 걸세. 내 장담하네. 일거양득이 달리 있겠는가?"

그리 말하며, 육관억이 붓을 들어 홍덕권에게 내밀었다.

홍덕권은 쉽사리 결정을 내리지 못했다. 그의 얼굴에 고인 씁쓸함이 짙어졌다. 결국엔 딸을 이용하는 것이다. 최고위직은 아니나 나름대로 열심히 발버둥 쳐 얻은 계제사의 자리이다.

이리 계제사까지 올라, 홍덕권은 그 덕을 자식과 아내가 편히 보기를 바랐다. 나아가 홍씨 가문의 다음에는 상서직까지는, 그다음에는 어쩌면 삼성의 수장이 되기를 염원했다.

그러나 가문을 위해서라면 딸에게 가짜 죽음을 종용해야 한다. 그리고 궁 밖으로 나온 홍세의는 이제 제 딸조차 아니게 될 것이다.

그래도 좋을지, 어떤 선택을 함이 옳을지 고민이 필요했다.

결국, 마지막으로 한 번 더 고심하던 홍덕권이, 육관억의 손에 들린 붓을 건네받았다.

"그럼 내 부탁을 들어주는 거예요?"

향설이 눈까지 반짝이며 기뻐했다. 그를 바라보는 려화의 얼굴이 씁쓸했다. 미소를 띠고 있으나 전혀 밝지 않았다.

눈치가 보통은 넘는 향설이건만 이번에는 려화의 속을 전혀 살피지 않는 것처럼 굴었다. 려화는 향설이 저처럼 사람 하나 살리는 것이 기뻐 다른 것에는 신경 쓸 여유가 없는가 보다, 그리 받아들였다.

"화아가 죽을 사람을 살린 거예요!"

그것으로도 모자라 향설은 려화를 품에 꼭 끌어안았다. 려화는 갑작스레 느껴지는 독하고 화려한 꽃내음에 일순 머리가 아찔해졌다. 속에서 무언가 받쳐 올라오려는 것이 느껴졌다. 목구멍까지 올라오지는 않았으나 가슴팍에서 울컥거렸다.

제 품에서 일어난 변화다. 향설이 곧장 려화가 울컥하는 것을 느끼고는 그녀를 품에서 떼어 냈다. 향설의 눈동자가 단 한 번도 그런 적이 없거늘 이번에는 거칠게 떨렸다.

언제 그랬냐는 듯 금세 원래의 향설답게 돌아왔지만 말이다.

향설이 미안해 죽겠다는 얼굴로 려화를 보며 웃었다.

"미안해요, 화아. 내 향낭의 향이 독하죠?"

"……그렇지만 좋은 향이에요."

려화가 안색을 바로잡고 말했다. 향설은 복잡한 얼굴로 시선을 내리깐 려화를 바라보다가 곧, 그냥 웃었다. 려화가 정말 그림 같다고 여겼던, 그 붉은 입술이 도드라지는 미소였다.

"화아, 정말 미안해요."

"뭐가요."

"이리 몸이 안 좋은 줄 모르고 내게 가까운 쪽에서 보자 하였으니까요."

"늘 당신이 유배소로 찾아왔으니, 가끔은 당신의 가까운 곳에서도 보는 것이 맞습니다. 미안해 마세요."

향설의 미소가 짙어졌다.

"그래도 미안해요."

향설이 려화에게 미안하다고 말한 것은 이것으로 마지막이었다. 축 처진 분위기를 바꿀 요량인지 향설이 발랄한 얼굴을 했다.

"그럼, 세의를 만나는 건 언제가 좋겠어요?"

"전 아무 때고 상관없습니다. 요즘은 폐하께서도 바쁘신지 찾지 않으시니……."

려화는 후궁 후보임에도 휘강의 얼굴을 열 번도 보지 못했다는 향설의 눈치를 살피며 말끝을 흐렸다. 향설은 괜찮다는 듯 싱긋 웃으며 고개를 저었다.

"……그 세의라는 여인이 울적하여 밝을 때 나와 보는 것을 싫다 한다면 밤이라도 상관없겠습니다."

"화아는 어찌 그리 타인을 배려할 수 있는 거예요? 내가 화아의 처지였다면 그렇게까지 하진 못했을 거예요."

"죽을 사람 살리겠다고 나선 당신도 충분히 상냥하고 배려가 넘치지 않습니까."

향설이 고개를 숙이며 혀를 찼다. 새카만 머리칼, 짙은 갈색의 눈동자. 붉은 입술에 모두 어둠이 드리웠다.

"내가요? 난 절대 그런 사람이 못 된답니다. 화아가 날, 아주 좋게 보는군요."

"나쁜 사람과 대화하는 건 폐하로 족합니다."

려화가 향설에게 장난스럽게 말했다. 속뜻을 알아들은 향설이 깔깔 웃었다.

"어머, 내게는 복마전인 황궁에서 입을 단속하라 이르더니."

"난 이미 더할 것도 없는 처지입니다."

려화가 가볍게 어깨를 으쓱였다. 어쩌면 일부러 허세를 떠는 것처럼도 보였다고 하면 향설의 비약일까.

고려만 해 보겠다 한 려화가 계제사 홍덕권의 딸인 후궁 후보 홍세의를 만나 보겠다고 마음먹기까지 어떠한 일이 있었을 것이다.

자신이 휘강의 마음을 논할 때 변하던 려화의 얼굴을 샅샅이 보았다. 그리고 알았다. 려화는 휘강에게 마음이 있음을. 제 입으로 누군가에게 들었다며 복마전이라 칭하는 황궁에서, 죄인의 몸으로 비틀린 연모를 받으며 살아남은 려화였다.

그녀의 거죽은 살아 있지만 마음은 하루씩, 하루씩. 죽어 가고 있었다. 향설이 보기에 그랬다.

완전히 버리지 못하는 마음의 한 자락을 쥐고, 나머지는 말라비틀어지고 있는 여인이다. 껍데기만 남았기에 되레 자신의 삶에는 미련이 없고 타인의 삶에는 부채를 가진 듯이 구는 것이다.

그런 려화가 주저하던 일을 마음먹게 만든 것이라면, 분명 그 뒤에 있었던 일에는 황제의 입김이 있었으리라.

어떤 식으로?

그것까지는 일개 후궁 후보의 몸인 향설이 알 수 없다. 그러나 확신은 할 수 있었다. 이런 데에 관한 감으로 향설은 누구에게도 지지 않을 자신이 있었다.

"그런 게 어딨답니까? 폐하의 총애를 받고 있으면서."

토라진 듯이 반응하는 향설을 두고 려화가 당황하여 손을 더듬었다. 들어 올린 손이 향설의 팔을 짚으려다 물러났다.

향설이 개구진 얼굴로 려화의 손을 가져다 깍지를 꼈다. 어쩐 일로 숫기가 모자라게 구는 벗을 놀리는 기분을 내면서.

"내가 무슨……."

"어머? 같은 말 반복하게 하려고. 화아, 원래 이리 답답한 성격 아니잖아요."

"그건 맞는 말이네요. 원래는 지금보다 더 들이받고 보는 성격이었죠."

향설이 고개를 절레절레 내저었다.

"그건 또 상상이 안 가는걸요."

려화가 향설을 마주하며 처음으로 가장 진심이 담긴 미소를 지었다. 향설도 마주 웃어 주었다. 적어도 진심에는 진심으로 답하는 것이 예의였기에, 향설의 미소 또한 진심이었다.

평소에 비하여 화려함과 교태는 모자랐으나 시원스러운 감이 있었다. 려화는 어쩐지 그 웃음이 여자이나 무사인 은호를 닮았다고 느꼈다.

왜인지는 모르고.

"그럼, 쇠뿔도 단김에 당기라 하였으니, 세의를 만날 시간은 바로 내일로 해요. 장소는 내가 봐 둔 곳이 있어요. 화아의 유배소 뒤편에서 조금만 걸어가도 아주 그럴듯한 정자가 있더라고요."

유배소 뒤편의 정자라면 향설의 말과 달리 제법 걸어야 했다. 려화가 갈 수 있는 반경의 끝에 닿는 곳으로, 황궁 후문과 더욱 가까웠다.

"내일이요? 그리 이르게 말입니까?"

"미뤘다 혹 화아의 마음이 바뀔까 그래요. 내일 밤 해시의 중간 무렵 봐요. 괜찮겠어요?"

어쩌면 제 폐부를 찔렀던 휘강의 답과, 향설이 혹여 마음을 알아챘을까 조바심 내어 먹은 이 마음이 그녀의 말대로 금세 바뀔지도 모른다. 그래서 려화는 향설의 쇠뿔도 단김에 당기라 하였단 말에 수긍하며 고개를 끄덕였다.

"그래요. 내일 해시의 중간……. 깊은 밤이겠군요."

이리, 무거운 일을 부를 약속이 가볍게 성사되었다.

려화를 끌어들이려 공을 들이는 데에 시간을 너무 지체했다. 단순히 궁의 한 칸을 채우던 궁녀 출신이라고 생각하였는데 제법 머리가 돌아가는 여인이었다.

해서 향설은 려화에게 저 또한 진심의 한 조각을 주고야 말았다. 향설은 그저 처한 상황에 부표처럼 흘러가지 않고 어느 자리에서든 제 할 일을 해내는 영특한 여인을 좋아하니 말이다.

그래, 바로 자신처럼.

그리하여 미안하다는 말을, 그녀의 앞에서 뱉은 것이었다.

그러나 공과 사의 구분에서는 확실한 것이 바로 향설이었다. 려화에게 미안한 마음이 드는 것과 별개로, 자신은 의뢰받은 임무를 행할 것이었다.

그녀의 품에 문하시중으로부터 전달받은 서찰이 있었다.

"홍세의가 이 서찰을 곧바로 봐야 할 텐데……."

향설은 지금 전신을 전부 검은 무복으로 둘렀다. 팔은 팔꿈치까지, 다리는 무릎 아래까지 단단하게 동여맨 그 차림은 야심한 밤의 어둠에 녹아들기에 몹시 좋았다. 무복이라기보다는 야행복이었다.

혹은 살수의 차림이기도 했다.

황궁의 경비가 삼엄한들 최고 살수인 그녀의 기척을 잡아낼 실력을 갖춘 이는 드물었다. 간혹 기척을 느끼더라도 바람 소리거나, 야행성 동물의 기척을 잘못 느낀 것으로 여기고 넘어갔다.

하여 향설은 어렵지 않게 홍세의가 임시로 기거하는 궁에 도착했다. 작은 곳이었다. 아직 직첩을 받아 정식 후궁이 된 것은 아니니, 임시로 기거하는 궁의 크기도 크지 않았다. 더불어 경비도 그리 많지 않았다.

향설은 형체가 없는 그림자처럼 지붕의 틈을 통해 궁내로 스며들었다. 울다 지쳐 잠든 홍세의의 눈가가 시뻘겋게 붉었다.

'너도 불쌍한 인생이구나.'

향설이 입 모양만으로 그리 말하곤, 종이 바스락거리는 소리 하나 없이 홍세의의 머리맡에 서찰을 놓았다. 속이 후련해졌다. 이 서찰을 전달하기까지 며칠이 걸렸던가.

향설은 곧바로 빠져나가지 않고 한동안 홍세의의 얼굴을 바라보았다. 잠든 채로도 종종 눈물을 흘리는 홍세의의 꼴이 참으로 가련했다.

날이 밝은 익일 해시 이후, 홍세의도 려화도 지금보다 더욱 가련한 꼴이 될 것이다.

어느 쪽으로든 향설의 궁궐 구경도 끝이 날 것이고 말이다.

*
**

근래 계속 몸이 안 좋았던 까닭일까. 오늘도 휘강과의 색사는 진득하리만치 느리고 부드러웠다. 그러나 부드럽고 농밀하다 한들, 그것이 과하니 려화에게는 거친 것과 다름이 없었다.

"훗, 폐……. 하, 으응!"

려화가 휘강의 목에 매달렸다. 손을 놓치면 낭떠러지 아래로 떨어져 내릴 듯 절박했다. 손끝이 하얗게 질릴 정도로 두 손을 마주 잡았다.

휘강이 고개를 돌려 려화의 귓가에 속삭였다. 그리하면서도 그의 허리는 지치지도, 멈추지도 않고 움직였다. 등을 벽에 기대고 앉은 제 위에 올려 둔 려화의 몸이 들썩이는 것이, 그의 눈과 육신을 즐겁게 하였다.

"괴로우냐?"

"너무, 과하십, 니다……! 아웃!"

"그렇담 차라리 짐의 어깰 붙잡아. 자국이 남아도 괜찮다."

"그럴, 수는……! 앗! 어찌, 옥체에……, 상처를, 아웅!"

달뜬 신음이 연이었다. 말을 제대로 뱉지도 못하는 려화의 속 깊은 곳으로 치달으며 휘강이 키득거렸다. 그 웃음소리마저 자극이 된 것인지 려화의 안이 휘강을 꽉 죄었다.

우는 소리가 터졌다. 울음이 터져 어깨가 젖는 것에 휘강이 더 놀렸다간 큰일 나겠다 싶었다. 그리하여 려화를 달래듯 살살, 느리고 농밀하게 짓쳐 올리던 것을 속도를 높였다.

그 작은 몸 어디에 자신을 받아 낼 정도로 깊은 곳이 있는지, 그 끝에는 샘이 있는지. 점점 깊이 박아 댈수록 려화의 안쪽은 촉촉이 젖어 들었다.

찌걱이는 소리가 몹시 야하였다. 휘강이 등을 타고 내려가는 뻐근함이 중심에 몰리는 것을 느끼며 려화의 가장 깊은 곳으로 파고들었다.

거근의 끝이 려화의 밀지 안쪽, 가장 깊은 곳의 단단한 밀문에 닿았다. 휘강의 허리에 감긴 려화의 다리가 그를 빠듯하게 조여 왔다.

해 봐야 손 한 줌으로 잡히고도 남는 종아리로 감는 것이니 아프지는 않았으나 퍽 귀여웠다.

휘강이 참고 있던 것을 전부 내질렀다. 려화의 안쪽을 묵직하게 채울 정도로 짙고 농밀한 것이, 방대하기까지 하였다.

기어이 휘강이 몸을 빼지 않은 사이로 비집고 나와 주르륵 흐르기까지 했다. 그 흐르는 느낌이 간질거려 몸이 또 짜르르 울리는 것에, 려화가 들썩대다간 다시금 휘강의 것이 안에서 느껴지며 몸을 경련했다.

"흐응, 어허엉……!"

무엇이 서러운지 울음까지 터뜨리곤, 잔뜩 괴롭혀 부은 입술로 제 어깨를 오물거리는 것까지 더해지니 더욱. 이제는 귀엽다는 말로만은 설명이 어려웠다.

아직 밀지에서 빼내지도 않은 거근이 다시금 힘을 받아 전보다 더욱 크기를 키웠다.

차마 휘강에게 화를 낼 수는 없어, 려화가 눈을 크게 뜨고 눈물 젖은 눈동자를 반짝이며 격하게 고개를 도리도리 저었다.

휘강은 그를 보고 피식 웃어 주고는, 려화의 등을 받치고 조심스레 눕혔다. 자세를 바꾸며 또 안쪽이 확 찔리니 려화가 흠칫하며 휘강의 허리를 다리로 꽉 감는다.

"아쉬워도 놓아주어야 할 것 아니냐. 또 며칠 침상에서 몸도 일으키지 않을 만큼 괴롭혀 주길 바라는 것이냐?"

휘강이 장난기 가득한 목소리로 다정히도 말했다. 려화가 손등으로 눈을 비벼 눈물을 닦아 내고는 휘강을 슬쩍 흘겼다.

"그런, 흡, 뜻이 아닙니다!"

"하면 뭐냐? 이 다리는."

휘강이 려화의 다리를 풀어내며 말했다. 려화는 무어라 휘강에게 쏴붙이려다간 말았다. 눈을 감고 색색거리며 숨부터 골랐다.

"지금도 충분히 힘듭니다. 폐하. 내일은 아니 찾아오셨으면 할 정도라고요."

"네가 짐을 오라 가라 할 처지냐?"

"그렇지만……. 정말 힘들다고요."

"걱정 마라. 내일은 짐도 바빠 오기 힘드니, 외로운 밤을 혼자 보낼 궁리나 해라."

휘강은 실없는 소리를 하며 려화의 옆에 고쳐 누웠다. 그리곤 려화의 얼굴을 살폈다. 눈에 띄게 자신의 말에 안도하는 얼굴을 하니 픽 얄밉다. 그녀가 저를 싫어하고 있음을 알면서도 말이다.

다채로운 표정을 보여 주는 이목구비는 오밀조밀했다. 그러나 흐리멍덩하지는 않았고, 그를 이루는 선은 선명했다. 눈은 크고, 코는 작지만 오뚝하다. 입술이야 지금은 도톰하지만 괴롭혀 부풀리지 않았을 때는 적당한 두께에 맑은 미색이다.

딱 보았을 때 화려하고 아름다운 얼굴은 아니었다. 그러나 두고두고 볼수록 머릿속에서 떠나지 않는 얼굴이기는 하였다.

머릿속에서 떠나지 않는 얼굴이라니.

지난 오 년에 더해 지금의 일 년 조금 넘는 시간까지. 어째서 이 얼굴이 머릿속을 떠나지 않는 것인지, 자꾸만 이러저러한 이유를 붙여 납득해 보아도 의문은 가시질 않는다.

휘강이 려화를 끌어 제 쪽으로 당겼다. 자연히 려화의 몸이 돌아가건만, 그를 마주하지 않고 등을 돌린 채다.

"짐이 너의 죄를 추궁하던 날을 기억하느냐?"

휘강의 말에 려화의 어깨가 딱딱히 굳어졌다. 어찌 잊을 수 있을까 하였다.

세상이 뒤집히고 배신감에 치를 떨었던 날이 아닌가. 그를 연모하는 마음이 앙금처럼 가라앉아 남아선, 지금조차 그를 대하는 마음은 늘 갈피를 잡을 수 없지만.

"……어찌 잊겠습니까."

그때는, 제 가족을 앗아간 전쟁을 일으킨 자를 사랑하게 되어 버린 자신의 멍청함에 속죄하고자 자결하려 하였다.

도국의 모든 서책에서, 기천 년을 이어 온 선조들이 이르기를 스스로 목숨을 끊은 자는 더는 윤회할 수 없다 하였다. 그것을 알면서도 자결하고자 하였다.

세상을 모두 잃은 듯한 슬픔과 분노에, 더는 이번 생을 이어 살기도, 다음 생을 기리기도 싫었기에.

"그때 죽지 못한 것을 후회하느냐?"

휘강은 담담하게 물었다. 그러나 려화에게 닿기까지 담담하지는 않았다. 등 뒤에서 머리칼을 쓰다듬으며, 간혹 맨 등을 매만지는 그의 얼굴을 볼 수 없으니.

려화는 휘강의 속내를 알 수 없었다. 어찌 그런 말을 꺼내는지.

그러니 거짓으로 답해야 할지, 제 속을 그대로 보여도 좋을지 잠시 고민했다. 그러다간 피식 웃었다.

무슨 상관이란 말인가?

어차피 그에게는 이 모든 것이 변덕에 불과할진대.

"후회합니다."

휘강의 손이 멈추었다. 그는 자신조차도 모를 정도로 서글
픈, 그러나 분노에 찬 표정을 짓고 있었다.

휘강 그 자신조차도, 등 돌린 려화조차도 평생 모를 얼굴
이다.

"그때와는 다른 마음으로 후회합니다."

"말해 봐. 무엇이 다른지."

려화가 어여삐 웃으며 몸을 돌렸다. 이제 휘강과 려화는
서로를 마주 보았다. 그러나, 아직은 서로 가면을 벗지 않아
그 진심을 모른다. 휘강은 제 것마저, 려화는 제 감정을 채
알지조차 못하는 휘강을 읽을 수 없어. 서로의 진심을 모르
고 자신의 마음이 흐르는 향방조차 모른다.

지난 일 년간, 누구를 살리겠다고 이리 고통스러운 길을
자처했는지 후회했다. 처음엔 그러했다. 그러니 살아남은 육
신은 두고 정신을 죽였다. 그저 누군가 죽지 않고 이 삶을 살
테니 자신은 죽은 듯 아무런 생각도 하지 않으면 족할 것만
같았다.

그것이 시간을 버리는 일이었음을 깨달았다. 그 깨달음조
차 휘강의 말 한마디로 시작되었다. 결정적 계기는 다른 곳
에 있었으나, 처음은 그러했다.

이제는 달랐다. 살아남은 것을 후회하지는 않는다. 가족과
같지는 않겠으나 죽은 동생을 떠오르게 하는 산여를 만났고,
툴툴거리기 일쑤나 마음은 따뜻한 은호를 알았다.

제 동기간이지만 그리 깊이 친한가 하면 고개를 갸웃거리
게 했던 세야조차 자신을 걱정하고 있음을 새로이 알았다.

그러나 이 모두를 만나지 못할 뻔했음을 후회하는가 하면…….

려화가 흐릿하게 웃었다. 그가 황제인 것을 알기 전에도 말하지 못했던 마음이다. 지금에라도 말하랴. 평생 그럴 일은 없을 것이다.

이것으로 죽지 못한 속죄를 대신할 것이다.

"말하지 않겠습니다."

"뭐라? 건방지긴……."

려화가 피곤에 젖은 눈을 애써 크게 뜨고, 입술을 비죽여 가며 답했다.

"폐하께서 먼저 지난 일을 떠올리게 하신 탓입니다."

"그게 네가 답하지 않음과 무슨 상관이냐?"

"폐하께서 제게 정체를 숨기셨던 게 족히 오 년입니다. 그리 속은 게 아쉬우니, 폐하께서도 답답해 보시라 말하지 않을래요."

휘강이 헛웃음을 터뜨렸다. 괘씸한 말을 하는 조동아리가 얄밉기만 해야 옳거늘, 귀엽기까지 하니 제 속을 도통 알 수가 없었다.

휘강은 답답한 속을 대신하여 려화의 발칙한 입술을 삼켰다.

"으음……! 폐, 하, 으……!"

이미 통통하게 부어오른 입술이 다시금 휘강의 입술에 덮였다. 부어오른 탓에 열기를 품은 입술이 지나치게 달았다.

정말로 지나치게, 달았다.

폭풍 전야의 밤이었다.

*
**

향설과 약조한 익일 해시의 밤이었다. 려화는 산여를 일찍 돌려보내고, 은호 또한 따라오지 않기를 청해 혼자의 몸으로 위리안치 뒤의 정자를 찾았다. 황제의 후원에서 멀지 않은 곳이니 황궁의 심중이었으나, 이상하게 후미진 곳이었다.

"둘 다 아직 안 나온 것이려나……."

향설에게 듣기로 세의가 다 죽어 간다 하였다. 그가 혹여 자신과 향설 외의 다른 이를 저어할까, 은호도 두고 왔다. 그 것을 후회하지는 않았으나 묘하게 으슬으슬한 분위기가 도통 마음을 편히 두지 않는 곳이었다.

향설은 어찌 이곳을 셋이 만나기에 딱 좋은 곳이라 하였을 까. 려화는 그것이 의아하였다. 정자는 려화의 눈앞에 있었 다. 몇 걸음 걸어 그곳으로 가 먼저 앉아 기다려도 문제 될 것이 없거늘, 이상하게 걸음이 향하지를 않았다.

꼭, 귀신이라도 튀어나올 것 같았다. 사람이 잘 찾지 않는 곳이라 하더니, 그래서 손길 닿지 않은 곳이라 을씨년스러운 것인가.

"산 자가 죽은 자를 두려워하다니……. 내가 몸이 쇠해서 약해진 모양이지."

려화는 괜한 기분을 떨치며 자조했다. 무거운 걸음을 옮겨 정자로 다가갔다. 세 개의 계단을 밟고 올라가면 난간에 앉아 편히 기다릴 수 있건만.

하나.

둘.

그리고 세 번째 계단을 디뎠다.

"흡······!"

뒤돌아 가려는 걸음이 꼬였다. 그대로 고꾸라질 뻔하였다. 전쟁에서 멀어진 지도 거의 십 년이 되어 간다. 사람 죽은 형상을 다시 볼 것이라곤 생각지 못했다.

그것도 이 황궁 안에서.

려화가 자리에 주저앉았다.

언제 죽은 것인지 온몸이 퍼렇게 질린 여인의 곁에는 조그마한, 딱 약을 담을 법한 크기의 호리병이었을 것이 하나 떨어져 산산이 조각나 있었다.

그러나 피는 없었다.

잘못 본 것이려나. 아니, 어쩌면 여인이 죽지 않았을 수도 있다.

"······그래. 죽지 않았을 수도 있어. 만일, 그렇다면······."

그렇다면 려화는 죽지 않은 자를 살리지 못하고 죽게 내버려 둔 게 될지도 모른다. 려화는 그런 성정이 되지 못하고 말이다.

그녀는 떨리는 걸음을 바로잡아 가까스로 여인의 곁으로 다가갔다. 그리고는 여인의 목덜미에 손을 얹어 맥을 짚었다. 의원이 아니니 손목의 맥을 잡을 수는 없겠으나, 목에 지나가는 대맥을 느낄 수는 있었다.

그러나 파랗게 질린 여인에게서는 맥이 느껴지지 않았다.

완전히.

숨이 끊어진 것이다.

려화는 곁에 떨어져 산산조각이 난 호리병을 바라보았다. 연한 옥빛을 띠는 조각과 호리병의 입구를 막고 있었을 마개의 크기로 대충 그것이 약병이었음을 가늠할 수 있었다.

"이…… 건……."

자살인가?

만일 이 여인이 오늘 만나기로 약조했던 세의라면, 려화가 알고 있는 그녀의 상황이라면 자살을 택했을 수도 있다.

하지만 어찌하여 하필 지금.

려화가 떨리는 손을 깨진 약병 조각으로 뻗었다.

"꺄아아악!"

익숙한 목소리가 비명이 되어 울렸다. 그것에 지레 놀라 려화의 손이 도로 거두어지며 약병의 조각 끝에 작은 상처를 입었다.

떨어진 피가 깨진 조각의 안쪽으로 흘러내리며 삽시간에 굳었다.

약병이 아니었다. 따지자면, 이것은 독병이었다.

그리고 비명을 지른 장본인이 려화의 곁으로 달려왔다. 이곳으로 려화를 불러낸 향설이었다.

려화는 향설과 눈이 마주침과 동시에, 어떤 의아함을 느꼈다. 려화가 그녀를 오래 두고 본 것은 아니었으나, 여태 느껴왔던 향설은 이런 일에 비명부터 지르고 볼 여인이 아니었다.

무인인 은호와 닮은 데가 있다고 느꼈었다. 그런데 죽은
자의 사체를 보고 비명을 지른다?

그럴 수도 있고, 일견 타당한 상황이지만.

어쩐지 이상했다.

"웬일이냐!"

향설의 끊어질 줄 모르던 날카로운 비명이 그쳤다. 근처를
순찰하고 있던 황궁의 경비가 달려오며 날선 목소리로 외쳤
다.

정자 계단 근처에서 머뭇거리며 소리를 내지르는 향설과,
정자 가운데에 죽어 있는 여인의 시체.

그리고 그 시체의 곁에서 약병 조각에 손을 대고 있던 려
화의 모습.

그것이 황실군의 눈에 어떻게 비추어졌을지는 불을 보듯
뻔했다.

8장. 열매 맺지 못하는 꽃에
비바람은 몰아치고

려화가 구금되었다.

본디 그녀는 위리안치 중이었으니 그러잖아도 구금되어 있었다 할 수 있으나. 이번은 휘강이 려화를 가둘 명분에 불과했던 본래의 구금과는 궤가 달랐다.

이번에 려화가 구금된 곳은 탱자나무 울타리 안에 있는 그녀의 유배소가 아니었다. 현행범으로 황실군에게 끌려와 형부의 감옥에 갇혔다. 피해자는 후궁 후보인 홍세의로, 예부 계제사 홍덕권의 차녀였다.

야밤에 벌어진 이 일로 말미암아 한동안 중책이 없었던 형부가 바쁘게 돌아갔다. 일부는 계제사 홍덕권의 집으로 딸의 죽음을 알리러 갔으며, 일부는 목격자인 향설을 그녀의 처소에 구금하고 밤을 지켰다.

나머지는……

"누가 누굴 죽였다고?"

후궁 후보가 죽은 큰 사건이다. 그것도 도국의 정사를 책임지는 육부의 하나인 예부 계제사의 딸이 죽은 것이었다. 그러니 이 일의 처리에 황제가 빠져서는 안 되었다.

하여 형부시랑이 직접 나서 황제 휘강에게 사건을 알렸다. 갑작스레 지방에서 부패 관리의 문제가 터져 나와 가뜩이나 골머리를 앓고 있던 휘강이 분노한 눈으로 형부시랑을 노려보았다.

"다시 말해 보라. 누가. 누굴, 죽여?"

"위리안치 중인 죄인 공려화가 후궁 후보인 계제사 홍덕권의 딸 홍세의를 주, 죽였습니다. 현장을 발견하는 데는 목격자이자 홍세의와 같은 후궁 후보인 구향설의 도움이 있었으며……."

형부시랑이 말을 잇다가 말고 휘강의 눈치를 보았다. 휘강이 살벌한 눈으로 형부시랑을 노려보며 씹어 삼키듯 말했다.

"보고를 그따위로 하는가? 계속 말하라."

"살해 방법은 독살입니다. 현장에서 증거물인 약병을 회수하던 중 목격자에게 바, 발각되었습니다."

휘강의 죽일 듯한 눈빛을 마주하고 있으니, 형부시랑은 제가 생각하기에 앞뒤가 확실한 사건을 두고 보고하면서도 말을 더듬고야 말았다.

형부시랑의 보고를 전부 들은 휘강이 미간을 짚고는 헛웃음을 터뜨렸다.

려화가 사람을 죽였다?

이름도 얼굴도 모르는 사람들을 살리겠답시고 자결하려던 마음을 접고, 원수라 여기는 제 밑에 깔렸던 여인이다. 그런 여인이, 일면식도 없는 자를 후궁 후보라 죽였다?

보고로 들은 몇 마디 말만으로 휘강은 형부의 작자들 속에 든 생각을 파악했다.

말도 안 되는 소리였다. 그러니 헛웃음이 나고야 말았다. 필시 이 사건 뒤에 숨은 무언가가 있었다. 휘강의, 광증에서부터 발현된 촉이 그리 말하고 있었다.

"형부로 가야겠다."

휘강이 그리 말하며, 급히 처리하고 있던 상소들을 탁자 위에 거칠게 내려놓았다. 그러나 형부시랑은 휘강을 형부로 안내할 생각은 않고 머뭇거렸다.

"형부로 가야겠다지 않느냐?"

"그것이……."

형부시랑이 휘강의 눈치를 보았다. 근래 휘강이 금번 사건의 가해자로, 그것도 현행범으로 지목된 려화에게 얼마나 많은 은혜를 안겨 주었던가.

그러니 이번 일에 있어 휘강이 형부에서 려화를 처리하는 것을 곱게 두고 보지만은 않을 것이다. 그것이 염려되었다.

"형부시랑이 짐을 안내하지 않는다 해서, 짐이 형부의 위치를 모르겠는가?"

"아, 아닙니다!"

"하면 짐이 이미 참을 만큼 참아 주고 있기에, 형부시랑을 기다리고 있는 것을 잘 알 텐데."

휘강의 손이 늘 허리춤에 차고 다니는 검에 닿았다. 형부
시랑의 안색이 파리하게 질렸다. 이리 평이한 모습으로 진노
한 휘강을 말릴 수 있는 존재는 태황태후 정도였다. 그에 미
치지는 못하나 준한다고 말이나 붙여 볼 수 있을 이도 노 승
상 정도는 되어야 했다.

형부시랑이 침을 꼴깍 삼켰다. 형부의 신료라는 자긍심이
고 뭐고, 일단 사는 것이 먼저였다.

"안내하겠습니다."

형부시랑도 괜히 그 자리까지 올라온 자는 아니었다. 그는
휘강을 어디로 안내해야 하는지 잘 알고 있었다.

휘강은 형부시랑의 안내로 곧장 려화가 구금된 형부의 옥
사로 향했다.

근래 형부 내에 있는 옥사에 가두어 집중 감시해야 할 죄
인이 없었던 까닭인지, 다행히도 옥사의 상태는 그리 나쁘지
않았다.

시체를 치우고 남은 시취도 거의 없었으며, 바닥에 깔린
짚단도 제법 폭신했다. 하나 최근 몸이 좋지 않았던 려화가
옥사에 갇힌 모습이 휘강의 눈에 찼을 리가 없다.

그가 인상을 일그러뜨렸다.

"대체 무슨 일이냐?"

감히 황제가 옥사 너머의 여인을 앞에 두고 무릎을 굽혔
다. 그것으로 모자라, 다소곳이 좁은 옥사에 앉은 려화와 눈
높이를 맞추기 위해 털썩 앉았다.

형부시랑이 아연해 잿빛이 된 낯으로 입만 뻐끔거렸다. 휘

강을 말려야 하건만 그럴 용기는 없으니, 벌린 입으로 닥치고 서 있는 것이었다.

이리되니 정작 옥사에 갇힌 려화가 가장 표정이 단정하였다. 황실군에게 끌려오다 형부의 군졸에게 연계되어 압송되느라, 머리는 흐트러지고 옷가지는 지저분해졌으나 말이다.

"보시는 바와 같습니다. 폐하."

"정확히 말해 보란 말이다."

려화가 씁쓸한 얼굴로 흐리게 웃었다. 정확히 말해 보라니, 보이는 것이 전부였거늘 어찌 답해야 옳은가. 아직 제 머릿속조차 완전히 정리되지 않았는데 말이다.

"폐하께 상황을 알리러 떠난……. 그러니까 지금 뒤에 선분께서 전부 알려 주었을 것이 아닙니까."

휘강이 짜증 섞인 목소리로 답했다.

"네 입으로 직접 듣겠다."

"폐하……."

"네가 죽였느냐?"

려화는 입을 열어 답하는 대신에 고개를 저었다. 휘강의 살기에 내도록 눌려 있던 형부시랑이 눈을 크게 뜨고 려화를 죽일 듯 노려보았다. 휘강은 등 뒤의 형부시랑이 무슨 표정을 짓고 있는가, 그가 무슨 생각과 어떤 행동을 하고 있는지까지 전부 알고 있었으나 우선은 그냥 넘겼다.

지금 그것이 중요한 것이 아니었기에.

"짐도 네가 그러지 않았으리라 생각했다."

"그러셨습니까?"

"한데, 처한 꼬락서니에 비해 표정은 태평하기 그지없질 않으냐."

휘강은 옥사에 갇힌 려화의 긴장을 풀어 주기라도 하려는 듯 짓궂게 말했다. 그것에 려화가 실소했다. 그렇게라도 잠시, 굳어 있던 얼굴이 풀렸다.

휘강이 옥사 창살 너머로 손을 뻗었다. 려화는 영문을 모르겠다는 듯 휘강의 뻗어진 손을 바라보았다.

"잡지 않고 뭐 하느냐?"

"무슨…… 뜻으로 이러십니까?"

"네가 지은 죄를 보속하는 곳은 이곳이 아니다."

"하나 지금은 이곳이 제가 있어야 할 곳이 아닙니까?"

"누가 그리 말하더냐?"

려화가 또 말없이 웃었다. 휘강은 심기가 상했다. 요즘은 이리 답답하게 구는 경우가 없더니. 하필 이런 때에 답답증이 나도록 구는 려화를 보자니 속이 뒤틀렸다.

하나 그는 본래의 성정과는 달리 지금 려화를 걱정하고 있었다. 과거 자신이 그녀의 머리채를 붙잡고 형부로 끌고 와 치죄했던 것은 까맣게 잊고, 제 죄도 아닌데 이리 끌려와 갇힌 것만을 딱히 여겼다.

그러나 본인은 나올 생각이 없어 보이니, 이번에도 끌어내는 것밖에는 방도가 없었다.

휘강이 고개를 돌려 려화를 노려보고 있던 형부시랑을 바라보았다. 핏줄이 서서 번득이던 눈이 삽시간에 꼬랑지를 내린 개처럼 겁에 질려 유순해졌다.

"죄인 공려화는 이번 일에 있어서는 죄가 확정되지 않았다. 형부의 옥사에 구금할 수 없다."

"폐하! 저, 저, 저년은 현행범입니다! 절대 그리하실 수 없습니다!"

형부시랑이 겁에 질려서는, 그래도 제가 할 수 있는 선의 최대의 용기를 냈다. 그러나 말을 뱉어 놓고도 그의 얼굴은 아차 싶었다. 하얗게 질리다 못해 시퍼렇게 변했다. 얼굴에는 오한이 든 듯 삽시간에 식은땀이 흥건해졌다.

휘강이 나른하게 웃었다. 형부시랑은 이 자리까지 올라오는 데에 오랜 시간이 걸렸던 자다. 과거, 려화를 만나지 않았던 때의 휘강이 벌였던 피의 잔치를 기억하고 있었다.

휘강은 진정 분노하였을 때에 이리 웃었다. 다음으로, 발검하여 목을 치는 데까지는 찰나의 시간이면 족했다.

"짐이 누구냐. 도국의 황제다. 도국의 법이 곧 짐이다. 네놈 따위가 짐을 막아서겠다고?"

"하, 하오나……."

숫제 형부시랑은 울기 직전이었다. 그의 울먹이는 목소리에도 휘강은 아랑곳하지 않았다.

"목격자가, 죄인 려화가 직접 피해자를 죽이는 것을 보았다 하더냐?"

"범행에 쓰인 독이 든 병을 회수하려던 것을 보았다고……."

"그래, 네놈이 내게 직접 그리 말했지."

휘강이 잠시나마 형부시랑의 말에 수긍하듯 고개를 끄덕이며 답했다. 하나 이것으로 끝이 아니었다.

"그런데 이 여인은!"

휘강이 일갈했다.

형부시랑은 이제 아예 사색이 되었다. 그가 휘강의 기세를 이겨내지 못하고 자리에 주저앉았다.

"위리안치 중인 죄인이다. 독살에 쓰인 독을 어찌 구했으리라 보느냐? 이 멍청한 잡것들아."

휘강은 분노를 말로만 풀어내는 데서 그치지 않았다. 형부시랑의 목은 다행히 그의 몸뚱이에 그대로 붙어 있었으나, 휘강의 손이 한철로 된 옥사의 창살을 기괴한 모양으로 쥐어 비틀었다.

정확히 려화 한 사람 정도가 빠져나올 수 있을 정도였다.

려화는 바로 하루 전까지만 해도 자신이 기거했던 처소에 도착했으나, 그곳을 생경한 눈으로 바라보았다. 어느 것 하나 바뀐 것은 없었으나 다시 돌아오지 못하지 않을까 생각했다.

그러니, 일여 년간 자신의 처소였던 이곳이 몹시 낯설게만 느껴졌다.

하나 사고가 어찌 흐르든, 육신에 남은 익숙함은 려화가 침상 위에 자리 잡고 앉도록 하였다.

휘강은 려화를 유배소로 데려다 놓고 곧장 다시 나갔다. 잠깐이면 된다고 하였으나, 아마 그가 생각한 것보다는 오래 걸릴지도 몰랐다. 그가 형부의 옥사에서 려화를 빼낸 방법은 거의 억지에 가까웠다.

그가 아무럼 황제라 하여도 그런 억지를 부리고 태평히 넘어갈 수는 없었다. 기천 년을 이어 온 제국이다. 그동안에 자리 잡은 법이라는 게 있으니, 그것을 들어 제게 공격을 가해 올 신료들을 상대키 위해 제법 심력을 소모한 뒤에야 돌아올 수 있을 것이다.

"어쩌면 다시 옥사로 돌아가게 될지도 모르고……."

려화가 흐리게 웃었다. 그러나 곧 웃음은 사그라들었다.

그곳으로 돌아가면 죽을지도 모른다. 아니, 필시 죽는다. 어쩌면 자신이 진범으로 확정되고 형을 집행 받기도 전에 죽임당할지도 몰랐다.

머릿속이 복잡했다.

후궁 후보가 죽었다. 그것도 궁에서.

근처에 약병이 있는 것을 보았으니 필시 독살이다. 어쩌면 자결이리라. 그러나 려화는 홍세의가 자결하였다고 생각하지 않았다. 처음 그녀의 시신을 발견하였을 때는 자살이라 여겼지만.

자신과 홍세의의 시신을 발견한 향설의 반응을 보고, 홍세의가 자결하지 않았음을 확신했다. 려화가 파악한 향설이라면 절대로 닥친 상황에서 비명을 지르고 난동을 피울 여인이 아니었다.

물론, 그때 향설의 얼굴은 정말로 경악에 차 있었다. 놀라 자빠질 듯 하얗게 질린 낯빛도 진짜로 보였다. 다만 려화는 향설이 그 정도의 연기는 아무렇지 않게 해낼 능력이 있다 여겼다.

"하나 어째서……."

려화는 궁금했다.

향설이 왜 자신을 곤경에 빠트렸는지를 궁금해하는 것이 아니었다. 그야 뒤가 너무나 뻔한 이야기 아닌가. 그녀가 처음부터 누군가의 사주를 받고 자신을 죽이러 들어왔다고 생각하면.

사주할 사람은 많았다. 넓게는 조정의 신료들 전부였다. 도국의 고관들 모두였다.

려화는 지금 자신의 처지를 아주 잘 알았다. 이미 그녀는 황궁 내에서 겉으로만 죄인의 두겁을 쓰고 있을 뿐, 누가 보아도 황제가 총애하는 여인이었다.

황후도, 후궁도 두지 않은 황제의 곁에 두기에는 몹시 불편한.

그러니 향설이 자신을 궁지에 빠트리기 위해 행동한 것은 이해 못 할 범위가 아니었다. 려화가 궁금한 것은 향설이 그 전에 보였던 모습들이었다.

자신을 홍세의와 엮기 위해, 끌어들이기 위해. 그러기 위해 접근하였겠지.

하나 향설의 일부 모습은 려화가 보기에 진심이었다.

'미안해요.'

향설이 했던 말 중에 려화의 뇌리에 가장 강하게 남은 진심이었다. 그것이 지금의 상황을 두고 뱉은 말임은 이제야 깨달았지만 말이다.

그전에도 몇 번, 향설은 려화가 자신과 잘 맞을 것이란 말을 하였다. 그것도, 어쩌면 진심이었을 것이다.

몇 번이고 생사를 넘나들 일을 겪었던 려화다. 눈치가 비상하지는 않았으나 마음 깊은 곳에서부터 흐르는 진심을 눈치채지 못할 정도는 아니었다.

"어째서⋯⋯."

도저히 납득하지 못할 상황을 두고 려화는 몇 번이나 같은 말을 중얼거렸다. 그 자신조차 같은 말을, 이리 소리 내어 몇 번이나 중얼거렸나 깨닫지 못할 정도로 깊이 생각에 빠졌다.

"뭘 고민하고 있기에 짐이 온 것도 모르고 혼자 중얼거리느냐?"

그리고 산여조차 들지 못해 적막한 처소 안으로, 휘강의 목소리가 끼어들었다.

려화가 다가오는 휘강에게로 시선을 돌렸다. 깜박이는 눈 너머로는 허무만이 읽히기에, 휘강은 그러잖아도 이미 진노한 상태에서 화를 더했다.

"대답하라. 짐은 이미 답답한 상황을 여럿 겪고 왔으니, 너까지 짐을 답답게 하지 말라."

"오셨습니까?"

"뭐냐 물었다."

"그저 상황이 이해되지 않아 홀로 고민 중이었습니다. 폐하께서는⋯⋯."

휘강의 얼굴은 차분했으나 그에게서 읽히는 기세가 흉흉했다. 필시 형부를 헤집어 놓고 마음대로 자신을 빼 온 것에 대해 신료들에게 엄청난 공세를 받았을 것이다.

"또 저로 인해 고생하셨군요."

말을 고르던 려화가 적당히 둘러말했다. 휘강이 헛숨을 내뱉고는 려화를 바라보았다. 어느덧 그는 려화의 바로 앞이었다.

려화의 말마따나 그는 고생을 겪고 왔다. 신료들은 홍세의가 죽은 현장에서 약병을 집으려다 발각된 현행범이라 하였다. 그런데도 불구 휘강이 절차를 무시하고 형부를 뒤집어놓은 데다가, 려화까지 억지로 끌고 나온 것에 하늘이라도 무너진 듯이 굴었다.

'폐하, 이는 있을 수 없는 일이옵니다!'

'소신의 딸이 죽었습니다! 어찌 양반의 여식을 죽인 방약무인한 죄인을 감싸신단 말입니까!'

그중 죽은 홍세의의 아비인 계제사 홍덕권의 반발이 가장 거세었다. 그야 당연히, 저의 혈육이 죽었으니 당연한 일이었다. 그 범인으로 지목된 자를 휘강이 빼내었으니, 홍덕권에게는 휘강이 철천지원수와 동급에 놓였을 것이다.

핏발 선 그의 눈동자가 선했다. 당장 칼을 빼내고 싶은 것을 참았다. 아직 확실한 것이 없는데 판을 크게 벌이면, 불리한 것은 려화인 것을 알기에 그러했다.

"짐이 네깟 것의 일에 휘둘릴 정도로 보잘것없는 인물이냐?"

려화가 고개를 저었다. 그러나 작금 상황은 누가 보아도 휘강이 려화의 일로 피곤을 얻은 것이 맞았다. 다만 려화는 휘강을 더욱 피곤케 하지 않을 생각이기에 그만 물러선 것이었다.

현시점, 휘강은 단 하나뿐인 자신의 동아줄이었다.

려화가 휘강의 팔을 붙잡고 침상에 앉혔다. 저 또한 곧바로 그 옆으로 앉아 휘강을 마주 보았다.

"폐하께서는 아까, 제게 직접 자초지종을 듣고자 한다 하셨습니다."

"그랬다."

"다시 한번, 이번에는 제 입으로 말씀드리자면 결론적으로 저는 후궁 후보를 죽이지 않았습니다. 그럴 이유도 없고요. 그건 폐하께서도 잘 알고 계시겠지요."

휘강이 잠시 려화를 똑바로 바라보다가, 고개를 끄덕였다. 실로 그러했다.

려화는 자신에게 연심을 품고 있지 않았다. 휘강이 보기엔 그러했다. 연심을 품지도 않은 상대에게 정비가 생긴다 하여 사람을 죽일까. 다른 누구도 아닌 려화의 성정으로.

또한 그녀는 지금 자신의 총애에 기대고 있으나, 그것을 권력으로 삼아 휘두르려는 마음이 없었다. 연심으로 사람을 죽이는 자는 드무나, 총애를 지키기 위해 독수를 두는 자는 많았다.

그러나 총애의 대상이 려화라면 이것 또한 가능성이 희박했다. 려화는 얼굴조차 모르는 이의 목숨까지 귀하게 여긴다.

그것을 가장 잘 아는 이가 바로 휘강일 것이다.

"안다."

자못 늦은 답변에도 려화는 개의치 않았다. 오히려 그녀가 놀란 것은 휘강이 자신을 형부의 옥사에서 끌어낸 부분이었으니.

"처음, 그녀의 시신을 마주했을 때 저는 그녀가 자결했다 생각하였습니다."

려화는 의문을 뒤로하고 휘강에게 자초지종을 설명했다. 이야기는 시간의 순서를 뛰어넘으며 중구난방으로 이어졌다.

"……그러해서, 저는 여인 홍세의의 죽음이 저를 연루시키기 위한 타살이라는 결론을 내렸습니다."

휘강은 표정을 읽을 수 없는 얼굴을 하고, 려화를 똑바로 바라보았다. 담갈색 눈동자는 여전히 맑았으나 지쳐 보였다.

여인이 쉬이 견뎌 낼 상황이 아니었다. 지금 려화가 보이는 의연한 모습은 대견할 정도였으나.

"짐의 앞에서까지 태연함을 가장할 필요는 없다."

"……예?"

려화는 휘강의 전혀 생각지도 못했던 말에 반문하고야 말았다. 자신이 말한 전모를 듣고 가타부타, 옳다 그르다를 따져서 말해야 옳았다.

려화가 아는 휘강이라면 그러했다. 기실, 휘강이 자신을 유배소로 옮긴 것부터가 그를 이해하기에는 어려움이 따르는 행동이었으나, 이번 것만은 못했다.

마치…….

그가 자신을 걱정하듯 말하고 있지 않은가. 그 말투는 덤 덤하다 못해 냉정할 정도라 하여도.

"짐의 앞에서 솔직하지 못한 태도를 보이지 말란 뜻이다."

곧, 려화는 조금이나마 휘강에게 놀랐던 자신을 속으로 다 그쳤다. 그는 자신의 앞에서 어떠한 감정이든 속이는 것이 싫었을 뿐이다.

려화가 아래를 내려다보며 슬쩍 웃음을 흘렸다. 지금은 휘 강에게 기대야 옳은 상황이다. 맞다. 그러했다.

그러나 온 마음을 다해 그에게 기댈 마음은 들지 않으니, 려화는 다른 가면을 뒤집어쓰려 하였다.

"힘든 척을 하라는 게 아니다."

휘강은 려화의 속을 전부 들여다본 것처럼 그리 말했다. 미간에 주름까지 간 것이, 려화의 태도가 마음에 차지 않는 것으로 보였다.

"……되었다. 네 편할 대로 해. 네가 어떻게 행동하든 짐은 네가 살인을 저지를 자로 보이지 않으니까."

불가해하게도 가장 마지막 말이 려화의 철옹성 같은 가면 을 벗겼다.

려화는 눈을 꽉 감고, 그것으로도 모자라 두 손으로 얼굴 을 가렸다.

상황이 거대했다. 너무나 거센 물살에 휩쓸려 자신이 힘든 것조차 잊고 있었다.

살인자의 누명을 썼으며.

또 한 번 마음을 나누려 했던 이에게 배신당한 것 같다는 생각에 혼란스러웠으며.

홍세의의 죽음으로, 자신에게도 언제고 죽음이 도사리고 있는 데다 그것이 오로지 자신의 죽음으로만 끝나지 않을 것을 배웠다.

지금은 저와 가깝지 않은 홍세의였다. 그러나 다음에는 산여가, 은호가, 혹은 세야가 될 수도 있었다.

어쩌면 궁녀 시절 얼굴을 마주했기에 유 노인이 휩쓸릴 수도 있었다. 이번 일로 확실히 깨달은 것이 있다면, 자신을 궁지로 몰아넣어 결국 죽음에 이르게 하려는 자들은 상대를 가리지 않는다는 점이었다.

그 과정에서 어쩌면 황제인 휘강조차 안전하지 못할지 모른다. 머리는 그리 말하고 있었으나.

어쩐지 휘강의 마지막 말 한마디에 려화는, 그만큼은 태산처럼 자신의 앞을 가로막고 지켜 줄 것이라는 이유를 알 수 없는 안도감을 얻었다.

"······무엇보다 저를 믿어 주심에 감사합니다. 폐하."

려화를 죄인으로 만들고, 그 이후에 들었던 그 어떤 말보다 진심이 느껴지는 한마디였다.

휘강은 그것을 듣고 피식 웃었다. 나약해져 금이 간 껍질 사이로 맛본 려화의 마음이 달았다. 그것에 이리 상황도 잊고 흐뭇해지는 자신의 마음이, 어찌하여 그러는 것인지도 제대로 모르고.

"그러니 폐하께서 저를 살려 주시겠지요?"

곧 려화는, 언제 제 힘든 속내를 드러냈냐는 듯이 반전되어 단정한 얼굴로 휘강을 바라보며 말했다. 희미하게나마 웃기까지 했다.

휘강이 금세 얼굴을 바꾼 려화를 보고 기가 찬다는 듯 픽 웃었다. 그러나 답변은 확실했다.

"네게 누명을 씌운 이는 단순히 너를 노린 것이 아니라, 말하자면 짐을 노린 것이나 다름없다. 그러니 허투루 널 죽게 둘 수는 없지."

"폐하의……."

"자존심이 허하지 않는다."

려화가 고개를 한 번 끄덕였다. 아직 일이 일어난 지도 얼마 되지 않은 이른 아침이었다. 동은 터 올랐으나 하늘에는 새벽의 푸르름이 아직 묻어 짙은 푸른색으로 물든.

여전히 피곤이 남아 있긴 하나, 려화의 말간 차색의 눈에는 이지 또한 깃들었다. 그녀가 나른히 눈을 내리감고, 휘강의 품에 제 몸을 기댔다.

그대로 목을 쭉 빼어 휘강을 바라보았다. 눈가가 촉촉했다.

"폐하께 부탁드리고자 하는 일이 있습니다."

"말해 보라."

"제가 부탁하지 않아도 폐하께서는 뛰어나시니 잘하시리라는 것을 압니다. 다만……."

"다만?"

"사적인 부탁이지만, 후궁 후보 구향설을 당분간 지켜봐 주세요. 험히 다루라는 이야기는 아닙니다. 어떤 뜻으로 드리는 말씀인지, 아시겠지요?"

려화가 향설의 이름을 꺼내며 얼굴을 굳혔다. 그녀의 손이 욱신거리는 아랫배를 짚었다. 심력 소모가 커서, 그것이 육신에 통증으로 나타난 것이리라.

휘강 또한 려화가 배를 짚는 것을 보았다. 그냥 넘겨도 될 일이었으나 묘하게 눈길을 사로잡았다.

곧 려화가 배시시 웃으며, 제 할 말을 마친 것인지 잠이 몰아치는 눈을 가까스로 뜨고 휘강의 목을 감았다.

"폐하께 힘든 것을 전부 맡기고 이리 잠이 쏟아지다니…… 참으로 저란 계집도 몹쓸 것입니다."

"네가 오늘 겪은 일이 보통 일이냐? 허튼 것에 신경 쓰지 말고 잠이나 처자라."

퉁명스러웠으나, 휘강이 려화를 침상에 제대로 눕히는 손길은 퍽 부드러웠다. 려화가 잠결에 배시시 웃었다. 저것은 진심일 것이다. 휘강은 이런 시점에서 말랑말랑하게 구는 려화를 보고 혀를 찼다.

그것으로 그치지 않고, 려화는 고개를 들어 휘강의 볼에 입을 맞추었다. 그의 몸이 굳었다. 처음 있는 일은 아니었으나 흔한 일도 아니었으며, 작금의 상황에서 려화가 제게 보여야 할 태도 또한 아니었다.

"폐하께 갚아야 할 빚을 졌으나, 갚을 길이라곤 몸뚱이 하나뿐입니다."

곧 튀어나온 려화의 말이, 휘강을 외려 무심하게 만들었다. 그는 대체, 자신이 려화에게 무엇을 바라는지 잠시 혼란해졌다.

곧, 이런 상황에서 원숙하게 구는 려화가 마음에 차지 않기에 그러는 것으로 자신의 마음을 정리했지만 말이다.

"내 전에도 말한 적이 있지 않은가?"

"너무, 너무 곤해서 머리가 돌아가지 않습니다……."

"이기지 못할 상황에서 유혹 따위는 하지 말라고 했다."

려화는 눈을 감고 흐리게 웃었다. 하나 휘강에게 답은 들려주지 않았다. 려화의 숨소리가 새근새근 고르게 변했다.

앞으로 얼마나 더 이리 곤하게 잠들지 모른다. 휘강은 잠든 려화를 잠시 지켜보다가, 몸을 일으켰다.

암중에 해야 할 일이 아주 많았다.

*
**

황궁에서 벌써 두 번째 야행이었다. 향설은 자신의 야행복을 확인하고는 구금 중인 자신의 처소 지붕을 타고 올랐다.

그녀가 궁에 입궁하며 내건 신분은 공부시랑의 보좌인 종사의 딸이었다. 정실의 딸은 아니고 네 명의 첩 중 세 번째 첩이 유일하게 낳은 자식이었다.

썩어도 준치라고 서녀라 하여도 양반가의 딸이었다. 하여 양반 취급을 받는 데다 사건의 범인도 아닌 목격자이니, 아무리 감시가 엄중한 들 처소 안으로까지 감시를 세우지는 않았다.

더군다나 바깥을 지키고 있는 황실군들 또한 향설의 살수로서의 기술을 간파해 낼 실력이 되지 않는 자들이었다. 처음 홍세의의 방에 서찰을 놓을 때만큼만 조심하면 그만이었다.

열이든 백이든, 그녀의 기척을 파악할 예리한 자는 없었으니 말이다.

려화에게 남은 죄책감으로 마음이 찝찝한 것만 빼면, 황궁에서 이루어지는 작업이기에 긴장하고 입궁했던 것에 비하여 너무나 싱거웠다.

'역시……'

향설은 홍세의가 읽은 서찰을 도로 회수하러 왔다. 그녀는 홍세의가 살아 있던 시절 밤새 눈물을 짜던 침상의 바닥에서 구겨진 서찰을 발견했다.

홍세의에게 전달된 서찰에는 읽은 즉시 파기하라는 당부가 적혀 있었으나, 좋은 소식에 흥분한 홍세의가 제대로 처리하지 못할 것을 염려했다.

이유는 하나 더 있었다. 만일 홍세의가 제대로 서찰을 파기하였더라도 어설퍼 흔적이 남을 수 있었다. 홍세의는 그런 일에 익숙한 자가 아닌 어리숙한 규방 여인이었기에.

당장은 려화가 현행범으로 잡혔으니 홍세의의 처소를 살피는 데까지는 여유가 있겠지만, 그것도 휘강이 생각보다 빨리 움직여 려화를 빼냈으니 금방이었다.

서찰이 아직 남아 있는 것은 다행이나 조금만 늦었어도 큰일이 날 뻔하였다. 간담이 서늘하였으나, 결국 이리 허술한 경비를 둔 황궁이었다.

저 하나만큼은 유유히 빠져나갈 자신이 있었다.

"흐읍……."

적어도 방금까지는 그리 생각했다.

예기가 엄청난 검이었다. 명검을 넘어 보검이라 해야 옳을 것이다. 그것이 소리도 없이 향설의 목덜미에 닿았다.

향설은 뛰어난 살수였다.

그런 자신에게도 기척을 들키지 않고 이리 목에 검을 겨눴다?

황궁을 얕보았다. 당최 이리 대단한 무위를 가진 자가 누구란 말인가. 어차피 죽음은 확정되었다. 향설은 저를 죽일 자의 얼굴이라도 확인하자 하여 제 등 뒤의 사람에게로 고개를 돌렸다.

"세상에……."

저처럼 살행에 능한 살수처럼 소리 하나 내지 않더니.

등 뒤에서 서늘하게 웃음 짓고 있는 사내는 용모파기로만 보았던 황제, 휘강이었다.

**

지난 삼 년.

휘강이 전쟁에 나서지 않으며 조정의 일은 모두 어전회의에서만 이루어졌다. 어전회의의 주관은 휘강이니 모든 것을 휘강이 주도했다.

전쟁을 나서려거든 병부의 건물에서, 나라 혹은 황궁과 관련한 사건은 형부에서 주관하여 회의를 연다. 이때도 물론 황제의 권한이 가장 강하나, 형식적이나마 주관은 부서의 상서가 맡는다.

회의의 결론 도출은 황제의 의견이 사 할밖에 들어가지 않는다. 명예직인 삼공 중 회의에 참여한 자의 의견이 삼 할, 회의를 주관한 육부 상서의 의견이 삼 할.

이리 결과를 합하여 결론을 도출한다.

다만 병부에서 주관하는 회의의 경우 실질적으로 황제의 의견이 칠 할이 된다. 도국의 무관들은 절대다수가 황제의 사람이니 말이다.

반대로, 형부나 예부 등에서 주관하는 회의는 황제보다 신료들의 의견이 더욱 강하게 작용했다. 결국은 형식적일 뿐 황제인 휘강이 멋대로 결론을 바꾼다 하여도 아무도 입을 대지 못하지만 말이다.

한데, 여태까지 삼 년. 육부에서 주관하는 회의가 열리지 않았다.

그러나 오늘은 달랐다. 몇 번이고 이리 큰 사건은 반드시 형부에서 회의를 거쳐 통과해야 한다고 신료들이 성토했던 적이 있다. 그러나 황제는 듣지 않았었다. 오늘만큼은 휘강이 그럴 수가 없었다.

휘강은 려화를 형부 옥사에서 끌어내 오며 약점을 잡혔다. 그러니 신료들은 그것을 들어 아우성을 쳐 댔다. 보통 일도 아니고, 후궁 후보의 살해 사건이니 멀게는 내명부가 엮인 일이며 가깝게는 조정 대신인 예부 홍 계제사의 딸이 황궁에서 죽은 일이다.

휘강이 형부에서 이뤄지는 회의를 거절할 명분이 없었다.

"폐하! 이 자리는 본디 죄인을 두고 심문해야 하는 자리입니다! 한데, 그 죄인 공려화는 어디에 있습니까?"

"공려화의 현재 신분이 죄인인 것은 사실이나, 이번 사건에 한해서 그는 죄인이 아니다."

휘강은 요지부동이었다. 그러나 걸리는 바가 있기는 한 모양인지 평소에 비해서는 그 행동이 몹시 유순하였다.

그러니 신료들은 침을 튀겨 가며 휘강이 잘못된 길을 가고 있음을 읍소했다. 이번 사건의 현행범인 려화를 내놓으라 아우성을 쳤다.

"폐하! 아무럼 폐하께서 만인지상의 황제이시고 모든 것의 본질을 꿰뚫어 도국의 국법을 세우는 분이시나, 그렇다 하여도 멀쩡히 일하고 있는 육부의 법도를 이리 무시하실 수는 없습니다!"

"짐이 언제 육부를 무시하였는가? 매주 세 번의 어전회의와 두 번의 강론을 제대로 하고 있고, 지금도 이리 쓸모없는 일에 불려 와 자리를 지키고 있지 않은가?"

이번에도, 휘강은 평소라면 적당히 말을 자르고 닥치라 일갈했을 것이다. 하나 이번만큼은 그러지 않았다. 되레 신료의 말에 빈정거릴지언정 제대로 된 답을 주었다.

신료들은 이런 휘강의 모습을 약점을 잡혀 쉬이 마음대로 휘젓지 못하는 것으로 판단하였다. 문하시중은 단순 참관인 자격으로 휘강의 뒤에 섰다.

그는 슬쩍 입꼬리를 올려 웃었다. 몹시 마음에 차는 광경이었다. 처음, 휘강이 형부에 쳐들어와 죄인 계집을 데려간 것에 있어서는 다소 놀랐던 그였다.

휘강이 공려화라는 계집을 그만큼이나 아낄 것이라곤 생각도 못 했던 까닭이었다.

그러나 지금은 달랐다. 그리, 약점이 될 것을 알면서도 휘강이 섣부르게 행동했기에 지금 당하는 꼴을 보라. 군림하다 못해 신료들을 찍어 누르던 휘강이 지금은 유순한 양처럼 모든 말에 제 나름 곱게 답을 내놓고 있지 않은가.

"그자는 다른 후궁 후보인 구향설이라는 여인에게 현장에서 목격되었습니다! 그것도 시체를 확인하고 약병을 회수하려는 장면을 말입니다! 그런데 어찌 그 방약무인한 죄인을 죄인이 아니라 하십니까, 폐하!"

"실제로 공려화가 사망한 홍세의에게 극약을 먹이는 것을 본 것은 아니지 않은가?"

"폐하! 형부에서 홍세의의 행적을 조사하였습니다! 그녀는 죽은 직후 죄인 공려화에게 목격되기 직전까지 그 누구와도 만나지 않았습니다!"

"그럼 공려화는 누굴 만났는가?"

"그것을 제대로 조사해야 하니 죄인을 다시 형부로 돌려달라 하는 것입니다!"

삼공의 대표로 금번 회의에 참여한 노 승상은 생각이 조금 달랐다. 그의 표정은 묘했다.

이번 일은, 그가 사주한 일이 아니다. 지저분한 냄새가 났다. 그것을 벌인 자는 다름 아닌 휘강의 뒤에 선 문하시중일 것이다.

노 승상의 노회한 머리가 조용히, 그러나 비상하게 돌아갔다.

과연, 황제 휘강이 이런 일을 두고 자신의 실책을 약점으로 생각하여 조용히 있을 자인가?

황실의 피에 흐르는 광증이 고작 이것밖에는 되지 않았던가?

"당사자가 이미 죽은 홍세의의 행적은 조사가 되는데, 살아 있는 공려화는 그저 짐이 유배소에 돌려다 놓았다는 이유로 조사가 아니 된다?"

이것은 휘강의 방식이라기엔 너무나 유순했다. 아니 유순하다는 말은 어폐. 그는 지난날처럼 검을 휘둘러 상황을 정리하고 뒤에야 이유를 알려 주는 방식을 취하지만 않을 뿐이다.

신료들의 말에 따박따박, 맞는 반박은 제대로 내어놓고 있었다.

그리고 짐짓 불안한 듯 잠시 굳어졌다가도 간혹 피식 웃음을 터뜨리는 저 표정은.

저 좁게 뜬 눈매 안에 숨은 검은 눈동자가 향하는 곳은.

"폐하."

"피해자 홍세의의 아비로군. 당사자의 친족이 이 자리에 왔다……. 어디 한 번 홍 계제사의 말을 들어 보지."

휘강은 처음부터 계제사 홍덕권을 살피고 있었다. 혹, 이를 전부 홍덕권이 꾸민 일이라 여기는가?

노 승상은 처음엔 그리 생각했다. 자신의 목적과 생존을 위해 혈육도 아무렇지 않게 죽이도록 하는 것이 바로 황실의 광증이니 말이다.

그리고 휘강은 광증이 있었다. 도국을 지켜 주는 힘을 주지만 또한, 다른 어떤 나라보다도 같은 혈육을 죽이는 일이 빈번하게 만드는 바로 그 광증.

그러니 휘강이라면 떠올릴 수 있는 가정이 있을 것이다. 바로 홍덕권이 홍세의를 제 손으로 죽이고, 이리 흉계를 꾸몄으리라고 생각할 수도 있었다.

정확한 사건의 전말은 노 승상 그 자신조차 모른다. 자신이 꾸민 일이 아니니 말이다. 과연 황제의 의심이 합리적인가, 그것만을 생각할 뿐이다.

육관억이 꼬리를 잡히지 않게 잘 행동하였는지도.

"폐하께서 말씀하신 대로, 소신의 딸이 죽었습니다. 한데 소신은 아비 된 자로서 아무것도 할 수가 없습니다."

"홍 계제사는 지금 딸의 사망 원인을 밝히기 위해 이 자리에 참석했다. 한데 어찌 아무것도 하지 못하고 있다 하는가?"

지금까지 홍 계제사는 피해자의 아비로서, 제 딸을 죽인 자를 감싸는 휘강을 노려보고 있었다. 가만히 입을 닫고 있던 처음부터 말이다.

물론, 그 속내는 조금 달랐다.

서찰이 잘 전해졌음은 문하시중에게 확인받았다. 그 안의 약의 효능 또한 틀림없음을 확인했다. 그것을 확인키 위해 오리 열 마리의 먹이에 섞어 확인까지 해 보았다.

오리에게 먹인 양은 딱 한 방울로, 그것을 희석한 물을 먹고 쓰러졌던 오리는 하루 만에 깨어났다.

그렇다면 딸은 지금 가사 상태였다. 그러니 자신은 딸이 죽지 않은 것을 아는 것이다. 하나 이것을 황제에게 들켜서는 안 된다.

그것이, 좀 더 핏대를 세우고 황제를 몰아붙여도 모자랄 홍덕권이 그저 황제를 노려보며 조곤조곤 말하는 선에서 그치게 했다.

"죄인을, 아니 폐하의 말을 빌자면 확정된 죄인은 아니니 용의자라 합지요. 그 용의자의 심문조차 못 하고 있지 않습니까."

"홍 계제사는 진실로 딸을 죽인 진범을 찾고 싶은 것인가?"

휘강의 말에 잠시간 홍덕권이 꿀 먹은 벙어리가 되었다. 휘강의 뒤에 선 문하시중이 홍덕권을 보고 눈을 부라렸다. 그것으로 모자라, 황제에게 소리라도 지르라고 명한다. 홍 계제사가 억지로 목에 핏대를 세웠다.

"폐하! 하면 딸을 잃은 아비가 그보다 더 중한 이유라도 있어 이리 폐하께 말을 올리는 것이라 여기시는 겁니까!"

휘강이 서늘하게 웃으며 고개를 저었다. 일순 형부 내의 분위기가 묘하게 흘렀다.

"그보다, 여기 모인 모든 신료가 홍세의 자결 가능성에 대해서는 일언반구도 없음을 묻는 것이지."

휘강이 말을 끝맺기 무섭게, 홍덕권이 다시금 노성을 질렀다. 그의 이마에 식은땀이 맺히기 시작했다.

딸의 죽음에 눈이 뒤집힌 아비가, 그 상태로도 자신이 죽을 것을 겁낸다?

"폐하! 제 딸은 쉽게 제 목숨을 끊을 아이가 아닙니다!"

"그런가? 짐이 알아본 바와는 좀 다른데."

휘강은 여전히, 홍덕권을 유심히 살폈다.

저 분노가, 홍 계제사가 뱉는 모든 말과 감정들이.

진짜인가, 가짜인가.

"후궁 후보랍시고 밀어 넣은 여인인데, 이미 다른 사내를 품고 있었다. ······뭐 이런 사실을 짐이 몰랐으리라 여겼는가?"

"그것은······."

홍덕권의 눈동자가 가늘게 떨렸다. 순간 그 시선은 휘강을 벗어났다. 찰나였다.

"짐의 정보가 틀리진 않을 것인데······."

"하나 소신의 딸은, 정말로 자진할 이유가 없습니다! 공려화가 자신의 총애를 빼앗길까 염려해 후궁 후보들을 죽인 것이 맞을 거란 말입니다! 그저 제 딸이 첫 번째 먹잇감이 된 것뿐입니다!"

악에 받친 목소리였다. 휘강이 진즉 목을 쳐도 이상하지 않을 만큼 거센 반발이었다. 그러나 홍덕권은 여전히 자신도 모르게 떨고 있다.

그러나 휘강은 계속, 그저 홍덕권의 반응만을 살폈다. 이제는 다른 신료들의 얼굴도 말이다.

"혹, 누가 그리 말하라고 시키더냐?"

"폐하!"

목에서 피라도 토할 것 같다. 온 얼굴을 붉힌 저 모습은 진짜였다. 자신이 죽을까 겁을 먹은 진짜. 휘강은 이 상황이 재밌어 죽겠다는 듯 키득거리기 시작했다.

다급히 노 승상의 눈짓으로 지시를 받은 신료가 나서 휘강을 말리듯 말했다. 분위기가, 이런 분위기를 원치 않았건만 휘강에게 우세하게 돌아가고 있었다.

"폐하, 홍세의를 죽인 진범을 찾기 위한 자리입니다!"

"홍세의의 사망에 엮인 '진실'을 찾기 위한 자리이지. 전제가 틀렸지 않나."

"폐하께서는 죄인이라 하나 총애하는 여인을 감싸기 위해 억지를 부리고 계십니다!"

이 상황에서 나서서 패악을 부리고 말을 할 수 있는 자라곤 홍덕권이 유일했다. 조정에서는 항상 조용히 자리만을 지키고 눈치를 살피던 자였지만 말이다.

딸의 죽음 앞에서야. 그것을 방패 삼아 지껄이는 것이든 진실로 딸의 죽음이 슬퍼 죽어도 좋다는 마음으로 성토하는 것이든 가능한 모양새였다.

휘강은 홍덕권에게서 거짓을 읽었다. 지금 홍덕권이 보여주는 분노는 가짜였다.

제 나름대로 애는 쓰고 있으나.

감히 누굴 속이려 드는가.

신료들은 이 회의를 시작하기 전만 해도, 휘강이 형부 회의를 거절할 명분이 없어서 참여했다고 생각했다.

그러나 지금은…….

휘강의 입꼬리가 비스듬히 꺾여 올라갔다.

억지로?

도휘강은 한 번도, 어떤 상황에서도. 원치 않으면 행한 적이 없다. 죽음을 앞에 두고서도.

지금 이들은 휘강이 과거에 보이던, 혈기에 사로잡혀 광증을 두드러지게 보여 주던 모습을 전부 잊었다.

그가 이 회의에 참여한 이유.

바로 참여한 작자들의 반응, 그리고 진심을 살피기 위해서였다.

"짐이 억지를 부리고 있다? 이곳에서 억지를 부리는 것이 짐 하나가 아닐 텐데."

휘강이 자리에서 일어났다. 그들의 반응을 살펴 얻어낼 것은 다 얻었다.

개 잡소리를, 계속 들어 주고 있을 필요가 없었다.

"쓸모없는 시간 낭비만 했군."

"폐하!"

"공려화를 정 진범으로 만들고 싶다면 제대로 된 증좌를 가져와. 대체 유배형을 받아 유배소를 떠나지도 못하던 계집이! 어찌 홍세의를 죽게 만든 극약을 구했는지부터."

그러나 아직은 조금 모자랐다. 이 회의로 얻은 것을 토대로 하여금 '진범'을 다시 족치러 갈 차례다.

휘강이 잡은 '진범'은 끄나풀에 불과하였다. 그 진범이 모든 것을 알면서도 말하지 않고 입을 닥친 것인지, 정말 몰라서 입을 닫친 것인지. 다시 알아보러 갈 차례다.

"짐 또한, 오랜만에 몸을 움직여 공려화가 범인이 아니라는 증좌를 찾아보지."

*
**

휘강은 눈앞에 포박하여 꿇어앉힌 향설을 아주 재밌는 것을 보는 눈으로 바라보았다. 그의 손에는 기밀대가 정리한 향설에 대한 정보, 또한 향설이 후궁 후보로 황궁에 들어와 보였던 행보가 적힌 종이가 들려 있었다.

휘강은 그것을 대충 훑어보고는 뒤로 날려 버렸다.

"홍세의의 아비 홍덕권을 떠보았다. 그도 딸의 죽음과 연관이 있는 눈치더군."

"그렇습니까?"

향설은 마치 남의 일을 듣듯 답하였다. 휘강에게 잡히고 고작 이틀이다. 향설의 행색이 말이 아니었다. 그러나 매질이나 고문을 당한 행색은 또 아니었다.

휘강이 려화의 부탁을 그 나름 존중한 것이었다.

"그러나 계제사 홍덕권. 그가 이 일을 꾸민 자는 아닐 것이다. 그릇이 안 되거든. 무엇보다 그는 너를 이 궁궐에 잡음 없이 집어넣을 수 있을 정도로 힘이 대단치 않지."

향설은 초췌한 꼴로도 화사하게 웃었다. 려화가 며칠이고 뇌리에 남아 곱씹고야 말았던 바로 그 미소였다.

이리저리 트고 거칠어진 곳이 있었으나, 그럼에도 그녀의 입술은 새빨간 빛깔이었다. 화장하지 않으니 평소보다는 수수했으나 말이다. 그러나 휘강은 향설의 화장한 얼굴을 본 적이 없으니 그가 보기에는 향설의 얼굴이 충분히 화려하게 보였다.

휘강이 향설의 얼굴을 뚫어지라 바라보았다.

"당라현을 주름잡는 예기, 기적(妓籍)에 올린 이름은 자향. 그러나 그 지방의 높으신 놈들 사이에서는 네 이름이 살수로 더 드높더군."

휘강에 의해 정체가 까발려졌음에도 향설은 내도록 요지부동이었다. 그저 웃고 있을 따름이었다.

어찌 일개 기녀, 살수가 조정을 채운 신료들보다 나았다. 만일 홍덕권이 향설만큼이나 저를 숨기는 데 능했다면 휘강도 지금보다는 더 피곤했을 것이다.

"네년은 전역의 일을 받지만 주로 기거하는 곳은 기적에 이름 올린 당라현이다. 그러니 그곳에서 주로 활동했으나……."

휘강은 계속해서, 이미 훑어보고 외운 조사서에 적혀 있던 모든 향설의 정보들을 읊었다.

"살수질의 시작은 이곳 도성이었군. 그리고 너를 당라현으로 보낸 것이 금오상단의 행수라지?"

"폐하. 대체 제게서 무엇을 얻으려 하십니까?"

휘강은 향설의 질문을 무시했다. 그는 아직 할 말이 많았다.

"금오상단의 행수는……. 육지관. 문하시중의 혼외자."

처음으로 향설의 얼굴에 균열이 생겼다. 아주 미세하여, 자세히 살피지 않으면 보이지 않을 정도였다.

"……그리고 네 아비로군. 넌 따지자면 육관억의 손녀가 아니냐? 육관억 그자는 대체 얼마나 이른 나이부터 아랫도리를 휘두르고 다녔기에 벌써 너만 한 손녀가 있는 것이지?"

향설이 입술을 물었다. 그녀의 입술이 파르르 떨렸다.

"아아, 짐이 네년에게서 무엇을 얻으려 하냐고 물었지?"

휘강이 자리에서 일어났다. 그리고 천천히 걸어가, 무릎 꿇은 향설의 앞에 섰다. 그가 무심한 발길질로 향설의 턱을 들어 올렸다. 텁텁한 흙냄새가 코끝에서 바로 느껴지는 것에 향설이 잠시 콜록거렸다.

"완벽한 승리."

휘강은 향설의 가슴팍을 발로 차 버리고 싶은 것을 애써 참았다. 그를 말리는 데에 구 할은 려화의 한마디가 유효했다. 향설을 너무 심하게 다루지 말아 달라는.

"그리고 내 것을 흠하나 없이 다시 자리로 돌려놓는 것."

향설이 휘강의 말을 듣고 허탈하게 웃었다. 그가 말하는 내 것이란 려화를 이름이었다. 향설은 그저 려화를 보는 것만으로도 휘강이 그녀를 마음에 품고 있음을 알았다.

그러나 휘강을 보니, 저 눈은 려화를 내 것이라 말하면서도 확신을 지니지 못하고 흔들리고 있다. 소유욕은 확실하나 감정은 확신치 못한다.

죽음을 두려워하지 않고 살았기에 그 누구도 막지 못하고 잡지 못하던 자신을 꿇어앉힌 대단한 황제가 왜.

왜 저리 아둔하게 굴고 있지?

향설은 그것이 재미있었다. 그리고 향설은 죽을 때가 오더라도 재미있는 일에 절대 빠지지 않을 것이었다. 죽음을 각오하고 사는 삶에 재미조차 버리면 무엇이 남겠는가 말이다.

기실, 마지막이 좀 더럽긴 하였으나 대신에 이리 재미를 주니 향설은 마음이 후련해졌다. 더불어 완벽한 승리를 원한다는 휘강이 자신의 복수까지 대신해 줄 수도 있을 것이라는 기대감이 생겼다.

"육자향이 본명입니다. 하나 육씨는 너무 품위가 떨어지게 들려서. 구향설은 제가 지은 이름입니다만, 이쪽이 더욱 어여쁘지 않습니까?"

향설이 진심으로 웃으며 그리 말했다.

휘강이 향설을 보고 마주 웃었다. 그가 자리로 돌아가 앉았다. 아까보다 훨씬 편하게 늘어진 자세였다.

향설이 마음을 돌린 것을 깨달았기에 휘강의 마음도 좀 더 풀어진 것이다. 당최 왜 마음을 돌렸는지는 모르겠지만 말이다.

휘강이 보기에, 향설이 단순히 자신의 과거를 전부 들춘 것에 굴복한 것으로 보이진 않았다.

"전부 하문하십시오. 아무리 그래도, 특급 살수의 면이 있는데 제 입으로 전부 불면 재미가 없지 않습니까?"

"허."

휘강은 향설의 패기가 마음에 들었다. 만일 이 계집이 건든 것이 려화가 아니었더라면 살려 두고 자신의 수족으로 썼을 것이다.

"누구의 계략이냐?"

"이미 아시잖습니까? 문하시중의 머리에서 나온 계획입니다."

"확실히, 승상의 것이라고 보기는 어설펐다."

휘강이 보기에 노 승상의 머리에서 나온 계략이었다면, 우선 이 일에 귀족을 쓰지 않았을 것이다. 그는 자신을 만인지상의 황제보다 더욱 대단한 존재라고 여길지언정, 자신의 직분은 귀족을 이끌고 도국을 다스리는 것이라 여기니 말이다.

또한, 노 승상이라면 절대 려화와 접선한 향설을 또한 사건의 목격자로 세우지 않았을 것이다. 방법은 많았다. 궁녀나 태관, 황실군을 사주한다든지.

보통은 그리 흘러가고 뒤처리를 문하시중이 맡았다. 그러나 문하시중은 그 아둔한 머리로 어찌 거기까지 생각이 닿지 않는지, 려화를 끌어들일 자와, 홍세의에게 서찰을 전할 자. 거기다 목격자까지 전부 향설에게 맡겼다.

"어설프기에 앞서 그는 의심이 많답니다. 자신의 두뇌, 일에 쓴 사용인을 처리하더라도 그가 흘렸을 실마리 같은 것들을 확실히 처리하지 못할까 두려워하지요."

"너는 핏줄이라 믿는 것이냐?"

향설이 불쾌한 말을 들었다는 듯 얼굴을 일그러뜨렸다.

"인정하기 싫으나 저를 이리 만들고 갈고 닦은 것 모두 문하시중의 짓이에요. 그러니 자신이 만든 인형을 믿은 것이지요. 그자의 핏줄이 저와 무슨 상관이랍니까?"

흥분하자 기녀로서의 말투가 불쑥 튀어나온다. 문하시중에게 갈고 닦여, 구향설은 기녀로 오래 살았을 것이다. 교태 넘치는 웃음만 보아도 그렇다. 그것이 마치 진짜 자신의 것인 양 익숙하게 쓰는 것이.

지금도 인상을 쓰고 있으나 향설의 입꼬리는 미묘하게 올라가 있었다.

그리고 휘강은 려화가 제 앞에서 저 미소를 따라 한 적이 있음을 떠올렸다. 그것이 어디서 왔나 했더니, 이 계집에게서부터였다.

왜 처음부터 떠올리지 못했는가. 그랬다면 조심했을 것이다. 자신의 것이 다치지 않게.

"이 일의 모든 전말을 다 말해 봐라. 하나씩 질문하기 귀찮다."

"……죽음을 앞둔 특급 살수의 자존심을 허하지 않으시다니. 하긴."

향설이 짧게 헛웃음을 지었다. 제가 연모하는 여인에게도 용서가 없었던 휘강이다. 아마도 휘강이 려화에게 마음을 준 지는 아주 오래되었을 것이다. 이리 익숙하게 자신의 것이라 말하는 것이 단순한 소유욕은 아닐 터이니.

그런 려화에게도 용서가 없이 굴었던 휘강이니, 한낱 살수인 자신의 부탁을 들어줄 리가 없었다.

하여 향설은 어차피 지킬 자존심도 박살이 났겠다, 미주알고주알 자신이 아는 모든 것을 털어놓았다. 적어도 후궁 후보 살해 사건에 대하여서는 말이다.

그리고 모든 말을 들은 휘강은 다소 놀란 얼굴이 되었다.

"문하시중이 나름대로 머리를 썼군."

"노 승상의 흉내를 잘 냈지요? 제가 참으로 많이 도왔답니다."

"그 입 닥치라."

휘강의 일갈에도 향설은 방싯방싯 웃으며 제 할 말을 다 하였다. 어차피 죽을 날을 받아 놓았는데 두려울 것이 무엇인가.

게다가 휘강은 전모를 모두 밝히고 문하시중을 쳐 내기 위해서든, 문하시중을 두고라도 려화를 완벽히 제자리로 돌려놓기 위해서든 당장 이 자리에서는 자신을 죽일 수 없었다.

"폐하를 연모하는 여인이 있다면 참으로 가여울 거예요."

"죽음이 조금 미루어졌다고 방자하기 짝이 없게 구느냐? 공려화의 강한 청이 없었더라면 짐은 너를 초주검으로 만들고 시작했다."

어쩐지, 생각보다 고문도 없이 곱게 대해 준다 하였더니 그 뒤에 려화가 있었다. 가여운 여인이다. 그것에 제가 하나를 더 보태 주었으니 할 말도, 생각도 아니다만.

"질문에나 똑바로 답해. 그렇다면 홍덕권은 제 딸이 진실로 죽은 것을 모르느냐?"

"내일이면 딱 나흘째니, 그때는 알게 될지도 모르죠."

"홍덕권은 그저 이용만 당한 것이라……."

휘강은 향설의 말을 전부 그대로 믿지는 않았다. 그러니 향설을 떠보듯 일부러 말을 흐렸다. 향설이 한숨을 푹 내쉬고는 답했다.

"문하시중이 아주 멍청이는 아니니, 어떻게든 둘러댈 것이고……. 계제사란 관직이 낮은 위치는 아니나 문하시중이나 승상의 이름에 대기는 한없이 초라하니 아비는 그것을 믿겠죠."

실로 향설의 말대로 될 것이다.

하나, 휘강의 생각으로 홍덕권은 실제 살아 움직이는 딸의 모습을 보지는 못할 테니, 그 심중에 의심이 자라게 될 것이었다.

***

나흘째. 심야에 조용히 빈 수레가 황궁을 오갔다.

딸의 죽음을 모르는 아비는 죽은 딸을 만났다.

그러나 얼굴은 볼 수가 없었다. 목소리와 체격은 비슷하고 딸의 몸에 있는 것과 같은 위치에 점이 있었으나.

넉 자는 떨어진 자리에서 보았으니 그 마음에 자꾸만 이상한 의심이 들었다.

***

다시 예전과 같다. 려화는 이 처소 밖으로 한 걸음도 할 수 없었다. 휘강이 자신을 빼 주기는 하였으나 이곳에 궁녀를 들이기까지는 무리였기에 산여도 없다.

은호는 휘강과 려화의 사람이었기에 잠시 물러났다. 밖을 지키는 자들은 완전히 휘강의 사람이랄 수 없는 황실군들이었다. 경비는 삼엄했다. 려화의 식사를 가져다주는 것조차, 앞을 지키고 있는 황실군들이 번을 세워 돌아가며 처리했다.

휘강조차도, 려화의 누명을 제대로 벗기기 위해 바삐 움직이고 있으니 이곳을 찾지 못했다.

일이 터졌던 날의 이른 오후 휘강을 보았던 이후로, 려화는 닷새째 휘강의 털끝조차 보지 못하였다.

그러니 이른 저녁, 자신의 식사일 흰죽을 들고 서 있는 휘강의 모습이 려화는 몹시 반가웠다. 그러나 믿을 수가 없었다.

려화가 눈을 동그랗게 뜨고, 근래 이르러서는 거의 음식을 입에 대지조차 못해 비척거리는 걸음으로 휘강에게 다가갔다.

"……진짜 폐하십니까?"

"하면 짐을 사칭한 다른 자겠는가?"

휘강이 웃으며 그리 말하곤, 소반을 들지 않은 손으로 려화의 눈가를 매만졌다. 얼굴이 버석하게 일어났다.

려화는 반가우면서도 걱정이 앞서 짐짓 단호한 척 말했다.

"이리 폐하께서 절 찾아오시면, 아니 되는 상황이 아닙니까?"

"네가 뭐라고 그것을 걱정하느냐? 짐이 다 알아서 한다."

"하나……."

"일은 잘 풀리고 있으니 걱정은 말고 밥이나 처먹거라. 요

즘 한 술도 제대로 뜨지 못하는 날이 많음을 내 들어 알고
있다."

려화의 얼굴이 씁쓸했다. 탁자 위에 소반이 놓였다. 려화가
자리에 앉아 수저를 들었다. 은수저에 밥알의 형체도 찾을
수 없게 뭉개진 쌀죽이 떠졌다.

휘강의 손이 려화를 향한다. 려화가 미음에 더 가까운 쌀
죽 한 숟갈을 삼켰다. 감히 황제에게 식사 수발을 들게 하는
제 꼴이라니.

"으읍……!"

심지어 그런 주제에 제대로 삼키지도 못했다. 분명 물에
가까운 죽이련만 목구멍을 넘어가는 감각이 악취가 밴 모래
를 삼키는 것만 같다.

쌉쌀한 맛이 격하게 느껴져 결국 삼키지 못하고 려화가 죽
을 뱉어 냈다. 휘강이 급히 손을 내밀어 려화가 뱉은 것을 받
았다.

그의 표정이 심상찮았다.

"한 숟갈도 제대로 삼키지 않는다는 말이 과장이 아니었잖
으냐."

"아닙니다. 폐하께서 주시는 것이니 황송하여 몸이 긴장하
였던 모양이에요. 평소엔 그래도 반은 먹습니다."

"짐의 앞에서 거짓말을 할 참이냐?"

"……다섯 숟갈은 뜹니다."

휘강이 자신을 형부에서 구해 온 뒤로, 려화는 조금이지만
유해졌다. 휘강에게 전처럼 날을 세우지도, 진심을 숨기고 거

짓으로 웃음 짓지도 않았다.

고마움 때문이었다. 휘강이 자신을 구해 준 것에 대한 고마운 마음만큼은 똑바로 알았다. 그러니 더욱, 려화는 휘강이 직접 먹여 주는 것을 전부 뱉어낸 것이 민망하고 죄책감이 일었다.

"그것도 거짓말이다."

"······혹 황실군이 지키고 있는 이곳에도, 저를 살피는 폐하의 군사가 있습니까?"

휘강은 답하지 않고 슬쩍 웃었다. 정답을 맞춘 려화를 기특히 보는 것이었다. 그러나 웃음은 찰나였고 다시금 그의 입가는 싸늘히 내리 앉았다.

"황의의 진맥을 받아."

휘강이 먼젓번에도 려화에게 명한 바가 있었다. 그러나 그때는 결국 분위기 때문에 흐지부지되었다. 분위기 탓도 있었고, 휘강이 지금만큼 려화에게 집중하지 않았기에 가능한 일이기도 했다.

하나 이번만큼은 휘강도 물러설 생각이 없었다. 벌써 그때가 언제인가. 그때부터 지금까지 려화는 수척해지기만 한다.

단순히 여름이 와서 체력이 쇠한 것이 아니다. 본래 좋지 않았던 것에, 여러 일이 겹치기까지 했다. 려화의 몸은 지금 도와줄 것이 없으면, 혼자서는 무엇도 받아들일 수 없는 상황일 것이다.

휘강이 보기엔 그러했다.

"······향설을 잡아 두셨지요?"

"말을 돌리는 것이냐?"

"그자를 만나고 싶습니다."

"짐의 말이 들리지 않느냐?"

려화가 낮게, 한숨을 뱉었다. 결국, 오늘의 저녁은 완전히 실패했다. 소반에는 그런 려화를 예상한 것처럼 꿀을 조금 타 달고 쓴맛을 없앤 따뜻한 곡물 차가 한 잔 같이 있었다.

휘강은 싸늘하게 말하면서도, 려화의 손에 그 따뜻한 잔을 쥐여 주었다. 려화가 손에 찻잔을 쥐고 손끝을 꼬물거리면서 잠시 침묵했다.

"향설을 만나게 해 주신다면……."

사실, 려화는 지금 이 곡물 차를 봄으며 배었을 약한 탄내에도 속이 울렁였다. 그러나 자꾸만 차게 식는 손끝을 데워 주는 것에 참을 만해 그것을 손에 쥐었을 뿐이다.

마음이 약해진 탓인지, 어쩌면 이곳에 휘강의 온기도 조금은 섞여 있을 것이라는 생각이 들었다.

마음이 아니라 몸이 약해진 탓이다. 그것이 심상까지 파고 들었다.

"황의는 아니어도 의원의 진맥이라면 받겠습니다."

"……고집은."

그러나 역시 황의의 진맥을 받다니. 더군다나 이 상황에. 려화는 그리 생각했다. 그렇기에 자신이 내놓을 수 있는 최선의 합의점을 뱉었다.

휘강 또한 황의를 고집할 수 없음에는 동의했다. 해서 그저 려화의 고집을 탓하는 것으로 그쳤다. 려화는 휘강이 제

뜻을 받아 준 것에 감사하며, 찻잔을 놓고 그의 품에 안겼다.

이상한 일이다. 근래, 창문을 타고 들어오는 흙내음에도 어지럼증을 느끼건만.

"……폐하의 하해와 같은 이해심에 감읍합니다. 폐하."

자신의 머리칼을 쓰다듬는 휘강의 품에서 느껴지는 서늘한 듯도 하고 따뜻한 듯도 한. 이 날 선 내음만큼은 잠시나마 편해졌다.

계속해서 받아 낸 그가 몸에 새겨진 것이려나.

려화는 휘강에게 보이지 않을 그의 품속에서 서글픈 얼굴을 하였다.

자신의 처지가 서글펐다. 가족을 모두 잃고, 익숙해져 기댈 곳이라곤 원수의 품이라니.

그런데도 그것이 싫지만은 않아 괴롭다니.

절대 휘강에게만큼은 이 마음을 들키지 않을 것이다. 그리 마음먹었다.

그러나, 지금은.

지금 당장은 기댈 곳이 필요하니 휘강의 품을 빌릴 것이다.

눈물 한 방울 정도 적시는 것은, 그것은 괜찮지 않겠느냐고 자신을 속이며 말이다.

*
**

"폐하께서 증좌를 요구하시니, 소신들 이번에 힘껏 일하여 죄인 공려화와 내통한 궁녀를 잡았습니다."

형부시랑의 말에 휘강은 삐져나오려는 웃음을 참았다. 그러니 오히려 침통한 표정이 되었다. 몇몇 고개를 숙인 고관들의 얼굴에 고소가 치미는 것이 보였다.

멍청한 것들.

"들라 하라."

휘강의 명이 떨어지기 무섭게 형부 소속의 군졸 몇이 반쯤 초주검이 된 여인을 끌고 들어왔다.

"벼, 벼, 변인서 궁녀 염소월입니다. 죄, 죄인을 죽여 주시옵소서! 흐흑!"

휘강이 팔걸이에 올린 팔로 턱을 괴었다. 그가 알기로 려화는 변인서 출신의 궁녀는 맞으나, 이르게 정식 궁녀가 되어 동기간에 친한 궁녀가 없다시피 했다.

같은 변인서 출신 궁녀랍시고 어디서 하나 구해 와 억지로 이 자리에 앉힌 것 같은데.

휘강은 형부에 둘러앉은 신료들을 바라보고, 피식 웃은 다음으로는 제 등 뒤에 선 문하시중까지 바라보았다.

육관억이 입을 굳게 다물고 휘강을 바라보았다. 천연덕스럽게도 긴장한 티를 내지 않는 것이, 썩어도 준치라고 그가 노회한 관료라는 것을 보여 주었다.

그러나 휘강은 재미가 없었다.

"네년이 죄가 있기는 하나, 그것이 홍세의를 죽이기 위해 공려화와 내통한 죄인지는 아직 모른다. 네 죄는 위증의 죄일 수도 있지."

"어흑, 흐윽……."

"어느 쪽이든 네 끝은 목과 몸이 분리되는 것으로 마무리 될 테니, 어디 잘 떠들어 보라."

적어도 앞뒤가 맞는 상황을 잘 만들었어야지.

처음엔 향설이나 산여를 끌어들이려 했을 것이다. 그러나 생각보다 접근이 힘들었을 것이다.

그러니 궁여지책이라고 짜낸 것이 려화가 궁녀 시절을 보냈던 변인서에서 궁녀를 데려와 위증을 시키는 것이겠지.

너무 얕은수 아닌가.

"심문을 짐이 하는가?"

휘강의 말에 곧 형부상서가 답했다.

"공려화의 죄를 의심하는 이가 폐하시니, 응당 폐하께서 심문하시는 것이 정확하지 않겠나이까."

"짐을 알차게 부려먹는군. 그래 좋다."

휘강이 궁녀를 똑바로 내려다보았다.

"짐이 심문하마."

궁녀가 서슬 퍼런 휘강의 시선에 몸을 움츠리고 숨소리조차 내지 못하며 끅끅 울음을 삼켰다.

"공려화와는 무슨 관계냐?"

"려, 려화가 궁녀 시절에, 흐윽, 서먹한 동기였습니다. 그, 그러다 도움을 받아……."

"어떤 도움이냐?"

"제 아버지께서 편찮으신데, 그 약값을……."

"공려화가 보태었다?"

"……예, 예에……."

휘강은 튀어나오는 실소를 금치 못했다.

"돌아가기 싫으니 네 아비의 병이 무엇이니 하는 사소한 것은 묻지 않으마. 한데, 궁녀 녹봉으로도 해결키 어려운 네 아비의 병구완비를 공려화가 어찌 돕는단 말이냐?"

"저에게 아무, 아무 이유 없이 자신의 녹봉을 주었습니다……."

"얼마를?"

"거, 거의 구 할이었으니……."

궁녀는 당시 자신의 녹봉을 떠올리고 구 할을 셈해 보는 듯 머리를 굴렸다.

"공려화는 짐을 능멸하여 죄인이 되기 전, 자신의 실수로 녹봉이 삭감되었다. 그런데 없는 돈으로 너를 도왔단 말이지?"

휘강은 대답을 들을 가치도 없다는 듯 궁녀의 답을 듣지 않고 그녀의 입을 막았다. 울음으로 듣기 어려울 정도로 발음을 뭉개던 궁녀였다. 일순 그 울음이 뚝 그쳤다.

노 승상이 문하시중을 흘긋 보았다. 표정은 무덤덤했으나 그 눈빛이 살벌하기 짝이 없었다.

육관억은 노 승상을 보며 가볍게 고개를 저었다. 이 이상의 문제는 없을 것이란 뜻이었다.

"다른 걸 묻지. 유배형을 받아 위리안치 중인 공려화와 어찌 내통했느냐?"

"느, 늘 려화가 먹는 식사에는 변인서에서 제조한 당과가 들어갑니다. 그것에 칼집을 내고 기름 먹인 종이에 깨알처럼 쓴⋯⋯."

모두 거짓이었다.

휘강은 이후 궁녀에게, 려화가 부탁했을 독약을 구한 경로부터 그것을 내통한 방법, 독약의 종류 따위를 물었다.

앞뒤 사정을 모른다면 반드시 공려화가 이 사건의 진범이 틀림없다고 생각할 정도로 완벽한 답이 쏟아졌다.

휘강은 이쯤에서 한 번, 판을 휘저을 때가 되었음을 느끼고 자리에서 일어났다.

그리고 검을 뽑았다.

"히. 히이익!"

"네 말이 모두 맞다면, 짐이 공려화와 너를 대면시켜 주면 되겠는가?"

"그, 그, 그렇습니다!"

"그리하고 공려화가 너를 모른다, 그런 적이 없다 한다면 이 자리에서 즉결처분해도 되겠군."

휘강의 검 끝이 궁녀의 목덜미를 짚었다. 한줄기 선혈이 초췌한 궁녀의 목을 타고 흘렀다. 궁녀가 멈추었던 눈물을 다시금 뽑아내며 덜덜 떨었다. 감긴 눈이 파르르 떨리는 것이, 입술이 파랗게 질린 것이 진심으로 겁을 먹은 모습이다.

육관억은 휘강이 어서, 궁녀의 목을 치기를 바랐다. 그리되기만 한다면 공려화는 심증적으로 확실히, 살인범이라는 낙인이 찍히고 돌이킬 수 없게 되리라.

그의 얕은 머리가 그리 생각했다.

그리고 노 승상은 계속, 육관억을 주시했다. 내뱉지 못한 한숨을 그가 목구멍으로 삼켰다.

육관억은 휘강이 곧바로 궁녀의 목을 베지 않는 것에 전전 긍긍해졌다. 그는 별부 회의에서는 입을 열 수 없었다. 별부 회의에서 문하시중은 중립을 지켜 모든 것을 그저 황제의 뒤에서 지켜보고 얻은 답만을 피력할 수 있었기에.

그래서 그는, 누군가 나서서 휘강에게 반발해 주기를 바랐다.

그리되면 휘강의 삐딱한 성미에 곧바로 궁녀의 목을 칠 터이니…….

"폐하! 소신의 딸이 억울하게 죽은 것을 생각해 주십시오! 이 상황에서도 공려화가 진범이 아니라 하실 셈이십니까?"

딱 좋은 시점이다. 딱 좋은 시점에서 홍덕권이 들고 일어나 외쳤다. 소심하여 뚫린 입을 쓰지는 않고 닥치고만 있기에, 쓸 만한 놈은 아니라 생각했거늘.

육관억은 제 생각을 조금 고쳐먹었다. 그는 딸이 죽은 것을 모르니 외려 지금보다 높은 곳으로 오르기 위해 자신에게 잘 보이려 할 것이다.

머리를 좀 쓸 줄 아는 자라면, 좀 더 써먹어 주면 좋을 일이다.

때마침 홍덕권이 분노를 이기지 못하고 눈을 감는 척, 찰나의 순간 자신을 바라보았다. 육관억이 홍덕권의 눈을 마주하고 웃었다.

그러나 육관억은 몰랐다. 생각지 못했다.

홍덕권이 자신을 바라본 것은 찰나이나, 실지로는 분노와 울분을 토하며 휘강을 바라본 것은 더욱 긴 시간이었음을.

그동안 소리 없이 눈빛만인 대답이 오갔음을.

**
**

황궁 근처에서 이리 납치를 당할 줄이야 누가 알았겠는가. 후덥지근한 여름이었으나 가려진 눈으로 보이는 것이 없으니, 그 긴장감으로 홍덕권은 없는 추위를 느꼈다.

"풀어줘라."

익숙한 목소리가 들려왔다. 하나 그것이 누구의 목소리인지는 확신할 수 없었다. 어차피 곧 알게 될 것이었다.

여태 답답하기만 했던 홍덕권의 시야가 일순에 확 트였다. 야심한 밤이었건만 눈을 가린 것이 풀리자 덮쳐 오는 밝음에 눈이 시렸다.

"……폐하."

홍덕권은 제 앞에 선 자의 얼굴을 확인하고는, 아까보다 더욱 새파랗게 질렸다. 육관억의 대의에 손을 담근, 그것도 아주 깊이 담근 참이니 황제의 얼굴이 달가울 리 없었다.

"인사도 올리지 않는 것인가?"

휘강의 말에 뒤늦게, 상황이야 어찌 되었든 자신이 만인지상의 황제를 배알한 것을 깨달았다. 홍덕권이 뒤늦게 고개를 숙였으나, 휘강은 그에게 늦은 인사말을 허하지 않았다.

"하긴, 짐의 초대가 퍽 거칠긴 하였지."

휘강은 자신을 시야에 담자마자 이리 당혹감을 숨기지 못하는 홍덕권을 보고, 향설이 실토한 내용이 적어도 일부는 사실임을 확인할 수 있었다.

홍덕권은 육관억이 벌인 이번 사건에 어떻게든 제 의지로 엮였다. 향설의 말이 얼마만큼 사실이었는지는 이제 더 알아봐야 할 일이다.

정말로 딸의 죽음을 모르는지.

"그런데, 홍 계제사는 딸을 죽인 죄인을 감싸는 짐에게 유감이 넘치는 것 아니었나?"

"폐하, 그것은……."

"짐은 그리 알고 있었는데. 지금 홍 계제사의 반응은 마치 그릇된 장난질을 하다 어른에게 들킨 아이 같군."

홍덕권이 입을 꾹 다물었다. 아직은 휘강의 의심을 뒤집을 기회가 있다고 여겼다. 당혹한 것은 단지 이리 납치되어 어딘지도 모르는 곳간에서 황제를 마주쳤기 때문이고, 이제는 마음을 가다듬었으니.

황제를 지금부터 노려보면 될 일이다.

홍덕권이 눈에 힘을 주고 휘강을 노려보았다. 감히 황제의 앞에서 고개를 치켜들고 말이다. 내심 죽을 만큼 무섭고 두려웠으나 참았다. 신료들 사이에 섞여 앉아 있다가 목소리를 높이는 것과는 차원이 달랐다.

휘강의 눈은 날이 서 있지도, 그렇다고 분에 차 있지도 않았다. 그저 아무런 감정이 보이지 않았다. 가뜩이나 깊은 어둠처럼 새카맣기만 한 눈이다. 그것이 그리 감정조차 담지 않으니, 그 속내가 다음에 무엇을 불러올지 알 수 없어서 더욱 두려웠다.

하나 홍덕권은 살기 위해서라면 반대로 이 두려움을 이기고 계속 휘강을 노려봐야 한다고 여겼다.

"폐하. 이런 상황, ······이런 자리에서 올릴 말씀은 아니나, 제 딸을 죽인 범인인 공려화 그자를 풀어주십시오. 형부의 옥사가······ 지금 그자가 있어야 할 자리입니다."

떨리는 목소리를 바로잡으며 홍덕권이 말했다. 그저 휘강을 폐하라 부른 것 외에는 처음으로 제대로 말을 꺼낸 것이었다.

향설에게 제법 소상히 들은 것에 따르면, 육관억이나 노승상은 이자를 소심하고 볼 것 없는 장기의 졸(卒)이라 하였다더니.

휘강이 보기에는 졸보다는 쓰임이 있었다.

그저 자신의 처지가 애매하니 웅크리고 있었던 것뿐인가. 아니면 의심이 많고 생각이 많으니 그만큼 머리가 빠르게 돌아간 것인가.

어쨌든, 휘강의 눈에는 홍덕권이 찔찔 흘리는 식은땀이 보였다. 그리 질겁해서는 제 살길 찾겠다고 할 말 다 하는 정도면, 담대함도 쳐줄 만했다.

그러나 이 자리가 어디 홍덕권을 평하기 위해 만든 자리였던가.

이제 빠르게 본론으로 들어갈 차례였다.

"그래서, 딸은 잘 배웅해 주었는가?"

휘강의 말에 홍덕권의 표정에 눈에 띄게 굳어졌다. 자신을 바라보고 있던 눈에서 삽시간에 거짓으로 쓰고 있던 독기의 가면이 벗겨졌다.

휘강이 느긋한 얼굴로 웃었다. 뒷짐 지고 있던 그가, 한곳을 뚫어지게 응시했다.

휘강과 홍덕권, 그를 납치해 온 휘강의 무사 둘뿐이기에, 이곳은 크지 않은 곳간임에도 꽤 휑해 보였다. 그러니 휘강이 바라보는 모서리 쪽까지도 상대적으로 거리가 멀게 느껴졌다.

휘강의 시선을 느낀 무사 둘이 모서리에 있는 무언가를 덮어 둔 멍석을 홍덕권과 휘강 사이로 끌고 왔다. 이것이 무엇인지 홍덕권은 곧바로 눈치챘다.

긴장감에 느끼지 못했던 시취가 났다. 멍석에 말린 것은 시체다.

누구의 시체이겠는가. 물을 것도 없이, 바꿔치기 된 제 딸과 닮은 이의 시체일 것이다.

"아마 어려웠을 걸세. 중한 사건의 증좌가 되는 시신은 그 혈육에게도 쉽게 보여 주질 않으니."

휘강이 눈짓으로, 홍덕권을 묶어 둔 포승줄 또한 풀어주라 명했다. 그리고는 시취가 나는 멍석으로 아무렇지도 않게 다가갔다.

홍덕권은 뼛속까지 문인이니, 휘강이 전쟁터에서 얼마나 많은 수의 썩어 가는 시체 더미를 짓밟으며 싸워 왔는지 모른다.

그러니 그에게는 이 장면이 몹시 기이하게 느껴졌다.

"그래서 짐이 이리 험한 방법으로 홍 계제사를 불렀지."

시체를 가린 멍석이 거두어졌다.

"죽은 딸에게 마지막 인사는 제대로 해야 할 것 아닌가."

그리고 휘강이 홍덕권을 바라보았다. 꽤 오랜 시간 묶여 있던 팔과 다리가 저릴 것이다.

그러나, 그것이 신경도 쓰이지 않을 것이다.

"이……, 게……."

"육관억이 보여 준 가짜가 아니라, 진짜 자네 딸 홍세의지."

"이게, 무슨. 이게……. 이게 어찌……!"

싸늘하게 식어, 이제는 썩어 보랏빛으로 질린 여인의 시신이었다. 그러니 홍덕권의 눈에는 낯설게만 보였다. 그러나 그의 가슴이 쿵쾅대고 뛰었다.

머리는 찬물을 뒤집어쓴 것처럼 차게 식었다. 휘강은 육관억과 자신이 딸의 죽음으로 흉계를 꾸몄음을 아는 눈치인 것처럼 말했다.

그리고 눈앞의 시체는, 절대로 알아보지 못할 수 없는 얼굴은.

제 속을 썩여 되레 아픈 손가락이 된 차녀. 자신의 딸 홍세의가 맞았다.

"믿기지 않으면 멍석을 더 내려, 가까운 일가만 알 법한 점이나 다른 특징을 확인해도 좋아."

홍덕권이 떨리는 손으로, 마치 휘강의 말에 조종이라도 당하는 듯이 멍석을 내렸다. 제 딸 세의에게는 저고리의 깃으로 가까스로 가려지는 목덜미에 새끼손톱 반만 한 흐린 점이 있었다.

색은 흐렸으나 볼록 튀어나와 있어, 딸은 그것을 몹시 부끄럽게 여기고 싫어했다.

시체에도 같은 위치에, 딱 딸의 것과 똑같은 점이 있었다. 볼록 튀어나온. 시체의 색이 많이 변해 색까지 알아볼 순 없었으나, 기실 홍덕권은 이 점을 확인하기도 전부터 이 시신이 자신의 딸임을 확신하고 있었다.

하늘이.

하늘이 무너졌다.

홍덕권의 눈시울이 삽시간에 붉어졌다. 그가 소리 없는 눈물을 흘렸다. 혹, 휘강이 숨은 제 딸을 찾아내 죽인 뒤 자신에게 보여 준 것이 아닌가 의심해 보았다.

그래서 휘강을, 감히 황제를 노려보았다.

하나 이성적으로 생각하면 자신이 비약하고 있음을 쉽게 깨달을 수 있었다. 바로 어제 육관억이 딸을 확인시켜 주었다. 그리고 오늘이다. 아무리 여름이라도 하루 만에 시신이 이리 상할 리가 없다.

"······폐하께서는 어디까지 알고 계십니까?"

딸의 죽음이 원통하고 슬픈 것, 충격적인 것을 가까스로 뒤로한 홍덕권이 말했다. 이곳에 납치되어 와서 지금까지 휘강과 나눈 대화를 살폈을 때, 휘강은 진실을 대부분 이미 알고 있는 것으로 보였다.

휘강은 말없이 품에서 서찰을 하나 꺼내 던졌다. 홍세의의 시신을 넘어 딱 홍덕권의 가슴팍 아래에 서찰이 꽂히듯 내려 앉았다. 홍덕권이 떨리는 손으로 서찰을 들어 펼쳤다.

육관억의 집에서 자신이 쓴 서찰이었다.

"홍 계제사에게 서찰을 쓰게 시킨 자가 누군지도 짐작하고 있다. 하나, 지금 홍 계제사에게 따져 묻지는 않을 것이다."

청천벽력이 닥쳤다. 딸도 잃고, 이제는 관직도 곧 잃을 것이며 어쩌면 남은 생조차 얼마 되지 않을지도 몰랐다. 가문을 번영케 하려고 벌인 일로 모든 것이 엉망이 되었다.

"그리고 짐은 이 서찰뿐 아니라 서찰과 극약을 전한, 그러니까 홍 계제사의 딸을 죽음 직전까지 몰고 간 진범 또한 확보하고 있다."

"……황궁에, 조정에 불충한 소신을 포함한 피바람이 불겠군요."

휘강은 처음, 딸의 시신을 마주한 홍 계제사의 반응을 본 뒤 전부 쓸어버리려 하였다. 그러니까 홍 계제사까지 전부 말이다.

그러나 생각이 조금 바뀌었다. 홍 계제사는 쓸 만한 말이었다. 단순한 졸이 아니라, 포(包) 정도는 될 것이다. 그렇다면, 그가 려화에게 누명을 씌우는 일에 동조하였더라도 싹 쓸어버리기에는 아까웠다.

이것으로 려화에게 다가올 음모가 끝이 아닐 것이라는 확신이 있기 때문이었다.

이런 상황에서 홍덕권은 황궁에 아직 남아 청소되지 않은 자들을 깨끗하게 일소하는 데 도움이 될 수 있을 것이다. 청소에 앞서 홍덕권을 포섭하는 데 성공하기만 하면 자신이 귀찮을 일도, 려화가 죽음의 공포에 질릴 일도 없어진다.

"짐은 홍 계제사에게 기회를 주려 한다."

"……소신에게 말입니까?"

"그래. 자네에게. 선택은 자네의 몫이겠지만."

홍덕권은 순간 휘강의 말을 곧바로 이해하지 못했다. 휘강은 자신에게 반기를 든 신료들을, 그것도 이리 크게 그르친 자를 한 번도 살려 준 적이 없었다.

광증을 지닌 그 미치광이 황제가 기회를 준다니 어불성설이었다. 딸을 잃은 제 아픔이 가여워 측은지심이 생긴 것인가, 문득 그런 생각까지 해 보았다.

아니다. 광증을 지닌 이가 남의 슬픔에 공감하겠는가. 자신에게서 쓰임을 본 것이다. 그것도 선택의 기회까지 줄 정도로. 그 정도로.

그리고 홍덕권은 자신의 쓰임이 어떤 용도일지 대충 가늠이 갔다.

"폐하께서는……. 황실에서 오래 일한 문관을 믿지 못하시지 않습니까?"

홍덕권은 자신이 휘강을 믿지 못함을 돌려 말했다. 쓰임이 있어 기회를 주는 것이 아닌, 단순히 이용당하는 일은 이제 사양하고 싶었다.

아직 딸의 죽음을 확인한 충격과 비통함이 가시지 않았다. 그러나 홍덕권은 남은 가솔과 자신이라도 살려야 후일을 도

모할 수 있기에 이 비극의 중심에서도 머리를 굴릴 수밖에 없었다.

"짐은 돌려 말하는 것을 싫어한다. 그리고 홍 계제사가 짐을 믿지 못하는 것도 이해해. 그러니 곧바로 선택을 강요하진 않겠다."

"……하오면."

"짐의 말이 될 것인지 아닌지에 대해서는 이번에 살아남은 다음 생각해 봐. 다만 이번에 그대가 살아남기 위해서는 짐을 좀 도와야 할 것이다."

딸의 시신을, 감긴 눈을 하염없이 바라보고 있던 홍덕권이 고개를 들어 휘강을 바라보았다.

그의 눈에 진실로 분노한 자의 핏발이 섰다.

"그것이 무엇입니까?"

"아주 쉬운 일이지."

"쉽다고 하시면……."

휘강이 느리게 입꼬리를 들어 올렸다. 여유가 가득한 승자의 미소였다.

이미 이번 사건의 모든 진실을 알고 신료들을 가지고 논지 오래되었을 것이다. 지금 휘강의 미소는 단순히 이제야 승기를 잡은 자의 것이 아니었다.

"당분간은, 오늘 짐을 만나서 보고 들은 것들이 없었던 일인 것처럼 해."

홍덕권이 잠시 고민하다가, 고개를 끄덕이며 답했다.

"그리……, 하겠습니다."

어차피 다른 방도가 있는 것도 아니었다. 자신이 돕지 않아도 휘강은 려화와 자신의 자존심을 털끝 하나 다치지 않고 지켜낼 것이다.

말이 좋아 도우란 것이지, 홍덕권을 다시금 평가하겠다는 소리였다.

"그리고 세 번째 형부 회의부터는. 자네가 판단해서 짐을 거스르지 않도록 움직여 봐."

형부 내의 분위기가 싸늘하게 바뀐 것은 당연한 이치였다. 휘강이 검을 쥔 손에 힘을 더했다. 겨눠진 검 끝은 궁녀의 목에 조금 더 깊은 상흔을 만들었다.

그러나 휘강은 거기서 더 움직이지 않았다. 궁녀를 실제로 꿰뚫고 있는 검보다, 그의 눈이 더욱 날카롭게 궁녀를 압박하였다.

"대신들이 언제부터 사사로운 궁녀 하나의 말에 이리 휘둘렸지?"

"궁녀 하나의 말에 휘둘리는 것이겠습니까! 정황이 맞아떨어지니 죄인을 숨겨 두는 것을 그치고 제대로 조사해 처벌할 수 있도록 해 달란 말입니다! 제 딸아이를 죽인 자를요!"

홍덕권이 피를 토하듯 외쳤다. 저 정도의 열연이라니. 대단치 않은가.

육관억과 이번 일의 전모를 아는 몇 신료들, 그리고 휘강이 다른 시점에서 같은 생각을 하였다.

다만 휘강은 그 이유를 알았다. 홍덕권은 제 딸의 죽음을 확인했으니, 그 피 토하는 심정을 장작 삼아 저리 열연하는 것이다.

그 눈은 자신을 향하고 있으나, 기실 그가 눈앞에 그리고 있는 대상은 자신이 아니라 육관억일 것이다.

"짐이 조사한 바에 따르면 공려화는 범인이 아니라 했다. 또한, 짐은 이 궁녀를 믿지 못한다."

휘강은 검을 쥔 손에 힘을 뺐으나 여전히 검 끝은 궁녀의 목을 찌르고 있었다. 평생 느낄 일 없을 줄 알았던 거대한 공포가 궁녀를 사로잡았다.

"누군가, 그러니까 진짜 진범이 짐이 제 위치에 돌려놓았을 뿐인 공려화를 끌어내 죽이겠단 마음으로 이 궁녀에게 위증을 명했을지 누가 아는가?"

죽기 전에 실신하게 생겼다. 벌벌 떨던 궁녀가 어느 순간부터 소리 내 흐느끼는 것도 잊고 억, 억 하고 숨넘어가는 소리를 내기 시작했다.

여기서 그치면 안 되었다. 육관억은 그리 생각했다. 하나 그는 자신이 직접 부추겨 휘강을 움직일 수 없었다.

그는 홍덕권을 바라보았다. 홍덕권은 입술을 파르르 떨면서 다시금 입을 열었다.

"그것을 밝히기 위해 공려화를 대면시켜 보자는 것이 아닙니까! 폐하께서도 그리하자고 말씀하신 것이 아니었단 말입니까!"

조금만 더. 그리 황제를 도발해.

육관억은 그리 생각했다. 긴장감에 그 또한 침을 꿀꺽 삼켰다. 궁녀의 목이 달아나는 순간 공려화는 상황상 진범의 위치를 벗어나 수 없을 것이라.

그리고 나면 육관억은 구향설에게 연통하여 궁에 시체를 한 구 만들고 빠져나가라 명할 것이었다.

그리한 뒤에, 휘강이든 공려화든 나서서 죄를 덮기 위해 엄한 피를 계속 흘리고 있다 질타할 것이었다.

사람이 계속 죽어 나간다. 살인 사건의 진범을 덮기 위해.

그리고 이것은 단순히 황궁에서만 소란을 만들고 끝나지 않을 것이다. 소문이 연이어 퍼지고, 무소불위한 황제의 권위 또한 흔들리고…….

그 뒤엔 황제를 주무를 것이다. 제 손으로. 제 마음대로.

육관억은 그 미래가 머지않았음을 믿었다.

"짐이 말 한마디로 공려화를 유배지에서 끌어내면, 이곳 형부까지 그자가 멀쩡하게 살아서 올 수는 있는 거냐?"

휘강은 결국 검을 휘둘렀다. 단순히 목덜미에 붉은 점 하나 깊이 찍힌 것으로 그쳤던, 그것만으로도 실신했던 궁녀의 목이 몸과 분리되었다.

"짐은 그대들을 믿을 수가 없다. 도통!"

아주 간단하게 팔을 휘둘러 그었을 뿐이다. 힘조차 제대로 들어가지 않은 손짓이었다. 그것으로도 사람은 이리 쉽게 명을 달리했다.

휘강은 검을 한 번 더 휘둘러 검날에 묻은 핏방울을 털었다. 궁녀의 핏물이 사방으로 비산했다. 머리가 떨어진 목에서 뿜어져 나오는 핏물이 근처의 신료들에게로, 휘강이 털어 낸 것이 저 먼 곳에 앉은 자들의 얼굴에까지 튀었다.

대부분 침통한 얼굴로 눈을 감았다.

"폐하!"

홍덕권이 전에 없이 거세게 반발하는 목소리로 외쳤다. 노성이었으며 감히 황제를 향한 일갈이었다.

그에 육관억은······.

되었다. 전부 원하는 대로 되었어.

입가에 떠오르려는 미소를 애써 내리눌렀다. 그러나 육관억은 도통 표정을 숨기기 어려웠다. 하여 아예 고개를 수그려 버렸다. 이 참상을 보기 어렵다는 듯 눈을 꼭 감고.

형부 안이 이전보다 더욱 매서운 침묵으로 가득했다.

노 승상은 육관억을 바라보았다. 저 아둔한 자. 그러잖아도 허점이 많은 일을 벌여 놓고는 제가 짜 놓은 판대로 돌아가고 있다 깊은 착각에 빠졌지 않은가.

아직도, 아직도 황제의 의중을 티끌만큼도 알지 못하는가.

제아무리 신료들끼리 모여 휘강을 아둔하다, 어리다 말했어도 그는 제힘으로 옥좌를 손에 넣은 자였다. 그런 자가 정말로 아둔하겠는가? 한 치 앞을 모르고 분노로만 날뛴다?

아니었다.

노 승상은 단순히 휘강만을 보고 사고하지 않았다. 그는 휘강까지 세 황제를 모셨다.

광증이 불러일으키는 분노는 차가운 분노였다. 그들은 분노하면서도 사방을 살피고 다음 수를 고려한 뒤에 움직였다.

만일, 그리하지 못했던 경우에라도 어떤 수든 만들어 냈다.

그런 황제를 모시며 살아남고 자리를 보전하려거든 두 수, 세 수 앞을 보아야 했다.

황실의 혈통에 흐르는 광증은 나이를 먹을수록 더욱 차갑게 식는다.

정말로 황제가 육관역이 벌인 일의 허점을 단 하나도 모르는 채 단순히 분노만으로 이번 일을 벌였는가?

노 승상은 고개를 저었다.

그럴 리가.

"폐하. 소신 입을 무겁게 놀려야 하는 자리임을 알기에 여태 관망만 하고 있었습니다."

"그럼 계속 닥치고 있게."

"하오나……. 작금의 상황을 보고 있자니 드는 의문을 지울 수가 없어 이리 입을 열고야 말았습니다."

노 승상은 휘강이 이번 일의 실마리를 제대로 잡고 움직이고 있다고 생각했다. 그 생각은 금번 회의가 진행될수록 확신으로 변했다.

백발을 늘려 가는 세월 동안 쌓인 무시할 수 없는 촉이 움직이기도 했다. 휘강이 그 어떤 황제보다 제멋대로 움직이고 있다고 보이지만, 그는 사실 철저한 계산 속에 움직이는 것이라고.

그러니 휘강이 그리 폭정을 휘두르고 수많은 신료와 황궁의 사람들, 나아가 자신의 혈육까지 쳐 냈지만 한 번도 황권을 위협받은 적은 없는 것이다.

다만 휘강이 분노하고 움직이는 데는 항상 뚜렷한 명분이 있었다. 지금은 마치, 휘강은 신료들이 가진 선입견대로 감정적으로만 구는 것 같다.

명분이 보이지 않는다. 단순히 자신의 심기가 거슬리고 제 것을 빼앗길지도 모르는 상황에 분노하는 듯이 보이지만······.

"폐하께서 공려화라는 여인을 이리 감싸는 이유가 무엇이옵니까?"

"무엇이냐니?"

이곳에 모인 자들 중 가장 너구리 같은 자를 찾으라면 바로 노 승상, 노필상이었다.

지금만 보아도 단숨에 맥을 끊고 분위기를 바꿔 놓았다. 화두를 바꿨다 해야 옳으려나. 한발 물러난 듯 본질을 치고 들 것처럼 눈을 빛냈다.

"폐하께서는 황위에 오르기도 전부터 보아 왔던 저희 신료들조차 신임치 않으시지 않습니까? 한데 죄인에 불과한 여인 하나를 두고는 어찌 이리······. 절대적으로 신임하시는지 궁금하다는 말입니다."

휘강이 노 승상의 말에 어디 더 해 보라는 듯 고개를 삐딱하게 기울였다.

"또한, 이번 살해 사건이 있기 전부터 폐하께서 걸어오셨던 길을 살피면서, 이 노인은 이러한 생각이 들고야 말았습니다."

"말해 봐."

휘강이 노 승상을 똑바로 바라보았다. 노소의 시선이 박빙으로 맞붙었다.

"혹, 그 공려화라는 계집이 회임이라도 하였습니까?"

"허."

휘강이 혀를 찼다.

"회임이라……."

"폐하께서……. 친히 죄인으로 만든 자에게 다른 마음을 품으실 리는 없을 것으로 사료됩니다. 하나 이번에 보여 주신 모습으로는 도통 폐하의 속을 알 수 없어, 곰곰이 생각해 보니 이러한 결론에 도달하고야 말았습니다."

"짐이 죄인인 계집을 하루가 멀다고 찾아드니 회임이라도 하게 했다. ……그리 생각했단 말이지?"

노 승상이 고개를 깊이 조아려 수긍의 뜻을 표했다.

휘강은 정말로 노 승상의 생각이 그리로 튀었으리라 여기지는 않았다. 지금 저자는 말 한마디로 판도를 뒤엎었다.

황제가 후궁도 황후도 들이지 않고 죄인에게서 후사를 보았을지도 모른다.

다음 보위에 올리지도 못할 자손을 보고, 그것을 지키기 위해서 황제가 지켜야 할 것을 전부 내던지고 이리 방만하게 구는 것이다.

신료들이 그리 생각하게 했다.

'노필상……. 젊었던 계도제 때부터 조정에 들어 가문이 유지하던 승상의 자리를 꿰찼지. 과연 만만한 늙은이가 아니야.'

단순히 판도만 바꾼 것이 아니다. 꼭 이것이 진실이 아니라도. 휘강이 첫 형부 회의부터 이리 약하게 구는 것에 이유가 있을 것이라는 생각을 하게 만들었다. 모든 신료들에게 말이다.

노 승상의 의도대로 육관억에게도 나름 경종이 울렸다.

휘강이 아직 검집으로 돌아가지 않은 검날을, 거칠게 형부의 바닥에 찍어 내렸다.

노 승상의 목을 지금 치지는 않겠으나, 분노했음을 보여주는 행동이었다.

황제의 보검이 족히 반절은 땅에 박혔다. 그러나 정작 노 승상은 겁먹지 않았다. 휘강도 그럴 것은 알고 있었다.

"이 건은 애당초 짐이 공려화의 유배 범위를 조정하지 않았으면 벌어지지 않았을 일이다. 그러니 노 승상의 말은 어불성설이라는 뜻이다."

사람이라곤 휘강 하나 남은 것처럼, 신료들은 석상처럼 숨소리조차 내지 않고 조용했다.

"한데 자네들은 마치 공려화가 반드시 범인이어야 한다는 듯이 굴지 않았나? 앞뒤 상황을 재지 않고 단순히 시신이 발견된 곳에서 함께 발견되었다고. 아예 공려화가 아닌 다른 진범이 있을 수는 없다는 식으로 수사 또한 진행되었다."

휘강이 신료들을 훑어본 뒤, 고개를 돌려 문하시중을 바라보았다.

육관억은 순간 등 뒤가 쭈뼛 서는 것을 느꼈다. 휘강이 황제라 해도 제 자식뻘이었다. 그를 주무르고 휘두를 일이 머지않았다고 여겼다.

그러나 이번에 제게 닿은 살기만은 진짜였다.

대체 왜지? 휘강은 아무것도 모르거니와, 지금은 노 승상의 말에 분노했을 것인데.

"해서 공정한 수사를 위해 손을 보탠 것뿐이다. 공려화의 공적 신분은 이번 살해 건의 용의자이기에 앞서 짐이 유배형을 내린 죄인이다. 그러니 다시 유배소로 돌려보냈고, 철저한 감시하에 구금된 상황이지."

휘강이 몸을 돌려 다시 노 승상을, 홍덕권을, 이어 다른 신료들을 바라보았다.

"짐의 말에 틀린 것이 있는가?"

"폐하, 그것은!"

홍덕권이 입을 열었으나, 노 승상이 손을 들어 그의 발언을 막았다.

"다 옳은 말씀이십니다. 그러나 여전히, 폐하께서 공려화를 감싸고 있다는 진실은 달라지지 않았으니 소신이 폐하께 폐를 무릅쓰고 여쭌 것입니다."

"짐의, 공공을 위해 힘쓰는 어심을 고작 계집의 수태 하나에 휘둘리는 것처럼 말하면서 말이지."

휘강이 제 발치의, 목이 떨어져 나가고도 여전히 꿇어앉은 자세를 한 궁녀의 몸뚱이를 발로 차 넘어뜨렸다.

풀썩 소리가 나며, 왈칵 쏟아내던 피를 그쳤던 몸뚱이가 다시 졸졸 핏물을 쏟아 냈다.

그 끔찍한 광경에 신료 모두가 눈을 감았다.

"짐이 고작 계집 하나에, 아이를 수태했다는 사사로운 사실에 휘둘릴 자로 보였는가?"

여기서 휘강이 더 얻을 건 없었다. 이번 회의를 마치고 신료들이 생각할 시간을 줄 것이다. 육관억에게도, 노 승상에게도 놀아날 만큼은 놀아나고 경고할 만큼은 경고했다.

어차피 끝은 정해져 있고, 그들을 살피기 위해 돌아갈 만큼 돌아왔다.

곧 끝을 볼 것이다. 누구를 처단하고 누굴 아직 살려 두어야 할지는 휘강의 머릿속에서 정리가 끝났다.

그가 돌아서 형부를 빠져나갔다.

숙연한 침묵, 이윽고 그것이 깨지며 하나둘씩 살벌한 분위기를 몰아내기 위해서라도 한숨을 내뱉었다.

표정을 유지한 자는 노 승상 하나였다. 마지막으로 휘강을 분노케 했기에 그의 살기를 전부 받고 있음에도.

노 승상이 고개를 돌려 홍덕권을 바라보았다.

"딸을 잃은 마음은 알겠으나, 경거망동하지 말게."

"……명심하겠습니다."

홍덕권이 씁쓸한 얼굴로 고개를 조아리며 답했다. 속으로는 노 승상의 말이 지닌 참뜻을 헤아리기 바빴다.

육관억은 승상 또한 이번 일에 관여했다 말했다. 하나 홍덕권은 어쩌면 그러지 않을 확률이 더 높다는 생각이 들었다.

육관억과는 대화를 나눴으나 여태 한 번도, 승상과는 마주한 일이 없었다.

그리 생각하니, 노 승상의 말이 좀 다르게 들렸다.

경거망동하지 말라는 말은 자신을 빗대어 육관억에게 이른 것이리라.

*
**

한낮이었다.

여름 뙤약볕에 이르게 먹이를 찾으러 나온 새들의 지저귐도 잦아들었다. 조용히 작열하는 태양이 땅을 뜨겁게 달구었다. 바야흐로 그런 여름이다.

이리 더운데, 려화는 근래 종종 더위를 느끼지 못했다. 이상한 일이다. 또 어제는 유난히, 이상할 정도로 이 좁은 처소에 갇힌 것이 화가 나 죽을 것처럼 더웠었는데 말이다.

제가 이상한 것인지, 아니면 오늘이 정말로 덥지 않은 것인지 물을 산여조차 곁에 없다.

"……내가 지친 것이지."

려화가 쓰게 웃으며 혼잣말을 읊조렸다. 죽은 듯이 살았다가, 정신을 차리고 나서는 또한 좁은 유배소에 갇혀서도 바삐 살았다.

그래서 외로움을 느낄 새가 없었다.

그러나 요즘은, 몸 누일 곳 하나에 여가를 보낼 좁은 탁자 하나로 움직일 공간이 전부인 처소 안이 몹시 넓고 휑하게 여겨졌다.

외로웠다.

혈육을 모두 잃고 혈혈단신이 된 지 십 년이 되었다. 그동안 몰랐던 외로움이 근래에 이르러 사무쳤다.

이리 려화가 외로움에 묻혀 있는 사이 처소 입구에서 인기척이 들렸다. 작은 문이 열리고 휘강이 고개를 숙이며 들어왔다.

인정하고 싶지 않으나 려화를 사로잡고 있던 외로움이 삽시간에 자취를 감추었다.

"이 시각 이곳을 찾으시면 아니 되실 텐데……."

려화는 인사보다 먼저 우려를 입에 담았다. 그러나 그 말과 행동이 달라, 려화는 가벼운 걸음으로 휘강에게 다가갔다.

휘강의 기세는 흉흉했으나 어차피 이것이 자신을 향하는 것이 아님을 려화는 자신했다.

"일을 해결하고 움직이는 건 짐이 한다. 그러니 너는 그딴 계산은 집어치워."

휘강이 려화를 품에 끌어안았다. 싸늘한 일갈과 달리 휘강의 품은 따뜻하기만 했다. 여름 뙤약볕에도 내리 차갑기만 했던 려화의 손끝 발끝이 차츰 온기를 찾았다.

휘강의 혈기가 녹아, 따뜻한 아지랑이가 되어 려화의 몸을 달구듯이 말이다.

"진노하실 일이 있으셨던 겁니까? 향설을 잡았으니 일사천리로 해결될 줄로만 알았습니다."

"단순히 구향설만 잡아 족치고 끝내면 후환이 크게 남는다. 그러니……."

휘강이 려화를 품에서 거두었다. 두 손으로 려화의 뺨을 쥐고 그녀의 고개를 들어 올렸다.

안색은 좋아졌으나 뺨이 홀쭉했다. 려화의 몰골을 보자니 화가 치밀었다.

"아니, 아니다. 네가 신경 쓸 일이 아니라 했어."

휘강이 도중에 말을 끊었다. 익히 있는 일은 아니었으나, 려화는 휘강에게 토를 달지도 더 듣겠다 채근하지도 않았다.

그저 이곳에 가만히 박혀 있으라 말하는 것일 터인데, 마치 휘강의 행동이 그러잖아도 몸이 좋지 않은 저를 배려하는 것만 같게 느껴졌다.

어리석은 착각임을 알지만, 지금은 그 착각에 기대리라.

휘강이 걱정하기는 걱정하듯, 자신은 지금 아픈 것이 맞으니 말이다.

"폐하께서도 심력을 많이 상하셨을 텐데, 이리 나약해 빠져 폐하께 도움 되지 못하는 저를 용서하세요."

려화가 팔을 뻗어 휘강의 용안을 쓰다듬고, 까치발을 들어 그의 목덜미에나마 입을 맞추며 말했다.

휘강은 까슬하게 부르튼 려화의 입술을 느끼며 짧게 한숨을 뱉었다. 이윽고 낮게 웃으며 그녀를 아예 들어 안았다.

탁자에 앉을까 하다가, 그보다는 푹신한 곳이 낫겠다 하여 이번에도 침상에 자리를 잡고 앉았다. 그리고 휘강의 입술이 려화의 입술을 찾아들었다.

부드러운 입맞춤이었다. 이미 금이 간 귀한 자기가 산산조각이 날까 조심스레 매만지듯이 말이다. 려화는 눈을 감고, 제 왼쪽 가슴이 욱신욱신 찔리듯 아픈 것을 느끼면서도 휘강의 그 온유한 입맞춤을 받아들였다.

휘강의 혀는 평소처럼 깊이 침범해 입안을 헤집지도 않았고, 그저 입술을 적시고 핥는 것으로 물러났다. 아랫입술을 빨아 삼키긴 하였으나 그 또한 조심스러웠다.

이 부드러운 입맞춤에 자꾸만 가슴이 저렸다. 휘강에게 익숙해진 몸이 조금 더 격정적으로 그를 탐해 달라 졸랐다.

언제 한기를 느꼈냐는 듯 려화의 몸이 달아올랐다.

려화가 먼저, 마른 팔로 휘강의 목을 휘감아 타고 그의 위에 올라앉았다.

작고 예쁜 혀가 휘강의 입술을 침범했다. 어설프기 짝이 없었으나 휘강을 도발하기엔 충분했다.

휘강의 아랫도리가 상황을 모르고 부풀었다. 뻐근한 느낌에 그가 미간을 찌푸렸다. 떨어질 줄 모르고 달라붙는, 무언가에 목마른 듯이 애달프게 구는 려화를 말려야 할 참이 되었다.

"버틸 수 없으면서 하는 유혹은 객기에 지나지 않는다."

"……이번이 세 번째 하는 말씀이십니다."

"알면서 그러나? 건강부터 찾아."

"제가 이러다 죽겠다고 하는 행동 같으십니까?"

려화의 말투에 섭섭함이 담겼다. 휘강은 이번이 가장 려화의 진의를 파악하기에 어려웠다. 올해의 늦은 봄부터 지금까지 려화의 모든 행동이 다 이해가 가는 것은 아니었으나 말이다.

머리 굴리는 늙은 너구리들을 피해서 왔더니 이제는 계집의 속까지 헤아려야 하나.

그런 상황은 사절이었다.

"네가 육신이든 정신이든 죽을 생각을 버린 것은 안다. 아는데, 지금 하는 꼴이 그렇지가 않으니 하는 소리가……."

"폐하, 저는 그저……."

"아니, 아냐. 됐다. 이 이야기는 그만두지."

그러나 몸도 좋지 않은 려화를 앞에 두고 험한 말로 분위기를 망치고 싶지는 않았다. 그가 공려화를 찾는 이유, 그녀를 원하는 이유는 안식이었으니까.

안식.

그래, 그게 도휘강이 공려화를 찾는 이유다.

"너, 혹시 짐에게 도움이 되고 싶어 이러는 것이냐?"

휘강이 짓궂게 웃으며 말했다. 삽시간에 반전된 분위기에 려화가 눈을 동그랗게 떴다. 이윽고 크게 뜬 눈을 누그러뜨리며 그녀가 흐릿하게 웃었다.

커다란 송이, 그러나 얇은 이파리가 세찬 바람이라도 불면 뜯겨 나갈 것처럼 어딘가 안타까운 웃음이었다.

그저 휘강에게 도움이 되고 싶어서만 그랬던 거라면 얼마나 좋을까. 도의적으로 그가 자신을 구했으니, 응당 자신의 성격을 아는 휘강이라면 그리 생각하는 것이 옳았다.

물론 지금 려화가 겪는 이 모든 힘겨움은 휘강의 곁에 있기 때문이라고 해도 말이다. 그것이 전쟁을 겪고 위협을 피해서 궁에 들어온, 공려화가 살아 내며 만들어진 성격이니 휘강의 추측은 틀린 데가 없었다.

그러나…….

슬프게도 려화는 오직 휘강에게 느끼는 고마움만으로 그에게 안기고 입 맞춘 것이 아니었으므로.

"……바로 그렇습니다. 요즈음, 저는 폐하께 늘 요구만 하고 받기만 했으니까요."

"뭘 얼마나 그러했다고."

려화의 말에 휘강은 괜히 겸연쩍어졌다. 자신이 이런 감정을 느낄 수 있다는 것이 신선했다. 또한 려화가 다시없이 어여쁘게 보였다.

처음이었다. 려화의 몸을 빌려 자신의 혈기를 풀어내는 것이 아니라, 그에게 오늘 겪은 일들로 말미암아 생겨난 생각들을 풀어낼 생각이 든 것은.

"짐은 요즘 아는 것도 모르는 척하며 아둔한 신료들을 상대 중이다."

휘강이 이리 자신의 이야기를 풀어놓는 것이 얼마나 오랜만이던가. 려화는 아까까지의 상황도 잊고 귀를 쫑긋 세웠다.

핼쑥한 얼굴에서 눈이 반짝인다. 휘강은 그것이 어여뻐 피식 웃으며 익숙하게 려화의 머리칼을 쓰다듬었다.

서로가 서로에게 너무나 오래 스미었다. 그것을 그와 그녀만 모른다.

"어찌해서 아는 것을 모르는 척하고, 그리 길을 돌아가시는지요?"

"왜인 것 같으냐?"

"음……. 아!"

려화가 저 혼자 무엇을 깨달은 듯 고개를 끄덕였다.

"뿌리를, 뽑으실 생각이신 겁니까?"

"잡초를 한 번에 태워 버릴 수야 있겠냐만, 이번에 짐의 발등을 걸었던 것은 다시는 자랄 수 없게 뿌리를 뽑을 셈이지."

"힘드시겠습니다. ……그사이 많은 피를 보아야 할 것이고요."

려화의 얼굴에 씁쓸함이 깃들었다. 이번에는 휘강에게도 읽힐 정도였다. 휘강은 이해할 수 없는 지경의 것이었다. 타인의 목숨조차 마치 자신의 것처럼 아끼고 슬퍼하는 것이.

휘강은 이미 오늘도 궁녀의 목을 친 참이다. 그것을 알면 려화의 마음에 생채기가 하나 생길 것이다. 자신은 고려치 않은, 궁녀의 뒷사정을 생각하며 마음 아파할 것이 눈에 훤히 보였다.

그러나 휘강에게 위증한 궁녀의 사정 따위는 알 바 아니었다. 어떤 회유와 겁박이 오갔든, 그에게 보인 모습은 그저 자신의 소유인 려화에게 누명을 씌우는데 일조한 계집일 뿐이다.

제게 반기를 든 것이고, 가뜩이나 가여운 려화에게 몹쓸 짓을 한 것이니. 휘강에게는 죽여 마땅할 이유가 충분했다.

휘강이 이야기를 이었다. 그러나 궁녀를 죽인 사실은 의도적으로 숨겼다. 누구의 눈치도 보지 않는 그가 말이다.

"……아무튼, 홍 계제사를 미리 끌어들였으니 짐은 오늘 얻을 몫을 제대로 챙긴 셈이다."

"그래도 족히 두 번은 큰 산을 넘으셔야겠습니다. 폐하께서 이 죄인을 위해 어려운 길을……. 걷고 계세요."

그러니 이 마음을 어찌 표해야 할까요.

그 말을 대신하여 려화가 휘강의 손을 끌어 두 손에 쥐어 잡았다. 려화의 손은 딱 제 또래 여인의 크기였으나, 기골이 크고 검을 오래 쥔 휘강의 손이 몹시 컸다.

두 손에 잡아 조금 넘치는 그 손을, 려화는 부드럽게 쓰다듬었다.

려화의 이성이 머릿속에서 말하고 있었다. 휘강은 이것을 기회 삼아 제 눈에 거슬리는 것들을 치워 버리기 위해 돌아서 가는 것뿐이라고.

그러나 이상하게도 오늘만큼은, 아니 오늘을 기점으로 려화는 이성에 단단한 벽을 세우고 저의 외로움을 휘강으로 채우고만 싶었다.

나약해져서이다.

제가 이러는 이유는 오로지 나약해져서임을 알지만 그러고 싶었다. 휘강이 저의 원수임을 알았던 일 년 동안에도 마음 안에서 사라지지 않던 연심이 오늘따라 유난히 고개를 기웃거렸다.

나약해진 려화의 감성이, 자꾸만 외쳤다.

원수라 하여도 휘강을 향한 연심을 접지 못한 것이 일 년이 아닌가. 그렇다면 차라리 그 마음을 인정하라고.

그리고 이성이 한마디를 보태었다.

어차피 그는 연심을 돌려주지 않을 테니. 언제나와 같을 것이라고.

"짐에게 어려운 길이란 없다."

휘강이 려화를 눕혔다. 이리 어여쁜 말만 뱉는 오늘이 어디 흔하겠는가. 려화의 안으로 깊이 파고들어 헤집는 것은 하지 못하더라도, 오늘 이리 예쁘게 구는 려화의 손을 빌려 수음이라도 해야 하겠다.

휘강의 속내는 그러했다.

그의 입술이 려화의 턱과 볼, 목덜미를 간질였다. 작게 입 맞출 때마다 조금씩 열기를 더해가는 려화의 몸이 귀여웠다. 어여뻤다.

아니 그보다 좀 더, 좀 더 이 감정을 잘 표현할 말이 있을 것 같은데…….

휘강의 사고는 아직 거기까지 도달하지 못했다. 그저 인식하지 못한 마음을 욕망으로 풀어 려화를 탐한다.

"폐하……."

저를 부르는 려화의 목소리가 몹시 달콤했다. 휘강은 언젠가처럼 려화가 자신을 이름으로 불러 주었으면 하는 마음이 문득 솟았다. 하나 이 마음이 어째서 시작된 것인지 모르니, 이제는 황제인 것을 아는 려화에게 강요할 수는 없었다.

"읏……!"

벗기지 않아도 가슴골이 훤히 드러나는 도국의 복식이 이리도 마음에 차게 될 줄이야. 휘강이 제 입술을 려화의 가슴에 묻었다.

그 언제보다도 부드러운 행위였다. 그러니 려화는 더욱이 죽을 맛이었다. 제 마음을 인정했더라도, 그것과 휘강에게 자꾸만 기대하게 되는 마음은 별개였으니.

마음을 다치기는 싫어서였을 것이다. 이미 만신창이가 된 것을 가까스로 기워서 다시 새살이 돋기를 기다리고 있는 려화이니 말이다.

그녀의 손이 휘강의 가슴을 짚었다.

완곡한 거절이었다.

휘강은 아주 크게는 아니었으나 다소 섭섭함을 느꼈다. 그것이 그의 얼굴에도 나타났다. 누그러진 눈썹의 방향으로 말이다.

"아까 짐을 유혹하던 기특한 계집은 어디 갔느냐?"

"그대로 여기 있습니다. 다만 이제 조금 정신이 들어 감당치 못할 것을 안 것이지요."

"짐은 네 손만 빌릴 셈이다."

휘강의 말에 려화가 얼굴을 붉혔다. 아직 그가 하는 직설적인 말에는 적응이 어려웠던 까닭이었다. 그러나 려화가 휘강을 밀어낸 것은 몸이 힘들어서가 아닌 마음에 균열이 갈까 두려워서였으므로.

차라리 이리 적나라하게 말해 주는 것이 어쩌면 도움이 되었다.

려화가 먼저, 나른하게 웃으며 이미 거세게 제 존재감을 과시하는 그의 거근으로 손을 뻗었다.

"그것으로 오늘 저의 쓰임이 끝이라면, 빌려 드리지 못할 이유는 없습니다."

휘강이 만족스러운 얼굴로 려화에게 달려들었다.

"분명, 분명 손만 빌리시겠다고······!"

려화가 두 손으로 얼굴을 가린 채 말했다. 그리하지 않을 수 없었다. 가리지 않고, 눈을 뜨고 있으면 휘강의 거근이 제 허벅지 사이의 틈을 비집고 나와 머리를 보였다 숨겼다 하니 말이다.

그 장면이 지독히도 야해서, 차마 맨눈으로 보고 있을 수가 없었다.

"네가 손을 쓰느니 다리만 빌려주는 것이 더 편할 것 같아 그런 것인데, 짐이 잘못했느냐?"

휘강이 딱 붙인 다리 너머로 고개를 꺾어 려화를 바라보며 말했다. 목소리에는 색스러운 기운과 웃음기가 섞여 있었다. 려화는 그 목소리만 듣고도, 기어이 얼굴을 가린 것이 무색하게 장면이 그린 듯 전부 떠올라 귀까지 붉혔다.

휘강이 그저 허벅다리를 빌리고 있을 뿐이거늘 그것으로도 달아오르는 제 몸이 야속했다. 휘강은 그것으로 모자라 이제는 제 허리를 굽혔다. 따라서 려화의 들린 다리도 주인의 상체로 바짝 붙는다.

그리하니 휘강의 양물이 닿는 위치도 달라져, 려화의 음부를 살짝 건드리기 시작하였다.

"으응!"

"네 몸은 도통 야하고 민감하기 짝이 없다. 후······. 알고 있느냐?"

"폐, 폐하, 읏! 그만, 그만 말씀하세요. 제발⋯⋯!"

휘강이 키득거렸다. 하나 여유를 가장하는 것도 이제 얼마 남지 않았다. 벗기지는 않았으나 그보다 더욱 색스러운 모습의 려화를 바라보았다.

제 손길이 닿은 곳, 입술이 닿은 곳 모두에 붉은 꽃이 피었다. 더러는 본능을 제지하지 못하고 거칠게 빨아들여 붉은 점이 함께 피어난 곳도 있었다.

가느다란 다리, 거기서부터 이어지는 발목은 한 손만으로도 충분히 잡힐 정도다. 이리 가련한 몸일 필요가 있는가.

휘강은 자신의 양물이 거근이라는 말이 알맞다 못해 분수가 모자랄 정도로 커다란 것은 잊고 그리 생각했다.

그의 거근이 더욱 커졌다. 려화의 한 손으로 잡기 어려울 정도이니, 더 말할 것도 없었다.

"훗⋯⋯!"

약간의 아쉬움과, 그 이상의 충만함이 휘강의 몸을 채웠다. 려화 또한 제 가슴팍 위로까지 튀어 오른 휘강의 사정액에서 느껴지는 열기에 잘게 몸을 떨었다.

그 떨림이, 허벅지의 경련이 되어 휘강에게까지 전해졌다.

마치 제게 맞춤인 듯, 어쩜 이리도 살갑게 달라붙어 오는지. 그저 려화의 은밀한 안쪽만이 그런 줄 알았는데, 그녀의 전신이 모두 자신을 원하는 듯하여 휘강은 만족스럽고 오만한 미소를 띠었다.

휘강이 다리를 붙잡은 손을 풀어 주고 조금 물러나자 려화가 곧장 몸을 축 늘어뜨렸다. 정작 사정하고 절정에 오른 것은 저이건만, 저보다 더 달뜬 숨을 뱉는 려화를 보며 휘강이 피식 웃었다.

땀이 흘러 머리칼이 젖었다. 새카만 려화의 머리칼을 정리해 넘겨 주고, 휘강은 거기에다 손부채까지 부쳐 주었다.

휘강의 큰 손이 부쳐 주는 바람이 제법 시원했다. 도무지 려화의 몸뚱이는 얼마나 지쳐 있는 것인지, 휘강을 전부 받아 낸 것도 아니건만 그의 손 부채질에도 수마가 몰려왔다.

아직 해도 지지 않았거늘.

"또, 졸음이 몰려오는 것이냐?"

"예에……. 요즘 저의 꼴이 이렇습니다. 폐하께서는 밖에서 이리 고생하고 계신데……."

려화의 말끝이 차차 늘어졌다. 휘강이 말려 올라간 려화의 치마를 내려 줄 셈으로 그녀의 가슴팍 위에 뭉쳐 있는 옷더미를 손으로 잡았다.

그러자니 그녀의 납작하고 판판한 배가 보였다.

"졸음이 몰려오고, 식사를 도통 하지 못하고……. 마치 회임이라도 한 것 같지 않으냐?"

휘강이 피식 웃으며 말했다.

그저 형부 회의에서 승상이 했던 말이 떠오른 까닭이다. 이 판판한 뱃속에 제 아이가 있을 것이라 말하다니. 그가 참으로 헛된 생각을……

헛된 생각인가?

휘강의 얼굴에 침중한 낯빛이 들어섰다.

려화와 일 년을 족히 밤을 보냈다. 그러나 휘강은 그녀가 수태할 것이라는 생각을 하지 않았다. 나름대로의 이유가 있었다.

역대 황제들은 적지 않은 수의 자식을 보았지만, 그 이상으로 많은 후궁을 두었다. 후궁이 아닌 궁녀가 단 한 번 승은을 입어 수태한 경우는 희박했다.

황실의 혈통은 그 기운이 몹시 강했다. 더군다나 그중에서도 황제의 자리를 꿰찬 승자는 어떻겠는가. 그들의 씨앗을 받아도 제대로 밭에 싹을 틔워 내기까지는 오랜 시간이 필요했다.

그러니 휘강은 려화를 안으면서도 제 아이를 수태할 것이라는 생각까지는 하지 않았다.

저를 모욕한 계집이 자신을 받아 낼 그릇이 되지 못할 것이라, 은연중에 그리 여겼을지도 모른다.

그러나 지금 려화의 모습은 아무리 보아도…….

려화는 졸음이 몰려와 휘강의 중얼거림을 듣지 못한 듯 지친 낯으로 눈을 감은 채다. 곧 색색거리며 잠에 빠질 기색이었다.

휘강이 조금은 서늘한 목소리로, 그리 작지 않은 크기로 말했다.

"그러고 보니 오늘 일에 말하지 않은 부분이 있었다."

"……무엇인데요?"

"승상이 아주 재미있는 농담을 하여, 짐이 화를 내었지."

휘강의 기세가 심상치 않음을 느낀 려화가 가까스로 졸음을 조금 물려 내고 몸을 일으켜 벽에 기댔다. 아예 똑바로 앉기에는 기운이 없었다.

"어떤 농담이었기에 이리 폐하의 기분이 상한 듯 여겨지는 것입니까?"

"네가."

휘강이 똑바로, 려화의 반쯤 감긴 눈꺼풀 아래 말간 갈색의 눈동자를 바라보며 말했다.

"태중에 짐의 아이를 회임해 짐이 이리 너를 지키는 것이냐고."

휘강의 손이 려화의 배를 다시금 쓰다듬었다.

려화는 휘강의 손이 닿는 제 아랫배가 몹시 아려 오는 것에 입술을 깨물었다. 자꾸만 느껴지던 이 통증과, 휘강의 서늘한 목소리. 모든 것이 견디기에 어려웠다.

아까까지 가지고 있던 어떠한 기대가 무너질 준비를 하며 여기저기에 실금을 그렸다.

"폐하께 어찌 그리 저급한 농을……."

려화가 애써 입꼬리를 들어 올려 웃었다. 슬픔과 번뇌와 휘강을 향했던 마음의 한 자락을 겨우 인정했다가, 결국 다시 거두어야 함을 느낀 비통함과.

또 어떠한 감정들이 려화의 안에서 휘몰아쳤다.

그는 자신에게 아이를 볼 것을 지극히 경계하고 있었다. 그것이 느껴졌다.

이것을, 휘강에게는 퍽 다행이라 해야 하나.

려화는 최대한 담담한 목소리를 내려 애썼다. 이제는 괜찮은가 하여도, 누군가에게 고백하기에는 아픈 사실들이다.

더군다나 휘강이다. 제가 연모하는 마음을 이러지도 저러지도 못하고 괴로워하게 했던 사내.

그러나, 그가 이 말을 듣고 안심한다면. 나는 그것으로 족하다 여길 수 있을는지.

"저급한 농이냐?"

"그저 폐하께서는 사실을 바로잡고자 하시는 마음이 아니십니까. 더불어, 제가 공격당하는 것은 불가피하게도 폐하의 황권에 미약하게나마 타격이 가니까요. 그저 폐하께서는 그렇기에 저를 보호하시는 거죠."

"네 생각은 그러하냐?"

려화가 웃었다. 어쩔 수 없이 또, 휘강의 앞에서 괜찮음을 가장하는 가면을 뒤집어썼다.

휘강의 무표정한 얼굴이 아팠다. 더는 아프고 싶지 않기에, 차라리 그를 안심시켜 주고자 하였다.

그러나 이미 다친 마음은 어쩌면 좋단 말인가. 려화의 마른 눈매에 보이지 않는 눈물이 달린 것은.

"안심하세요. 폐하."

"무엇을?"

"저는 아이를 가질 수 없습니다. 폐하께도 말씀드린 적 있던 과거의 일 때문인지, 그때 받은 충격으로 저는 아이를 가지는 데 필요한 준비가 오지 않았습니다."

돌려 돌려 제 상태를 휘강에게 전하는 려화의 표정은 여전히 담담했다. 그러나 그 안에는 천 갈래 만 갈래로 갈라진 마음이 울부짖고 있었다.

지금의 휘강에게는 보이지 않는 것이다.

"절대로, 폐하의 아이가 이 배 안에서 자랄 일은 없습니다. 절대로요."

그리고 려화는, 제 가슴의 고통을 뒤로하고 휘강의 안심을 위해 마지막으로 단언하며 말했다. 그것이 휘강에게 뒤틀려 전해질 것이라곤 상상조차 하지 못하고는 말이다.

휘강은 절대, 자신의 아이를 품을 일은 없다는 말을 여상히도 내뱉는 려화에게 분노했다. 그러할 일이 아니나, 그의 마음이 비뚤어졌다.

그에게는 마치, 려화의 말이 너의 아이는 절대 품지 않겠다 하는 것처럼 들려왔다.

"그거. 참으로 다행이군."

"……다행이고말고요."

"그래 다행이지."

휘강의 손이 려화의 판판한 배를 다시금 짚었다. 그의 손에 미약하게나마 힘이 들어갔다. 은근한 압박감이 려화를 경직시켰다.

"만일 이 안에 짐의 아이가 들었거든, 짐은 네게 유산을 유도하는 약을 먹였을 것이니 말이다."

감정을 보여서는 안 된다. 려화는 그리 마음먹었지만, 쉽사리 되지 않았다.

려화가 눈을 내리감았다. 눈꺼풀이 파르르 떨리니, 그녀의 눈가에 내려앉은 그림자 또한 정처 없이 이지러졌다.

마음이.

기대감이.

와르르 무너졌다.

그가 보여 주던 다정함에 제가 너무 젖어 있던 탓이다. 휘강은 언제고 이리 돌변할 수 있는 사람인 것을 알았는데도.

일 년 전에도, 오 년이나 다정했던 이가 돌변해 저를 죄인으로 만들고 거칠게 유린했다.

그러니 이번이 두 번째다.

두 번째인데, 처음보다 더욱 아프고 쓰라린 이유는 무엇이란 말인가.

마음이 식어 차가워진 담갈색 눈동자가 휘강을 바라본다. 곧 초승달처럼 휘어진 눈가에 가려졌지만, 분명히 그 눈동자는 싸늘했다.

"소중한 약재를…… 그런 사사로운 곳에 쓰지 않아도 되어, 참으로 다행입니다."

또한, 이리 일찍 허튼 기대가 무너져서.

"참으로, 다행입니다."

세 번째 형부 회의를 며칠 앞둔 저녁이었다. 신료들이 오랜만에 승상의 정자에 모였다.

분위기는 묘했다. 좋은 듯도, 아닌 듯도 했다. 일부는 조용히 술잔을 기울였으며 웃으며 이야기를 주고받았다. 문하시중 육관억은 유난히 기분이 좋아 보였으며, 딸을 잃은 가족들을 위로해야 할 필요가 있단 이유로 홍덕권은 참여치 않았다.

승상이 세 번째를 앞두고 굳이 이리 정자에 사람들을 불러 모은 것은 육관억과 홍덕권에게 볼일이 있어서였다.

그 둘 중 하나가 자리하지 않았으니 승상의 심기는 불편했다. 그러나 딸의 죽음 앞에 신료들이 승기를 점한 상황을 마냥 기뻐할 순 없다는 홍덕권을 억지로 불러낼 도리는 없었다.

또한 육관억은 차라리 홍덕권이 이번 정자회에 참여하지 않아 몹시 안도감을 느꼈다. 그가 두 번째 회의에서 보여 준 모습은 마음에 찼으나, 홍덕권이 승상 앞에서도 사실 딸이 죽지 않았다고 믿으며 의연함을 보일 수 있을 것이라곤 생각지 않았던 탓이다.

다만 미약한 불안감은 있었다. 혹, 홍덕권이 이미 사실은 홍세의가 정말로 죽었음을 깨닫고 있을지도 모른다는.

그렇다 하여도 달리 크게 문제 될 것은 없었다. 사랑하는 딸을 먼저 보낸 부모가, 그 죄책감과 슬픔을 이기지 못해 딸의 뒤를 따르는 일은 적지 않게 일어나는 일이었다.

육관억은 만일 홍덕권이 딸의 죽음을 알게 된 것 같은 기미만 보이더라도, 그를 자진한 것처럼 꾸밀 준비를 마쳐 두었다.

홍덕권이 정말로 딸이 진짜로 죽었음을 예감하고, 정말로 그 슬픔에 정자에 오지 못한 것이라면……

사람들은 수도를 둘러 흐르는 강에서 계제사의 시신을 마주할 것이다. 어려울 것도 없는 일이었다.

어찌 되었든 세 번째 회의에서는 결판이 날 것이다. 승상과 모인 모든 이가 그리 생각했다. 설령 공려화가 진범이 아니더라도, 휘강은 정황상 려화가 진범으로 보이도록 행동했으니 말이다.

육관억은 거기에 더해, 후궁 후보였던 목격자 구향설과 내통을 마쳤으니, 이제 공려화는 빠져나갈 수 없을 것이라 호언장담했다. 자신의 계책 대부분을 숨기고 일부만을 드러낸 것이었다.

그것에 모두가 기뻐하며, 휘강이 강력히 쌓아 올린 황권의 성벽을 일부나마 무너뜨릴 기회를 잡지 않았느냐며 육관억을 칭송했다.

물론 딸이 죽어 슬픔에 잠겼을 홍덕권에게는 애도를 표했다.

그리 정자회의 분위기가 무르익었다.

"홍 계제사에게는 다소 안 된 일이나, 아직 딸이 하나 남았고 우리에게는 승리할 기회를 안겨 주었으니 말입니다."

"그가 겪은 비극을 위로할 무엇이 있었으면 좋을 터인데……"

신료들이 노 승상과 육관억의 눈치를 보며 그리 말했다. 이런 개인의 비극이 조정 대신들의 승리가 될 일은 여태까지도 몇 번이나 있었다. 그리고 앞으로도 없지는 않을 것이다.

지금까지는 이리 누군가 말을 꺼내기도 전에 노 승상이 먼저 그를 애도하며 무엇이든 챙겨 주었다. 그러나 이번에는 도통 노 승상도, 육관억도 말이 없으니 그것을 의아해하며 떠보는 것이었다.

혹시라도, 이 완벽한 승리를 앞둔 상황을 노 승상은 다르게 점치는 것이 아닌가 말이다.

혹 이제는 먼저 나서 희생하더라도 버려진 장기 말이 되고 말지는 않을까, 노 승상이 마음을 바꾼 것은 아닐까 걱정하는 속내도 있었다.

"위로……. 위로라. 물론 필요하지. 어사대부가 이 노인이 그만 넘어갈 뻔한 것을 짚어 주었어. 고맙네."

"이번 일이 잘 끝나면 폐하께선 당분간 저희 신료들의 말을 무시할 수 없을 것이니, 좋은 자리를 마련하는 것도……. 가능치 않을지요?"

다들 노 승상의 긍정적인 대답에 안도했다. 적어도 노 승상이 이번 일이 나쁘게 풀리지 않으리라 생각한다는 뜻이 되니 말이다.

육관억이 승상의 답변에 유난히 기뻐했다. 그가 말을 꺼낸 신료를 바라보며 고개를 끄덕였다. 그는 이 자리에 몇 안 되는, 이번 일에 육관억이 손 쓴 것을 알고 있는 자였다.

사실 육관억은 홍덕권을 속인 것에 약간이나마 죄책감을 지니고 있었으므로, 제가 직접 말을 보태고 싶었으나 참았다.

승상이 완전히 눈치를 챘는지 아닌지 모르지만, 일이 완성되지 않은 시점에서 승상에게 자신이 이번 일을 설계했음을 들키면 안 된다 생각했기에 말이다.

"안 될 것도 없지 않겠나."

"그렇다면, 홍 계제사가 꼭 예부를 고집하는 것이 아니라면 호부의 시랑직은 어떻겠습니까?"

호부상서가 조심스레 승상에게 말했다. 나라의 재정을 책임지는 호부이니, 항상 휘강과 반목할 일이 많았는데 이번에 홍덕권이 강하게 발언하는 것을 보고 그를 눈여겨본 것이었다.

호부상서의 입장으로는 조금이라도 남겨 신료들의 고단함에 부족하기만 한 녹을 대신하고자 하는데, 휘강은 항상 기미만 보여도 단호하게 가로막고 호통을 쳐 대니 말이다.

이번 일이 잘 마무리되면, 휘강이 아무리 미치광이 황제라도 자신이 지키고자 했던 여인이 그의 딸을 죽인 것이기에 신경 쓰지 않을 수가 없었다. 그러니 홍덕권은 호부상서가 딱 원하던 인재였다.

"홍 계제사만 괜찮다 한다면, 그리하게."

"예 나리. 말은 제가 직접 전해 보겠습니다."

"그러세. 다만, 아직은 홍 계제사에게 말을 꺼내기는 시기상조일 것이네."

호부상서가 노 승상의 말에 단번에 안색을 굳혔다. 노 승상의 말이 마음에 차지 않은 것이 아니라, 시기상조라는 말에 노파심이 생긴 것이다.

혹 승상이 완벽한 승리를 점치고 있는 것이 아니지는 않은가 하는.

"시기상조라 하심은⋯⋯."

"아직 홍 계제사가 가문의 비극을 좀 더 슬퍼할 시기이지 않겠는가."

노 승상이 웃으며 답했다. 그것에 호부상서가 마음 졸이던 것을 내려놓고 안도했다. 더불어 노 승상의 마음 씀씀이에 감동했다.

자칫 홍덕권이 제 딸의 죽음을 팔아 자리를 샀다 여길 것까지 고려하는 그 마음이 말이다.

그리 승상의 깊은 마음을 다들 칭송하며 연회는 끝을 달렸다.

"슬슬 자리를 파하는 게 좋겠네. 익일 형부 회의를 마치기 전까지는 다들 너무 긴장의 끈을 놓지 말게."

"예. 그리하겠습니다. 나리."

"폐하께서 아직 일가를 만들지 않아 어리숙한 데가 있고 철이 들지 않았다곤 하나, 종종 우리가 생각지도 못했던 곳에서 뒤를 치시는 일이 꽤 되었지 않나."

승상의 말에 다들 서로를 둘러보며 고개를 끄덕였다. 방심하던 사이 아예 목숨을 잃어, 이 자리를 채우다 사라진 몇몇 얼굴이 떠올라 씁쓸해하는 자도 있었다.

"그래도 이번엔 다를 것입니다."

육관억이 다소 가라앉은 파장 분위기에 조용한 사위를 가르고 말했다. 몇몇이 육관억을 보고 웃었다.

승상 또한 그중 하나에 속했다. 다만 그 속내는 다른 이들과 매우 달랐음이니, 노 승상이 신료들을 다 보내고 마저 일어나려는 육관억을 붙잡았다.

"육 시중은 잠시 남게. 내 자네에게 할 말이 있어."

"제게요?"

들켰는가?

육관억이 다소 긴장했다. 그러나 웃는 낯을 지우지는 않고 돌아가는 신료들을 배웅했다.

이제 노 승상과 자신, 넓고 소란했던 정자에 둘만이 남았다.

"제게 하실 말씀이 있으시다고요."

"자네, 분명 내 경거망동하지 말라 하였네."

"……역시 제게 하신 말씀이었군요."

육관억이 두 번째 형부 회의가 파하면서 승상이 했던 말을 떠올렸다. 그러곤 얼굴을 굳혔다. 전부는 아닐지나 노 승상이 자신의 계책을 일부 파악했음을 깨달았으니 얼굴이 좋을 수가 없었다.

그러나 곧 육관억은 표정을 폈다. 기실 이미 승리가 확정된 사안이 아닌가.

"늘 승상 나리만을 힘들게 하지 않고자 이 육관억이 먼저 손을 써 본 것입니다. 사실, 나리께서도 그럴 마음이 있어 이번에 후궁 후보들을 그만그만한 자들로 채우라 하신 것이 아닙니까?"

당당함을 넘어 당돌하게까지 보이는 육관억의 태도에, 노 승상이 한숨을 내쉬었다.

"이번에 폐하께 후궁 후보를 올림에 있어 그리 한 이유가 없는 것은 아니네. 어차피 폐하께서 이번에는 누구에게도 첩지를 내리지 않으실 것을 짐작했어."

"사실, 더 나아가서 진노한 황제가 그들을 죽일 수도 있다 생각하신 것 아닙니까?"

"그 또한 생각지 않은 것은 아니네만……. 육 승상 자네."

노 승상이 입술을 씹었다. 그래도 육관억이 과거보다 좀 더 눈치라는 것이 생기기는 했다. 그러니 자신이 이번에 희생자가 생길 것을 안배했음을 안 것이겠지.

다만 그 뒤, 좋지 않은 방법을 골랐으니 아직 육관억은 노 승상이 보기에 한참 모자랐다.

"죽을 자를 폐하께서 고르시는 것과, 우리가 선별하는 것이 크게 다름을 모르는가?"

육관억이 노 승상의 말에 입을 꾹 다물었다.

어차피 죽을 자는 죽을 것이고, 기질이 뛰어나 아끼는 딸도 아니거늘 뭐가 그리 다르단 말인가. 심지어 가문의 사내를 죽이라는 것도 아닌데.

더군다나 홍덕권은 제 딸이 죽은 것도 모르고 있다. 아마 더는 딸의 얼굴을 보지 못할 뿐, 행복하게 살 것이라 그리 알고 있지 않은가.

"아무리 모자라고 보잘것없어 보이는 이라도, 친혈육을 돌보듯 여기게. 우리는 항상 같이 가야 할 사람들이 아닌가?"

"나리께서 항상 하시던 말씀인데, 제가 그것을 모르겠습니까? 더해, 홍 계제사의 딸은 실지로 죽지 않았습니다."

육관억이 볼멘소리를 냈다. 노 승상의 한숨이 끝을 모르고 깊어졌다. 이런 자를 오른팔로 삼았으니, 더해 다른 이들도 육관억에 비교해 그리 처지가 낮지 않으니 침통했다.

이런 자들을 미친 황제 앞에서 살려야 하니 자신의 꼴이 우습고 가여울 지경이었다.

노 승상이 전에 없이 엄한 목소리로 말했다.

"내 모를 것 같나? 자네가 홍 계제사를 그리 속였을지는 모르겠지만, 내 앞에서는 통하지 않는 변명이네. 육 시중 자네의 속이 보여."

"도통 무슨 말씀이신지……."

"홍세의는 진정 죽었네. 시신부터 속이면 황제 폐하의 눈을 속일 수 있었겠는가! 처음부터 그러니 하는 말이었네!"

육관억이 꿀 먹은 벙어리가 되었다. 할 말이 없었다. 노 승상이 이미 파악했다 하는 데다, 그것이 사실이니 괜히 더 우겨 보았다 긁어 부스럼이었다.

"홍 계제사가 정녕 평생, 자네의 거짓을 모를 것 같나!"

노 승상이 보기 드물게 고함까지 질렀다. 그는 육관억이 모든 것을 인정하듯 침묵하자, 자신의 추측이 완벽한 현실이 되었음에 아득해지고야 말았다.

홍덕권이 첫 형부 회의와 두 번째 형부 회의에서 보인 태도는, 겉으로 보기에는 같았으나 일견 달랐다. 처음은 거짓, 다음은 진실로 분노해 통한으로 외쳤음이 노 승상의 눈에는 보였다는 말이다.

한데, 이것을 육관억은 모르고 있다.

홍 계제사가 과연 이것을 문하시중이라는 자리가 어려워 말하지 않고 입을 다물고 있는 것인가.

그것이 문제였다.

만일 홍 계제사가 딸의 죽음을 확신하게 된 계기가 황제에게 있다면……

아무리 노 승상이라도 거기까지 생각하고 싶지는 않았다. 그가 이마를 짚었다. 턱수염이 파르르 떨렸다.

노 승상은 지친 목소리를 내고야 말았다.

"아무리, 정녕 가치가 쓰고 버릴 말밖에 안 되는 자라 해도 자네가 그리 여기고 행동해선 안 된단 말일세……."

"……명심하겠습니다."

이 나이를 먹고도 노 승상에게 혼나는 입장이어야 함이 육관억에게 어찌 불만이 아니겠는가. 그러나 아직은 조정 대신들의 커다란 그늘이 바로 승상이었다.

그러니 육관억은 수그리며 답했다.

"그것이 서로를 위해 모인 우리들 사이에 균열을 만들고 말 걸세. 균열을 만들고 말 것이야……."

노 승상의 목소리가 침통했다.

육관억은 노 승상의 눈치를 살피다, 기어이 한마디를 덧붙였다.

"그리해도, 이번에는 틀림없이 제가 이길 것입니다. 틀림없이요."

9장. 유실

한동안 휘강은 려화를 찾지 않았다. 이제 이 지루한 사건도 종결만을 남겨 두었으니, 마무리를 다 하고 그녀를 찾겠다는 마음이었으나.

려화도 휘강도 그가 그녀를 찾지 않는 것이, 회임에 대한 이야기를 나누며 감정이 격양되었기 때문임을 알았다.

려화는 차라리 잘 되었다고 생각했다. 그동안에 휘강에게 다시 열릴 뻔하였던 제 마음의 문을 다시 닫아걸 결심을 굳히면 되니까.

더해 휘강은 려화의 마지막 말에 분노했던 것이 차츰 시일이 지나며 희석되었다. 그러자 남는 것은 익숙하지도 않은 죄책감이었다. 몸이 좋지도 않은 자에게 과히 자극적인 말을 하였다.

그가 광증을 지녔다 한들 섣불리 생각하고 움직인 적은 거의 없었건만 이상한 일이었다. 아니, 죄책감을 가진다는 게 가장 이상한 일이었다.

하여 휘강은 그 죄책감이, 그저 약조한 것을 들어주지 않고 미루고 있기 때문이라 치부해 버렸다.

"약조를 지키러 왔다."

그리하여 휘강은 세 번째 형부회의가 열리는 전날의 야심한 밤에 려화를 찾았다. 황궁의 모두가 잠든 밤이었다.

한데 려화는 깨어 있었다. 여전히 밤낮을 가리지 않고 쏟아지는 잠에 잠길이 흐트러진 탓이다.

"약조라 하심은……."

야행복 차림에 소리도 없이 찾아든 휘강을 보며 려화가 의아한 낯으로 물었다. 본디 무복으로 변복할 때에도 휘강이 짙은 색조, 특히 검은색을 자주 입긴 하였으나 휘날리는 옷자락 하나 없이 꽁꽁 싸맨 이런 차림은 처음 접하는 것이었다.

"네게 구향설을 만나게 해 주마 약조했잖나. 그래야만 네가 진맥을 받는다 하였으니."

"아……. 그런데, 이리 야심한 시각에요?"

"간혹 영민한 듯도 굴지만 기본은 참으로 아둔한 계집이야 너는."

휘강이 피식 웃으며 말했다. 아무 일도 없었던 것처럼 평소의 휘강이었다.

려화는 씁쓸히 웃고 말아 버렸다.

이렇게 된다면 그를 향한 마음을 접는 것이야 어렵지 않으리라. 어차피 고작 며칠 전의 자신으로 돌아가 몇 걸음 돌아서면 될 일이니.

"유배소, 그것도 몸 누일 처소를 벗어나면 안 될 너를 목격자인 향설과 대낮에 만나게 해 주면 되겠나?"

"아……."

휘강이 단숨에 려화를 품에 안았다. 본디도 가볍기 짝이 없던 려화는 이제 바싹 말라 새털처럼 가벼웠다.

휘강은 처소의 문이 아닌, 천장을 받치는 보를 딛고 처마 틈을 통해 몸을 움직였다.

려화는 그만 깜짝 놀라 숨을 합 들이켰다가, 휘강이 천장의 좁은 틈에 웅크린 채 저를 보고 쉿, 하고 손가락을 대는 것에 고갤 끄덕이곤 눈을 감았다.

천정을 빠져나온 휘강은 소리도 기척도 없이 지붕을 딛고 도약했다.

곧 휘강의 몸이 높이 떴다. 아래를 지키는 군사는 금일의 번이 전부 휘강이 신임하는 자들로만 채워졌다. 마지막 회의를 놓고 경비를 더욱 삼엄케 한다는 명목이었으나 실상은 려화가 인기척을 내 들킬 것을 고려해서였다.

물론 외곽까지 전부 휘강의 군사들로만 채울 수는 없었다. 그렇기에 탱자나무 울타리와 먼 곳은 신료들의 손이 닿은 군사들도 돌아다녔지만, 그건 문제가 안 되었다.

려화를 품에 안고도 휘강은 한 번의 도약으로 하늘을 날 듯 높이 떠올랐으니.

"눈을 떠 보아라. 네 평생에 이곳에서 아래를 내려다볼 일이 다시 있을 리 없으니."

눈을 꼭 감고 숨조차 조심히 쉬고 있던 려화가 눈을 떴다. 저 허공 아래로 제가 지내는 탱자나무 울타리 안의 처소와, 황궁의 거대한 궁궐들이 멀어지고 있었다.

작디작아 저의 크지 않은 한 손으로도 대궐 하나가 가려질 정도였다. 멀리서 보니 모든 게 덧없게만 보였다.

하여 려화는 아래를 내려다보는 것을 그치고, 가까이의 휘강의 얼굴을 바라보았다.

복면으로 얼굴을 가리고 눈만 내놓고 있는 그의 눈동자에 별이 총총 떴다. 하늘을 보니 별은 그곳에 있었다.

그는 쏟아지는 별빛을 담을 만큼 빛나는 자였다. 비록 그 빛이 그에게 닿거든 온통 차갑게 얼어 버리더라도 말이다.

려화는 피식 웃고는, 눈을 감았다.

"멋진 풍경입니다만, 이 겁쟁이는 어지럼증이 납니다."

"그렇다면 별수 없는 일이지."

황궁을 벗어나고 나서야 휘강은 땅으로 내려앉았다. 그러나 황궁의 성벽에서 아주 멀지는 않은 곳이었다.

"향설은……. 궐 밖에 있었군요."

"그 계집이 쓰던 처소는 빈 지 오래다. 아마……. 문하시중은 지금 꽤나 똥줄이 타고 있겠지."

휘강의 말에 려화가 설핏 웃으며 고개를 저었다. 그리고는 향설이 있을 방의 문을 붙잡고, 휘강을 바라보았다.

"뭘 망설이지? 들어가 만나면 된다."

"폐하께서는요?"

"짐이 계집들 시시덕거리는 것까지 지켜봐 주어야 하나?"

휘강이 툭 쏘는 말에 려화는 그저 웃고 말았다. 깊이 들이 켠 숨을 천천히 한숨처럼 뱉은 뒤, 려화가 각오한 얼굴로 방 문을 열었다.

넓지 않은 방 한 칸, 그런대로 사람이 살았던 냄새가 나는 양반가 방의 중앙엔 어울리지 않는 커다란 쇠말뚝이 박혀 있 었다. 거기에서부터 이어지는 쇠사슬이 치맛단 사이로 살짝 나온 향설의 발목으로 이어졌다.

이질적인 풍경이었다. 그것에 입을 다문 려화를 대신해, 향 설이 먼저 특유의 해사한 미소를 지으며 려화에게 인사했다.

"어머, 오랜만에 봐요. 화아."

저를 궁지에 몰아넣어 놓은 주제에 정말이지 아무 일도 없 었던 듯 구는 향설을 보니, 분노해야 옳건만 려화는 기운이 쫙 풀려 버렸다. 그러나 마음에 갑갑함이 남았으니 차마 웃 음은 나오지 않았다.

바닥이 지저분했다. 려화는 신발도 벗지 않고 방 안으로 발을 디뎠다.

"내게 친한 척 마세요."

"아아, 화아는 내게 그리 말할 자격이 있죠. 맞아요. 그렇지 만 나는 정말로 당신과 내가 친하다고 생각했어요."

"······그랬는데 왜 내게 이런 시련을 주었느냐고는 묻지 않 겠어요."

향설이 무릎을 끌어모아 팔로 껴안곤, 그 무릎에 기대듯 고개를 기울였다.

"그럼, 왜 왔어요? 자신을 곤경에 빠트린 자의 끝을 보기 위해서? 당신은 그리 뒤끝이 긴 사람은 아닐 것 같았는데."

려화는 향설을 바라보지 않았다. 그녀의 발에 묶인 쇠고랑이 시선을 붙잡은 까닭이다. 발을 감싼 버선 여기저기에 핏물이 들었다.

타인의 고통에 아무리 민감한 려화라도, 제게 잘못을 저지른 이의 고통에는 무딘 모양이었다. 그를 보고도 마음이 아프기보다는, 그저 무감하기만 했다. 다만 눈길을 사로잡았을 뿐이다.

저를 위험에 빠뜨린 자의 발목은 여느 여인들과 다름없이 가련했으므로.

"내게 왜 미안하다 하였죠?"

려화가 차분히 물었다. 향설은 곧바로 답하지 않다가, 뒤늦게 입을 열었다. 여전한 미소를 띠고 있었으나 입꼬리가 떨렸다.

"……독한 향낭의 향이 미안하다 한 거잖아요. 고작 그게 궁금해 위험을 무릅쓰고 날 보러 온 거라고요?"

"그 뜻이 아니었음을 알고 있습니다."

려화는 향설의 말이 끝나기 무섭게 단호하게 답했다. 자세마저 흐트러지지 않은 려화를 보고 향설이 한숨을 뱉었다.

죽음이 코앞이었다. 그러니 더 숨겨 뭐 하겠는가. 그런 생각이 향설의 머릿속을 채웠다. 마지막을 실패로 장식했으나, 눈앞의 단정한 여인을 알게 되었으니 밑지는 장사는 아니었다. 휘강에게 약조 받은 바도 있으니…….

"처음부터 당신을 목표로 일을 꾸미라 명 받았어요. 나를 부리는 자가 있었죠. 그래서 당신에게 접근했지만, 당신이 정말로 마음에 들어왔어요. 그뿐이네요."

"그것이 이유입니까?"

"네. 다른 건 없어요."

려화가 눈을 내리감았다. 아랫배에서 욱신, 하고 통증이 느껴졌다. 요즈음은 심력이 상하는 일이 있거든 꼭 이리 배가 쓰렸다. 도통 먹지 못해 약해진 곳이니 그러한가.

"……그렇다면 그냥 없던 일처럼 넘어갈 순 없었습니까?"

"그럴 순 없었어요."

향설이 단호하게 답했다. 낯빛이 어두워진 려화의 안색을 살피는 향설의 눈동자에 이채가 들었다.

"타인의 손에 그리 길러졌다 한들, 나는 명령 받고 돈을 챙기면 사람의 목을 물어뜯는 충실한 개랍니다. 살수로서의 나를 버릴 순 없어요."

향설의 목소리는 탁하지만 명랑했다. 여상하였다. 언제나의, 려화에게 들려주었던 바로 그 낭랑함이 느껴졌다.

그러나 려화는 그 안에 깃든 슬픔을 읽었다. 자신을 충실한 개라고 말하는 되레 당당한 모습에서 말이다.

누군가에게는 어리석게 보일 수도 있었다. 하나 삶을 부지하기 위한 자존심이었다. 지금의 향설이야 그 자존심으로 삶보다 죽음에 가까운 위험한 생을 살았으나, 지금까지 살아오기 위해선 필요했을 것이다.

그렇지 않았더라면 질긴 목숨, 진작에 끊어 버렸을 터이니.

려화는 향설의 슬픔이, 그리고 비틀렸지만 단단한 자존심이 퍽 저를 닮았다고 생각했다.

'넓은 황궁에 갇히나, 좁은 울타리에 갇히나. 폐하만을 목 빼고 기다리며 그 덧없는 정에 목매는 신세인 것이 뭐가 다르겠어요?'

'난 아니지만, 분명히 그런 여인들도 있죠. 우리네 여인들이란 다 같지 않겠어요?'

'내 마음 가는 대로 살지 못하는 신세……'

그녀가 했던 말들이 전부 떠올랐다.

그러나 려화는 향설을 동정하지 않기로 했다. 제게는 향설을 동정해야 할 이유가 없으므로.

또한, 향설이 동정을 바라지 않을 것을 알기에.

"앞으로도 당신은 살수로 살 것인가요?"

대신에 어리석은 질문을 던졌다.

향설은 가여운 것을 보듯 려화를 바라보며, 이번에는 슬프게 웃었다.

"내게 앞으로는 없어요. 나는 내일, 혹은 이튿날이면 명을 달리한답니다."

생각지도 못했던 것을 들었다는 듯 려화가 몸을 굳혔다. 놀란 표정으로 향설을 똑바로 바라보았다.

향설은 어느새 슬픈 얼굴을 거두고, 언제나의 화사한 얼굴로 려화를 바라보고 있었다.

"죽는…… 죽는군요."

숨이 넘어갔다. 그러잖아도 좋지 않던 낯빛이 하얗게 질렸다. 통증이 도를 넘었다. 제게는 휘강 다음으로 또 다른 원수이겠건만, 려화는 자신이 죽을 것이란 향설의 말에 충격을 받고야 말았다.

제게 마음을 주었던 다른 배신자가 죽는다. 거기다 그녀의 피를 밟을 자는 분명히 휘강일 테다.

그것이 려화를 고통으로 밀어 넣었다.

"너무 슬퍼 말…… 당신."

향설은 뛰어난 살수였다. 여인의 몸으로도 사내들과 견주어지지 않는 특급 살수였으니, 그녀의 코는 혈향에 몹시 예민하고 익숙했다.

향설은 려화에게서 갑자기 피비린내가 끼쳐 옴을 느꼈다. 과거, 려화와의 마지막 만남에서 그녀가 회임하였음을 눈치챘던 향설이다.

아마도 아직 초기일 텐데, 좋지 않은 소식이었다. 하여 려화에게 제가 회임하였음을 알려야 하지 않나 생각했다.

그러나 곧 생각을 거두었다. 지금 려화의 처지를 알기 때문이었다. 지금, 아직 황제는 저의 마음조차 모르는 데다 려화는 이번 일에 누명을 벗어도 여전히 죄인의 몸이었다.

그 상황에서 과연 회임이 려화에게 좋은 일이겠는가. 려화의 태중에 있는 아이는 아직 핏덩이밖에 되지 않으리라. 차라리 달거리를 하듯, 유난히 아픈 달이구나 하고 지나가는 것이 그녀에게 나으리라. 그러니 향설은 입을 다물었다.

"그거 알아요? 살수는 사람을 죽이기 위해 사람을 살리고 보하는 약재도 공부한답니다."

"갑자기⋯⋯. 그런 소리를 내게 왜⋯⋯."

"폐하께 청을 올려 백복령과 백출, 대추를 달여 먹고 싶다 하세요."

향설이 말한 재료는 몸을 보하는 약이라면 어디든 들어가는 약재기도 했지만, 주로 출산 후의 여인들의 몸을 데울 때 쓰는 약재이기도 했다.

"당신을 어찌 믿고⋯⋯."

향설이 갸웃, 고개를 기울였다. 초췌한 얼굴이 열린 문을 통해 든 달빛을 받아 희게 빛났다.

"어차피 폐하의 귀에 들어가면 그분께서 사람을 죽이는 약인지 살리는 약인지 알아보실 텐데요? 말이라도 꺼내 보세요. 꼭이요."

말투는 가벼웠으나 향설의 얼굴이 단호하고 엄했다. 려화는 통증에 겨워 저도 모르게 향설을 보고 고개를 끄덕였다.

"그리고 이제 돌아가는 게 좋겠어요. 죽음을 앞둔 사람을 보고 있는 게, 무에 몸에 좋겠어요?"

"그렇지 않아도, 그럴, ⋯⋯생각입니다."

"말조차 제대로 잇지 못하는군요."

향설이 려화의 손을 급히 잡아당겨, 피를 멎게 하고 통증을 줄이는 몇 개의 혈을 짚었다.

그나마 사정이 나아지니, 려화의 얼굴도 한결 안색이 나아졌다. 그러나 잠깐 버티고 말 처치일 따름이다. 향설은 안타까운 제 속을 숨기고자 애썼다.

"……가 보세요. 죽는 마당에 이런 말은 우습지만, 내가 저승 가는 길에 앞으로 당신의 액운을 모두 지고 갈게요."

"그런 것은 바라지 않습니다."

려화가 비틀거리며 일어섰다.

"내가 이리 말하니 우습지만, 당신은 이미 충분히."

려화를 보는 향설은 여전히 웃는 낯이나, 그녀의 눈시울이 붉어졌다.

"충분히 괴로웠을 테니."

려화는 뒤돌아섰다. 방문을 넘어 대문 앞으로 가면 휘강이 기다리고 있을 것이었다.

그때, 정말 마지막으로 향설이 려화를 붙잡았다.

"려화. 이건 그저 흘려도 좋을 말이지만."

"그럼 하지 마세요."

"그래도 들어만 주세요. 만일 내가 죽거든, 내가 쓰던 양산을 한 번만 써 줄 수 있어요?"

려화는 대답하지 않았다. 다시 방에 홀로 남은 향설은 인형처럼 아무런 표정도 없는 얼굴이 되었다.

죽음이 두렵지는 않았는데, 어찌해 려화에게 제 양산을 맡겼는지 모를 일이다. 하여 피식 웃어 버렸다.

휘강은 향설을 만나고 돌아 나오는 려화의 낯빛이 좋지 않은 것에 인상을 찌푸렸다. 그녀를 진맥하고자 지킨 약속인데, 그전에 송장을 치우게 생겼으니 말이다.

려화가 다가와 휘강의 품에 안겼다. 휘강의 얼굴을 보고 안도한 탓인지, 급작스레 다시금 려화의 안색이 흐려졌다.

"폐……하. 이제, 궁으로……!"

"려화!"

그녀가 휘강의 품에서 정신을 잃었다.

휘강은 려화의 몸에서 은은한 혈향을 느꼈다. 그녀가 품에 안기고 나서야 코끝에 스치듯 느껴지는, 아주 미미한 정도였다. 그러나 어딘가 일반적으로 막 흘린 피 냄새보다는 훨씬 끈적하고 비린 느낌이었다.

어딘가.

어디에서 피가 흘렀는가.

제 품에 쓰러진 려화의 몸을 샅샅이 뒤진 휘강은, 려화의 사타구니가 점점 더 축축하게 피로 젖고 있음을 발견했다.

향설의 응급 처치는 훌륭했으나, 궁으로 돌아가는 길까지 려화를 버티게 하기에는.

려화의 몸이 너무나 쇠하였다.

"진맥하라."

"하오나, 폐하. 이 자는……."

수염까지 허옇게 센 늙은 황의가 휘강의 눈치를 살피며 입을 열었다. 휘강이 단번에 눈을 부라리며 황의를 바라보았다.

"황제의 어명을 거역하는가? 진맥하라 했다."

휘강이 낮은 목소리로 씹어 뱉듯이 하는 말에 늙은 황의가 몸을 움츠렸다. 만일 이것이 은밀히 이루어져야 하는 일만 아니었으면 휘강은 진즉에 노성을 터뜨렸을 것이다.

황의가 떨리는 손으로 쓰러져 여전히 의식을 잃은 채인 려화의 손목을 붙잡아 맥을 짚기 시작했다.

휘강은 그 모습을, 곧 누구 하나라도 잡아 족치지 않으면 큰일이 날 듯한 눈으로 바라보았다.

약조한 대로 향설을 보고 돌아 나온 려화가 갑자기 넋을 잃고 쓰러진 것에 얼마나 당황했던가. 그가 살아생전 그리 당혹한 경우가 손에 꼽았다.

휘강은 곧장 어디라도 의원을 찾아가 려화를 진맥 보여야 하나 고민했다. 그러나 그리했다가, 만일 큰 문제라도 있어 오래 려화를 궐 밖에 두어야 한다면 일이 커졌다.

지금은 몹시 중요한 시기였다. 더군다나 지금 시기가 아니라도 려화는 궁 안 유배소를 지켜야 할 처지였다. 설령 그녀를 궐 밖으로 빼낸 자가 황제인 자신이라도 말이다.

유배형, 그것도 심지어 위리안치하는 형을 받은 죄인은 유배지를 벗어났다는 것이 밝혀지면 누구라도 나서 즉결처분할 수 있었다.

휘강은 싸늘하게 식는 손끝이며 쿵쾅대는 가슴을 애써 무시하며 차갑게 머리를 굴렸다. 이때만큼은 자신의 광증이 가져다준, 미치광이 같은 사고 체계가 몹시 고마울 정도였다.

휘강은 우선 려화의 혈도를 점혈해 피를 멎게 했다. 향설이 한 것처럼 말이다. 다음으로는 려화의 풍성한 치마 중 속치마와 속곳을 찢고 벗겨 냈다. 이미 피에 젖었으니 이대로 다시 궁에 돌아갔다간 들키기에 십상이었다. 아무리 잠행술에 은신술까지 최대한으로 펼쳐도 피 냄새까지 숨길 수는 없었다.

그리고 그것은 개울가의 커다란 돌 아래에 넣었다. 피는 물줄기에 씻겨 내려가고, 천 조각은 젖은 채 돌덩이 아래에 고정되어 쉬이 발견되지 않으리라.

다음에서야 휘강은 려화를 품에 안고 황궁으로 향했다. 궁이 지척에 보일 즈음 황제 직속 기밀대에게 전음을 통해 황의를 잡아 오라 시키는 것도 잊지 않았다.

그렇게, 현 상황이다.

황의는 궁에서 제일가는 의원이자, 도국에서 가장 의술에 능한 의원이었다. 그런 그가 진맥한 지 꽤 시간이 지났는데 쉽사리 입을 떼지 못한다.

끙끙 앓는 소리를 낼 수는 없으니, 황의는 휘강에게 등 돌려 보이지 않는 얼굴을 잔뜩 일그러뜨리며 애꿎은 침만 삼켜댔다.

"네가 공으로 황의가 된 것이 아니라면 슬슬 입을 열어야 할 것이다."

언제쯤 들려올까 했던 목소리가 들려왔다. 황의는 어떻게 입을 떼야 하나 고민하며 눈을 꼭 감았다. 계속 버티고 있을 수는 없는 노릇이었다. 그가 진맥하던 려화의 손목을 놓고 몸을 돌려 휘강을 바라보았다.

"폐하, 그것이……."

"설마, 이유를 알지 못한다는 말은 하지 않겠지?"

"아닙니다. 이 자가 이리 혼절한 이유는 파악했습니다."

"한데 어찌 바로 말하지 못하는가?"

황의가 쉽사리 입을 열지 못하는 데에는 두 가지 이유가 있었다.

하나는 려화의 신분 때문이었으며, 또 하나는 려화의 현상황 때문이었다. 황의도 궁이 돌아가는 꼴은 어렴풋이 알고 있었다. 그도 궁의 녹을 먹는 처지이니, 황궁 내 정세의 흐름에서 완전히 벗어나 있을 수는 없었다.

그러나 황제가 직접 하문하는데 계속 입을 닥치고 있을 수도 없는 노릇이었다. 황의가 어렵게 입을 열어 말했다.

"외람되오나, 폐하. 이 자가 회임 중인 것은 알고 계셨습니까?"

휘강은 그의 말에, 전혀 생각지도 못하고 있던 말에 일순 굳어졌다.

려화가, 회임했다고?

휘강은 전혀 생각지도 못했던 말에 려화를 바라보았다. 하얗게 질린 안색으로 식은땀을 흘려 대며 정신을 잃은 계집의 얼굴.

분명히 자신은 회임할 수 없는 몸이라고 하였던 려화의 목소리가 휘강의 귓전을 맴돌았다.

휘강이 실소했다.

"이 계집은 제 입으로 회임할 수 없는 몸이라 하였다. 연유 또한 짐이 알고 있다. 달거리가 없는 계집이 어찌 아이를 수 태하겠는가?"

휘강은 마치, 네가 잘못 진맥한 게 아니냐는 듯 황의에게 비소를 보이며 말했다.

그것에 황의는 순간 발끈하였다가, 제 앞에 하문하고 있는 자가 쉽사리 사람의 목을 날리는 황제라는 것을 다시금 인식했다.

조정 대신들의 목도 쉽게 치는 휘강이었다. 황궁의 황의라 하나 양반가 혼외자 출신인 자신의 목을 치는 것이 어려울까.

"하오나 이 자의 몸에선 분명 두 개의 맥이 짚입니다. 이것 은 결단코 회임하지 않고서는 짚을 수 없는 맥입니다."

"네가 노환으로 손끝의 감이 죽은 것은 아니고?"

휘강은 마치, 현실을 부정하듯 말했다. 황의가 한숨을 내쉬 었다. 제대로 맥을 짚고 증상을 말해도 목숨 부지가 바람 앞 의 등불 같은 자신의 신세가 처량했다.

"폐하. 소인은 폐하와 태황태후마마님의 건강을 책임지는 황의입니다. 어찌 손끝의 감각이 무뎌지는 것을 가만두고 있 겠습니까? 하나 소인의 나이를 들어 폐하께서 품으시는 의문 은 합당하니, 다른 의원을 들여 진맥하게 하셔도 소인은 불 만을 가지지 않겠습니다."

"네놈의 입을 막는 것도 피곤한 일일진대, 사람을 더 늘릴 이유는 없지."

휘강의 말에 황의가 고개를 조아렸다. 고작 회임 사실을 알린 것만으로도 휘강은 몇 번이고 자신을 생사의 갈림길에 세웠다. 그의 등 뒤가 땀으로 흥건했다.

"……그러나 어찌 달거리조차 않는 미성숙한 계집이 회임할 수 있단 말인가?"

"극히 드물기는 하나 불가능하진 않습니다."

"가능하다고?"

"그렇습니다. 의서인 만병회춘에도 이와 같은 사례가 나와 있습니다."

황의는 휘강의 눈치를 살피며 만병회춘에 나온 사례를 짧게 소개했다.

지금은 속국으로 가늘게 명맥을 이어 가지만, 만병회춘을 집필한 의원이 어의로 있던 때만 해도 대국(大國)이라 자칭했던 나라에는 월례가 없어 제대로 된 여인은 아니나 그 미모가 아름다워 모란에 비유되는 여왕이 있었다.

여왕은 여덟의 처첩을 두고 그밖에도 제게 바쳐진 수많은 사내와 밤을 보냈는데, 그래도 마흔이 다 되도록 역시 회임치 못했다.

그러던 여왕은 마흔일곱, 다른 여인이라면 이미 아이를 낳을 수 없을 나이가 되었을 즈음에 처음으로 회임하였다. 곧 건강한 공주를 낳았으며 그가 다음 대의 여왕이 되었다.

"……그러나 역시 흔한 경우는 아니니, 이 자가 폐하께 거짓을 올렸을 수도 있지 않겠습니까?"

휘강이 황의의 말에 잠시 떠올려 보았다. 려화는 이 일 년 간 단 한 번도 먼저 달거리 등을 핑계로 자신을 돌려보낸 적이 없었다. 석 달간 매일 찾은 경우도 있었다.

"짐이 잘 안다. 그렇지는 않을 것이다."

황의 또한 휘강의 말에 곱게 수긍했다. 눈앞에 혼절한 이 여인을 누구보다 잘 아는 자가 바로 휘강일 것이었다. 특히 회임이나 달거리에 관한 것이라면 말이다. 그가 단언하였으니, 응당 황의의 입장에서 수긍하지 않을 이유가 없었다.

그러나 황의에게는 아직 큰 산이 남아 있었다. 그가 휘강의 눈치를 살폈다.

생각이 많아 머릿속이 복잡했으나, 아무리 그래도 무술을 익히지 않아 자신의 기운과 생각을 숨기지 못하는 황의의 눈치를 읽지 못할 휘강은 아니었다.

"황의는 더 할 말이 남은 것으로 보인다. 회임만으로 여인이 혼절하고 하혈하지는 않을 터, 설마 이제 와 회임이 아니라 하진 않을 테고."

"그것이 아니오라, ……실은 이 자가 유산할 기미 또한 보입니다. 더군다나 겉으로 드러난 실혈은 크지 않을지 모르나 몸속에 고인 사혈은 제법 될 것입니다."

한참을 망설였던 것과 다르게, 막상 입을 열자 황의는 거침없이 말했다. 그것을 전부 들은 휘강이 제 입술을 깨물었다. 그가 주먹 쥔 손을 파르르 떨었다.

회임한 사실을 알게 되어 받은 충격이 가시기도 전에, 이 무슨.

저답지 않게 머릿속이 쉽사리 정리되지 않았다.

"짧게 말하라."

"복중 태아도, 이 자도 이리 계속 두면 생명이 위험할 수 있습니다."

복잡한 머릿속에서 단 하나의 강렬한 염원 하나가 떠올랐다. 휘강이 단번에 눈에 핏발까지 세우고 황의에게 말했다.

"살려라."

"그러니까, 어느 쪽을……."

황의의 말에 휘강이 눈을 감았다. 당연히, 아직 제가 볼일이 남은 려화를 살리라 하면 될 일이었다. 당연한 것을 묻느냐며 황의에게 빈축을 날릴 수도 있었다.

그라면 그래야 옳았다. 아니, 정녕 광증을 지닌 황제라면 둘 다 죽어도 신경조차 쓰지 않아야 옳았다.

그러나 휘강은 쉽사리 답하지 못하고 있었다.

그가 려화를 바라보았다. 새카맣게 어둠에 잠식된 눈동자는 그 속을 읽을 수 없을 정도로 깊고 혼란스러웠다.

그의 눈동자에 곧 죽어도 이상하지 않을 꼴인 려화가 비추어 담겼다. 그 위로 눈꺼풀까지 덮이니, 마치 휘강이 려화를 전부 담아 품은 것처럼 되었다.

"……계집만큼은 절대로, 죽여서는 안 된다."

휘강이 어렵게.

아주 어렵게 말했다.

짧지만 깊게 번뇌한 그의 목소리는 몇 날이고 밤을 지새운 사람처럼 잠겨 있었다. 그러나 휘강은 이 번민이 어디에서 온 것인지 알 수 없었다. 하여 답을 내린 후에도 그는 여전히 혼란하기만 했다.

자신을 닮은, 더 나아가 선황과 계도제를 닮은 아이를 살려 둘 생각이 없어서가 아니었다. 려화에게 아직 받아 낼 첫값이 있어서도 아니었다.

이유가 이러했다면 차라리 아무런 고민도 없이, 세상 빛도 보지 못한 아이를 빨리 치워 내고 려화를 살리라 했을 휘강이었다.

그러나 그는 여러모로 번민했다. 그 이유 중 하나가, 그녀의 뱃속을 채운 아이가 '려화'의 아이라는 것이 휘강을 더욱이나 심란케 했다.

대관절 공려화가 자신에게 무엇이기에.

휘강의 고민이 깊어질 무렵 려화가 사혈을 쏟아 내 아랫도리를 시뻘겋게 물들이기 시작했다. 휘강이 혈도를 점해 놓은 효과가 풀린 것이었다. 황의가 려화의 하반신이 피로 물드는 것을 보며 허둥거렸다.

휘강이 다시금 눈을 뜨고 려화를 바라보았다.

핏물이 그녀의 밀지를 타고 흘러나올수록, 려화의 몸을 채우고 있는 기운도 삽시간에 흐려지고 있었다.

스물아홉, 길지도 짧지도 않은 생에 이리 번뇌한 적이 있던가.

소년기에는 고민보다 당장 살아남아야 하는 상황에 휘둘리기 바빴다. 이윽고 확실히 휘강의 안에 자리 잡은 광증은 그가 고민하지 않도록 해 주었다.

더는 번뇌하지 않았다. 잔악하지만 이성적인 판단을 내리며 살아왔고, 후회 따위는 단 한 번도.

입에 담아 본 적도, 생각조차도 한 적이 없었다.

그러했던 휘강이건만, 그는 지금 남은 새벽을 지새워 번뇌했다.

대체 왜.

무슨 이유이든 제 입으로 유산시키겠다 했던 아이다. 절대로 회임해서는 안 될 상황이기에 그랬기도 하지만, 그보다 앞서 려화의 말에 분노해 내지른 말이기도 했다.

제 아이를 낳을 일이 없으니 참으로 다행이지 않으냐는 려화의 얼굴에, 일 년 전 자신을 죽을힘을 다해 노려보던 그녀의 모습이 겹쳤다.

려화를 속여 죄인으로 만들고, 심지어 전쟁광에 미치광이기까지 한 게 바로 휘강, 자신이었다. 그런 자신의 아이를 수태할 일은 없어서 다행이라 여기듯 보였던 려화의 얼굴이 다시금 겹쳐졌다.

이리저리 겹치고 또 겹치는, 여인의 얼굴은 결국에 표정을 알 수 없을 정도로 희미해졌다가.

그 위로 흐릿한 미소가 피어올랐다.

이윽고 휘강은 제 가슴을 쥐었다. 시큰한, 단 한 번도 느껴보지 못한 종류의 통증이 가슴을 파고들어 쥐어짜듯 자신을 괴롭혔기에.

그 아픔의 이름이 죄책감임을 깨닫는 데에는 얼마 걸리지 않았다.

죄책감.

죄책감이었다.

짙은 후회였다.

자신이 어째서 이리, 평생 겪어 볼 일이 없을 줄만 알았던 감정을 마음에 품었는가. 제가 꺼낸 말을 후회하고 죄책감을 느끼게 된 이유가 무엇인가.

하늘에서 떨어진 벼락을 맞은 듯. 휘강이 자리에서 멈춰 섰다.

그는 려화의 태중에 있는 아이를 끔찍이 여기게 될 것으로만 생각했다. 굳이 려화의 태중이 아니라도 그러했을 것이다.

어느 여인이든, 어떤 계집이든 그 뱃속에 자리 잡은 아이가 자신의 피를 물려받았다면 끔찍했을 것이다. 휘강은 아비의 관심도 어미의 사랑도 다 모르고 자랐음에.

인정하기 싫었으나 자신 또한, 사랑을 알고 태어나지도 않았으며 사랑을 배우지 못하고 자랐으니. 태어난 아이에게 사랑을 줄 수 없을 것을 알았다. 상황처럼 또 세상에 괴물을 만들어 내놓을 것이라 여겼다.

그러니 제 핏줄을 받아, 또 사랑을 모르고 자라 다시금 불쌍한 미치광이를 낳을 것을 경계하였다. 쉽게 여인을 수태시키지 못하는 것을 핏줄의 유일한 장점으로 여겼다.

그러니, 제 피를 받아 수태한 아이를 곱게 여기지 못할 것은 자명했다.

여태 그렇다고 생각했는데.

아니었다.

려화가 회임한 아이는 자신의 피를 받아 세상에 태어나서는 안 될 아이이기에 앞서, 려화 또한 닮아 태어날 아이였다.

려화의 아이이기도 하였다.

그것이 이리도 자신에게 죄책감을 불렀는가. 어찌해서. 그 고민의 끝, 답은 정해져 있었다.

"나는……."

도휘강은 공려화를.

"사랑하고 있었는가."

사랑하고 있었다.

평생 사랑을 모르고 살 것이라고 여겼다. 아니었다. 휘강은 이미 사랑을 알고 있었다. 다만 자신의 아집으로, 자신은 사랑을 모를 수밖에 없는 인간이라는 생각에 사로잡혀 그것을 무시했다.

몇 번이고, 실마리는 있었고 그때마다 고민했으나 단 한 번도 그것을 사랑이라 인정하지 않았다.

누군가에게 연심을 가질 수 있는 자신을 상상하지 못했으니.

그리하여 뱉은 모진 말들이, 제가 만들어 려화에게 억지로 안겨 준 수많은 아픔이 속속들이 떠올랐다.

처음에는 살아남기 위해서 치렀던 전쟁이었으나, 그 끝에 이르러서는 광증이 발현하며 광기와 분노를 해소하기 위해 전쟁을 만들기까지 했다.

그 무수했던 참혹한 전쟁의 물결에서 려화는 가족을 잃었으니, 그녀의 원수는 바로 자신일 것이다.

이것을 깨달은 것은 려화에게 제 신분을 속이고 얼마 지나지 않아서였다. 그러나 휘강은 그것을 가벼이 여겼다. 개의치 않았다.

그저 자신의 마음을 부드럽게 안아 주는 려화의 따뜻함이, 황제나 광증을 지닌 사람이 아닌 하나의 사내로 대해 주는 그 마음이 좋아서 려화를 기만했다.

그것뿐이겠는가.

전쟁으로 가족을 잃었다는 그녀에게 무고한 생명을 죽이는 전쟁을 막기 위해서라면 제 아래에서 신음하라 했다.

그것도 광증으로 언제 사람을 도륙할지 모르는 황제의 아래서 일한다는, 자신의 가짜 신분을 철석같이 믿고 있는 려화의 걱정이.

황제를 싫어하고 원망한다는 그녀의 한마디가.

괘씸하고 괘씸해 려화를 죄인으로 만들고 그리 비참하게 했다.

거기에 또 더해, 일 년이나 더 죽은 척 살았으면 이제는 정신을 차리라 핀잔을 주었다.

아니, 차라리 이것은 사소한 것일 테다.

려화에게, 유일하게 다시금 제 혈육을 만들 방법이란 제 태중에 아이를 품는 일일 것이다. 그 축복받은 행위에 대해서, 자신이 어찌 입을 놀렸던가.

그 아이를 세상 빛도 보지 못하게 죽여 버리겠다, 유산시키겠다 하였다.

"천하의 후안무치로군."

그가 실소하며 중얼거렸다. 그보다 자신을 더 표현할 말이 없지 않은가.

형부 회의가 이루어지는 분동헌(分銅軒)의 문 앞이었다. 휘강이 그곳에서 걸음을 멈추었다.

분동헌의 앞에서 문을 열어 줄 황실군들이 휘강의 눈치를 보았다.

"……폐하. 행차하셨음을 알리고 문을 열어도 되겠습니까?"

곧장 문을 열어서는 안 된다는 느낌이 들어, 문의 좌편에 있던 황실군이 조심스레 휘강에게 물었다.

"아니."

휘강이 단호하게 말했다. 만인지상 폐하의 말이다. 이미 분동헌 안을 형부 회의에 참석해야 할 모든 신료가 채웠더라도 그가 원치 않는다면 황실군은 휘강의 말을 따라야 한다.

하여 그들은 휘강의 눈치를 보며 침묵했다.

휘강은 마지막으로 하나의 후회를, 죄책감을 더 보탰다.

황의에게 려화만을 살리라 하였다. 어떻게 해서든, 아이까지 전부 살릴 수 있도록 노력하라 뒤늦게라도 전해야 했다.

휘강이 눈을 감고, 주변을 지키는 기밀대의 일원에게 전음을 보냈다. 곧 그의 기척이 사라지는 것을 느끼며 휘강이 눈을 떴다.

한 걸음, 더 가까이 문 앞으로 당도한 휘강이 커다란 나무

문을 밀어 열었다.

"만세! 만세! 만만세! 도국의 만인지상이시며 유일한 옳은 길이신 황제 폐하를 뵙습니다!"

휘강이 걸음을 옮겼다. 몇 걸음 앞에 있는 옥좌에 자리하고 앉았다.

신료들을 돌아보는 그의 눈초리가 몹시 서늘했다.

려화를 끝의 끝으로 몰아붙여 가슴 아프고 힘들게 한 것은 자신의 죄가 맞았으나.

그녀가 유산까지 할 정도로 심력을 소모하게 만든 지금까지의 모든 일이 전부 자신으로부터 비롯하지는 않았다.

세 번째 형부 회의.

이번에 종결을 볼 생각은 여전했으나, 그곳에 피어날 혈겁의 꽃은 지난 예상보다 더할 것이었다.

휘강은 이 분노를, 가슴이 찢어지는 죄책감을.

어떻게든 조금이라도.

해소해야만 했다.

분동헌에 들어선 휘강을 바라보는 육관억의 표정은 몹시 의기양양하였다. 다른, 몇몇 신료들의 표정도 그와 다르지 않았다.

육관억이 조용히 제가 해야 할 일을 제대로 마쳤기 때문이었다.

"세 번째. 이것이 마지막 회의가 될 것이고."

휘강은 그런 신료들의 속은 알 바 아니라는 듯이 싸늘한 목소리로 말했다. 그의 시선이 신료들을 훑었다.

마지막으로는 육관억에게 닿았다. 입꼬리가 비틀려 올라가며 비소 짓는 휘강을 보며 육관억은 일순 살기에 놀랐던 자신의 마음을 가라앉혔다.

어차피 저 유유자적한 미소는 곧 자취를 감출 것이다.

"계제사의 딸 홍세의를 죽인 진범이 밝혀질 것이다."

육관억은 그리 생각했다.

여전히 육관억은 문하시중으로서, 중립을 지켜 마지막으로 자신의 의견만 밝힐 수 있는 처지였다. 그러므로 그를 대신하여 이번 일을 정확히 알고 있는 몇 안 되는 신료 중의 하나가 입을 열었다.

"폐하. 간밤에 일어난 소란에 대해 알고 계시는지요."

"말해 보라."

"목격자이자 폐하의 후궁 후보였던 구향설이 목이 매달려 사망하였습니다."

휘강이 피식 웃었다. 육관억은 아직도 상황을 모르고 여유롭게 구는 휘강이 참으로 같잖게 보였다. 저 미소가 무너질 시간이 머지않았거늘, 제 미래를 모르고 날뛰는 것이 아무렴 광증을 지녀 영민하다 하여도 어리다 여겨졌다.

"그래서?"

"폐하! 그리 가볍게 답하실 사안이 아니옵니다!"

"어찌하여 그런가?"

"이것이 홍세의 때와 수법이 같은 자결을 꾸민 살해 사건이기 때문이옵니다!"

휘강이 피식, 웃음을 터뜨렸다. 그는 그것으로 모자라 더 웃지 못함을 안타까워하며, 상황에 맞지 않게 아량이 넘치는 표정으로 제게 일갈한 신료를 바라보았다.

"한 주부는 어찌 홍세의 때와 지금이 같다고 여기는가? 자결처럼 보이도록 꾸민 살해 사건이라서? 그것이 자네가 짐에게 이리 소리를 높일 수 있게 만든 것인가? 감히?"

"그것이⋯⋯!"

육관억이 뒤에서 입술을 깨물고 고개를 저었다. 형부의 한 주부가 너무 과히 흥분했다. 그리해 도를 넘었으니 정작 제대로 입을 떼지도 못했다.

이때, 휘강이 오기 전 대충의 상황을 전해 들어 알고 있는 형부 소속의 다른 신료가 나섰다.

"폐하. 한 주부가 감히 폐하께 반기라도 들 듯 저리 소리를 높인 것은 백 번 잘못한 일이나, 그에게도 연유가 있습니다."

"말해 보라."

"구향설이 구금되어 있던 처소에서, 유서가 두 장 발견되었습니다."

차분하게 입을 연 신료가 유서의 내용을 밝혔다. 하나는 목을 맨 구향설의 시신 곁에서 발견한 것으로, 안면을 트고 정겹게 지냈던 공려화를 공교로운 시점에 자신이 발견해 사지로 몰아넣었으니 그 죄책감과 압박감을 이기지 못하고 자결한다는 내용이었다.

덧붙여 자신이 느낀 그녀의 심성을 보건대 절대 공려화는 사람을 죽일 수 있는 성정이 아니라는 내용도 있었다.

"그러나 처소를 샅샅이 수사하던 중, 침상 아래에 숨겨 두었던 진짜 유서를 발견하였습니다. 내용은 앞에 발견된 유서와 정반대되는 것으로, 새벽마다 죄인 공려화의 처소에 잠시 머물렀던 궁녀 소산여가 자신을 겁박하러 온다는 내용이었습니다."

"겁박이라······."

"겁박의 내용은······."

휘강이 고개를 저었다. 그가 침중한 얼굴로 손을 내밀었다.

"짐이 직접 보겠다."

"하나······. 폐하, 증좌를 훼손하시면 아니 됩니다."

"짐이 그래야 할 이유가 있는가?"

휘강이 눈에 불을 켜고 자신을 노려보는 것에, 신료가 찔끔하여 아랫사람을 시켜 곧 유서를 가져다주었다.

얼마나 급히 썼는지 필체에 떨림까지 느껴지는 구겨진 두 장 분량의 유서가 휘강의 손에 넘어갔다.

휘강은 직접 보겠다는 말이 무색하게 건네받은 유서에는 시선조차 주지 않았다.

"여기에 적힌 내용이 전부 사실이냐?"

휘강의 말에 신료들이 대답하기 직전이었다. 회의장의 중앙, 신료들이 마주 보고 선 통로로 웬 야행복 차림의 인영이 하나 사뿐히 내려앉았다.

"히, 히익!"

휘강이 빼돌려 놓은 구향설이었다.

경악해 허둥지둥한 신료들을 특유의 화사한 미소로 둘러본 향설이 건방지게도 황제 휘강의 옥좌로 당당히 걸어 나갔다.

그리고는 휘강의 손에 들린, 제가 쓴 가짜 유서를 전해 받았다.

"어머, 제가 누구의 겁박에 휘둘릴 사람이겠습니까? 이것은 전부 거짓이지요. 다 알면서도 이리 물으시니, 폐하께서는 사람 놀리는 재주가 몹시 출중하십니다."

향설은 제가 어느 안전인지도 잊은 것처럼 교태를 떨어 댔다. 뒤늦게 정신을 차린 신료들이 그녀에게 외쳤다. 향설은 제 등 뒤로 쏟아지는 포화에는 관심이 없다는 듯, 오로지 육관억만을 보고 어여삐 웃었다.

"저, 저, 저 계집이 어느 안전이라고 이곳에 감히 숨어 있다 나타나!"

"네년은 누구냐!"

"누구기에 감히 죽은 목격자 구향설을 사칭하느냐!"

그것을 가만히 듣고 있던 휘강은, 소란이 점점 커지자 엄한 목소리로 일갈했다.

"그만!"

일순, 언제 그리 시장 바닥처럼 난리가 났었냐는 듯 사위가 고요해졌다. 침묵이 무거울 지경이었다.

휘강이 팔을 괴고는 신료들을 바라보며 깊은 한숨을 내쉬었다. 그리고는, 그 고개를 돌려 육관억을 바라보았다.

"문하시중."

"……예, 폐하."

그는 방금까지만 해도 오늘까지 끈 이 살해 사건의 승자가 자신이라 믿어 의심치 않았다. 황제를, 나아가 자신을 만류한 노 승상마저 이기는 자리라 여겼다.

그런데 지금은 어떠한가. 등이 축축하게 젖고 오금이 저리기 시작한다. 이해할 수 없는 상황에 머릿속까지 삐걱댔다.

그러나 살아온 세월이 있으니, 그것을 겉으로 드러내지 않고 평온을 가장했다. 한편 이러한 생각도 있었다.

휘강이 이 상황에서 어찌 구향설이 살아 있음을, 저 계집이 구향설임을 증명하겠는가.

"자네가 보기엔 어떤가. 이 계집이 후궁 후보 구향설을 사칭하고 있는 듯 보이는가?"

"폐하. 지부의 회의에서는 중립을 지켜 입을 다물고 있어야 하는 처지인 소신에게 어찌 하문하시옵니까?"

"그야, 구향설을 후궁 후보로 추천한 자가 바로 자네 아닌가. 그러니 묻는 것이지."

"소신은 저 계집을 사돈 어르신의 부탁을 받아 추천한 것에 지나지 않습니다. 그러니 저자가 진짜인지 가짜인지 어찌 알겠습니까? 다만……."

휘강이 육관억의 얼굴을 면밀히 살피며 되물었다.

"다만?"

"이리 공교로운 시점에서 등장한 저 계집을, 폐하께서는 일말의 의심의 여지도 없이 목격자 구향설이라 믿고 계시는 듯 보입니다."

육관억이, 지금 나타난 향설이 진짜 목격자 구향설이 맞는지 밝힐 의무를 휘강에게로 넘겼다. 더불어 신료들이 함께 휘강을 의심할 꼬투리를 만들어 내는 말이기도 했다.

"의심할 필요가 없지. 이자는 구향설이 맞으니 말이다."

육관억을 대신해 다른 신료 하나가 외쳤다.

"어찌 그리 단언하십니까?"

"짐이 그것까지 꼬치꼬치 자네들에게 설명해야 옳은가?"

휘강이 노성을 내질렀다. 그의 분노는 진심이었다. 늘 진노할수록 짙은 살기와 웃음을 뿜어내던 휘강의 평소보다도 더욱 분노한 것처럼 느껴지기도 하였다. 신료들은 그것에 찔끔하긴 했으나, 그들의 마음속에 있는 의구심은 더욱 커졌다.

"하나, 이곳이 분동헌, 즉 형벌을 결정하기 위해 범죄와 관련한 모든 것을 따져 묻는 곳이니 짐이 의심을 받는다면 해소해 주어야 함도 옳은 일이다."

휘강이 곧장 태세를 바꿔 그리 말하는 것에, 오히려 마음속에 불안이 싹트는 자들이 몇 있었다.

문하시중 육관억과 승상 노필상이 바로 그에 속했다. 그 안에 든 마음은 다를지라도 말이다.

"일전에 할마마마께서 짐에게 마음에 둔 후보를 직접 소개하고자 하신 적이 있다. 그때 그 몇몇 후궁 후보 중 구향설 또한 자리하고 있었지."

휘강이 강수를 두었다. 정히 믿지 못하면, 그야말로 중립이라 할 수 있는 태황태후까지 이 자리에 불러내겠다는 말이었다.

그것에 노필상이 눈을 질끈 감았다. 아주 찰나, 그래도 서찰을 통해 자신들과 연이 닿은 태황태후가 휘강이 아닌 자신들이 편을 들어 주지 않을까 고민했던 그였다.

그러나, 태황태후가 아무리 휘강의 혼사에 눈이 멀었다 한들 그 이유는 황실을 굳건히 이어 가기 위함이었다. 감히 황권이 흔들릴 수도 있는 상황을 야기하도록, 태황태후가 거짓이든 진실이든 신료들의 편을 들어 줄 리는 없었다.

"폐하. 신 노필상 입을 열어도 좋겠습니까?"

"어디 지껄여 보게."

"폐하께서 굳이 신료들을 앞에 두시고, 거짓을 논하리라 소신은 생각지 않습니다. 굳이 연로하여 건강이 좋지 않으신 태황태후마마께 심려를 끼쳐드려서야 안 될 일이지요."

노 승상의 말을 정리하자면 그 속뜻이 이러했다.

그는 방금, 혼자 날뛰다 일을 그르친 육관억을 버린 것이었다.

신료 일동이 크게 놀라며 노 승상을 바라보았다. 그러나 그의 눈빛은 단호했다. 이번만큼은 모두 감싸 살릴 수 없다. 이런 적이 없었던 것도 아니다.

아둔하게 날뛰다 끝을 보는 모든 신료를 감쌀 수는 없지 않은가. 그러다 조정에 남은, 도국의 건국부터 이어 오던 고매한 가문의 신료들이 전부 쓸려 나가는 것이 노 승상에게는 더욱 큰 문제였다.

다만 이리, 모두가 보고 느낄 정도로 강하게 내친 적은 처음이었다.

노 승상이 육관억을 쏘아보았다.

"폐하께서 이리 일을 벌이신 이유가 있으시겠지요."

휘강은 노 승상의 말에 답하지 않았다.

"소신은 폐하께서 어떤 생각을 가지고 계시든 따르겠습니다. 다만, 손속에 자비를 ……보여 주시길 청할 따름입니다."

이것이 노 승상의 최선이었다.

참패를 보았다. 그것이 비록 노 승상 자신의 계략으로 인함이 아니더라도 말이다. 그는 언제나 신료들의 패배를 전부 자신의 몫인 양 느꼈다.

"어쩌면 좋은가?"

그리고 휘강은 진득하게 웃었다. 절대로 노 승상의 말을 따라 줄 생각은 없어 보였다.

"짐은, 절대로 이번 일을 참아 넘길 마음이 없는데 말일세."

휘강이 이어 말했다. 구향설을 보면서였다.

"목격자이자, 이번 살해 사건의 진범인 구향설은 사건의 진실한 경위를 낱낱이 밝히라."

*
**

구향설이 증언을 끝마쳤다. 분동헌 안이 초토화가 되었다. 신료들 모두가 침통한 표정이 되었다. 홍덕권만을 제하고 말이다.

이미 휘강에게 사건의 자초지종을 전해 들어 알고 있었으나, 제 딸을 죽인 진범의 입에서 그를 명한 육관억의 이야기를 듣자니 다시 화가 일었다.

홍덕권은 처음엔 구향설을, 다음으로는 문하시중 육관억을 금방이라도 죽일 것처럼 노려보았다.

휘강은 몹시 조용했다. 좌중을 살피며 그저 옥좌의 팔걸이만 손끝으로 톡톡 두드렸다.

그는, 고민하는 중이었다. 생각 같아서는 이번을 계기로 끌어들여 제 편으로 만들려 했던 홍덕권까지 깡그리 몰아 전부 도륙을 내고 싶었다. 이곳에 들어올 때부터, 어쩌면 휘강은 이미 그런 미래를 점치고 있었다.

그러나 그런 휘강에게 생각지도 않은 제동이 걸렸다.

'려화는 과연, 저를 궁지에 빠트린 이들의 목숨 또한 귀히 여길 것인가……'

상념에 잠긴 휘강의 얼굴에 모두의 시선이 주목되었다. 신료들 누구도, 이 상황에서 휘강을 말릴 수가 없었다.

그러니 그저 휘강에게 티끌만큼이라도 남아 있을지 모르는 자비에 기댈 수밖에.

"죗값을 저울에 올려 벌을 정할 차례로군."

아무도, 대답하지 않았다. 대답할 수 있는 자가 없었다. 휘강의 무거운 목소리에는, 죄가 없다 할 수 없는 홍덕권조차 고개를 조아렸다.

"먼저, 양민인 주제에 양반을 사칭하고 입궁한 죄, 계제사 홍덕권의 차녀 홍세의의 살해에 직접 가담하고 행동한 죄, 그에 더해 무고한 공려화에게 죄를 뒤집어씌우는 것에도 실질적으로 손을 보태었으니.”

휘강의 말이 자신을 향한 것임을 아는 향설이 무릎을 꿇고 고개를 조아렸다. 죽음이 두렵지 않다면 거짓말이나, 직접 제 입으로 육관억을 몰락시켰으니 한 많아도 썩 괜찮은 생의 마감이었다.

“죄인 구향설에게 거열형을 내린다.”

고개를 조아린 향설이 눈물을 쏟았다. 숨소리조차 내지 않고 쏟아지는 눈물이 눈 앞을 가렸다. 죽음을 앞두니, 죽기 직전까지 재미만 있으면 되지 않겠느냐며 부리던 치기마저 남김없이 사라졌다.

사지와 목이, 오방으로 달리는 말에 묶여 찢어지리라.

휘강이 말을 마치기 무섭게 가장 먼 곳에서 죄인을 압송할 준비를 하고 있던 황실군들이 향설에게로 다가왔다.

휘강이 손을 들어, 그들을 저지했다.

“아직. 죄인 구향설이 할 일이 끝나지 않았으니, 죄인의 압송은 회의가 파한 뒤 하라.”

황실군들이 무릎을 꿇어 휘강의 명에 답했다. 차마 입을 열어 ‘예!’ 하고 강하게 말하지 않음은, 그들도 분동헌 내의 분위기를 여태 지켜봐서였다.

향설이 흐린 시야로 휘강을 바라보았다. 여전히 눈물이 후드득 떨어졌다. 죽음이 짧은 시간이나마 멀어진 것을 기뻐해야 하는가.

“아둔하여 딸을 사지로 내모는 것도 모르고, 문하시중의 부탁을 받아들여 일에 가담한 죄. 이후로도 멍청하기 짝이 없어 문하시중의 편에서 짐에게 일갈한 죄."

휘강이 홍덕권을 바라보았다. 홍덕권이 긴장하였다. 황제께서 저를 평가하고 계셨다. 형벌을 정하고자 바라보는 것이 아님을 알았다.

"죄인 홍덕권에게도 그 죄를 크게 물어야 하겠으나, 딸을 잃은 피해자이며 이미 그 가족들이 계제사의 벌을 나누어 받고 있으니. 이를 감안하여 예부 계제사에서 이부의 주부직으로 관직을 두 단계 내리는 것으로 벌을 대신한다."

신료들의 얼굴이 볼만해졌다. 휘강이 본디 죄인의 사정을 감안하여 벌을 내리는 자던가. 그 본질은 바뀌지 않았어도 조금은 유해진 데가 없지 않다는 생각을 하는 듯하였다.

휘강은 속이 훤히 읽히는 신료들을 무감정한 눈으로 바라보았다. 형을 내릴 죄인이 아직 많거늘, 이리 벌써부터 안도하고 풀어지는 자들을 보니 참으로 같잖기 그지없었다.

뒤로, 이 분동헌에 있는 자 셋을 포함한 여섯 신료가 파직과 유배의 형벌을 받았다. 셋은 휘강이 별도의 지시를 하지 않았음에, 눈물을 철철 흘리면서 끌려갔다.

변명도, 애원도 없었다. 그리했다간 가까스로 붙여 놓은 머리통마저 몸에서 분리될 수도 있음을 다들 알고 있기에.

노 승상은 조용히 타오르는 휘강을 혼자 불안한 얼굴로 바라보았다.

"문하시중. 죄인 육관억."

휘강이 자리에서 일어나 살아남은 자리의 신료들에게 등을 돌렸다. 그리고 무릎을 꿇고 고개를 조아린 채 떨고 있는 육관억의 앞으로 천천히 다가갔다.

"짐은 이 이상 입을 더럽히고 싶지 않으니, 네 죄는 친히 읊지 않겠다."

"……죽여주십시오."

끌려 나간 자들은 전부 최소가 파직, 최대로는 능지형을 받았다. 죽음에 이르는 형을 받은 자들은 곱게 죽지도 못하니, 홍덕권을 제하면 차라리 가장 처음 이름 불린 구향설이 가장 형편이 나았다.거열형이라면 말이 빠르게 달려 일시에 사지가 찢겨 죽으니 말이다.

육관억은 자신이 절대로 멀쩡히 살아남지 못하리라는 것만큼은 알았다. 하여 후회하였다. 죄를 짓지 않았어야 한다, 계략을 꾸미지 않았어야 한다는 후회는 아니었다.

그가 고개를 들어, 휘강이 아닌 그의 등 뒤에 있는 노 승상을 바라보았다.

이 나이 먹도록 아둔하기 짝이 없어 쓸려 나가니, 그제야 노 승상의 꾸짖음이 가슴에 박혔다.

더, 조심해서 완벽하게 일을 꾸몄어야 했다.

그에게 남은 후회란 이따위였다.

"어쩌나. 짐은 청개구리 심보가 있어 네놈을 죽일 생각이 안 드는데."

휘강의 말에 육관억도, 향설도 한 번에 휘강을 바라보았다.

"사람은 죽으면 고통도 괴로움도 끝 아닌가. 네놈에게 그리 편한 길을 줄 수는 없지."

휘강이 고개를 돌려 저를 노려보고 있는 향설을 바라보았다. 섣부르게 행동하지 말라고 꾸짖는 듯 그녀를 바라보며, 휘강이 입을 열었다.

"문하시중에게 짐이 내릴 형의 집행은 구향설이 한다."

향설이 다시금 눈물을 뚝뚝 떨어뜨렸다. 그러나 입가에는 기괴하리만치 짙은 미소가 감돌았다. 입꼬리를 크게 올려 웃는 얼굴이 엉망이었다.

"베풀어 주시는 은혜에 감사드려요."

향설이 휘강에게 인사하고, 그를 지나쳐 육관억의 앞에 섰다. 휘강이 제 검집에서 검을 뽑아 향설에게 던졌다.

향설은 뒤도 돌아보지 않고 휘강의 검을 받았다.

"죄인 육관억은, 파직에 처하며 구족이 오 대 동안 관직에 오를 수 없을 것이다. 또한, 입으로 죄를 지었으니 혀를 자른다. 보태어 아둔한 머리를 굴렸으니 머리통을 잘라 내야 마땅하나, 그리하면 쉬이 죽을 테니 왼쪽 얼굴의 껍질을 벗겨 내고 마찬가지로 왼쪽 눈을 파낼 것이다."

육관억이 당혹하여 휘강을 불렀다.

"폐, 폐하!"

그것이 그가 멀쩡히 붙은 혀로 뱉은 마지막 말이 되었다.

"어어억!"

혀와 함께 입술의 살점까지 조금 베어낸 향설이 화사하게 웃었다.

"이리할 날을 얼마나 기다렸는지……. 그런데 아쉽게도 고작 혀를 잘린 것에 혼절하다니 정말로 나약한 자였군요. 당신은."

곧 향설이 커다란 장검을 가지고는 섬세하게 거죽을 벗겨
내는 게 어려운지, 제 품에서 단도를 꺼내 육관억의 얼굴에
그었다.

휘강은 그를 지켜보다가, 무표정한 얼굴로 고개를 돌렸다.

휘강의 바로 뒤에서 형이 집행되고 있는 잔악한 광경에 신
료들이 공포에 질려 몸을 떨었다. 노 승상을 제하면 누구 하
나 고개를 들어 그를 바라보지 못했다.

"승상. 짐에게 할 말이 있는가?"

"……아닙니다. 이 상황에 어찌 신이 폐하께 올릴 말이 있
겠습니까."

"한데 나를 바라보는 승상의 눈은 많은 것을 말하고 있는
듯 보여. 형을 내린 짐의 손속이 잔인한가?"

노 승상의 눈이 사람의 몰골을 벗어나 게거품을 물고 있는
문하시중을 바라보았다.

그는 답하지 않았다. 침중한 얼굴로 입을 다물었다. 아무
렴, 이리 큰 풍랑을 만들어 낸 자라고 해도 문하시중 육관억
은 족히 이십 년은 넘게 자신의 수족이 되어 주었다.

그간에 든 정이 없지 않았고, 그러기에 육관억이 더욱 미
웠으나 가련하기도 했다.

계책을 세우고 행함에 있어 아둔하고, 다혈질인 성미가 화
를 부를 때도 있었으나 이번을 제하면 늘 제게 고분고분 굴
었던 자였으며.

그 또한, 도국의 건립부터 세월을 함께 했던 대단한 가문
의 양반이었다. 그를 잃은 것이 어찌 슬프지 않으랴.

저리 비참한 꼴이 된 것에 어찌 목소리를 높이고 싶지 않으랴.

그러나 지금 그리해선 안 되었다. 뒤에서 문하시중은 죽느니만 못한 꼴이 되고 있었으나 말이다.

"답하지 않는군. 짐은 승상에게 용건이 남았는데 말이야."

휘강이 그리 말하고는 부드럽게 입꼬리를 휘어 웃었다.

"승상의 죄를 묻지 않았잖는가."

노 승상은 올 것이 왔다는 생각이 들었다. 그리하여 휘강의 앞에 자세를 바꾸어 무릎을 꿇고, 머리를 땅에 조아렸다.

"폐하께서 내리시는 죄, 달게 받겠습니다."

양반, 고관, 귀족의 수장이 황제에게 참패한 순간이었다.

"삼공의 관직이 유명무실하다. 상황께서 임명하신 승상, 태위, 사공 중에 그대만이 살아남았지. 하나 그대가 그 명예직으로 아랫것들을 잘 이끌지 못해 이런 일이 생겼다. 그대에게도 벌을 내림이 마땅하다."

"……망극하옵니다. 폐하."

"승상이 이제부터는 문하시중의 자리를 채울 것이다. 삼공의 모든 직위는 이제 쓰이지 않을 것이니, 이것을 벌이라 하기에 몹시 약하지만 늙어 죽을 날을 앞둔 승상, 아니 노 시중을 배려함이니 그리 알라."

"……폐하께서 보이신 자비에 감읍합니다."

완벽한 신료들의 패배였다. 그것으로 형부의 세 번째 회의가 파하였다.

그들은 당분간 설치지 못할 것이다. 휘강의 손속이 생각보다는 잔인하지 않았으니, 참아 준 심기를 건드려 다시 불붙일 이유가 없었다.

완벽한 승리를 끌어냈으나, 휘강은 기쁘지 않았다.

돌아서서 분동헌을 나오는 길, 휘강은 기밀대의 전음을 받았다.

[탱자나무 울타리 안, 처소의 주인이 깨어났습니다.]

[그러나…… 아이는 살릴 수 없었습니다. 폐하.]

*
**

려화는 꿈을 꾸었다. 자세히 기억나지는 않았으나, 이리 아쉽고 깨어나기 싫었던 것을 보면 아마도 과거 행복했던 때의 언제이리라.

하여 무겁고 괴로워 뜨고 싶지 않았던 눈꺼풀을 억지로 들어 올렸다. 꿈이 끝나고 어둠뿐이던 심상의 세계에서 얼마나 헤매고 있었던가.

괴로울 정도로 강렬하고 서글픈 빛이 저 멀리서 점멸하고 있었다. 그렇기에 려화는, 마치 누군가에게 억지로 이끌리듯 눈을 뜨고야 말았다.

"일어났는가."

낯선 노인의 목소리가 들려왔다. 동시에 눈을 뜨고도 어두운 어딘가를 헤매고 있던 려화의 정신이 단번에 현실로 이끌려 왔다. 그러자 느껴지는 것은 이유를 알 수 없는 지독한 상실감이라.

이미 좋지 못하던 몸이었다. 그것이 엄청난 피를 쏟고 하루를 가까이 혼절해 있었으니, 려화의 입술은 거칠게 일어나 금방이라도 터져 없는 피를 쥐어짜 낼 것처럼 말라 있었다.

열이 있는지 몸이 몹시 무거웠다. 아니면 체온이 낮은 것인지 몹시 춥기도 했다.

"……제, 가……."

"아직은 입을 열지 말게. 입술이라도 터져 피를 보았다간 또 혼절하기에 십상이네. 이미 많은 피를 쏟았어."

그리 말하며 낯선 노인이 제 입술을 적신 면으로 톡톡 두드려 주는 것이 느껴졌다. 려화는 고개를 틀어 노인의 얼굴을 확인했다.

인자한 얼굴은 아니었다. 거친 세월이 묻어 굳은 인상이었으나 그 표정은 진중했다. 노인의 얼굴에 땀방울이 송골송골 맺혀 있었다. 그리고 그의 늙은 눈동자에는…….

죄책감? 어쩌면 공포?

읽히지 않는가 하였더니 그 두 개의 감정이 혼재되어 휘돌고 있었다.

입술이 젖었으니 다음으로는 조금 짜고 단 맛이 나는 미지근한 물이 목을 타고 들어왔다. 가까스로 목을 축일 정도였으나, 무거운 몸의 형편에 비해 목은 한결 나아졌다.

"……누구십니까."

"의원일세."

려화에게는 낯선 노인, 황의는 그저 자신을 의원이라 칭했다. 혹여 병자에게 자신의 신분이 부담으로 다가가 심력이 상할까 걱정되어서였다.

그러나 황의를 바라보며 느릿하게 몇 번 눈을 깜박인 려화
는 곧 그의 본 신분을 간파해 냈다.

"궁중 내의원에 의원님처럼 세월을 맞으신 분은, 제가 알기
로⋯⋯ 황의님 한 분뿐입니다."

황의는 씁쓸한 얼굴로 웃었다. 그러고는, 제 손녀뻘일 려화
를 바라보고 안쓰러운 마음을 가졌다. 그뿐인가, 려화가 본
바대로 그는 려화에게 일말의 죄책감 또한 지니고 있었다.

황의씩이나 되어, 회임이 힘들어 가까스로 아이를 수태했
을 여인의 태중 아이를 살리지 못하였다.

"황의, 황의라⋯⋯. 그렇지. 내 그런 신분이긴 하지. 그러나
폐하의 안전에서 감히 실력이 녹슬지 않았다 말한 것이 우스
운 꼴이 되었지."

"그것이 무슨⋯⋯."

"미안하게 됐네. 자넨 회임 중이었어."

"어⋯⋯."

려화는 순간 어지럼증을 느끼고야 말았다. 달거리도 제대
로 하지 않는 반쪽짜리 여인인 제가 회임을 했다고?

그의 말이 제대로 귀에 들어오지 않았다. 그리고 황의의
안타까운 표정만이 려화의 눈을 사로잡았다.

가까스로, 그의 말을 전부 이해하기까지는 제법 오랜 시간
이 걸렸다.

회임 중이었다 하였다. 그리고 저리 죄책감에 젖은 얼굴
하며, 자신의 실력이 녹슬었다 하는 것까지.

"아이는, ……없군요. 이제, 이 안에."

려화가 무거운 손을 가까스로 들어 제 아랫배에 얹었다. 처음부터 부푼 적도 없이, 음식을 제대로 먹지 못해 푹 꺼져 있던 배였다. 그것은 여전했다.

려화의 눈에서 한줄기 눈물이 만들어져 굴러떨어졌다.

달라진 것은 아무것도 없었으나.

"유산했군요, 저는……."

려화는 눈을 뜨고 깨어나며, 제가 느꼈던 상실감을 떠올렸다. 영문도 모르고 그런 느낌이 들기에 의아했는데 이유가 있었다.

멍청한 어미는 몰랐지만, 아이는 제 어미의 몸을 떠나는 것이 몹시도 싫었던 모양이다. 태중에 작은 씨앗을 품었었음을, 멍청해 몰랐던 어미에게 대신 상실감이라는 진득한 감정을 남겨 놓았으니.

머리는 몰라도 은연중에 무언가를 알고 있었던 것일지도 모른다. 그러지 않고서야 이 상실감은 말이 되지 않았다.

황의에게 무슨 거짓이냐며, 자신이 어떻게 회임을 하냐며 반박하지 못하는 것부터가 그러했다.

그저 한 방울로 시작했던 눈물은 고작 거기서 그쳤다. 아이의 죽음, 상실. 그것이 몹시 슬퍼도 몸은 그 이상의 눈물을 허용치도 못할 정도로 엉망이 되어 있었다.

초로의 노인에게는, 더 울지 못하는 려화의 깊은 슬픔이 조금이나마 들여다보였다. 그것은 아무리 오래 산, 수많은 병자의 아픔을 겪은 노인이라도 곁에서 위로하고 버텨 줄 도리가 없는 감정이었다.

황의는 려화의 머리맡에 미지근한 물 한 잔을 따라 놓고는, 마지막으로 그녀의 이마며 입술을 조금 닦아 준 다음에 자리를 비웠다.

차라리 혼자서, 그 깊은 슬픔을 토해 내고 삭일 시간을 주는 것이 나으리라.

"흐……, 읍."

황의가 자리를 비우자마자 려화는 흐느끼기 시작했다. 여전히 눈물은 흐르지 않았다. 대신에 코끝이 시큰거려 숨을 쉬기가 버거웠다.

이윽고 눈물 없는 흐느낌은 려화의 목을 조여 왔다. 메마른 목이 저들끼리 달라붙으며 숨통을 죄는 느낌, 목울대를 수백 번이고 끈으로 조여 놓은 그 느낌.

그러나 그것 모두가 려화에게는 아무것도 아니었다. 가슴이 꽉 오그라들었다가 이내 터질 것처럼 부푸는 이 느낌만 할까.

제가 가질 수 있는 아이라 봐야 휘강의 아이다. 죄인의 몸에서는 태어나서는 안 될. 도국 황제의 아이 말이다.

그러니, 려화는 차라리 제가 회임할 수 없는 몸인 것이 다행이라 여겼다. 기대가 없으니 실망도 없었으며, 휘강이 만일 회임했다간 유산시켰을 거란 말에도…….

마음을 다쳤을지언정, 지금처럼 이리 아프지는 않았다.

그것을 떠올리니 더욱이 가슴이 아파 왔다. 누군가 망치로 뭉툭한 말뚝을 쾅쾅 박아 넣는 것처럼 말이다.

"아가……."

태어나서는 안 될, 어차피 태어날 수 없는 아이였다.

누구보다 공려화 그 자신이 잘 알고 있던 사실이다. 그럼에도 마음이 아팠다. 어쩌면, 세상에 부평초처럼 홀로 남은 제게 유일하게 피가 이어진 가족이 생길 수도 있는 일이었다.

휘강이 황제가 아니었으면. 제가 죄인이 되지 않았으면.

전부, 괜찮다고만 생각했는데 하나도 괜찮지 않았다. 모든 것이 원망스러웠다. 모든 것이…….

"미안해……."

까만 눈으로 세상의 아름다운 빛깔을 보지도 못하고, 말캉한 피부로 따사로운 햇살이나 바람을 느끼지도 못하고, 새가 지저귀는 소리도 듣지 못하고.

아무것도 해 보지 못하고 사라져 버린 핏덩이.

"내가 미안해……."

그 아이를, 태어나서도 안 될 아이였다고 생각해야 해서. 그 마음까지 다 해.

려화는 차마 자신을 엄마라 칭하지도 못했다.

그리고, 그리 비통함으로 가득 찬 처소 바깥으로는 숨소리까지 죽이며 조용히 서성거리는 인영이 있었다. 차마 들어가지 못하고, 그저 밖에서 고개를 숙일 뿐인.

황제궁 뜰의 탱자나무 울타리에 다시금 은호와 산여가 자리했다. 은호는 아무 일도 없었던 것처럼 그대로 울타리 입구를 지켰고, 산여는 려화가 완전히 기운을 차리고 조리만이 필요할 즘에야 다시금 려화의 처소로 돌아올 수 있었다.

은호는 기밀대의 일원이기에 려화의 일을 알고 있었지만, 기밀 이상으로 취급되는 사항이었다. 하여 산여는 그 사정을 몰랐다.

그래서 마냥, 걱정스럽긴 했지만 일이 다 해결되었으니 괜찮을 것이란 생각만이 막연했다. 막 울타리로 다가오는 산여의 맑은 표정에서 그것이 읽혔다.

평소라면 은호는 산여에게 먼저 말을 거는 일이 드물었다. 그러나 오늘은, 누군가의 지시가 있었던 것도 아니건만 산여를 멈춰 세웠다.

"잠시 얘기 좀 하고 들어가."

"에……? 무슨…….."

처소로 소리가 흘러들지 않으면서, 바깥의 시선도 받지 않을 장소라면 울타리 안에 욕탕밖에는 없었다. 은호가 주변을 살피고 산여를 끌고 욕탕으로 들어갔다.

"지금부터 말하는 건 기밀이다. 넌 모시는 분의 이야기니 들어야겠다 싶어 말하는 거야."

은호가 엄포를 놓았다. 무언가 불안함을 느낀 산여가 얼굴을 굳히고 고개를 끄덕였다.

은호는 욕탕 안으로 들어온 것도 모자라서, 산여의 귓가에 얼굴을 가져다 대고 조용히 속삭였다.

이야기를 듣는 산여의 얼굴이 삽시간에 파랗게 질렸다. 눈가가 새빨갛게 변하고, 입술을 몇 번이나 씹고 나서야 은호의 이야기가 끝마쳤다.

"절대로 티 내지 마. 관련한 이야기도 꺼내지 말고. 혹여 네가 실수로라도 무슨 이야기를 꺼내서, 아직 조리가 필요한 이의 심력을 상할까 얘기한 거다."

"……응."

"울지도 마. 넌 궁녀잖아. 모시는 자가 힘들어할수록 더 의연해야지."

단호한 은호의 목소리에 산여가 눈가를 두 손으로 꽉 누르며 고개를 끄덕였다. 은호는 차라리 좀 진정되면 려화를 만나라고 했지만, 산여의 입장으로는 그럴 수가 없었다.

비록 입으로 꺼내 위로하지는 못하더라도, 어서 달려가 려화를 마주하고 해 줄 수 있는 건 무엇이라도 해 주고 싶었다.

궁녀의 삶이란 승은을 입지 않으면 그저 반쪽짜리 여인이다. 여인의 몸으로 아이를 수태하지 못하고 수절해야 하는 몸이니 말이다.

그러니, 산여에게는 회임이란 그저 먼일이었으나 그렇다 하여도 그 마음을 모를까. 아이를, 가족을 잃은 그 마음을 모를까.

산여에게는 나이 차가 많이 나는 막냇동생이 있을 뻔한 적이 있었다. 결국 동생은 어머니의 태중에 있는 동안에 터진 전쟁의 충격으로, 죽어 태어났지만 말이다.

그 뒤로 산여의 어머니가 얼마나 시름시름 앓으셨던가. 그 아픔을 뒤로하는 데까지 몇 년이 걸렸던가. 가족들은 어머니

앞에서 동생이며 자식을 잃은 슬픔을 티 낼 수조차 없었다.

그런 고통을, 려화가 겪었다고 생각하니 산여는 마음이 찢어지는 듯했다.

산여가 처소의 문을 열고 들어갔다. 조금 기운을 차린 려화는 생각보다 병색이 완연하지는 않았다. 표정도, 산여의 어미가 사산하였을 때와는 비교할 수 없을 정도로 평온했다.

그러나 산여는 그 모습조차 안타깝기 짝이 없었다. 자꾸만 눈시울이 붉어졌다. 이러면 안 되는데…….

"산여니? 보고 싶었……."

인기척을 느끼고 고개를 돌린 려화는 눈을 마주친 산여의 표정이 심상치 않음을 금세 알아봤다. 그저 웃는 낯이었으나 눈썹이 묘하게 우그러졌고 코끝이 붉었다.

마치 제 일처럼 슬퍼해 주는 저 아이를 어쩌면 좋을까. 동생처럼 여기던 산여였다. 그 아이의 동정이 기분 나쁘지 않았다. 오히려 고마울 정도라, 려화는 그저 희미하게 웃었다.

"들었구나."

산여가 차마 대답하지 못하고 머뭇거렸다. 투명한 물기가 일렁이는 눈동자가 려화의 시선을 피해 모로 굴렀다. 그러고도, 울지는 않겠다는 듯이 숨을 씩씩거리며 손가락만 꼬물거리는 산여를 보고 려화가 손을 뻗었다.

"괜찮아."

려화가 산여를 불렀다.

"나 대신 울어 줄래? 이상하게, 나는 눈물이 나질 않아."

그 말이 시발점이 되었다. 산여가 기어이 울음을 참지 못하고 왈칵 쏟아 내며, 려화에게 다가가 그녀를 끌어안았다. 려화가 눈물 없는 통곡을 했던 것과는 반대로, 산여는 온몸의 물기를 전부 쏟아 낼 것처럼 눈물만 펑펑 흘리며 차마 아무 소리도 내지 못했다.

간헐적으로 이어지는 훌쩍이는 소리만이 산여가 내는 소리의 전부였다.

려화는 산여의 등을 두들겨 주었다. 웬 난리냐는 생각보다는 역시, 고마웠다.

몸에 차도가 있어도 여전히 려화는 눈물이 나지 않았다. 전부 말라붙은 것처럼 버석한 눈가를 꼭 감고 헐떡이는 숨으로, 깨문 입술로만 울어졌다. 가슴을 쳐도 그 아픔이 몸에 와 닿지 않았다.

그러니 제 몫의 눈물까지 더해 가슴을 적셔 주는 산여가 고마웠다. 동생처럼 여기는 아이니 더욱.

한참이 지나서야 산여의 울음이 그쳤다. 훌쩍임도 잦아들었다.

그러나 산여는 도통 려화의 품에서 고개를 들 줄을 몰랐다.

"부끄럽니?"

려화가 조심스러운 목소리로 물었다. 그러고 나서야 산여는 정신이 퍼뜩 들었다. 오히려 위로가 필요한 자가 누구던가. 부어올라 발개진 눈가를 손등으로 문지르며 산여가 려화의 품에서 떨어졌다.

"미안해. 미안해 언니……."

"뭘 미안해. 대신해서 울어 주어 고맙다고 했잖아."

려화는 정말로, 펑펑 울음을 터뜨린 산여보다도 더 개운한 얼굴로 웃었다.

"이제 괜찮아. 몸도 많이 회복되었고."

그러나 의도적으로 회임이나 유산에 대한 단어는 피하고 있었다. 산여도 려화가 언급을 피하고 있음을 눈치챘다. 할 말이 없으니, 산여는 그저 려화를 보며 배시시 웃었다.

이후로는 산여가 려화의 손발을 주물러 주기도 하고, 혹 더우냐. 아니면 추우냐 물으며 수발을 들어 주었다. 려화가 처소 안에서 홀로 박혀 있어야 했던 기간 동안 있었던 황궁의 일들을 추려 이야기해 주기도 했다.

산여는 서책을 좋아해 많이 접한 까닭인지, 이야기를 풀어 나가는 실력 또한 좋았다. 려화는 잠시나마 가슴에 응어리진 슬픔을 잊고 산여의 이야기에 빠져들기도 했다.

그리 아무 일도 없었던 듯 며칠이 흘렀다. 다만 종종 려화는 산여의 재잘거림을 듣다가도 무엇을 느끼기라도 한 듯 가만히 멈춰 서서 어딘가를 응시하고는 했다.

보통은 처소로 들어오는 문이었으며, 간혹 쪽창 쪽이기도 했다.

그러면 산여는 혹시라도 려화가 상실감을 떠올리며 슬픔에 젖지는 않는가, 그리 전전긍긍했다.

려화는 산여가 제 눈치를 살피는 것을 곧잘 알아챘다. 그 것이 며칠이나 반복되니, 려화는 산여에게 미안해지는지라 결국 제가 하던 일을 멈추고 어딘가를 바라보던 이유를 알려 주고자 했다.

"내가 아픔을 다 지우지 못해서 넋을 놓는 것 같니?"

"어, 어? 아니, 나 그런 말 안 했는데……."

"네 눈초리에 걱정이 가득 어렸는데 뭘."

려화가 부드럽게 웃었다. 이제는 표정에 한결 여유가 생겼다. 아직 생기는 모자랐지만, 큰일을 겪은 려화에게 누군들 거기까지 바라랴.

산여가 우물쭈물하다가 실토했다.

"사실은 조금……."

"가끔 이 처소에 인기척이 느껴지는데, 그게 거짓말처럼 사라지곤 하거든. 그래서 그래."

"아……. 난 한 번도 모르겠던데."

려화가 그리 답하며 고개를 절레절레 젓는 산여의 머리통을 쓰다듬어 주었다. 산여는 괜스레 서책을 읽고 있는 려화가 덮은 얇은 이불을 정돈해 주었다.

그리 깨질 듯 평화로운 며칠이었다.

그리고 려화는, 그 인기척의 정체를 짐작하고 있었다. 산여에게까지 말하지는 않았지만 말이다.

산여가 있는 낮이며 밤에 뿐만이 아니었다. 간혹, 여전히 남은 후유증으로 아랫배가 욱신거려 잠을 이루지 못하는 새벽에도 한 번씩 인기척은 느껴졌다.

지금도 그러했다.

"어울리지 않는 행동을 하십니다."

려화가 나지막한 목소리로 말했다. 목소리는 작았지만, 주변은 더할 나위 없이 조용했다. 려화는 인기척을 내는 이가 이 정도 목소리를 듣지 못할 리 없다고 확신했다.

그녀가 침상에서 일어나 느린 걸음으로 걸었다. 걸음을 옮기기 시작하자 부산하던 인기척이 뚝 그쳤다.

려화는 처소의 문이 아닌, 쪽창 쪽으로 다가갔다. 얼마 전까지 불미스러운 일이 있었던 참이라 단단히 닫아걸어 두었던 쪽창의 잠금을 풀고, 려화가 문을 열었다.

"폐하."

그리고 쪽창 너머로, 난간을 딛고 등을 돌리고 서 있던 휘강의 옆모습이 아주 조금. 보였다.

"계속, 그리 계실 것입니까?"

원망 한 마디 던져 볼 만하거늘 려화는 담담했다. 그것이 호명 당한 휘강을 더욱 한마디도 하지 못하게 만들었다.

정말이지 려화의 말대로 그에게는 어울리지 않는 행동이었다.

려화가 낮게 한숨을 내쉬었다. 짧았으나 어쩐지 깊은 한숨이었다. 휘강은 시선을 내리깔고 입술까지 깨물었다.

쪽창을 짚은 려화의 희고 가는 손가락이 시야 곁에 걸렸다. 누구보다, 무엇보다 그녀의 얼굴이 보고 싶었으나 차마 자신이 없었다. 이리 미련 떠는 행동은 제게 어울리지 않음을 휘강 또한 알았다.

"들어오지 않으시려거든, 아직 몸이 여의치 않아 문을 닫겠습니다."

휘강은 여전히 묵묵부답이었다.

"제게는 여름의 바람도 추우니까요."

려화가 쪽창 문을 닫았다. 다시금 잠금쇠를 잠그는 소리가 들렸다. 그러나 려화가 다시 침상으로 돌아가는 소리는 들리지 않았다.

휘강이 정말이지 한심해 봐 줄 꼴이 아닌 자신을 비웃었다.

뭐 하는 거지.

마음을 늦게 깨달아 이리 씻을 수 없는 흉터를 남긴 그녀에게, 하루빨리 죄를 빌어야 할 것이 아닌가.

그것이 휘강을 처소 입구로 이끌었다. 쪽창이 굳게 닫혀 있던 것과 달리 처소의 문은 수월하게 열렸다.

마치 휘강을 기다리고 있었던 것처럼 말이다.

휘강이 무거운 걸음을 끌고 려화의 앞으로 다가갔다. 쪽창으로 흘러드는 하현달의 흐린 빛, 그 빛이라고 할 수도 없는 것이 려화의 흰 피부에 스몄다.

그러나 빛이 흐리니 려화의 얼굴에 핀 그림자 또한 부드럽게 떨어지는지라.

"오래도록 찾지 않으실 만큼 바쁘셨습니까?"

먼저 입을 연 것은 려화였다. 그녀가 고개를 돌려 휘강을 바라보았다. 그제야 눈이 마주쳤다. 휘강의 동공이 사정없이 떨렸다. 바로 지척에 있거늘 눈을 마주할 자신이 없었다.

"일은…… 잘 해결되었다."

그래서 나온 말이라는 게, 고작 려화의 물음에 답하는 짧고 의미 없는 한마디였다.

"몇이나 죽었습니까?"

단정적인 려화의 질문에 휘강은 입을 떼지 못했다. 처소 안은 조용하고 평화로웠을지 몰라도 황궁의 기류는 그렇지 못했다.

구향설이 형을 집행당해 죽었고, 몇몇 신료들도 명을 달리했다. 육관억은 살려 두려 하였으나, 려화의 유산 소식을 듣자 그 꼴로라도 이승에 목숨 부지한 그를 가만두고 볼 수가 없어 기어이 죽였다.

그러고 나서도 분이 풀리지 않았다. 그래서 구향설이 이름을 밝혔던, 후궁 후보 다섯을 더 죽였다. 이 일의 전말을 알고 있고, 만일 향설만으로 일이 제대로 돌아가지 않으면 추가 증언을 해 주려 했던 자들이었다.

그러나 그것을 려화에게 차마 다 밝힐 수가 없었다. 원수라도, 려화는 그 목숨을 소중하게 여길 것 같아서였다.

아니, 원수의 목숨이나 려화가 소중히 여겨 주길 바라서일지도 모른다.

자신 또한 려화의 원수이기에. 그래도, 그녀의 마음에 원수마저 사랑할 수 있는 무언가가 있기를 바라는 이기심에.

려화 또한 휘강의 답을 기대하지 않았다.

"폐하께서도 알고 계시지요. 제가 유산한 사실을 말입니다."

"알고……, 있다."

휘강의 얼굴이 일그러졌다. 려화는 여전히 덤덤한 얼굴이었다. 다만 안색이 조금 흐려졌다. 아직 오랜 시간 서 있는 것은 무리인 까닭이다.

려화가 침상으로 자리를 옮겨 앉았다. 어지럼증이 일었지만 잠시 눈을 감았다 뜬 것만으로 가라앉혔다.

"회임하지 못하는 몸이라는 제 말은 거짓이 아니었습니다."

"그 또한, 알고 있다. 황의에게 설명을 들었음이다."

"그러셨습니까."

려화의 답을 끝으로 다시금 처소에는 침묵이 내려앉았다. 려화가 제 입술을 혀를 내밀어 핥았다. 괜찮음을 가장하는 려화의 속도 말이 아니었다. 그녀는 이제부터 제 말로 자신의 속을 난도질할 생각이었으니.

더욱.

"송구합니다. 그러나 참으로 다행이지요? 태어나선 안 될 아이였으니 말입니다."

"그렇지 않⋯⋯!"

"폐하께서 천륜을 거스르고 핏줄을 거두는 죄를 짓지 않아도 되게 되었으니, 참으로 다행한 일이 아닙니까?"

"어찌 그리 말하느냐!"

수척한 얼굴로, 곧 죽을 듯한 얼굴로도 려화는 여상히 말했다. 그것도 잃은 지 얼마 안 된 자신의 아이를 두고.

"어찌 그리 말하느냐고 물으셔도⋯⋯."

"여인이 아이를 잃었다. 그것이 어찌 슬프지 않을 일이냐. 그리 모질게 말할 수 있는 일이냐 말이다!"

"그러나, 필요 없는 아이라 하신 것은 폐하이지 않으셨습니까."

"짐이 그리 말했지, 내가!"

휘강은 알았다. 려화를 향한 제 마음을 모두 인정하자 보이지 않던 것들이 보였던 탓에.

공려화는 가족을 모두 잃고 부평초처럼 떠돌던 여인이 아니던가. 그녀가 유난히 주변을 챙겼던 이유는, 단순히 성정이 착해서만이 아니었다. 마음 붙일 곳을 찾기 위해서였다.

황제를 모욕하고 헐뜯은 죄의 벌을 받아, 죽은 듯 살다가도 정신을 차리고 나선 처음 요구한 것조차 자신이 아니었던 여인이다. 세상에 없는 가족을 대신해 주변의 사람들을 지키고자 했다.

공려화는 그러했다.

어쩌면, 그녀의 유일한 혈육이 될 수 있었던 아이가 죽었다. 이 세상에 뿌리박아 좀 더 힘내고 살 수 있었던 기회가 짓밟혔다.

다른 모든 것을 떠나서, 자신과 려화를 반씩 떼어 만든 아이가 사라졌다.

그저 지켜만 보았던 자신도 이리 아플진대. 몰랐더라도 직접 몸에 아이를 품었던 려화가. 아프지 않았으랴.

그러나 말라 버린 눈동자에는 눈물이 없었다. 버석한 모래라도 대신하여 떨어져야 할 것 같건마는.

려화는 울지 못하는 것이다. 말하지 않아도 그것이 다 보였다. 이 고통을 어쩌면 좋으랴.

휘강의 눈에서 뜨거운 죄책감이 눈물의 이름으로 흘러내렸다.

감히, 자신에게는 자격이 없건마는.

"이 빌어먹을 입으로, 내가 그리 말했다……. 네게, 비수를 휘둘렀다. 감히, 자격도 없이……."

휘강은 무너져 내렸다. 차마 려화의 품으로 쓰러질 수는 없기에, 자신에게는 자격이 없다 여기기에 벽을 짚고 비틀거리며 버텼다. 려화는 그것을 그저 멍한 얼굴로 바라보았다. 웃음도 눈물도 분노도 안타까움도 솟아나지 않았다.

연모하는 마음이야 강물의 사금파리처럼 남았을까. 아니, 어쩌면 그것조차 쓸려 공려화라는 세상에서 사라졌으리라.

"폐하께선, 마땅히 국부가 내려야 할 용단을 하셨을 따름입니다."

그러니 려화는 마음이 없는 인형처럼 답했다. 광증이 돋아 사람 죽이는 것을 우습게 알고, 제 혈육까지 베어 낸다는 황제의 울부짖음을 무감하게 바라보았다.

참으로 이상한 일이다. 휘강과 저의 처지가 바뀐 것처럼 보이는 것이. 어쩌면 기가 차기도 했다. 휘강의 슬픔이 자신만 할까.

"나는……, 난."

휘강은 그 어떤 말조차 쉬이 꺼낼 수가 없었다. 여상한 얼굴로 말하는 려화의 안에서 무엇도 읽을 수가 없었다. 그만큼 깊이 묻어 버린 것인가, 아니면 모든 슬픔을 흘려 버린 것인가.

그도 아니면 정말로 아무것도 남지 않은 것인가.

"……폐하?"

휘강은 이제야 자신이 해야 할 행동이 무엇인지 확실히 깨달았다.

"일국의 황제께서 어찌……."

그가 무릎을 꿇었다. 감히 자신이 죄인으로 만들어 좁은 공간에 가두고, 어쩌면 철저하게 유린했던 여인의 앞에서.

"네게 입이 열 개라도 할 말이 없다. 그러나, 반드시 해야 할 말이 있어."

이리 무릎을 꿇고 올려다보니, 늘 제 손에서 놀아나는 것만 같았던 려화가 태산처럼 느껴졌다. 물질적인 것을 이름이 아니었다.

그저 려화의 존재가 그렇게 크게 휘강의 가슴에 박혔다. 하여 휘강은 눈을 감았다. 이윽고 눈을 뜬 뒤에도, 려화를 똑바로 바라보기보다는 침상에 앉은 그녀의 발치를 바라보는 데에 그쳤다.

그러니 휘강은, 평정을 가장한 려화의 얼굴에 금이 가고 있는 것을 보지 못했다. 어쩌면 울화이기도 하고, 풀지 못한 서글픔의 덩어리이기도 한 것이 려화의 목구멍에 딱 달라붙었다.

그녀는 그저, 그런 이유로 휘강의 이야기를 조용히 경청했다.

"죄인은 나였다. 용서를 빌고 벌을……. 받아야 하는 것도 나였어."

휘강은 여전히 미동조차 없는 려화의 발끝만을 바라보았다.

"아둔한 것 또한 나였다. 나는, 도휘강은, 도국의 황제는 공려화를 연모했다. 그러나 그것이 연모임을 몰랐다. 멍청하기 짝이 없어 연모의 감정을 몰라, 그것이 우정인 줄, 다음은 내게 죄를 지은 계집에게 느끼는 거슬림……, 인, 줄 알았다."

려화의 얼굴이 일그러졌다. 휘강의 말을 더 들을 자신이 없었다. 휘강의 말은 아직 다 끝나지 않았으리라. 그러나 려화는, 감히 황제의 말을 더 기다려 줄 마음이 없었다.

그러할 여유가 그녀에게는 존재하지 않았다.

"폐하."

덤덤한 목소리는 여전했다. 곧 려화의 표정조차 언제 그리 일그러졌었냐는 듯 평온한 무표정으로 돌아왔다. 괜찮아서가 아니다.

괜찮지 않기에, 휘강에게 더는 제 마음의 어떤 조각이라도 주지 않기 위해서.

목구멍을 열어, 감히 그를 원망하는 말을 뱉으려는 이 순간 려화는 제 목이 찢어지고 가슴이 난도질당하는 것을 느꼈다. 가슴을 쥐고 손으로 칠 수도 없으니, 려화는 대신하여 침상에 깔린 요를 손으로 쥐어 구겼다.

휘강은 뒤늦게야 용기를 가져 려화를 올려다보았다. 여전히 제국의 황제는 무릎을 꿇은 채다.

"폐하께서는, 제게 무엇을 바라십니까?"

"나는……."

아무것도 바라지 않는다, 말하고 싶었다. 그러나 그것이 거짓임을 휘강은 입을 떼고 나서 곧 알아차렸다. 더는 알고서든 모르고서든 려화의 앞에서 거짓을 뱉을 수는 없다. 그러니 휘강은 드물게 말을 잇지 못했다.

"제게 용서를 구하시는 겁니까?"

"내가 감히 네게 용서를 구할 자격이 있겠는가."

"그럼 제게 마음을 바라십니까?"

감히 용서를 구할 자격이 없다는 황제는 그러나 마음을 바라냐는 말에는 그조차 자격이 없다고 말하지 못했다.

자격을 떠나, 이 염치없는 가슴은 휘강에게 그녀를 떠나보낼 수 없다고 말하고 있었다. 이 집착의 끝은 결국에 맞닿아 이어지는 감정의 화음을 바라는지라. 그것을 알면서도, 그조차 바라지 않는다고는 차마 말할 수 없었다.

휘강은 실로 죄인의 마음이 되어 려화의 답을 기다렸다. 그러나 갈급한 마음이 새카만 눈동자에 짙게 담긴 것은 어쩔 수 없는 일이었다. 이제 막 연심을 배운 휘강의 마음은 아이의 것처럼 어리기만 해, 숨기는 것에 서툴고 나약하기 짝이 없었다.

"폐하께서는……."

그런 휘강을 마주한 려화의 마음은 몹시 복잡했다. 마음 안에서 폭풍이 휘몰아쳤다. 벼락이 내리꽂히고 천둥이 울렸다.

그녀의 마음이 하늘을 울린 것인가, 한동안 맑았고 앞으로도 구름 한 점 없을 것만 같았던 하늘에서 짧은 빛이 일었다. 이어 귓전을 마비시킬 듯 거칠게 나무가 쪼개지는 소리 같은 것이 들려왔다.

그 소란이 끝나고 나서야 세찬 빗방울이 바닥을 때렸다. 그와 그녀를 감싼 허공이 습기로 가득해지며 묵직하게 두 사람을 내리눌렀다.

"폐하께서는 참으로 이기적인 분이십니다."

려화의 말이 휘강의 폐부를 강하게 찔렀다. 비가 내리며 온 세상이 습해지듯 려화의 아픔이 휘강에게 전가되었다.

그 통증의 시작은 같지 않으나, 분명 려화의 말이 빚어낸 아픔은 휘강과 려화에게 모두 공평했다.

한 마디 한 마디가, 휘강에게 아프게 감기듯.

려화에게도 그러했다.

"제가 어떤 마음으로……!"

그러니, 나약해진 몸뚱이로 려화는 제 입술이 만들어 내는 비수를 이기지 못했다. 난도질당한 가슴에 손을 대고 비틀거려도 피는 묻어 나오지 않는다.

터지지 않고 가슴에 고인 핏물은 이윽고 더욱 단단히 굳어 쉬이 사라지지 않을 테다.

려화는 기어이 눈을 감고야 말았다. 휘강은 려화의 휘청이는 몸을 보고도 차마 그녀에게 손을 뻗을 수가 없었다.

저는 지금, 감히 려화의 몸에 닿아서도 안 될 죄인이었으므로.

"어떤……, 마음으로."

휘강이 제 마음을 깨닫고, 이리 서성이다가 불려 온 다음 마음을 고백하기까지 얼마나 오래 걸렸을까.

고작 며칠이다. 며칠에 지나지 않았다.

려화는 그러지 못했다. 감히 궁녀가 되어 황제가 아닌 사내를 마음에 담았다 하여 제 마음을 고백하지 못하고 오 년을 흘려보냈다.

그러고는 죄인이 되어, 휘강이 저의 가족을 앗아간 전쟁귀인 것을 알게 되어 또한 일 년을.

결국 려화는 한 번도, 차마 제 마음을 인정하고 나서조차 휘강에게 진심을 고백할 생각은 할 수가 없었단 말이다.

이제는 마음이 다 깎여 사라졌는데. 얼굴은커녕 형체조차 모르는 혈육은 어미의 피에 흘러내리고, 마음은 메말라 바람에 깎이어 나갈 뿐인데.

작금, 휘강이 제 마음을 쉬이 내어놓는다 여겨 일었던 분노조차도 이리 허무하게 사그라들고.

마음 안에 남은 것은 아무것도 없을진대.

"이제 와 다 무슨 소용이겠습니까. 제게 남은 것은 아무것도 없는 것을요. 모든 것이, 모든 게 다 부질없습니다."

고개를 가로젓는 려화의 얼굴은 정말로 텅 비어 있었다.

휘강에게 닿는 것은 이제 막막함이다. 지금 제가 폐부에 느낀 이 고통이 언젠가는 끝을 맺으리라 생각할 수조차 없는 막막함.

"폐하. 제게 부디 용서를 바라지 말아 주세요. 마음을 바라는 것은 더욱이 들어드릴 수 없습니다. 저는 껍데기만 남았습니다. 이것을 지켜 내는 것으로도 몹시 버겁기만 합니다."

"려, 화……."

"그러니. 제게 아무것도 바라지 말아 주세요."

막막한 절망감에 휘강의 얼굴이 삽시간에 일그러졌다. 절망을 넘어 공포에 잠긴 것도 같았다.

언제나 려화의 위에 군림했던 도휘강은 이제 이곳에 없었다.

"아무것도 바뀌지 않기를 바랄 뿐입니다."

무릎 꿇은 황제는 다시 일어나지 못했다.

"폐하께서도, 저도. 전처럼 그리. 제가 이 유배소에 갇혔던 그 시점에서 더욱 보탤 것도 뺄 것도 없이."

오히려 제가 죄인으로 삼았던 여인의 발치에 고개를 수그리고, 절망에 빠져 소리 없이 흐느꼈다.

"저는 그저. 그러기만을 바랍니다."

10장. 회한으로 물든 비바람의 전야

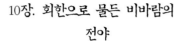

휘강은 지난 밤 이후로 려화를 찾지 않았다. 여러 이유가 있었으나 이제 려화에게는 큰 감흥이 없는 것들이었다.

그날, 그 밤부터 이어졌던 폭우는 며칠이나 그칠 듯 말 듯 쏟아졌으나, 바로 어제부터는 언제 쏟아져 내렸냐는 듯 비가 그치고 해가 쨍쨍했다.

비바람을 이겨 낸 녹음은 더욱 짙게 우거졌고, 나무에 달린 꽃은 대부분 졌으나 대신에 꽃보다 더욱 향긋함을 풍기는 열매를 봉긋하게 매달기 시작했다.

려화의 유배소를 감싼 탱자나무 울타리 또한 마찬가지였다.

"언니가 식사량이 다시 늘어 얼마나 다행인지……."

"황의씩이나 되는 분께 진맥 받고 몸을 맡겼으니까."

쪽문으로 그 탱자의 향을 맡으며 려화가 희게 웃었다. 여전히 려화도 산여도 그녀의 회임과 유산에 관해서는 직접적인 언급을 피하고 빙 둘러 말했다.

려화의 말에 산여가 그녀를 마주하며 배시시 웃었다. 이제는 려화가 식사할 때에 산여도 그녀의 앞에서 같이 식사했다.

아무렴 궁녀이니 모시는 분과 식사를 함께할 수 없다던 산여의 마지막 고집도, 려화가 겪은 지긋한 아픔 앞에서는 꺾이고야 만 것이었다.

다만 아직까지 려화의 밥은 죽에 가까울 정도로 질었고 산여의 것은 반대로 멀쩡했다. 반찬은 탁자의 가운데 두고 함께 먹었다.

"고깃국도 좀 드시고 그러세요, 언니!"

진밥을 떠서 넘기고, 곧 려화가 젓가락을 든 손으로 나물 반찬을 짚으려 하자 산여가 툴툴거리며 그리 말했다. 려화가 볼을 붉히며 웃었다.

"내가 먹는 걸 다 지켜보고 있었어?"

"그러니 식사량이 느는 것도 제대로 아는 거지!"

두 여인이 서로를 보며 까르르 웃었다. 여전히 려화의 볼은 부끄러움으로 발그레했지만 말이다.

본디 아이를 수태하고 있는 와중에, 그리고 아이를 낳고 난 뒤 여인의 입맛은 많이 변한다고들 하였다. 려화야 회임 초기에 아이를 잃었으니 그 말에 딱 들어맞지는 않겠지만 입맛이 바뀌긴 하였다.

본래도 육식을 즐기는 편은 아니었으나 그리 아이를 잃고 나서, 려화는 고기의 냄새를 역하게 느끼기 시작했다.

황의는 유산한 여인 또한 아이를 제대로 출산한 산모와 다르지 않다고 하였다. 그러니 몸조리를 위해서라도 기름진 국이며 음식을 양껏 먹어야 한다고 일렀으나 그것이 쉽지 않게 된 것이다.

종종 이리 산여가 언급할 때에야, 려화의 숟가락이 느리게 고깃국물을 떠서 입에 담았다. 그리고는 비린 맛과 냄새에 일순 얼굴을 굳혔다간 풀었다.

'폐하의 명으로 최대한 냄새를 잡아 준비한 것인데……'

산여는 잠시 우려 섞인 표정을 지었다가, 곧 표정을 싹 바꿨다. 려화는 밥공기의 반절이 조금 넘는 양을 겨우 비우고는 식사를 마쳤다. 저것도 그나마 많이 는 것이라니.

산여의 시선이 려화의 마른 손목에 꽂혔다.

"매일 하는 말이지만, 내 눈치 보고 그러지 말고 느긋하게 더 먹어도 돼."

"언니, 난 싹 다 비웠거든?"

산여가 려화의 배려가 무색하게 이미 텅텅 빈 제 밥공기를 들어 그녀에게 보여 주었다. 려화가 금세 놀라 눈을 동그랗게 뜨고 산여를 바라보았다.

산여가 조금 낯을 붉히고는 입술을 뚜하게 내밀었다.

"언니가 천천히 먹는 거야."

"그런가……. 소화 시킬 겸 산책이나 좀 할까?"

산여는 려화의 말에 잠시 고민했다. 아직 려화에게 산책조차 무리한 운동이 아니겠는가 싶었다.

그러다간 이윽고 은호에게 려화가 종종 밤에 가볍게 울타

293

리를 돌며 걷는다는 이야기를 들었던 것이 떠올랐다. 산여가 자리에서 일어나며 고개를 끄덕였다.

그리 예정에 없던 산책이 시작되었다. 어차피 려화의 유배지 범위는 황제궁 주변을 벗어나지 못한다.

지난 비가 그치고 나서, 가을이 조금 가까워졌다. 여전히 날씨는 더웠지만 바람은 이제 습하고 묵직하지도, 뜨겁고 끈적하지도 않았다. 하늘은 높아졌으며, 여름의 화려하고 송이가 큰 꽃들이 물러나고 작지만 우아한 가을꽃들이 자리를 채웠다.

크고 작은 국화를 기본으로 하여, 단을 높인 좁은 공간에는 종종 색이 화려한 꽃무릇이나 꽃 피운 사철란도 보였다.

"궁이 휑하네."

"있던 사람들이 없어졌으니까."

별생각 없이, 그저 느껴지는 바를 꺼낸 려화의 말에 산여의 짧고 굵직한 답이 따라왔다. 려화는 휘강에게 물었으나 제대로 된 답을 듣지 못했던 것이 떠올랐다.

"산여는 이번에…… 명을 달리 한 자의 머릿수를 알고 있어?"

잘 걷고 있던 산여가 걸음을 우뚝 멈추었다. 려화의 입에서 그런 말이 나올 줄은 몰랐다. 그녀가 딱딱하게 굳은 얼굴에 애써 평정을 가장하기 위해 얼마나 노력했는지 모른다.

다만 려화는 이미 산여의 속을 눈치채었으니 쓸모없는 일이었다.

"어, 그게, 달리 죽은 사람은……."

산여가 려화의 눈치를 보았다. 려화는 이미 휘강이 많은 수의 목숨을 앗았을 것을 예감했다.

"산여. 난 이제 금방 픽 쓰러질 정도로 약하지도 않고, 네 말대로 식사량도 늘었어."

"으응⋯⋯."

"얼마나 죽었어? 얼마나 많기에 그래?"

산여가 려화의 시선을 피하듯 고개를 돌렸다. 그러나 답까지 피할 수는 없었다. 사실 산여도 정확히는 모르지만, 손에 꼽을 수 있는 머릿수가 넘도록 죽은 것만은 제대로 알았다.

"일개 궁녀인 내가 정확히 얼마나 죽었는지는 어떻게 알겠어⋯⋯. 다만 고관 어르신들 중에도, 후궁 후보 중에도 죽은 사람이 꽤 된다는 얘기나 흘리듯 들었지."

산여가 풀 죽은 목소리로 말하곤 려화의 눈치를 살폈다.

려화는 산여의 말에 곧장 무어라 다시 말을 꺼내지 않고 잠시 침묵했다. 고관들이야 홍세의를 죽인 일을 작당한 자들이 있었을 테니, 마땅히 벌을 피할 수 없었을 것이다.

꼭 휘강이 진노해서가 아니라도 도국의 지엄한 국법은 감히 황제마저 속이려 든 자들에게 관대하지 않으니 말이다.

그러나 후궁 후보까지 향설 하나로 끝나지 않고 여럿이 죽었다는 것은 의외였다. 그들도 관련이 있어서였을까.

앞뒤 사정을 모르니 무슨 상황을 가정하든 함부로인 억측이 될 테다.

려화는 후궁 후보들의 목숨을 앗은 명분은 모르지만, 그로 인해 벌어질 후폭풍은 쉬이 상상할 수 있었다. 그녀도 궁녀였던 시절이 있었고, 지금 산여가 전해 들은 정도의 흘리는 소리 들은 주위들은 적이 있었다.

"태황태후마마께서 언짢으셨겠어."

일이 이리되었으니 후궁 후보 중에 아무도 첩지를 받은 자가 없을 것이다. 더군다나 황궁에서 폭군으로 통하는 휘강이 신료들의 압박만으로 후궁 후보를 들이지는 않았으리라 생각하니, 이번 경합에는 아마 태황태후의 입김 또한 들어갔음이 자명했다.

그런데 자신의 입김이 들어간 일이 어그러지고 심지어 손주의 손에 후보 여럿이 목숨을 잃었다면, 태황태후의 심기가 언짢지 않고 배기겠는가.

려화의 추측은 합당했다. 하여 산여는 처소에만 갇혀 지낸 려화가 어찌 그리 상황을 잘 아는가 하여, 저도 모르게 눈을 동그랗게 뜨고야 말았다.

"어찌 알았어? 태황태후마마께서 몸져누우셔서, 아래의 여어들께서 엄청 고생하고 있거든!"

산여가 여어들이 고생하고 있음을 아는 까닭이야 자명하다. 여어란 소속이 어디든 산여의 윗전이 되니, 그들의 심기가 불편한 것에 산여가 예민할 수밖에.

"그냥, 당연한 이치라 생각했어. 내가 궁녀이던 시절부터 태황태후마마께선 폐하의 후사를 걱정하셨으니……. 이번에도 폐하께 반려를 만들어 드리려 했으나 실패하셨잖아. 어르신께서도 실망이 크셨겠지."

려화의 말에 산여가 곧, '정말 그렇겠구나' 하며 고개를 끄덕였다.

이후로는 다시금 별 것 아닌 대화들이 이어졌다. 어느 순간부터 산여는 제가 요즘 공들여 읽고 있는 서책들의 이야기를 종알거렸다. 주로 기초 의서들이었다. 아마 산여가 의서에 관심을 가진 것은 거의 저 때문일 거란 생각에, 려화는 산여에게 고마움을 느꼈다.

려화는 어린 나이에도 서책을 좋아하고 검에는 도무지 관심이 없었던 제 막냇동생을 다시금 산여에게 겹쳐 보았다.

사내라 하여도 유약하여 어릴 때는 저승 차사를 피하고자 계집의 옷을 입고 자랐다. 그러니 그 아이가 살아서 컸다면, 아마도 지금 산여의 얼굴에서 좀 더 선이 굵고…….

아니, 그래도 풍류 공자의 면모에 더 가까우려나. 어린아이란 무릇 어떤 싹을 틔울지 모르는 씨앗에 가까우니.

"……그래서 날이 덥다가 점점 춥게 바뀌는 간절기에는 모과와 생강으로 담근 차로 몸을 따뜻하게 보하고, 그다음에 감초랑……. 언니?"

생각에 잠겨 씁쓸하게, 혹은 풋풋하게 웃으며 산여의 이야기를 들어 주던 려화의 시선이 어느 순간 산여의 어깨너머로 옮겨갔다.

산여가 의아한 얼굴로 려화를 바라보다가, 곧 저도 려화의 시선이 머무는 쪽을 따라 고개를 돌렸다.

"산여, 네가 내 처소에 들기 전에 어느 서 출신이라 하였지?"

"나는 정식 궁녀가 되면서 잠깐 장인서에 있었지."

"아……. 장인서."

장인서라면 황제에게 내가는 간식과 함께 올리는 음료를 담당하는 부서였다. 려화가 적을 두었던 변인서와는 종종 같이 일할 일이 있었으나 부처의 거리는 멀었다.

더해 황궁 서고와는 궁녀들의 아홉 부서 중 가장 가까웠고, 음료를 만들 재료들을 받기 위해 잔심부름이 많았다. 려화는 산여가 장인서를 강력히 희망해 배속되었을 것임을 알고는 또 그녀가 귀여워졌다.

"그런데, 그건 갑자기 왜?"

"저쪽에, 내가 궁녀이던 시절 같이 변인서에서 일했던 동기가 보여서. 너도 아는 이라면 윗전일 테니 인사라도 해야 하나 했지."

산여가 려화의 턱 끝이 가리키는 곳을 고개까지 빼꼼 빼가며 바라보았다. 그곳에는 정말로 려화와 동기간이었던 공영이 있었다.

얄밉기도 하고, 그래도 잔정은 있다 싶어서 귀엽기도 했던. 자주 마주치지는 않았으나 억지로 도움을 받은 적도 있고, 또 생각지 않게 마음을 받은 적도 있으니.

려화는 그런 공영을 오랜만에 멀리서나마 마주친 것이 반가웠다. 다만 멀리서 보아도, 공영의 안색이 그리 좋지 않으니 정말 궁녀들 사이에 감도는 분위기가 좋지 않은가 한편으로는 걱정도 되었다.

"그런데 부서가 다르다면 굳이 인사할 이유도 없고, 네가 이름도 모를 수도 있고."

려화가 어깨를 으쓱이며 공영에게서 시선을 거두었다. 나이가 한참 위인 다른 궁녀와 이야기를 나누는 것을 보면, 사실 혼나고 있는 것일지도 몰랐다.

하나 단순히 윗전에게 혼나는 것만으로 보기에는 멀리서 보기에도 공영의 얼굴에 수심이 깊었다. 마치 다른 이유가 있는 것처럼 말이다. 잠시 고개를 갸웃거리던 려화가 이내 고개를 저으며 생각을 흩었다.

어찌 되었든, 혼나고 있는 것일지도 모르는 광경을 오래 보고 있는 것은 예의에 어긋났다. 하여 려화는 걸음을 재촉했다. 산여가 언제 이리 걸음이 빨라진 것이냐 조잘대며 려화의 뒤를 따랐다.

산여의 목소리는 지저귀듯 귀엽기 짝이 없었다. 듣고 있자면 가라앉아 있던 기분도 떠오르고 시름을 잊게 하곤 했었다. 한데 오늘은 어쩐지 그 약발이 쉬이 먹히지 않았다.

오랜만에 탱자나무 울타리를 넘어 나선 길이었다. 떠올리지 않고 있던 어느 여인의 모습이 떠올랐다. 휘강이 몇이나 죽였느냐 산여에게 물었을 때부터 려화의 상념에 조심스레 스며들던 이름이었다.

'향설……'

그 짧은 사이에 려화가 갈 수 있는 황제궁 주변 중, 어느 곳에라도 향설과 가 보지 않은 곳이 없었다. 저 뜰에서도, 이 못 근처에서도 여러 이야기를 나누며 거닐었었지.

그러한 생각들이 려화의 기분을 가라앉혔다.

"언니, 돌아갈까?"

"그러는 게 좋겠다."

"내가 신나서 너무 많이 나와 버린 거지?"

산여가 려화의 눈치를 살피며 물었다. 그녀가 온화한 얼굴로 웃으며 고개를 저었다. 이리 기분이 가라앉은 것은 그녀의 탓이 아니건만, 산여는 제 탓인 것처럼 안절부절못하고 있었다.

"아냐. 절대 네 탓이 아니니, 그리 모든 것을 자신의 탓으로 돌리는 일은 하지 마."

"내가 이 태도를 누구에게 배웠겠어? 다 언니에게 배웠지!"

려화가 산여의 투덜거림에 눈을 동그랗게 떴다. 자신이 그리한 적이 있었던가? 떠올려 봐도 잘 모르겠다.

산여가 잘못한 적조차 없거늘 그녀의 잘못을 뒤집어쓴 적이 있겠는가.

"내가?"

"그래 언니가! ⋯⋯뭐, 물론 좀 다르긴 해. 언니는 모든 일을 언니가 해결하려고 하는 편이니까, 아주 조금⋯⋯."

당돌하게 소리를 높이던 산여는 제가 언제 그랬냐는 듯 다시금 꼬리를 내렸다. 그것이 누이에게 대드는 어린 동생을 연상시켜, 려화는 그저 웃으며 산여의 손을 조심히 잡아 주고야 말았다.

모든 일을 직접 해결하려 한다. 그 말만큼은 맞는 말이었다. 려화는 산여도, 손이 닿는다면 세야도 지킬 생각이니까. 어쩌면 자신을 지켜 주고 있는 은호조차 제가 지킬 수 있는 상황이 온다면 반대로 지켜 주고도 남을 것이다.

려화는 자신의 그러한 성정을 새삼 떠올려 보았다. 언제부터 그렇게도 주변을 지키려 들었던가. 공진성 성주의 딸이었던 시절에는 철이 없어 제 한 몸 지킬 생각조차 않았었다. 오라비를 따라 위험천만한 장난도 치곤 했던 것 같은데.

계기라면 짚이는 것이 있긴 했다. 눈앞에서 벌어졌던 어머니와 동생의 죽음. 여전히 어머니가 자신을 뿌리치던 감각은 손끝에 선득했다.

려화는 차갑게 식어 가는 손끝을 주먹 쥐었다. 꽉 눌린 손이 하얗게 질렸다가 다시금 피가 몰리며 붉어졌다.

그때 이후로 그리도 제 사람을, 아니 누구라도 죽이지 않겠다고 마음먹었던가. 어릴 때의 기억이란 이다지도 사람을 많이 좌우했다.

그러고 보면 계기는 아주 오래전이라도, 그런 성정이 가장 잘 드러났던 사건은 그보다 가까운 과거에 있었다.

세야의 잘못을 덮어 준 적이 있었다. 더러워진 과일 절임을 숨기려 일부러 그녀의 독을 깨고 광에 갇혔던 일.

공영을 마주친 탓일까, 제게 가장 살갑게 대해 줬던 다른 동기의 얼굴까지 기억이 난 것이.

려화의 상념은 거기서 끝이 났다. 광에 갇힌 뒤의 기억이란, 지금으로는 길게 생각하고 싶지 않은 휘강을 향한 자신의 연심을 깨달은 순간이었으니 말이다.

노 승상은 이제 노 시중이 되었다. 그밖에도 많은 변화가 있었다. 하나 이 변화 중에 어느 하나도, 지금 노 시중의 정자를 채운 이들을 심란치 않게 하는 것이 없었다.

머릿수의 이 할이 비었다. 다섯은 금번에 있었던 후궁 후보 살해 사건에 육관억과 함께 휘말려 명을 달리했다. 둘은 자신의 자리를 지키고 살아남았으나, 딸을 잃었다. 그들은 더는 정자를 찾지도 노 시중과 함께하지도 않기로 제 뜻을 밝혔다.

일견 당연한 일이었다. 이번 일은 육관억이 혼자 벌인 일이었으나, 그를 오른팔로 쓰던 자는 다름 아닌 노 시중이었다.

중앙 관료들의 우두머리이기도 한 그가 휘하의 육관억을 제대로 다스리지 못한 실수를 저질렀다. 노 시중의 방심과 육관억의 객기로 말미암은 피해는 관료들 모두가 보았으니, 등을 돌린 자들을 힐난할 수도 없었다.

그러나 여전히 정자를 채운 머릿수는 적지 않았다. 아직은 할 만했다. 종종 미친 황제를 내어놓는 도국을 지키기 위해 힘쓰는 데는 충분할 정도였다.

노 시중이 상석에서 아직은 자신을 따르는 신료들을 둘러보았다. 좌편의 바로 옆자리, 항상 육관억이 채우던 그 자리는 비었다.

"도국의 안위를 위해서라도 신중해야 했는데, 내 그러지를 못했네."

"아닙니다. 승상, 아니 시중 어르신의 실수도 아니지 않았습니까?"

호부상서가 침통한 분위기를 뚫고, 침중한 목소리로 말한 노 시중의 편을 들고 나섰다. 그의 말에 몇몇은 고개를 끄덕였으며 몇몇은 그저 침묵했다.

분위기는 이제 과거처럼 전부 노 시중이 원하는 대로 흐르지 않았다. 호부상서는 육관억이 자리매김하던 노 시중의 옆자리를 꿰차고 싶은 듯 눈치를 보았다.

그러나 그로는 모자랐다. 육관억이 있던 때에는 그마저 눈에 차지 않았던 노 시중이건만, 호부상서는 더욱이 그보다 모자랐다. 지금만 해도, 분위기를 완전히 끌어모아 자신이 원하는 대로 좌우해 주던 육관억에 미치지 못했다.

노 시중이 씁쓸한 얼굴로 낮게 웃었다.

"그리 말해 주니 고맙네, 호부상서. 금번 일로 내게 신뢰를 잃은 이가 많을 것이야. 그러나, 이럴 때일수록 우리가 더욱 정신을 차리고 뭉쳐서 폐하의 흐려진 시야를 대신해야 하네."

"응당 옳은 말씀입니다. 그러나 시중 나리, 지금 저희가 뭉친다 한들 무엇을 할 수 있겠습니까? 너무나 많은 피해가 있었습니다. 그것을 수복하는 것도 불가할 정도가 아닙니까?"

예부상서가 씁쓸한 목소리로 말했다. 그의 말에 아무도 반박하지 못했다. 노 시중이 앞에 놓인 술잔을 들어 입술을 축였다. 본디 술을 삼가는 그답지 않았다.

정자를 채운 머릿수는 아직 적지 않았으나, 유독 빈자리들이 크게 느껴졌다. 노 시중이 나서 분위기를 해소해야 했다. 대신해 줄 사람이 없으니 직접 나설밖에.

"피해가 적었다 할 순 없지. 그러나 내부의 피해를 내부에서만 수습하려 들면, 응당 눈앞이 캄캄할밖에는 없네."

"나리의 말씀이 옳습니다."

아쉬운 대로 호부상서가 노 시중의 말에 호응하고 나섰다. 노 시중이 그를 바라보며 흐리게 웃어 주었다. 주름진 입가에 빼곡한 반백의 수염이 잘게 떨렸다.

"하나 생각해 보게. 육가의 방법이 옳지는 않았으나, 그가 행하고자 했던 그 의지가 틀린 것은 아니었네. 도국을 이끄는 자가 누구인가? 폐하인가?"

정자에 모인 자들이 서로의 얼굴을 바라보며 눈치를 살폈다. 나라를 이끄는 자라면 응당 황제인 휘강이 맞겠으나, 노 시중이 원하는 답은 그가 아닐 것이다.

또한, 그들은 현 황제 휘강과는 적든 많든 반목을 해 왔으니 또한 자신들이 내어놓을 답이 황제일 수는 없었다. 그러나 잘못 입을 열었다가는 역도로 몰릴 수도 있었다. 누구도 쉽게 답을 내어놓지 못하였다.

"물론, 도국을 이끄시는 분은 만인지상의 폐하가 맞을 걸세. 하나 도국은 몹시 커서 제국을 자칭하는 나라이고, 이를 전부 폐하께서 보고 다스리지는 못하시네. 더군다나…… 황가에는 저주와 축복이 함께 하고 있지 않은가? 그를 옳은 길로 인도하여 샛길로 나가지 못하게 하는 것이 바로 우리, 조정 신료들의 역할일세."

노 시중이 그리 말하며 껄껄 웃었다.

"육가는, 그리고 우리는 옳은 일을 그릇된 방법으로 하다, 그것을 꼬투리 잡혀 잠시 주춤한 것뿐이네. 물론 거기에 이 노인의 실수가 없었다곤 않겠네."

분위기는 여전히 침통했으나, 분명히 환기는 되었다. 여태 까지 노 시중이 쌓아 온 것들이 있었다. 거기에 더해, 자신의 실수를 허심탄회하게 인정하는 모습은 되레 그를 더욱 신뢰 감 있게 보이도록 하였다.

노 시중은 아직까지는, 여전히 신료들이 기댈 수 있는 거 목이었다. 비바람을 피할 수 있는 커다란 그늘이었다.

이 분위기에 취해, 호부상서는 자신이 나서 맞장구를 쳐야 하는 것을 잊었다. 그를 대신해, 이번 일로 이부의 주부직으 로 강등당한 홍덕권이 입을 열었다.

"어찌 이번 일이 나리의 실수라 할 수 있겠습니까."

이번 일에서 가장 큰 피해를 입은 것은 어떻게 보면 홍덕 권이었다. 육관억의 계책에 휘말려, 같은 편이라 믿어 의심치 않은 자의 손에 딸을 잃었으니 말이다. 그런 자의 말이었다. 말이 가진 무게가 범상치 않았다.

모두가 느릿하게나마 고개를 끄덕이고 나섰다. 분위기가 차츰 반전되었다. 무거운 공기는 전부 사그라지지 않았으나, 정자에 앉은 이들이 차츰 노 시중의 말에 집중하기 시작하였 으니 말이다.

노 시중은 아무렇지 않은 듯 분위기를 이끌어 갔으나, 그 의 시선은 그 이후 홍덕권에게 꽂혔다. 그의 의중을 알 수가 없었다.

정자회의는 그렇게 묘한 분위기로 파하였다. 매번 어떠한 계책이든 결정이 나고서야 끝났던 것과 달리, 이번에는 쭉정이뿐인 끝이었다.

그러나 노 시중에게는 얻은 바가 없지는 않은 회의였다. 아직은 해 나갈 수 있다. 황제 휘강을 견제하고 어떻게든 신료들을 끌고 나가 번영케 할 수 있다는 확신은 생겼으니 말이다.

다만 마음에 걸리는 것이 하나 생겼으니 그는 바로 홍덕권의 정체였다.

이번 일로 하여금 황제의 손에 딸을 잃은 자들도 자신의 정자를 찾지 않았다. 이제는 뜻을 같이하지 않겠다는 의중을 밝히기까지 하였다.

그런데 육관억의 손에 제 딸의 목숨을 내어 준 홍덕권이 자신의 곁에 남았다. 이것이 무엇을 뜻하는가.

노 시중은 앞서 있었던 세 번의 형부 회의 과정까지 떠올려 복기하며 홍덕권의 의중을 파악하려 애썼다. 회의가 파해 혼자 남은 정자에서 떠나는 것도 잊고 말이다.

"당최……."

하나 아무리 생각해도 알 수가 없었다. 차라리 홍덕권과 대질하여 그에게 직접 물어보고 싶을 정도였다. 젊은 시절부터 사람의 속에 관해서는 계도제와 비견될 정도로 명석하게 알아채던 평소의 노 시중과는 달랐다.

그때, 조용하던 정자 쪽으로 한 사람의 발걸음 소리가 가까워졌다. 상념에 빠져 있던 노 시중은 그것을 듣지 못했다. 그러나 그 걸음 소리가 정자에서 멈추고, 이윽고는 소리의 주인이 항시 육관억이 앉던 자리를 차지하고 앉은 다음에는 알아채려야 못할 수가 없었다.

"홍 주부……. 자네 어찌 다시 걸음을 돌렸는가?"

노 시중은 마치 자신의 속을 알아채기라도 한 듯 다시 돌아온 홍덕권에게 의아한 시선을 보냈다. 홍덕권은 주인이 없던 빈 술잔에 직접 술을 채워 자작했다.

그러고는 아주 깨끗한 눈으로 노 시중을 바라보았다.

"시중 나리. 어찌 저를 그리 놀란 눈으로 보십니까?"

만면에 여유로운 미소까지 띤 홍덕권은 노 시중을 더욱 헷갈리게 하였다. 대체 저 안에 무슨 의중을 품고 있는 것인지. 분명, 육관억이 벌인 일이 있기 전까지만 하더라도 눈에 띄는 일이 한번 없던 필부였던 자다.

한데 지금에 와서는 황실의 일원조차 아닌 자가 그를 긴장하게 하고 있었다.

"홍 주부 자네는, 이번 일로 심중에 지닌 아픔이 클 것으로 생각했는데."

"그렇습니다. 어찌 자식 잃은 아비의 마음이 멀쩡하겠습니까?"

"그런데도 내 곁을 지키는가?"

"제가 지금 시중 어르신의 곁자리를 지키지 않는다면요. 그런다 하여 제 딸이 살아 돌아오겠습니까?"

홍덕권이 눈을 내리깔며 씁쓸하게 웃었다. 그 웃음은 진심인 것처럼 보였으나, 홍 주부 또한 장성한 자식 셋은 둔 나이였다. 그러니 이 정도의 거짓을 꾸미는 것이 어려울 나이는 아닐 터였다.

"딸이 살아 돌아오지는 않겠으나, 그 아픔을 곱씹을 일은 적지 않겠는가?"

"어르신께서는 그래서, 저 또한 대의를 저버리고 소인이 되어 물러나기를 원하십니까?"

홍덕권을 떠보듯 건넨 노 시중의 질문에, 그가 단호한 얼굴로 답했다. 자신을 변호하는 군더더기 하나 붙이지 않은 되물음이었다.

노 시중이 침중한 얼굴로 으음, 하고 앓는 소리를 내었다.

"혹, 육가의 말을 아직 믿고 있는가?"

노 시중이 다시 한번 떠보듯이 물었다. 그러자 홍덕권의 눈가에 불길이 일었다. 시뻘건 핏줄까지 일으키며 붉게 물든 흰자위는 절대로 거짓으로 만들 수 있는 것이 아니었다. 육관억을 향한 홍덕권의 분노는 진심이었다.

"육관억 그자가 지켜보는 앞에서 거짓으로 꾸민 세의를 만난 적이 있습니다. 그때부터 저는 제 딸이 죽은 것을 확신했습니다."

"그렇다면 더욱이 지금 자네의 태도는 내가 이해할 수 있는 범주 밖의 것이네."

"어르신."

홍덕권이 씹어 뱉듯이 말하였다. 그 진노가 대단하여 노 시중조차 일순 흠칫할 정도였다. 홍덕권이 다시 한번 자신의 앞에 놓인 잔에 술을 따라 자작했다. 조금씩 흰 부분이 늘고 있는 홍덕권의 수염이 독한 술에 젖었다.

"그럼, 제가 딸의 죽음을 알았을 때 곧바로 폐하께 이를 아뢰고 폐하의 편이 되었어야 합니까?"

"그를 논하는 것이 아니지 않은가?"

"알고 있습니다. 그러나 지금 저는 어르신께 저의 결백하고 고결한 마음을 증명해야 하니 이리 말하고 있는 것입니다. 딸을 잃은 아비에 이어, 폐하의 흐려진 시야를 알면서도 딸의 죽음에 옹졸하게 집착하는 소인이 되지 않기 위해 애썼을 따름입니다."

"홍 주부."

노 시중이 홍덕권을 달래듯 부드러운 목소리로 그를 불렀다. 일견 나무라는 듯하게도 들리는 그 목소리에 홍덕권이 눈을 감고 깊은 숨을 내쉬었다. 그 숨에 섞인 회한이 읽혀 노 시중이 더 말을 잇지 않고 입을 다물었다.

"결국 폐하의 곁에 붙은 그 계집을 떼어 놓고자 벌인 일입니다. 또한, 그 계집이 없었더라면 폐하께서도 일찍이 정신을 차리고 귀한 황후 마마를 들이셨을지도 모르지요. 그를 알면서도 딸의 죽음만을 곱씹기에는, 저는 시중 나리와 다르지 않은 진정한 도국 조정의 신료였습니다."

"그것이 옳은 길이냐…… 그 길은 아주 어려운 길이네. 아주 힘든 길이야."

"그러나 어르신께서 먼저 걷고 계신 길이기도 합니다."

잠시 노도처럼 휘몰아치던 정자는 다시금 조용해졌다. 이번에는 노 시중이 직접 홍덕권의 잔을 채워 주었다. 이어서 홍덕권 또한 노 시중의 잔에 술을 올렸다.

그들이 서로를 탐색하듯 마주 보았다.

"수신제가 치국평천하라 하였습니다."

노 시중과 홍덕권의 잔이 부딪쳤다. 아직은 서로를 완벽히 믿지 못하는 둘의 잔이 그들의 목을 축였다. 타는 듯 뜨거운 독주도 그들이 서로를 탐색하듯 바라보는 눈길을 흐리지는 못했다.

"무슨 뜻으로 꺼낸 소린가?"

국정을 논하는 신료가 되어서 저 말을 모르는 자가 있을까. 아니, 귀족 가문의 열 살 아이만 되어도 그 뜻을 알고 있을 말이었다. 한데 이 상황에서 홍덕권이 자신에게 굳이 가르치기라도 하듯 말하는 것은, 어떠한 뜻이 있음이 분명했다.

자못 낮고 살벌한 목소리로 노 시중이 홍덕권을 압박하듯 물었다. 하나 홍덕권은 아랑곳하지 않는다는 듯 여유롭게 웃으며 답하였다.

"이놈이 소인이 되지 않고 나를 바로 세워, 그것으로 어지러운 가문을 다스리고. 또한 나라를 이끄는 폐하를 보필해야겠다는 마음을 뜻하는 것이지요."

노 시중이 듣기에 구구절절 옳은 말이었다. 그러나 아직은 홍덕권을 전부 믿기 어려웠다. 무엇이 계기가 되어 이자가 이리 천지가 개벽하듯 달라졌는지.

또한, 딸의 죽음에 슬퍼하는 마음이 진심이면서 그것을 어찌 이만큼이나 다스려 이 자리에 남았는지. 그 어느 것 하나 아직 노 시중은 이유를 파악지 못했다.

"종국에 모든 일은 폐하께서 옳은 길을 걷지 않으셔서 발생한 것입니다. 하오니, 어르신께만 밝히는 제 속마음이란 이렇습니다."

어쩌면 이 마지막 말로 말미암아, 노 시중은 홍덕권의 속내를 파악할 수 있을 것도 같았다.

"저의 가장 큰 원수는, 폐하가 아니겠습니까."

아무것도 들지 않은 빈 향낭이 휘강의 손에서 이리저리 맴돌았다. 그가 앉은 옥좌 아래로 신료들이 심각한 얼굴로 도열하고 앉았다. 어찌 보면 할 말을 하지 못해 끙끙 앓는 것처럼도 보였다.

휘강이 손에서 굴리던 향낭을 내려놓았다. 손끝에 머문 냄새에서는 이제 려화를 찾아볼 수가 없었다. 마음의 행방을 알았건만, 이미 지은 죄가 너무나 커서 그녀의 곁에는 가까이 갈 수조차 없었다.

"금일 짐이 결정해야 할 큰일들은 대강의 조정을 마친 것으로 보이네. 그렇잖은가?"

"그러하옵니다, 폐하."

"그렇다면 조정을 파하기 전 짐이 마지막 안건을 내겠다."

"그리하시옵소서."

진작 그리해 주어야 했을 일이었다. 아니, 처음부터 그리해서는 안 될 일이었다. 하나하나 사소한 것부터 큰 후회가 쌓이거늘, 그중 가장 큰 것을 들라면 바로 이것이었다.

"위리안치 중인 죄인 공려화의 죄를 사하려 한다."

려화를 죄인으로서 삼은 것. 신분을 속여 황제를 욕보이도록 유도한 것은 어쩌면 자신이 먼저였다. 한데 그런 것은 고려치 않고, 그를 순순히 믿은 려화를 죄인으로 삼은 것이 휘강의 가장 큰 원죄였다.

그러니 휘강은 이것부터 바로잡고자 하였다. 비록 이리한다 하여도 려화가 자신을 용서치 않을 것을 알면서도 말이다.

더는 려화를 죄인으로 두어서는 안 되었다. 되짚어 자신의 감정을 알게 된 휘강은, 가장 먼저 려화의 신분을 돌려주고자 하였다.

그리고 이것이 불러올 파장이 적지 않음을 알았다.

"죄인을 다시 궁녀로 복권하고자 하십니까?"

다만, 근래에 휘강의 손에 한 번 풍파를 겪었던 따름인지 신료들은 몹시 조심스레 물어 왔다. 예부상서의 물음에 휘강이 잠시 고민하다간 고개를 저었다.

"어쨌든 짐의 승은을 입은 여인이다. 일개 궁녀로 둘 순 없지."

휘강의 말에 신료들이 우려 가득한 얼굴로 서로를 돌아보았다. 무언가 할 말이 많고, 뭐 마려운 것처럼 끙끙 앓는 표정들이다. 휘강의 얼굴에 노기가 깃들었다.

신료들이 쉽게 수긍하지 않을 것을 예상하긴 했다. 그러나 이리 꿍하게 구는 모습을 직접 마주하자 짜증이 이는 것을 막을 수는 없었다.

이들이 이렇게 쉽게 아니 됩니다, 하고 자신을 막아서지 못하게 된 이유가 뭔가. 그것부터, 려화를 자신의 곁에서 떨어뜨려 놓고자 수를 쓰려던 것이 패착이 되어서였다. 그래서 발언권을 잃었음에도 아직까지 채 정신을 차리지 못하였다니.

"어찌 아무도 시원하게 입을 열지 못하는가?"

이때, 휘강의 살벌한 목소리를 듣고서도 노 시중이 조용히 손을 들어 올렸다. 휘강이 턱 끝으로 그에게 말을 해도 좋다며 그의 발언을 허했다.

"신 문하시중 노필상, 폐하께 감히 여쭙습니다. 그렇다면 폐하께서는 죄인 공려화를 어찌하기를 바라시옵니까?"

"응당, 승은을 입은 여인에게 내리는 것을 내릴 셈이다."

"그것이 첩지를 이르심입니까?"

말투는 공손했으나 눈빛은 오만불손하기 짝이 없었다. 휘강은 늙어서 다 늘어진 눈꺼풀 아래로도 형형하기 그지없는 노 시중의 시선을 마주했다. 그가 괘씸하였다. 이들 중 누구보다 입을 열기에 저어해야 하는 것이 바로 저자가 아닌가.

누구도, 과거의 문하시중이었던 육관억이 노 시중의 사람이었던 것을 모르지 않았다.

다만, 휘강은 노 시중의 말에 쉬이 답을 내어놓지는 못했다. 그의 질문에 숨은 의중이 옳다 여겨서가 아니었다.

려화가, 첩지를 받고 자신의 여인이 되는 것을 원하리라 생각지 않았다. 자신이 결정해서는 안 된다고 생각했다. 때늦은 깨달음은 그를 조금이나마 사람의 도리에 따라 사고하도록 하고 있었다.

"과연 노 시중이군. 짐이 생각지도 않았던 점까지 먼저 생각해 일러 주다니 말이야."

"……진정 첩지를 내리고 후궁으로 삼고자 하십니까?"

"아니."

더해, 려화에게 후궁 첩지까지 내리지 않는 데에는 다른 이유도 있었다. 명분이 없었다. 만일 려화의 몸을 스쳐 갔던 아이가 죽지 않고 그대로 그녀의 뱃속에 자리를 잡았다면 모를까. 그랬더라면 휘강은 모두의 반대를 무릅쓰고 려화를 황후로라도 삼았을 것이다.

아이의 핑계를 대고서라도 려화를 자신의 곁에 확실히 붙잡아 두었을 것이다. 물론, 려화의 뱃속에 수태되었던 자신과 그녀의 아이는 이미 세상에 없었다. 그 누구도 알아주지 못하는 사이에 불귀의 객이 되었으니, 이는 되짚어 말할 가치도 없는 사안이었다.

더불어 이 자리의 그 누구도 그러한 일이 있었던 것조차 몰랐다. 이미 사라진 아이의 정체를 이들에게 발설할 수는 없었다.

그러잖아도 입지가 불명확한 려화를 더욱이 위험으로 빠뜨릴 것이다.

"하오시면 폐하께서는……. 그 죄인을 어찌하실 요량이십니까?"

"노 시중은 어차피 짐의 입에서 무슨 말이 나오든 상관없이 반대할 것이면서도 그를 묻는가?"

휘강의 날 선 대답에 노 시중이 고개를 조아렸다. 그의 뒤로 선 신료들 또한 조용히 열을 맞추어 고개를 숙였다.

휘강이 머리를 짚고 한숨을 내쉬었다.

"짐의 승은을 입은 여인이다. 감히 궐 밖으로 내돌릴 수는 없으니 응당 궁에 두어야겠고. 일회성에 그친 관계가 아니었으니 다시금 궁녀 신분으로 돌려보내기에도 문제가 있다. 하여 짐은 공려화의 죄인 신분을 벗겨 내고 작은 별궁을 내줄 요량이다."

휘강이 려화의 죄인 신분을 벗겨 준다 한들, 다시 려화를 궁녀로 돌릴 수는 없었다. 이는 그가 신료들에게 말한 대로 관계가 일회성에 그치지 않았기 때문만은 아니었다.

려화의 위치는 참으로 모호했다. 신료들이 자신의 의중을 전부 파악해, 려화를 향한 연심을 알고 있을 리는 없었다. 휘강 자신이 광증을 지닌 자는 사랑 따위의 감정을 알지 못한다고 굳게 믿어 의심치 않았던 것처럼, 오랜 세월 황실을 보필한 신료들 또한 그리 생각할 것이기에.

그러나, 그와 상관없이 신료들에게 려화는 참으로 거슬리는 존재일 것이었다. 자신들의 딸이, 혹은 가문의 다른 계집이 차지해야 할 황후라는 자리를 막고 선 것이 려화라고 생각할 것이었다. 그쯤을 휘강이 모를까.

그게 아니라도, 죄인 신분일 때부터 안아 왔던 황제의 계집이란 그들에게 눈엣가시일 것이었다. 황실 법도를 무시하고 존재하는 계집을 치워 낼 생각이 아주 만만하겠지.

휘강은 이제 와서, 려화를 그녀가 원하는 대로 자유롭게 놓아줄 수조차 없었다. 그랬다간 려화마저 제 아이를 따라 불귀의 객이 될 것이었다.

범인이야 신료 중 누군가가 될 것이 자명했다. 그럴 수는 없었다. 아무리 생각해 보아도 려화는 자신의 곁을 벗어나길 원하겠으나, 그녀가 원하는 것을 들어주면 그녀를 지킬 수가 없었다.

"폐하의 은혜로 신분을 찾는다 하여도, 과거 죄인이었던 여인입니다. 그것도 다른 죄가 아니라, 감히 강상의 법도를 그르치고 폐하와 황실을 모욕한 큰 죄를 지어 죄인이 되었던 여인이지요. 그런 자를 어찌 궁에 둘 수 있겠습니까?"

노 시중이 반박하고 나섰다. 휘강은 말없이 그를 노려보았다. 휘강의 서늘한 눈빛에도 노 시중은 물러나지 않았다. 감히 황제의 분노를 직시하지는 않았으나, 몸을 사리지 않는 태도를 보였다.

휘강은 이미 마음을 정하고 입을 연 것이었다. 누가 어떠한 방해를 하더라도 려화의 죄를 벗겨 줄 것이었다.

곧, 그의 입가에 싸늘한 서리 같은 미소가 내려앉았다. 우습기 짝이 없었다.

려화야, 자신이 황제인 것을 몰랐으니 저의 앞에서 솔직한 마음을 털어놓았다. 하나 이들은 어떠한가. 자신이 황제인 것을 알고 있으니 닥치고 있을 뿐, 신료들이라고 황실의 뒷담 한 번을 하지 않았을까.

이미 휘강은 노 시중의 집안 정자에서 그들이 모여 작당을 일삼고 있는 것을 대강 알고 있었다. 그 자리에서라고 자신을 욕되게 하는 말이 새어 나오지 않았을까.

그런 자들의 수장인 노 시중이 려화의 죄를 언급하는 것이 휘강은 몹시 우스웠다.

"죄인으로 궁에 두는 것은 어찌할 수 없으나, 죄인 신분을 벗은 채로는 궁에 둘 수 없다?"

"단순히 그런 뜻은 아닙니다, 폐하."

"노 시중의 말이 짐이 말한 것과 무엇이 다른가? 짐은 이해할 수 없다. 공려화는 넘칠 만큼 벌을 받았으니, 응당 죄를 사하여야 옳다. 더해 짐의 승은을 넘치게 받았으니 또한 궐을 넘을 수 없다. 짐의 말에 틀린 것이 있는가?"

"폐하, 죄인은 본디 팽형에 처해 목숨으로 죄를 갚아야 했습니다. 한데 그 벌을 받은 세월이 고작 일여 년에 지나지 않거늘 넘칠 만큼 벌을 받았다는 말은 이치에 맞지 않습니다."

노 시중은 제가 처한 상황도 잊고 휘강의 말에 또박또박 반박했다. 국법과 도리에 따르면 노 시중의 말이 틀리지는 않았다. 그러나 휘강의 논리 또한 당장의 상황만 놓고 보았을 때는 도리에 어긋나지 않았다.

이것은 려화의 존재를 두고 휘강과 신료들이 첨예하게 대립하는 상황이었다. 어느 쪽이든 옳다 그르다를 확실히 할 수 없이 말이다.

기실 려화가 처한 상황이, 처음부터 휘강의 억지로 시작된 것이니 이러한 결과가 나올 수밖에는 없었다.

그러나 결국, 이기는 것은 휘강의 몫이 될 것이었다.

"황제의 자비에 이치를 따지는 것은 얼마나 강상의 도리에 맞는 일인가?"

"폐하!"

"짐이 안건이라는 온건한 말로 이야기를 시작해, 그대들이 무언가 착각을 크게 하는 모양인데……."

휘강의 입가에 비틀린 미소가 어렸다. 노 시중은 지나간 시간이 만들어 낸 상황이 이러하여, 강하게 휘강에게 반박할 수 없는 자신의 처지를 통탄했다.

"짐은 이미 어심을 굳힌 이야기를 그대들에게 통보했을 따름이다. 공려화는 죄인 신분을 벗을 것이며, 별궁인 채선궁에 그녀의 거처를 마련할 것이다."

"폐하! 아니 될 말씀입니다!"

노 시중은 씨알도 먹히지 않을 것을 알면서도 통한의 외침을 내질렀다. 여타 신료들도 휘강의 손에 제 목이 날아가지는 않을 것이라는 분위기를 파악하고는 더듬더듬 노 시중의 뒤를 따랐다.

신료 일동이 모두 극구 반대하는 상황에도 휘강은 단호하게 고개를 내저었다.

"짐이 자비 있는 황제임에 감사하라. 금번 조정에서만 하더라도 몇 번이나 양보했던가?"

휘강은 오늘 려화의 이야기를 꺼내기 위해 이미 지나간 안건 몇 개에서 신료들의 손을 들어 준 참이었다. 백성들에게 해가 가지 않는 선에서 지금의 상황에 안주하는 길을 택한 것이었다.

이리 휘강은 자신이 먼저 실을 보였으니, 신료들도 더는 잃은 것에 대해 말을 보태지 말라는 의견을 피력했다.

더해 여기서 더 나아가면 자신의 자비가 더는 신료들에게까지 미치지 않으리라고 알린 것이었다.

휘강이 더 말할 것도 없다는 듯이 자리에서 일어났다.

"회의는 이것으로 파하지."

매정하게 돌아서는 휘강의 뒤에서 노 시중이 살벌한 눈빛을 빛냈다. 그런 노 시중을 바라보는 신료들의 얼굴에는 난색이 확연했다.

그나마, 믿을 것이라곤 노 시중뿐이거늘 그의 발언권도 예전만 못했다. 더욱이, 휘강이 다른 여인을 받아들일 수 있으리란 희망도 점차 사그라들고 있었다.

어찌해야 지금의 자리를 유지하고 황제에게서 목숨을 지켜 낼 수 있을지. 더해 휘강의 곁에서 눈엣가시인 려화를 치워 낼 수 있을지.

가망이 있어 보이는 것이 하나도 없었다. 신료들의 가슴에서 려화에 대한 분노가 실체화되어 차곡차곡 쌓이기 시작했다.

홍덕권은 의뭉스러운 눈으로 그저 노 시중을 가만히 바라보았다.

*
**

유산한 것을 알고 시름에 잠긴 지 한 달이 지났을까. 가을이 완연할 무렵 려화는 지긋하기만 하던 죄인 신분을 벗었다. 궁에 소문이 돌 때도, 그를 확인시켜 줄 휘강이 유배소를 찾지 않았기에 믿지 않았던 려화였다.

그러나 실로 자신의 죄인 신분을 사한다는 공문을 받았다. 더해 이리 처소까지 별궁으로 옮겨졌다.

"언니! 그거 알아? 채선궁이 황궁 안의 그 어떤 별궁보다도 어여쁜 경관을 자랑한다는 거 말이야!"

산여가 려화보다 더욱 신이 나서 방방 뛰었다. 유배소에서 들고 온 짐이라야 휘강이 려화에게 건넸던 자수통과 꽃을 그릴 때 쓰던 조잡한 화구 정도였다.

옷가지는 전부 계절에 맞추어 새로 갖추라는 명이 있어 들고 오지 못하였고, 그밖에는 채선궁의 격에 맞는 물품이 없어 모두 버려야 했다.

려화는 제 일처럼 기뻐하는 산여와 달리 무덤덤한 얼굴로 채선궁의 내부를 돌아보았다. 입은 옷이 닿는 것이 죄스러울 정도로 단아하고 고급스러운 가구들이 꼭 맞는 자리에 들어 있었다.

개중 조금 낯익은 가구가 있어 자세히 보니, 이제는 폐쇄하고 허물어 버린 유배소에서는 어울리지 않게 저 홀로 화려하던 침상이었다.

채선궁에 가져다 놓으니 제 자리를 찾은 것처럼 어우러졌다. 려화의 눈에는 이 낯선 채선궁 안에서 불가해하게도 그 침상만이 익숙하고 편안했다.

려화가 새 침구를 씌워 새것 같은 침상에 걸터앉았다. 신이 나 방방 뛰는 산여와 달리 려화는 그저 이 상황이 우습기만 하였다.

가장 중요한 것들을 잃어버리고 나니 심신이 편안해졌다. 이제는 더 잃을 것도 없어, 고작해야 지키고픈 마음이 드는 것은 산여 하나가 전부였다.

일전 이야기한 적이 있는 변덕인지, 아니면 진심으로 제 마음을 깨달은 것인지. 속 모를 휘강의 태도가 그저 의아한 따름이었다. 그러나 무엇인들 어떠하리.

"이제 너랑 이야기하는데 눈치 볼 일은 적어 좋네."

무표정한 려화의 곁에 아무렇지 않게 웃는 낯으로 세야가 다가왔다. 그리곤 려화의 어깨에 손을 올리고 조심스레 쓰다듬었다. 그것이 말 없는 위로와 닮아 려화가 고개를 들어 올려 세야를 바라보며 웃었다.

"그러게. 내 신세 참 좋아졌네."

"이제 네 식사 준비도 바로 채선궁에 딸린 주방에서 할 수 있어. 덕분에 나도 편해졌지. 다른 것 신경 안 써도 되니까. 네게 고마워해도 되지?"

세야가 수더분한 태도로 려화에게 말했다. 아무 일도 없었던 것처럼, 마치 예비궁녀로 입궐하던 그 시절 그때의 모습과 하나 다르지 않게 말을 건넸다. 려화는 그런 세야 또한 고맙기 짝이 없었다.

지킬 사람이 하나 더 있었다. 어쩌면 더 있을지도, 더 생길지도 모른다. 살아갈 이유는 불가해하게도 끊이지 않고 생겼다.

그것을 저버리기에, 려화는 또한 너무나 정이 많았다.

"내게 고마울 일인가? 폐하께…… 감사한 일이지."

"아무튼. 나는 려화 너와 친해서 이곳 채선궁 일만 보게 된 건데! 네 덕이지!"

세야가 슬그머니 같이 침상에 앉아 려화의 팔짱까지 끼고 나섰다. 그 모습에 려화가 세야의 손을 깍지 껴 잡았다.

불가해한 일이나 이들을 지키기 위해서는, 자신이 더는 무엇도 바라지 마시라고 통보했던 휘강이 필요했다. 우스운 신세였다. 그러나 자기연민에 오래 빠져 있기에, 황궁은 복마전이었으며 려화는 이번에 있었던 일들로 그것을 너무나 크게 깨달았다.

휘강은 그날 려화의 앞에서 울부짖었던 이후로 그녀를 찾지 않았다. 이곳 채선궁으로 옮긴 오늘이라면 하루쯤 들르지 않을까 싶었으나 그럴 것 같지도 않았다.

세야나 산여를 지키기 위해서는, 무엇보다 그들을 지키기 위해 자신을 지키려거든 휘강이 필요했다. 그러나 려화는 그것을 위해 자신이 먼저 휘강을 불러들일 마음까지는 아직 들지 않았다.

아니다. 그런 아집까지도 아직은 사치였다. 휘강의 명에 의해 자신의 위치가 바뀌었으니, 려화를 몰아내려 했던 신료들은 전보다 더욱 그녀를 위험하다 여길 것이었다. 당분간이야 휘강이 찾지 않더라도 그의 눈길이 이곳에 뻗어 있으리라 여기겠지만, 휘강이 발걸음하지 않는 기간이 길어진다면.

려화는 세야와의 인사를 마치고 그녀가 채선궁에 딸린 자신의 처소로 돌아가는 것을 확인했다. 산여는 이제 확실히 지근에서 려화를 모시게 되었으니 아직 그녀의 곁에 있었다.

이리 려화의 곁에 그녀를 모실 궁녀들을 두는 데에도 휘강은 신료들과 꽤 많은 논쟁을 치러야 했다. 신료들은 첩지를 받지도 않은 여인에게 별궁을 내린 것부터 이치와 법도에 어긋나건만, 거기에 더해 황가의 사람조차 아닌 여인에게 궁녀를 붙이는 것은 더욱이 아니 될 말이라고 성토했다.

물론 휘강의 억지에 전부 가로막혔다.

"산여, 이제 막 궁을 옮겨 일이 많지?"

"에이 언니, 오기도 전에 싹 정리되어 있던 데다 짐도 거의 없었는데 무슨."

"그래도 내가 궁녀 시절 지니고 있던 짐도 다시 돌려받았잖아. 물론 그것도 몇 되지 않지만……."

"궁녀복은 궁의 소유인지라 오지 않았고, 언니의 소지품이 담긴 함과 입궐 전에 들고 있던 짐은 받았지. 언니가 받은 녹봉도 일시에 다 받았어. 절반은 은자로, 절반은 백미로 받아서 지금은 채선궁 곳간에……."

"됐어. 그쯤 해도 돼. 네게 일이 잘 되었냐고 채근한 것이 아니야."

확실하게 정리해 말해 주겠다는 산여의 욕심에 답이 한도 끝도 없이 길어졌다. 려화가 그것을 가로막고는 제풀에 지쳐 숨이 모자라 헉헉거리는 산여를 보고 웃었다. 산여도 마주 려화를 보고 웃어 주었다.

산여는 정말로, 려화를 향한 휘강의 총애가 그대로인 것이

다행이라 여기는 모양이었다. 아니, 려화가 수태했던 황가의 손을 잃고도 총애를 잃지 않은 것을 정말로 홍복이라 여겼다.

다만, 산여는 휘강이 려화를 찾아왔던 그 밤의 일을 모르니 그것이 하나의 걱정이기는 하였다. 이리 죄인의 신분을 사하여 주고 별궁까지 내려 준 휘강이건만, 정작 본인은 그 무거운 걸음을 려화에게로 옮겨 주지 않으니 말이다.

무릇 총애의 기본은 매일 끊이지 않는 걸음이라 하였다. 가장 기본이 되는 그 걸음이 정작 지금에 이르러선 뚝 끊겼으니 산여는 려화를 대신하여 걱정을 짊어졌다.

그것이 려화의 눈에도 보였다. 자신의 처지를 무엇보다 걱정해 주는 것은 산여일지라, 려화는 그것조차 제 동생처럼 산여가 귀엽고 안쓰러워 보였다.

"그보다 무사님께서도 이 채선궁으로 함께 오셨니?"

"무사님이라면……. 아, 은호 언니. 은호 언니라면 이따 오후부터 온다고 들은 것 같은데."

"그렇구나."

"왜? 무슨 전할 말이라도 있어?"

유배소에서 지냈던 길지 않은 시간 동안, 려화는 산여에게 쉽게 벽을 허문 것과는 달리 은호에게는 제법 거리를 지켜 왔다. 은호가 무사인 것에 겁을 먹은 것은 아니었고, 그는 어찌하여도 완벽한 휘강의 사람인 것이 먼저였기 때문이었다.

그런 은호를 려화가 먼저 찾는 것은 여태껏 없던 일이었다. 그것에 산여가 려화에게 이유를 물어 왔다.

"달리 이유가 있어서는 아니고, 이곳 채선궁에서도 신세를 지게 되었으니 잘 부탁한다는 말을 전하려고 그러지."

려화는 산여의 궁금증이나 걱정이 귀찮지는 않았으나, 되도록 그녀에게 미주알고주알 이야기하지 않으려 했다. 많은 것을 알수록 많은 위협을 받는 곳이 바로 이 황궁이기 때문이었다.

그러나 그런 려화의 속을 모르는 산여는 종종 섭섭해하곤 하였다. 특히, 이번의 경우 려화가 대놓고 산여에게 관여할 여지를 자르는 답을 내놓았으므로 더욱 그랬다.

산여가 입술을 비죽이면서도, 려화는 자신이 모시는 사람이라는 것을 잊지는 않고 느리게 고개를 끄덕였다.

"그래도, 내가 전해도 되는데……."

"고마움은 남의 입으로 전하는 것이 아니잖아. 산여도 언니 마음 알지?"

"알았어! 뭐."

산여는 투덜거리면서도 려화의 뜻을 따라 주었다. 곧 세야가 낮것 들 시간이 되었다며 낮것을 가지고 오고, 처음으로 세 사람이 모두 모여 가볍게 식사 시간을 가졌다.

려화는 식사 도중 앞으로 손발을 맞추어야 할 산여와 세야를 마주 인사시키곤, 화기애애하게 식사를 마쳤다.

그러고 나니 시간은 이른 오후를 지나쳤는지라, 산여의 말대로 은호가 채선궁으로 적을 옮긴 것을 궁의 주인인 려화에게 보고하러 그녀의 처소로 들었다.

"황제궁 특무대 감은호, 금일로 채선궁의 주인은 모시기 위하여 적을 옮기라 명 받았음을 전합니다."

은호는 려화가 죄인 신분이었을 때와는 전혀 다른 절도 있고 예의 바른 태도로 려화의 앞에 부복했다. 그것에 려화보다도 산여가 더욱 당혹하였다.

려화 또한 실감이 나긴 하였다. 자신의 처지가 바뀌고 이제 더는 자신이 죄인이 아니라는 것이 말이다.

려화는 가볍게 고개를 끄덕여 은호의 인사를 받아 주고는, 산여에게 봉인서로 가서 앞으로 입을 가을옷을 받아와 달라 부탁하였다. 산여는 려화가 자리를 비켜 달라 한 속내를 눈치채고는 아쉬운 얼굴로 고개를 끄덕이고 발걸음을 옮겼다.

이리, 채선궁의 넓은 처소 안에는 려화와 은호만이 남았다.

"무사님께서는 이제 고개를 드셔도 됩니다. 또한, 저를 이전처럼 편히 대하셔도 좋아요. 이런 극진한 대접이 저는 더욱 불편합니다."

"그리할 수는 없습니다. 부인……, 께서는 이제 죄인의 신분이 아니십니다."

확실히, 이제 려화는 죄인이 아니었다. 그러나 궁에서 붕뜬 신세임은 다르지 않았다. 정작 려화를 모시고 지키러 온 은호조차 그녀를 부를 호칭을 정하지 못하고 가까스로 부인이라는 말로 려화를 칭했다.

이리 려화의 신세는 죄인이 아니더라도 궁 안에 뿌리내린 자리가 없는 처지였다. 려화는 은호의 망설임에서 자신의 처지를 다시 한번 깨닫고는 피식 웃음을 흘렸다.

"그러나, 무사님께서 극존대해야 할 신분 또한 아닙니다. 저는 첩지를 받은 후궁도, 혹 무사님과 엮일 일이 없을 궁녀도 아니니까요."

"하오나……."

"궁녀조차 아니게 된 저의 신분은 죄인이 아닐지언정 호족 방계의 딸입니다. 그것도 유모 출신 어미를 둔 딸 말입니다."

려화는 은호가 이미 자신의 신분에 대해 다 알고 있는 것을 전제하듯 말했다. 려화의 생각은 틀리지 않았다. 은호는 려화가 죄인일 적 그녀의 감시를 맡았을 때부터, 궁 내명부에 남은 그녀의 흔적을 샅샅이 살펴 두었다.

이후로도 휘강에게 려화의 일거수일투족을 보고하는 것이 자신의 맡은바 본 임무였다. 그것을 꿰뚫어 보고 있었던 듯 말하는 려화의 태도가 은호를 몹시 불편하게 하였다.

더해, 휘강은 기밀대 전체에게 려화를 대함에 있어 자신의 정인으로 알고 대하라 명했다. 그러나 려화의 드러난 신분은 황후도, 후궁도 아니었으니 처음으로 그 호칭이 모호했으며.

이어서 려화가 지금처럼 자신을 향한 대접을 불편히 여긴 다면 그를 변명할 말이 궁색하였다. 차마, 휘강이 그리 명했다 밝힐 수는 없었다. 그 정도 머리는 은호에게도 있었다.

"그렇다 하셔도 폐하께서는 소신에게 부인을 극진히 모시고 지키라 명하셨습니다. 상관의 명을 거부할 권한이 제겐 없습니다."

하여 은호는 다른 방식으로 휘강을 핑계 삼았다. 무관들 사이에서는 다른 이들은 상상도 할 수 없을 정도로 상명하복이 강하게 작용했다. 려화도 그를 대충은 알고 있었으니, 은호의 답에 더 이상의 토를 달지는 못하였다.

"그렇다고 하시니 저도 더는 편히 대해 주실 것을 권할 수 없겠습니다. 그러나, 그와 상관없이 저는 무사님께서 다시금 제 곁에 와 주셔서 감사합니다."

"그리 여겨 주시니 소신이 더욱 감사할 따름입니다. 한데, 외람되오나 어찌 저와 이리 독대하려 하시는지 물어도 되겠습니까?"

려화가 잠시 뜸을 들이다가, 얕은 한숨을 뱉어 내고는 고개를 끄덕였다.

"폐하께, 말 한마디 전해 주셨으면 합니다."

얕은 한숨에 려화의 속내가 다 묻어 있었다. 휘강에게 무엇 하나 전하고 싶지 않으나, 전해야 할 말이 있다는 것이 서글픈 것도 같은.

무딘 여 무사의 마음에도 그것이 느껴졌다. 아마, 은호는 평생 가질 일이 없는 경험이겠으나 수태한 아이를 잃은 아픔이 어찌 작을까. 그 아픔의 일부는 같은 여인으로서 느낄 수 있음이니, 려화의 그 망설임이 은호에게도 아련한 아픔으로 닿았다.

"무엇이든 전하겠습니다."

하여 은호가 단호한 목소리로 려화에게 다시금 부복하며 말했다. 려화는 이번에도 적지 않은 시간을 흘려보내고 나서야 입을 열었다.

"그렇다면 이리 전해 주세요. 저는 아무것도 바뀌는 것을 바라지 않는다 하였다고요."

"예?"

은호가 당혹한 얼굴로 고개를 들어 려화를 올려다보았다. 려화는 그녀를 바라보며 설핏 웃었다. 은호는 기밀대에서 이제 겨우 말단을 벗어난 무사였다. 휘강의 근저를 진종일 지키는 측근 몇이나 알 정도인 그날의 일을 알지 못했다.

그러니 은호에게 려화의 말은 웬 뜬구름 잡는 소리였다. 다만 휘강에게 아주 큰 변화가 있었으니, 거기에 려화가 지금 이르는 말이 계기였으리라 가까스로 추측할 뿐이었다.

"죄인 신분을 벗은 것을, 채선궁을 받은 것을 원망하는 것은 아닙니다. 그러나 여전히, 아무것도 바뀌는 것을 원치 않는다. 그리 전해 주세요."

차마 다시 예전처럼 걸음 해 달라, 입이 찢어져도 그리 단도직입적으로 휘강에게 부탁할 순 없었다. 하여 려화는 자존심을 세워 그 밤의 이야기를 은호를 통해 재차 전했다.

휘강은 족히 십 년이 다 되도록 제국을 다스린 황제였다. 그런 그가 이 정도로 돌려 댄 말을 알아듣지 못하리라고는 생각지 않았다. 하여 려화는 이리 자존심을 세웠다. 은호는 영문도 모른 채, 려화에게 그러마 답했다.

"명 받들겠습니다."

날이 바뀌지 않은 새카만 밤, 려화의 말은 곧장 휘강에게 전해졌다.

**

야심한 밤이었다. 은호는 오늘 채선궁에서 있었던 일을 보고하기 위해 휘강을 찾았다. 어둠에 녹아들 듯 흔적이 없었던 은호에게서 인기척이 생겼다. 편전에서 제국의 끝이 없는 정무를 보고 있던 휘강의 앞으로 은호의 걸음이 당도했다.

은호는 소리 없이 휘강의 앞에 부복하여 예를 올렸다. 휘강의 시선은 여전히 책상에 펼쳐 둔 두루마리를 향하고 있었다.

기밀군의 보고는 항상 소리 없이 이루어졌다. 보고하는 자와 듣는 자 모두 전음을 이용했다. 은호 또한 기밀대 소속의 무사였다. 비록 말단에 불과하여 겉으로는 황실군 휘하의 군사로 등재되어 있다고 하지만 말이다.

[기밀대 무사 감은호, 폐하께 금일 채선궁의 일을 보고하러 왔습니다.]

[예를 차릴 필요는 없다 일렀다.]

[시정하겠습니다.]

전음이란 본디 엄청난 정신력과 공력을 소모하는 행위였다. 하여 은호는 부복한 채로 완전히 무방비한 상태가 되었건만, 휘강은 흐트러짐 하나 없었다. 더해 여전히, 아무 일도 없는 것처럼 눈앞에 놓인 두루마리를 보고 수결하거나 치우거나 하였다.

은호는 금일 채선궁에서 있었던 일을 짧게 보고하면서도 식은땀을 흘렸다. 정말로 별일 없이 무탈하게 려화의 거처가 옮겨졌기에, 특별히 보고할 만한 사항이 있는 것도 아니었다.

다만 휘강에게 특별히 전할 말이 있긴 하였다. 그러나 은호에게는 뜻 모를 말에 불과했다. 그 뒤에 숨은 뜻이 있기야 하겠으나, 자신이 알아야 할 이유도 없었거니와 알기 위해 애써서는 안 될 일이었다.

[별일은 없었단 말이지.]

[그렇습니다. 또한, 채선궁 건물과 그 주변으로 팔방 이 리 내까지 수상한 것도 위험한 것도 없었습니다.]

[지금은 저들도 몸을 사리고 있으니 모를 일이나, 앞으로 언제라도 기세를 회복하면 채선궁의 주인에게 위해를 가하려 들 것이다.]

[예. 명심하고 긴장을 풀지 않겠습니다.]

[너 외에도 이급 기밀대원이 여섯 더 같이 지키고 있다. 그러나 무슨 일이 생기거든 전방에 나서서 채선궁의 주인을 지킬 수 있는 것은 은호 너뿐이니, 적어도 일 리 내로는 항상 기감을 세우고 있도록 하라.]

휘강의 말에 은호가 더욱이 머리를 조아렸다. 세상에 유일하게 자신의 몸을 써 달라 맡기고 싶은 주인이 바로 휘강이었다. 그러니 그가 명한 것이 몹시 힘든 일일지언정 거부할 마음은 은호에게 없었다.

더군다나 지금은 은호 또한 려화에게 진심으로 호감을 지니고 있었다. 그러니 휘강이 정인으로 여기는 여인이자, 제가 보기에도 모자람 없이 선량한 려화를 위험에 처하게 두지 않을 생각이었다.

[이것으로 보고는 끝인가?]

휘강은 평소의 수순에 따라, 은호의 오늘 보고도 이것으로 마치는 것이냐 물었다. 은호는 어쩐지 휘강의 그 목소리에서 희미한 기대감, 혹은 절박함이 담긴 어떠한 감정을 느꼈다.

휘강은 황가의 광증을 물려받아 발현한 이였다. 그에게 이러한 인간적인 면모를 느낀 적은, 려화가 수면 위로 나타나기 전까지는 단 한 번도 없었다.

근래에는 모호하게나마 휘강에게서 사람 냄새라 할 것을 느꼈던 은호였으나, 이번만큼은 유독 그러한 기색을 더욱 강하게 느꼈다.

은호가 저도 모르게 침을 꿀꺽 삼켰다. 려화가 제게 전한 말이 있어 참으로 다행이라 여기며.

흔들림 없이 그저 정무만을 살피던 휘강의 시선이 고개를 조아린 은호의 정수리에 꽂혔다. 그 눈길이 따갑게 느껴질 정도였다.

[채선궁의 주인께서, 폐하께 한마디 전해 달라 하셨습니다.]

가까스로 유지하고 있던 휘강의 평정이 깨졌다. 그가 옥새를 쥔 손에 핏줄이 벌겋게 일어나도록 힘을 주었다. 거기서 더하면 그 단단한 경옥으로 만든 옥새에도 금이 갈 지경이었다.

[앞으로 채선궁의 주인이 짐에게 전하는 말이 있다면, 그것을 가장 중요하게 여겨 속히 짐에게 보고하라.]

전음으로 직접 은호의 머릿속에 전해진 휘강의 목소리가 음산하기 짝이 없었다. 미미한 살기까지 지니고 있었던지라, 그것을 방어 없이 받아 낸 은호의 코와 입에서 실금처럼 피까지 흘렀다.

[……경중을 구분치 못한 아둔한 신을 벌하여 주십시오.]

[짐이 먼저 이르지 않았던 것이니 이번에는 그냥 보아 넘기겠다. 허튼 시간 끌지 말고 보고해.]

부복하여 바닥을 짚은 은호의 팔꿈치가 휘청이며 한 번 꺾였다. 자세를 바로 하는 즉시 은호가 보고하였다. 휘강이 이리 분노를 내비치면서도 자비를 말하는 일은 흔치 않았다.

['아무것도 바뀌는 것을 바라지 않는다 하였다' 그리 전하라 하였습니다.]

진탕된 속을 다스리며 은호가 가까스로 말을 전했다. 그녀의 흐트러진 전음에서 휘강은 그 어떠한 감정도 읽어 내지 못했다.

려화가 무슨 생각으로, 어떠한 마음으로, 무슨 말투로 어떤 목소릴 하고 이리 말했을까. 하나하나 다 물어보고 싶었으나, 그런다 한들 눈앞에서 들은 것처럼 감히 다 알 수 있을까.

만일 직접 들었다 한들 파악이나 했으랴. 반쪽짜리 감정을 지닌 제가 말이다.

[아무것도 바뀌는 것을 바라지 않는다 했단 말이지.]

[그렇, 습니다. 달리 더 전하는 말은 없었습니다.]

[……기분은 어떠해 보이더냐. 불쾌해하던가?]

[아닙니다. 달리 호오를 표하지는 않았습니다.]

휘강이 고개를 내저었다. 어떠한 감정도 표하지 않았다니. 지난밤의 껍질만 남았다 말하던 그 얼굴이 떠올랐다. 그 표정을 떠올리는 것만으로도 휘강은 고통에 휩싸였다.

감정을 추스르기 어렵다니 제가 이런 적이 있었던가. 휘강

333

은 그저 실소하였다. 그러고는 곧 은호에게 축객령을 내렸다.

[되었으니 이만 나가 봐.]

은호가 비틀거리는 몸을 추스르고는 다시금 휘강에게 예를 갖추었다. 그런 뒤, 처음 등장했을 때보다는 인기척을 숨기는 데에 모자란 모습으로 편전을 떠났다.

평소라면 대번에 단속했을 휘강이었으나, 지금은 거기에 내어 줄 신경 줄이 없었다.

홀로 남은 그가 옥새도, 아직 펼쳐 보지 못한 안건마저도 밀어내고 빈 책상 위에 팔을 괴었다. 고민이 깊어 무겁게 여겨지는 머리까지 손등 위에 얹고야 말았다.

짙게 음영이 드리운 휘강의 얼굴에 찾아든 표정이 심란하기 짝이 없었다. 대관절 려화는 무슨 속마음으로 그런 말을 제게 전했단 말인가.

아무것도 바뀌지 않길 원한다 했다. 그녀에게 그 비통했던 밤 직접 들었던 말이었다. 슬픔조차 풍화되어 눈물마저 흘리지 못하고 메말라 있던 모습을 떠올렸다. 그녀를 대신해 휘강은 제 눈시울을 붉히고 흰자위에 핏발을 세웠다.

쓸데없이 무겁기 짝이 없던 무릎을 꿇었다. 모든 자존심을 내버리고 죄를 고하였건만, 려화는 아무것도 남지 않았다 했다.

그 말에 담긴 뜻이 휘강의 폐부를 찔렀었다. 용서도 원망도 무엇이든 남아 있어야만 가능하다는 것을 그날에야 배웠다.

하여, 려화는 차라리 여태까지와 다름없이 아무것도 변하지 않았으면 한다 하였다. 자신이 죄인인 것도, 이 좁은 유배지에 유폐된 것도.

차라리 죄인 신분을 벗겨 준 것과 채선궁을 내린 것에 화라도 냈으면 이해가 됐을까. 려화가 아무런 감정도 내비치지 않았다 하니 그의 머릿속은 답을 찾지 못하고 뒤죽박죽이 되었다.

려화는 무엇을 바라고 그날의 말을 다시금 곱씹어 전했던가.

"하……."

한참을 같은 자세로 굳어 침통함에 젖어 있던 휘강의 입술을 비집고 허탈한 실소가 터졌다.

곧, 짧게 내쉰 숨소리와도 닮았던 그것이 완연한 웃음이 되었다. 허탈함이 가득한 웃음은 곧 소리 없는 광소가 되었다.

광증이 일어 혈기가 치솟아도, 단지 그것을 분노와 닮은 무엇으로 여겨 왔다. 하여 휘강은 단 한 번도 자신이 미친 짓을 행한다 생각지 않았다.

그러나 지금 휘강은, 자신이 미친 것이 틀림없다고 생각했다.

"그런, 그런 뜻이었군."

려화는 제가 무엇으로도 답할 수 없는 마음을 내비치지 말라 한 것이지, 이리 숨어 버리라 한 것이 아니었다. 비겁하게

335

숨어 다스리지 못할 감정을 홀로 곱씹으라 한 것이 아니라, 아무 일도 없었던 과거로 돌아가라 한 것이었다.

발길을 끊지 말라는 말이었다. 끊은 걸음을 다시 이어 맺으란 뜻이었다.

"그런 뜻이었어……."

껍질밖에 남지 않은 몸뚱이를 내주는 것은 하나도 어렵지 않으니, 부디 그렇게 아무 일도 없던 것처럼 자신을 이용하란 뜻이다.

전쟁을 일으키려거든 다시금 제 몸뚱이를 이용하고, 피바람을 불러오려면 차라리 제게 풀어내란 뜻이기도 하였다.

그렇게라도 해서, 이 복마전 안에서 자신을 지키라 꾸짖는 것이기도 했다.

아니, 껍질만 남은 제 곁을 지키는 사람들을. 나서서 지켜 달라는 것이 더 옳은 해석일 것이다.

감히 그의 사랑이 그리 말했다.

휘강에게는 려화의 말을 거절할 자격 따위 없었다.

그러나 려화의 그 어떠한 말도 거절할 자격이 없는 휘강이 채선궁을 찾은 것은 며칠이나 지나서였다. 려화가 거처를 옮긴 뒤 한동안 그녀를 향하던 날 선 주목이 사그라들 즈음이기도 하였다.

황궁의 일동이 휘강의 행동을 단순한 변덕이 아닐까 의심하기 시작할 무렵의 깊은 밤, 휘강은 무거운 발걸음을 채선궁으로 옮겼다.

황궁 근저였던 유배소와 달리 채선궁으로 향하는 길은 제법 길었다. 그래도 휘강의 걸음으로는 족히 일각이면 가고도 남을 거리였다. 그러나 그의 걸음은 그믐달의 날카로운 꼬리에 옷가지가 걸린 듯 무겁기만 하였다.

달조차 기울어 어두운 밤이다. 가을이 무르익었으니 여름의 끝나지 않을 듯하였던 긴 낮도 훌쩍 줄었고, 그러니 밤조차도 여름의 것보다 더욱 깊고 캄캄한 것만 같았다.

등불 하나 없이 걷는 휘강의 주변은 어둡기 그지없었으나, 그의 속내와는 달리 밤하늘 별빛은 총총하였다. 그의 등 뒤로는 태감도 호위도 따르지 않았다. 감히 제국에 저보다 강한 이가 없는 황제는 늘 이리 홀로 움직이곤 하였다.

그것을 모르던 풋풋한 려화는 황제의 호위 무사라는 휘강의 거짓을 철석같이 잘도 믿었더랬다. 그 시절을 떠올리며 저도 모르게 씁쓸한 미소를 입에 문 휘강의 주변으로, 깊은 밤에도 잠들지 않고 움직이는 궁의 사람들이 종종 예를 올리고 지나쳤다.

그들의 시선이 자신을 지나치더라도 끈덕지게 달라붙어 오는 것을 알면서도, 휘강은 그를 나무라지 않았다.

려화가 바라는 것이, 사람들에게는 진실로 여겨지는 화려하고 거짓된 총애임을 알기에 그러했다. 본래의 휘강이라면 인적 드문 길에 족적을 숨기고 채선궁으로 향했을 것이다.

려화에게마저 제가 찾아왔음을 숨기고 말이다.

려화가 채선궁으로 향하기 전날, 마지막으로 유배소에서 보냈던 밤에 제가 그리하였듯이.

"바람이 차다."

채선궁 처소의 창문이 활짝 열려 있었다. 여름날 속살이 비치던 삼을 입고 있던 여인의 저고리는 날씨를 따라 두께를 더했다. 흰 피부와 대비되는 적흑색의 유를 입은 려화의 얼굴이 유난히 수척했다.

옷감의 색이 그녀를 그리 보이게 만드는 것인가, 아니면 휘강의 옷깃을 걸어 그의 발걸음을 무겁게 하던 어두침침한 그믐이 그녀를 그리 보이게 하는 것인가.

주저하던 휘강의 한 마디에 려화의 고개가 목소리의 방향을 향했다. 아무 일도 없었던 것처럼 웃어 주지는 않았으나 그 시선이 서늘해진 밤바람처럼 차갑지도 않았다.

휘강은 그것이 더 두려웠다. 제게는 분노조차 남기지 않은 듯한 모습에 가슴 속 한구석을 절망이 차지했다.

그러나, 눈앞에 사모하는 여인이 있었다. 가슴에 자리 잡은 절망을 뒤로하고 휘강은 홀리듯 걸음을 옮길 따름이었다.

채선궁으로 오는 걸음이 무거웠던 것이 거짓말처럼 휘강은 성큼성큼 걸어 려화의 앞에 섰다. 열린 창문 너머, 손 뻗으면 닿을 거리에 려화가 있었다.

"강녕하셨습니까, 폐하."

오랜만에 보는 휘강의 얼굴이기에, 려화는 예를 갖추어 고개를 조아리며 그리 말했다. 휘강은 무어라 답해야 좋을지 할 말을 찾지 못해 머뭇거렸다.

그답지 않은 서툰 손길이 려화를 찾아들었다. 새카만 비단 같은 머리칼이 휘강의 떨리는 손끝에 감겼다.

아무것도 바뀌는 것을 원치 않는다 하였던가.

그 말 그대로 려화는 휘강의 손길을 거절하지 않았다. 그저 시선을 내리깔고 휘강이 저를 만지는 것을 놓아두었다.

"그대야말로 강녕하였는가?"

"그저 숨 쉬는 것이 일인 여인입니다. 별일 있었겠습니까."

"그러나 그대는 바로 얼마 전……."

"폐하께서 이르신 것처럼 밤바람이 찹니다. 안으로 드시지요."

려화를 걱정하는 마음에 휘강이 한 달 전의 일을 언급하려던 때였다. 그런 일이 잘 없는 려화가 휘강의 말을 끊고 그에게 처소로 들어와 달라 청했다.

휘강이 순간 굳어졌다. 말을 꺼내던 그 표정 그대로 얼어 버린 채 려화를 바라보았다. 려화의 표정에는 변함이 없었다. 창문도 닫히지 않았다.

하나 휘강은 려화의 마음에 선 단단한 벽을 느꼈다.

얼어붙었던 휘강의 표정은 곧 풀어졌다. 그가 허탈한 얼굴로 시선을 내리깔고 고개를 끄덕였다. 그제야 려화가 고개를 꾸벅이곤 창문을 닫았다.

려화가 청했으니, 휘강은 곧 채선궁 깊은 곳 려화의 처소로 들어갔다. 유배소를 채우고 있던 것 중 가장 값졌던 침상 위에 려화는 걸터앉아 있었다.

"채선궁의 풍광이 아주 좋습니다. 이리 좋은 곳을 내려 주신 은혜에 감읍할 따름입니다."

들어온 휘강을 보며 려화가 그리 말했다. 흐릿한 미소는 그 자리에 머무는 듯 아닌 듯 묘하기만 하였다. 려화가 제 옆을 손으로 톡톡 두드렸다.

옆자리를 권하는 그녀의 손길을 거절할 재간이 없었다. 휘강이 려화의 옆에 앉았다. 걸터앉은 침상 모서리의 뒤로 그림을 그리던 흔적과 장식 매듭을 만들던 흔적들이 널브러져 있었다.

려화는 이런 것들을 하며 하루하루를 보내고 있었다. 휘강은 새삼 려화의 일상을 제 눈으로 마주한 것에 속절없이 가슴이 두근거렸다. 한편으로는 죄스럽기도 했다.

그녀가 죄인이던 시절 유배지의 영역을 넓혀 준 것과 지금의 처지가 뭐가 그리 다를까. 그녀는 이제 죄인이 아니거늘 저 혼자 궁에서 유리되어 있었다.

불릴 이름조차 명확지 않았다. 첩지를 받았다면 귀비니 비빈의 이름으로 그녀를 마마님이라 칭하였을까. 그러나 려화는 그런 것도 없이, 휘강의 주변에게는 채선궁의 주인이라 불리었고 다른 이들에게는 그저 '그 여인'이라 불렸다.

그러하니 마주치는 자들을 곤란케 하지 않기 위해서라도 바깥출입을 삼갔다. 아직 몸이 다 회복되지 않은 탓도 물론 있을 것이다.

그러니 유배소에 있던 그때와 지금의 려화는 다를 것이 없었다.

"진실로 내게 감읍하는가."

"울음이라도 보여야 믿으십니까?"

려화가 휘강을 올려다보며 말하였다. 저보다 한참을 작아 잘못 쥐면 부서질 것 같은 모습이었다. 처소를 밝힌 흐릿한 등불이 려화의 콧잔등에 노란빛을 수놓았다. 새카만 머리칼에 노란 물결 또한 물들었다.

때도 모르고, 염치도 없이. 휘강은 이리 아름답게만 보이는 려화를 당장에 품에 끌어안고 싶었다. 더해 그녀의 육신에 부드러운 곳들을 입술로 헤집고 싶었다. 말캉한 혀와 입술, 작지만 풍만한 가슴과 손에 감기는 보드라운 엉덩이.

눈앞에 그리듯 떠오르는 려화의 나신에 휘강은 저도 모르는 새 얼굴을 붉혔다.

제가 감히 그를 넘볼 참인가. 필시, 려화는 그리해도 괜찮다 할 것이다. 그런 뜻으로 자신을 불러들이지 않았던가.

그러나, 려화의 속뜻이 어떠하든 이미 휘강의 마음은 연심을 알았다. 남들은 일가를 이루고도 남았을 나이, 이립을 앞두고서야 배운 늦된 감정이었다.

그리고 그제야 염치라는 것이 생겼다. 제가, 이런 마음으로 려화를 탐할 자격이 있던가.

휘강이 심신에 남은 음욕을 다스리기 위해 제 시야에서 려화를 물렀다. 고개를 돌려 그녀가 소일거리 삼던 것들을 뚫어지게 바라보았다.

가을에 피어나는 국화를 본뜬 금사 매듭, 작은 수틀에 고정한 천에 물든 꽃이 보였다. 보랏빛이 아름다운 그림은 늦되게 가을에 피는 연꽃이다.

아름다운 꽃잎을 품은 것은 사방을 가시로 두른 꽃이라. 그것이 려화를 퍽 닮았다. 저 꽃의 뿌리는 구멍이 숭숭 뚫려 텅 비어 있을 것이다.

차라리 연꽃이면 그 안을 깨끗한 물이라도 가득 채우고 있을까, 지금의 려화는 텅 비어 제게 어떠한 감정도 지니질 않았으니. 그것을 상상하자 휘강의 얼굴에는 쓸쓸함만이 남았다.

"그대는 꽃을 좋아하는가?"

비어 버린 려화의 남은 흔적이나마 되짚어 보고 싶었음인가, 휘강의 물음은 참으로 뜬금없었다.

려화는 휘강에게 달리 반문하지 않고 차분히 답했다. 그녀가 제 왼쪽 팔 안쪽을 오른손 엄지로 쓰다듬었다.

"좋아⋯⋯, 한다기보다는 좋아하게 되었습니다. 꽃들을 그리고 있노라면 잃은 가족들이 떠오르니 말입니다."

"가족들이 떠오른다?"

려화가 고개를 끄덕였다. 어쩐지, 가족들을 추억하려니 팔 안쪽의 꽃점에 불이 붙은 듯 화끈거렸다.

"폐하께서는 손으로 다 헤아릴 수 없을 만큼 저를 안으셨지요. 제 팔뚝 안쪽의 점을 눈여겨보신 적이 있으십니까?"

스치듯, 몇 번이고 본 적이 있었다. 려화의 나신을 눈감고도 그릴 수 있을 휘강이었으니, 그 또한 기억하고 있었다. 그러나 그를 제 눈으로 보았을 때의 자신이라면 려화에게 달리 큰 관심이 없었다.

그저 광기를 눌러 음욕으로 바꾸어 려화를 탐하기에 바빴다. 그녀의 괴로움을 악귀처럼 집어삼키며 괴로운 표정에 웃음 짓고 희열을 즐겼다.

이제야 려화의 말을 듣고 떠올려 보니, 그 점이란 겹겹이 얇은 꽃잎이 겹쳐 만개한 이름 모를 꽃을 닮았다.

휘강이 려화를 다시 바라보며 고개를 끄덕였다. 려화는 추억에 젖은 듯, 휘강의 시선을 느끼지도 못하고 축축한 웃음을 머금고 있었다.

"제 고향에서는 어린아이의 나이가 두 자리에 들어서는 열 살 생일에, 아이의 장수와 홍복을 기원하며 선물을 하는 풍습이 있습니다."

려화의 고향이라면 공진성이었다. 황궁이 있는 도성과는 아주 먼 거리에 있으니, 그곳의 풍습까지야 휘강이 다 알지 못했다.

다만, 의미가 좋은 풍습이라 생각하였다. 더해 려화가 받은 선물이란 무엇일지 궁금해졌다가, 그녀의 나이를 곱씹고 공진성에서 일었던 전쟁의 연도를 헤아려 보았다.

그러다간 깨달았다. 그는 려화의 생일조차 제대로 모르고 있었다. 분명 려화의 궁녀 시절 오 년이나 함께 시간을 나누었음에도 말이다.

그리 제 몸의 일부인 양 품고 안아 왔으나, 그녀에 대해 아는 것이 하나 없었다.

이제라도 하나씩 알아 가면 좋으려나. 그렇다면 이 죄책감은 어쩌지 못하더라도 려화를 향한 마음이라도 조금은 해소될까.

휘강의 간절함이, 그가 려화의 이야기에 귀 기울이게 했다.

"제 선물은 저의 몸에 있는 꽃 모양 점을 본떠 만든 장신구였습니다. 부모님께서 같이 고심하여 모양을 정하고, 그것을 가지고 장인에게 맡겼다 하셨지요."

"지니고 있다면 보고 싶어."

려화의 몸에 있는 점을 본뜬 장신구. 그리고 려화의 과거가 담긴 개인적인 물건이라니, 휘강은 흥미가 동하지 않을 수 없었다.

려화는 이제 죄인 신분을 벗었으니, 죄인이 되며 압수한 개인 물건도 돌려받았을 것이었다. 하여 휘강은 있다면 보고 싶다고 가볍게 말했다. 열 살 생일에 받는 것이라면, 려화의 생일이 일렀다면 아마 가지고 있을 수도 있으니까.

하나 려화는 서글픈 얼굴로 고개를 내저었다.

"제 손에 없습니다."

"없다?"

"그렇습니다. 생일이 되기 전에 전쟁이 터졌고, 가족이 모두 죽었지 않겠습니까?"

"그럼, 그 장신구는 영영 받지 못하게 된 것인가?"

휘강은 마치 려화의 일이 제 일인 양 흥분하며 말했다. 다소 높아진 언성에 려화는 잠시 당혹한 듯하다가, 이내 휘강을 보며 작게 웃었다.

다만 그 작은 미소조차 휘강에게는 일이 있은 이후 처음으로 보는 환한 웃음이었다. 저를 보고 웃어 주는 려화에게 자꾸만 어떠한 기대를 하게 되었다. 이것이, 이 감정이 려화에게는 부담이 되리라.

휘강은 가슴에 피어오른 기대감의 불씨를 애써 눌러 죽였다.

"어머니 가시는 길 마지막 유언이 바로 그 장신구에 대한 것이었습니다. 장인에게서 수도 전장에 맡겨진 그것을 찾아서, 홀로 사는 데에 밑천으로 쓰길 바라셨지요."

"그래서 도성으로……. 한데 왜 궁으로 들어온 것이냐?"

"전쟁으로 가족을 모두 잃었으니, 천애 고아가 된 것이 아닙니까? 도성 문을 넘기가 참으로 어려웠습니다."

"해서?"

"도성 문 앞에 다른 피난민과 함께 모여 자리를 지키고 있었습니다. 그때 웬 환관이 나와서, 궁녀로 입궐할 자격이 되는 여아를 찾더군요."

그리고 려화는 나이를 속인 채 환관을 따라 궁으로 향했었다. 그리고 예비궁녀가 되었고, 본래는 금방 실수를 하고 쫓겨날 생각이었으나 일이 생각처럼 쉬이 풀리지 않았다고 말했다.

휘강은 려화의 말을 들으며 뒤늦게 제가 무슨 일을 저지른 것인지 알아 버렸다. 예비궁녀였던 려화를 정식으로 내명부에 이름 올리게 한 것.

당시에는 려화를 오래 보기 위해서, 그리고 언젠가 그녀에게 말한 것처럼 변덕스러운 마음으로 행한 일이었다. 다만 려화가 전쟁으로 고아가 된 것을 알고는 참으로 잘한 일이라고 여겨 왔다.

그뿐인가, 미치광이 황제답지 않게 선행을 베풀었다고까지 생각했다. 그나마 제가 려화에게 잘한 일이 있다면 오직 유일하게 그뿐이라고 여겼다.

그런데 아니었다. 금세 궁을 나가야 했던 려화를 궁에 잡아 둔 꼴이었다. 등골이 서늘해졌다. 어느 하나, 자신은 려화에게 득이 될 일을 하지 않았다. 려화에게는 자신의 존재가 온전한 실이었으리라.

그런 자의 곁에 있었으니 이리 껍데기만 남았겠지. 가슴에 묵직한 둔통이 일었다.

사랑이란 이리도 아픈 길이었던가.

휘강은 순수한 마음으로, 지금이라도 려화에게 가족들의 마지막 선물을 찾아 안겨 주고 싶었다. 그녀에게 제가 유일하게 하나라도 도움 되는 일을 해 준 존재로 남고 싶은 욕심이었을지도 모르겠다.

"이제라도 내가, 그 장신구 찾는 것을 도우면 어떠하냐?"

"폐하께서 그리 힘써 주실 정도로 중한 것이겠습니까."

"그대의 일 사소한 것 하나라도, 내겐 중하다."

"그 마음으로 백성들을 굽어살피신다면, 폐하께서는 이름 높은 성군이 되시겠지요."

하나 려화는 휘강이 나서는 것을 저어했다. 자신의 무엇에라도 큰 관심은 두지 않되, 남의 눈에나 총애를 받는 여인으로 남겨 주길 원하고 있었다.

휘강은 그것이 몹시 마음이 아프면서도, 한편으로는 제 본성을 버리지 못하고 아집이 일었다.

"려화……."

휘강이 아프게 그녀의 이름을 불렀다. 이 이름을 부르는
것이 이리도 힘들고 어려운 일일 줄은 몰랐다. 마주하는 시
간이 소중하기 짝이 없는데, 그 소중한 시간이 전부 날카로
운 파편이 되어 휘강의 가슴에 박혔다.

"더해서, 주제넘은 참견이겠으나 휘하의 군신들에게도 조
금 더 자비로우시면 좋겠습니다."

"주제넘은 참견은 아니나, 그는 어려운 일이다. 본디 나는
자비를 모르는 몹쓸 인간이기도 하나, 그를 떠나서 네게 위
해를 가한 신료들을 어찌 자비롭게 볼 수 있겠느냐?"

휘강은 처음으로 화를 내고 있었다. 그 화는 려화를 향했
지만 려화의 몫은 아니었다. 할 수 없는 일을 시키는 어른에
게 화를 내는 아이를 보는 기분이었다. 하여 려화는 다시금
웃음을 머금었다.

그러나 웃음은 금세 사그라지고 려화의 얼굴에는 아무런
표정도 남지 않았다.

"무사님은 온전한 폐하의 편이지 않습니까."

"무사? 은호 말이냐?"

려화가 고개를 끄덕였다. 휘강은 이번에 정말로 혼나는 아
이가 된 것 같았다. 그가 직접 그러한 기분을 느꼈으니 말이
다. 그가 흔치 않게 낯을 붉히고 려화의 시선을 피했다.

제가 휘하의 사람을 엄하게 다루는 것은 사실이었다. 더해
려화가 은호를 꼬집어 말하는 것이라면, 확실히 짚이는 것도
있었다. 며칠 전 은호가 자신에게 려화의 전언을 늦게 전달

해 살기를 품었었다.

의도한 것이 아니라 하면 거짓말이다. 은호에게 분풀이한 것이 사실이니 말이다. 그 살기에 은호의 속이 진탕되었을 것도 알았다.

그래도 나름대로는, 려화를 지켜야 할 아이이기에 조절했다. 순간 일어난 살기를 전부 거두지 않은 것은 분풀이가 맞지만, 그렇다고 이리 려화에게까지 얘기를 들을 정도로 과하게 다루지는 않았다.

예전이라면 무어라 려화에게 대거리를 했을 휘강이었으나, 지금은 그녀의 앞에서 쉬이 입 열 수 없는 죄인이기에 꿀 먹은 벙어리가 되었다.

"짚이시는 일이 있으신 것이지요. 낯빛이 파리한 무사님을 보고 얼마나 호된 소리를 들은 것인지 걱정하였습니다."

려화는 입을 열지 못하는 휘강을 보고 한 마디를 더했다. 그가 제게 약해진 것을 오늘 확실히 알았다. 휘강은 몇 번이나 눈치를 살피고 혹여 심기를 상하게 할까 조심하는 모습을 보였다.

"유념하지……."

휘강의 대답이 그런대로 만족스러웠다. 려화는 은호를 휘강의 사람이라고 생각했다. 다만 제 사람으로 한 발을 걸쳐 두고 있기도 했다.

직접 말을 섞은 일은 그리 많지 않지만, 딱딱한 말투로 내뱉은 은호의 걱정은 항상 진심이 어려 있었다.

알기로 산여에게 자신의 처지를 알려 주고 조심을 시킨 것 또한 은호였다. 세심한 배려를 뒤에서 조용히 해내는 성정이었다. 그런 사람을, 려화 또한 조금이나마 지켜 주고 싶었다.

"밤이 깊었습니다."

한동안 말이 없어 적막하던 공기를 먼저 깬 것은 려화였다. 변화를 원치 않는다 하였으나, 금일 저를 찾은 휘강이 관계를 요구할까 다소 걱정했었다.

이미 체념을 끝마친 사이나, 기실 텅 비었다고 자신을 칭한 려화라도 아직 유산으로 얻은 마음의 상흔은 남아 있었다.

언제라도 필요하면 휘강을 먼저 유혹해서라도 밤을 보낼 의지가 있었지만, 지금은 아니었다. 그런데 다행히 오늘의 휘강은 자신을 취하려 하지 않았다.

그렇다면 이도 저도 아닌 두 사람이 같이할 시간으로는 딱 이 정도가 적당했다. 려화는 그리 여겼다.

"그렇군. 그대도 이만 취침해야 할 것이니, 이만 물러가겠다."

휘강이 아쉬운 듯, 일어나기 전 려화의 손을 붙잡고 잠시 만지작거렸다. 가시처럼 마른 손가락이 손에 얽혀 오는 기분이 몹시 애틋했다. 저만이 그리 느낄 것이나 그러했다.

이 희고 고운 손에도, 려화의 두 뺨에도 살이 붙으면 좋겠다는 생각이 들었다. 그리 생각하며 휘강이 일어섰다.

"폐하께서도 제국을 다스리시는 막중한 업을 잠시 내려놓으시고, 단잠에 드시기를 감히 바랍니다."

휘강은 고맙다고 말하려다가, 그 말을 대신하여 려화를 바라보며 웃었다. 처소의 입구까지 배웅하는 것만으로도 감지

덕지했다. 이리 사소한 것에 절절매는 자신이 이내 우스워, 휘강의 웃음에 씁쓸함이 섞였다.

**
**

려화의 앞에서 휘강은 감히 그녀가 원치 않는 모든 일에 소극적인 죄인의 태도를 보였다. 그러나 눈앞에 려화가 없을 때는 그가 원래 가지고 있던 독선적인 성향이 다시금 나타났다.

려화와 채선궁에서 나누었던 이야기를 곱씹던 휘강은, 다시금 그녀의 진짜 신분에 관해 생각하지 않을 수 없었다.

려화는 자신이 신분을 속여 입궐했다고 하였다. 그리고 내명부에 기재된 려화의 신분은, 공진성에서 살았던 방계 호족의 딸이었다. 내명부에서 조사한 바로, 려화의 어미는 성주의 자식들을 길러 낸 유모였다.

그러나 려화의 이야기에 등장하는 장신구는 어떠한가. 장인에게 맡겨 수도 전장을 통해 찾는다 하였다. 단순히 방계 호족의 인맥과 금전으로 해결할 수 있는 수준은 아니었다.

'가장 유력한 것은 공진성 성주의 딸이겠군.'

결론은 제법 쉬이 도출되었다. 려화가 입궐할 당시의 나이가 십오 세. 다른 예비궁녀들보다야 두 살이 많았지만, 아직은 풋풋하고 어리숙한 나이였다. 나이를 속이기 위해 신분을 빌려야 한다면, 필시 가까이 보고 지내던 자의 것을 빌렸을 것이다.

도성 문도 쉬이 넘지 못하는 십오 세의 여아가 감히 남의 신분을 돈 주고 사지는 못했을 것이다. 생각조차 하지 않았을 테고.

게다가 려화는 도성 문을 넘는 것만이 목표였으니, 금세 궁을 나올 생각이었으므로 달리 완벽을 기할 필요도 없었으리라.

휘강은 려화의 본 신분이 공진성 성주의 딸임을 내심 확정 지었다. 변방 호족이 수도 전장을 통해서 장인에게 딸의 선물을 맡길 정도의 금력을 갖추려면 애초에 그 정도가 아니고선 불가능했다.

그러나 어째서, 하필이면 공진성인가.

휘강은 저도 모르게 피식 실소했다. 공진성이라면 그에게도 꽤나 사연이 있는 곳이었다. 선황이 마지막 힘을 끌어모아 자신을 위기로 밀어 넣었던 곳.

아들을 죽이기 위해, 황제인 아비가 백성을 저버린 전쟁을 일으켰던 곳이기도 하였다. 정말로 려화가 자신의 추측대로 공진성 성주의 딸이라면⋯⋯.

휘강은 이미 죽어 버린 선황의 시체를 파서 여든여덟 조각으로 난도질이라도 하고 싶은 충동을 느꼈다. 자신을 향했던 선황의 비수는 이제 휘강에게 흐릿한 감상만을 남기고 있었다.

하나 연모하는 이의 생을 비참함으로 밀어 넣은 시작 또한 선황이었다 여기니 분노를 내리누를 길이 없었다. 려화는 전쟁으로 가족을 잃고, 이름도 신분도 모를 사내에게 끌려가 억지로 그의 부인이 될 뻔한 적도 있었다.

분노로 주먹을 꽉 쥐었던 휘강이 고개를 저었다. 어쨌든 려화는 기지로 순결을 지켜 내고 입궐에 성공했으며, 결국은 자신을 만났으니.

그것을 계속 생각하며 휘강이 분노를 내리눌렀다. 그리고 곧바로 생각을 전환했다. 지금 중요한 것은 려화의 장신구를 찾는 일이었다. 그것을 려화에게 전해 줄 수 있을지는 미지수라 하여도 말이다.

대략의 추측은 끝났다. 거의 확신에 가까웠다. 그러니 휘강이 행동하는 것을 저어할 이유가 없었다.

[암혼단을 움직여야겠다.]

휘강이 제 주변에 항시 머무는 기밀대 군사들에게 전음을 보냈다. 암혼단이란 오직 휘강만을 위해 움직이는 기밀대에서도 가장 특수한 임무를 맡는 자들이었다.

그들은 전쟁 시에는 암살이나 적진에 간자로 가서 혼선을 주는 역할을 맡고, 평상시에는 정보를 모으는 역할을 했다.

[하명하십시오.]

[물건을 하나 찾을 것이다. 얇은 잎이 겹겹이 겹친 꽃의 모양을 하고 있을 것이며, 수도 전장을 통해 공진성 성주가 의뢰를 넣었을 가능성이 높다. 물건이 맡겨진 것은 최소 십 년 전이니, 오래되고 신뢰가 높은 전장을 위주로 찾아보는 것이 좋겠다.]

평소라면 명을 내림에 있어 이리 길고 상세히 말하지 않는 휘강이었다. 그러나 자신이 연모하는 여인이 찾지 못한 물건을 대신 찾는 일이었다. 그러니 휘강은 평소답지 않게 미주 알고주알 실마리가 될 수 있는 것들은 전부 풀어 말해 주었 다.

물론, 실물을 본 적이 없으니 장신구에 쓰인 보석의 종류 도 모르고 그것이 금인지, 은인지, 백금인지, 주석이나 청동 인지조차 몰랐다. 그래도 이 정도면 평소 휘강이 내리던 명 에 비교해 몹시 친절한 명이었다.

[분부 받잡겠습니다.]

[특급 임무로 취급하여 재게 움직여.]

[존명!]

휘강이 려화를 채선궁으로 보내고도 한동안 그녀를 찾지 않기에, 신료들은 방심하고 있었다. 막상 큰일이 한 번 있고 나니, 려화가 귀찮아져 이제는 그리 계속 방치하지 않을까 하였다.

한데 그렇지가 않았다.

"이것을 어찌해야 좋을까……."

노 시중이 탁자를 손끝으로 톡톡 두드리며 중얼거렸다. 본 디 흐트러짐이 없는 그로서는 흔치 않은 일이었다. 반면 큰 고민이 있을 때는 어김없이 나오는 습관이기도 하였다.

지금도 휘강이 려화가 있는 채선궁을 찾았다는 소식이 들 어왔다. 사위는 새까맣게 물들었으나 아주 깊은 밤은 아니었다. 려화가 유배소에 있었던 때라면 휘강은 밤을 다 지새우고 나서 해가 뜰 즈음에야 황궁으로 향했다.

지금은 그 정도는 아니었으니, 신료들은 아직 몸을 사려야할 때라며 지켜보자 하였다. 몸을 뒤엉킬 시간은 되지 않도록 머물고 나오는 휘강을 보면, 분명 사이가 예전 같지는 않을 것이라 짐작했다.

속 편한 소리들이었다. 반대로 생각하여야지, 단순히 몸만 섞는 사이가 아니라 마음을 통해 이야기를 나누는 사이로 발전한 것일 수도 있었다.

이리되면…….

"언감생심 황후는 몰라도, 품계 낮은 후궁의 첩지를 내리자는 말은 반드시 나온다."

더구나 휘강에게는 좋은 핑곗거리까지 있었다. 작금 려화의 붕 떠 버린 처지는 려화만의 문제가 아니었다. 휘강이 그녀를 향한 총애로 비호하고 있으니, 다들 려화를 무시하지 못했다.

하나, 그녀를 어찌 칭해야 할지 몰라 갈팡질팡했다. 임시로 부인이라는 호칭을 쓰고 있긴 하나, 휘강이 아닌 다른 필부와도 혼사를 올린 것이 아니니 이는 옳지 않은 호칭이었다.

그러나 그녀를 다시 궁녀로 대하는 것은 더욱 아닐 말이며, 그렇다고 휘강의 여인으로 대놓고 인정해 부르는 일은 더욱 있을 수 없었다.

전례 없는 일이었기에 참으로 복잡하였다. 휘강이 호칭을 정리하기 위해서라도, 후사를 태자로 책봉할 수 없는 낮은 품계의 후궁으로 앉히겠다 우길 가능성이 농후하였다.

일견 틀린 말은 아니기에 반박할 근거가 빈약했다. 죄인이었던 점을 들면, 아예 그녀가 죄인으로 징벌을 받았던 기록을 전부 영구삭제하려 들 수도 있었다. 그랬다간 이미 후궁이 된 려화의 품계를 올리는 일은 더욱 쉬워질 것이다.

눈앞이 캄캄하였다.

"대관절 어찌하여 일이 이렇게 되었던가……."

노 시중이 침통한 얼굴로 뇌까렸다. 그때 조용하기만 하던 사랑방 밖에서 하인의 목소리가 들려왔다.

"나리, 이부의 주부께서 찾으십니다."

"이부의 주부?"

노 시중이 되물었다. 곧 하인이 예, 하고 답하였다. 노 시중은 턱수염을 쓸었다. 정자 회의에 참석하는 이가 여럿 되었다. 그러나 그중에서 주부직에다 이리 깊은 밤 자신을 찾아올 깜냥이 되는 이라면 짚이는 이가 하나뿐이었다.

홍덕권.

그러잖아도 얼마 전부터 그를 눈여겨보던 노 시중이었다. 이미 다른 일로 머리가 아플 지경까지 생각을 파고들고 있었으나, 마음에 걸리는 홍덕권을 독대하는 것도 그에겐 제법 중한 일이었다.

"들라 하게."

곧 홍덕권이 노 시중의 사랑문을 열고 들어왔다. 가볍게 예를 취해 인사를 건네는 홍덕권을 노 시중이 손사래로 막았다.

"이 깊은 밤 내게 허례를 취하러 온 것은 아니지 않은가."

"신료들의 거목이 되어 주시는 나리께 응당 취해야 할 예일 뿐입니다."

"그래도 그만하면 됐네. 자리에 앉아 찾아온 연유부터 듣지."

홍덕권이 노 시중의 말에 만면에 미소를 띠어 답을 대신했다.

"시중께서는 채선궁의 여인에 대해 어찌 생각하십니까?"

"······뭐라?"

그저 홍덕권의 표정이며 행동이나 살펴보려던 노 시중의 태도가 일시에 바뀌었다. 이미 바르던 자세를 더 바로잡고, 노 시중이 홍덕권을 똑바로 바라보았다.

"다른 신료들은 폐하께서 채선궁의 여인에 대한 마음을 접었다 여기십니다. 그러나, 저의 생각은 조금 다릅니다."

그리고 홍덕권이 풀어낸 생각은, 놀라우리만치 노 시중이 아까까지 하던 고민과 닮아 있었다. 분명히 조정에서나 정자 회의에서는 입을 꾹 다물고, 다른 신료들과 그리 다르지 않은 태도를 보였던 홍덕권이었다.

한데 자신의 앞에서는 이리 다른 말을 하니, 노 시중은 반갑기에 앞서 의구심이 일었다.

"자네의 말에는 일견 일리가 있네. 하나 어찌 그리 여기는가?"

"철천지원수인 폐하를 누구보다 더 정확한 눈으로 지켜보았기 때문입니다. 과거와 지금의 폐하께선 분명 다르십니다."

"그것으로는 이 노인을 수긍시킬 수 없네."

"무엇보다도 채선궁의 그 여인이 아니었더라면, 애초에 우리 세의는 궁에 들어 죽을 일은 없었을 것입니다. 복수심이 없다고는 하지 못하겠습니다. 송구합니다."

홍덕권이 독을 품은 듯 쏘는 눈으로 노 시중을 바라보다가, 대뜸 앉은 자리에서 일어나 허리를 꾸벅 숙였다.

"됐네."

노 시중이 홍덕권의 사죄를 가벼이 물렸다. 이유는 다르나 도달한 결론은 같았으며, 결국 휘강의 마음이 그저 흘려 넘길 것은 아니라는 우려를 품었다는 점에서 홍덕권과 노 시중의 의견 또한 같았다.

"나 또한 그리 생각하네. 좌시하고 볼 일은 아니야. 다만, 지금은 방법이 없다는 것이 큰일이지."

"어찌 그렇습니까?"

"어찌 그렇다니, 이 사람아. 같은 신료들끼리도 의견이 모이지 않네. 다들 제 몸 사리기 바빠. 그런 이들을 윽박질러 일을 꾸며 보아야, 부스럼만 만들 확률이 크네. 자네가 큰 화를 입었던 육가와의 일에서, 교훈을 얻지 못하였는가?"

홍덕권이 노 시중의 꾸중에 풀이 죽은 것처럼 고개를 수그렸다. 하나 그의 얼굴에는 불만이 가득하였다.

기어이 제 생각을 꺾지 못하였는지 홍덕권의 입에서 한숨과도 같은 말이 새어 나왔다.

"그 여인에게 신체적 위해를 가해 폐하의 심기를 곤두세우지 않고, 그러면서도 여인이 직접 궁을 떠나지 않고서는 배기지 않을 마음을 먹는다면 괜찮을 텐데요……. 신료들의 손도 빌리지 않고 말입니다."

"허허, 그래도 자네!"

홍덕권의 중얼거림에 다시금 노 시중의 호통이 터졌다.

그러나 호통은 잠시였고, 노 시중은 홍덕권을 아주 흥미로운 눈으로 바라보았다. 홍덕권이 노 시중의 변화에 의아한 얼굴로 그를 바라보았다.

"아니지, 그리 틀린 말은 아닐세."

"나리?"

"자네 말이 틀리진 않네. 긁어 부스럼을 만들 신료들의 손을 빌리지 않고, 폐하께서 심기가 상하시더라도 곧바로 이를 해결하지 못할 일을 벌이면 될 일이지. 더해서 쉬이 손쓸 수 없는 방법이라면 더욱 좋을 일이고."

홍덕권이 듣기에 노 시중은 이미 그만한 방법을 떠올린 뒤인 듯하였다. 그의 밝아진 표정이 그것을 증명했으며, 아니라 하기엔 노 시중의 말이 몹시 구체적이었다.

"좋은 방법이라도 떠올리신 것입니까?"

"아닐세. 이제부터 떠올려 봐야지."

노 시중은 의뭉스레 답을 피했다. 하나 홍덕권은 이미 그의 머릿속에 계책이 떠올랐음을 확신했다. 다만 아직 자신을 믿지 못하니, 그 앞에서 털어놓지 못하는 것이리라.

여기서 더 나서서, 자신도 돕겠으니 알려 달라 나서면 오히려 조심성이 대단한 노 시중의 의심을 살지도 몰랐다. 물러날 시간이었다.

"그렇다면, 더는 나리의 시간을 빼앗지 않고 돌아가 보겠습니다. 혹, 뒤에라도 제 힘이 필요하시다면 알려 주십시오."

"내 필히 그러겠네. 다만 지금 나눈 대화만으로도 이 노인의 편이 생긴 것 같아 기꺼우니, 고맙다는 말을 해야겠어."

"그 어찌……. 태묘(太廟)와 백성의 안위만을 생각하시는 시중 나리십니다. 당연한 것을요."

홍덕권은 그 뒤로도 짧게 한두 마디, 노 시중과 함께 서로의 얼굴에 금칠하는 시답잖은 말을 주고받은 다음에야 돌아갔다.

다시금 사랑에 혼자가 된 노 시중의 입가에 흐릿한 미소가 감돌았다. 홍덕권의 예상대로, 그는 홍덕권의 말을 듣자마자 몇 가지 계책을 떠올려 냈다.

다만, 그밖에 아직 고심거리가 남았기에 쉬이 사랑의 불은 꺼지지 않았다.

이는 홍덕권에게는 절대 밝힐 일이 없는 건이었다. 선황 시절에 있었던 일과 연관이 되어 있는데, 선황은 이미 태묘에 든 지 오래였다.

그러니 이 일에 연관되어 같이 함구하고 있는 다른 신료들이 아닌, 홍덕권에게는 밝힐 수가 없었다. 홍덕권의 생각대로 노 시중은 사소한 것도 쉬이 넘기지 않고 모든 것을 의심부터 하는 성정이니 말이다.

노 시중을 고민에 들게 한 것은 다름 아닌 려화의 고향이었다. 내명부에 기재된 려화의 고향은 전쟁으로 쑥대밭이 되었던 공진성이었다.

휘강은 그곳에서도 대승하여 승전보를 알리며 귀성했으나, 실은 목숨을 잃을 뻔하였다. 그러니 휘강에게 공진성이란 감상이 남다른 곳일 터였다.

려화가 궁녀이던 시절에도 휘강의 눈길을 끈 이유가, 바로 그녀의 고향에 있으리라 짐작하는 노 시중이었다. 그것이 그의 심기를 거슬렀다.

추측은 그리하였으나, 어디 광증을 가진 황제가 그런 사소한 것으로 여인을 품고 관심을 가질 이던가. 단순히 고향이 공진성인 것에 그치지 않은, 어떠한 다른 이유가 분명 있을 것으로 생각되었다.

어쩌면, 려화라는 계집이 신분을 속여 궁에 입궐하였을지도 모른다는 데까지 노 시중의 생각이 확장되었다.

어디 휘강이 단순히 공진성을 고향으로 둔 여인이라서 려화에게 관심을 가졌을까. 그녀가 자신의 본래 신분을 밝히지 않더라도, 무의식중에 흘러나온 려화의 말에서 휘강은 그녀의 진짜 신분을 읽었을 것이다.

이 추측이 정말이라면, 위험했다. 아주, 위험했다. 묻어 두었던 기억이 떠올라 노 시중의 얼굴이 붉어졌다. 위험하고, 돌이켜 떠올리면 잊고 싶은 기억이었다.

또한 자신이 목숨을 잃을 뻔했던 전쟁에서의 기억을 계속하여 곱씹었겠지. 그러니 한낱 끈 없는 궁녀였던 려화를 대소신료들과 할미인 태황태후에게까지 숨겨 가며 만났을 것이다.

그런 사연이 없었더라면, 휘강이 갑작스레 려화를 끌고 와 모든 절차를 무시하고 분노에 찬 형벌을 내렸을 이유가 없다.

신료들은, 또한 자신은 아직도 려화가 휘강에게 저지른 모욕을 제대로 모르지 않는가. 어쩌면, 전쟁으로 가족을 잃었다는 그 계집은 휘강과 가까이하여 그의 목숨을 노렸을 수도 있고.

그 정도의 배짱이 없었다면 황제에게 전쟁의 참혹함을 일러 주겠다며 하룻강아지 범 무서운 줄 모르는 짓을 했을 수도 있다.

그러다, 처음에는 그저 공진성의 계집이라 눈여겨보던 황제의 분노를 샀으리라.

그녀를 살려 둔 이유 또한 모호하였으나, 노 시중이 아는 휘강을 전제로 상상하면 이렇다. 또한 공려화를 죄인으로 만든 날의 대화를 들어 보면 그러하다. 죽음으로 갚겠다는 말에, 죽음을 두려워하지 않는 처녀인 계집에게 더 큰 벌을 주려 했을 뿐이겠지.

분명 그때까지만 해도 그러다가, 매일 밤 오욕을 안기는 자리에서 여인의 몸을 알아 버렸으리라. 감정이 없다시피 한 광증을 지닌 황제라도 육욕의 정을 두고는 다 똑같은 사내에 불과하리니.

철부지에 무딘 감각의 어린 사내는 어쩌면 그 육욕의 정에 쉽게 휘둘리고야 말 것이다. 그것이 작금에 벌어진 상황을 설명하고 있었다.

계속 이래서는 안 되었다.

황제는 멀쩡한 황후, 중앙 귀족 신료들의 딸 중 하나를 맞

이해 후사를 보아야 한다. 더해서 그를 방해하는 데다, 공진
성의 일을 계속 황제의 곁에서 곱씹게 하는 려화를 치워 버
려야만 했다.

생각이 정리되었다.

려화의 신분에 의심이 생겼으니, 그를 가만히 넘길 노 시
중이 아니었다.

"기우였으면 좋겠군."

늙은이의 무거운 엉덩이가 그제야 움직였다. 의심을 불식
시키든, 그것이 사실임을 확인하고 움직이든 해야 했다.

다만, 늙어 정신이 쇠한 것인지. 노 시중은 저의 생각이 차
라리 기우이기를 간절히 바랐다.

11장. 근본

채선궁에 온 지도 수일이 흘렀다. 황궁에서 보이는 풍경이란 오직 꾸며진 꽃들의 향연이겠으나, 궐을 넘어 나가면 도성의 온갖 논밭이 자연이 주신 금빛으로 넘쳐나고 있을 터였다.

그런 가을이었다.

하나 채선궁에는 상심이 깊었다.

"언니, 또 정원의 꽃이 전부 죽었어!"

"그러니?"

려화가 소담한 풀꽃을 그려 넣던 자수틀을 내려놓고 속상한 얼굴로 들어와 말하는 산여를 바라보았다. 속상함과 불안함이 뒤엉킨 산여의 얼굴과 달리 려화의 얼굴은 평온하기만 하였다.

려화가 무감정한 얼굴을 하고 가을바람이 들어오는 창문

밖으로 시선을 던졌다. 산여의 말대로 정원의 꽃들은 가을의 축복을 받은 황금색도, 황궁의 인공적인 화려한 색채들도 만들지 못하고 새까맣게 시들었다.

시체의 색이 저랬던가, 일순 스치는 과거의 기억에 미간을 찌푸렸던 려화가 다시금 제가 그리던 풀꽃들을 바라보았다.

이곳에선 아무도 죽지 않게 할 것이다. 제가 제 사람의 목숨을 살리리라. 그리 다짐한 마음이 깨지지 않도록 다잡았다.

"이제 궁의 화원에서도 더는 채선궁에 정원수를 줄 수 없다나 봐."

"시들어 죽은 꽃들을 치우고 다시 심으면, 이틀도 못 가서 또 뿌리가 삭아 죽을 테니까. 풀에도 생명은 있을 것이고, 그들을 키워 낸 궁녀와 관비들의 수고가 있을 것인데 그를 계속 의미 없이 버릴 순 없잖니."

려화의 위로에도 산여의 표정은 펴지지 않았다. 아예 창문틀에 몸을 매달 듯 기댄 산여가 창밖의 살풍경을 바라보았다. 그제 다시 심은 꽃들이 또 죽었다. 아예 봉오리를 채 피워 보지도 못하고 죽은 꽃들은 려화의 말대로 파 보면 뿌리가 전부 녹아 없어졌으리라.

궁녀와 신료들, 궁을 지나는 모든 이들은 이를 불길한 징조라 여기며 근처를 지날 일이 있어도 부러 채선궁을 빙 돌아갔다. 이 저주와도 같은 기운이 제게도 옮아 붙을까 두렵다는 이유에서였다.

"별궁 중에 가장 아름다운 게 채선궁이었는데……."

산여의 목소리에 속상함이 물씬 풍겼다. 려화가 자리에서 일어나 산여에게 다가갔다. 가을이라 도톰한 반비를 차려입었건만 산여의 어깨는 어리고 가냘팠다. 적어도 려화의 눈에는 그리 보였다.

하여, 다른 윗전들은 상상도 못 할 일을 려화는 하였다. 그녀가 산여의 어깨를 뒤에서 끌어안아 주었다.

뒤늦게야 산여는 자신이 제가 모시는 려화에게 심려를 끼쳤음을 깨달았다. 그러니 위로는 되었지만 의기소침해졌다.

"하지만 나도, 산여도, 세야나 다른 궁녀들도. 아무도 다치지 않았잖아. 내겐 너희들이 삶의 이유이고 가장 아름다운 꽃들이야."

"언니……."

다시금 산여를 위로하는 려화의 목소리는 달콤했다. 려화는 산여와 세야, 다른 궁녀들을 자신의 꽃이라 하였으나 정작 꽃과 같고 꿀과 같은 것은 려화였다.

그제야 산여가 뒤돌아 배시시 웃으며 려화를 바라보았다.

"더구나 이곳의 풍경이 눈에 미치지 못한다면, 궁의 다른 곳을 거닐면 될 일이지. 나는 이제 죄인도 아니고 궁 안이라면 어디든 돌아다닐 수 있잖아?"

려화의 말에 산여가 곧장 고개를 끄덕였다.

"그럼, 지금 산책 갈까?"

"그러자. 이르긴 하지만 전에 받아 온 오가 있을 거야. 개중 가장 얇고 가벼운 것으로 챙겨 주겠니?"

"응!"

본디 신분이 천하지 않았으니, 려화는 생각보다 금세 보살

핌받는 생활에 익숙해졌다. 누군가에게 시키는 것에 부담을 가지던 것도 적어지니, 이제는 산여에게도 곧잘 부탁을 하였고 말이다.

어서 려화와 산책을 하고 싶었던 산여가 외투 저고리인 오를 가져와 려화에게 입혔다. 금색에 가까운 샛노란 치마에 자줏빛 유를 입고 있어 화사하던 려화의 옷차림이 검은 오를 걸쳐 단정하게 눌렸다.

그대로 두 사람은 산책길에 올랐다. 산책이라 해도 채선궁에서 머지않은 황궁 내를 돌아다니는 것뿐이지만 말이다.

아직 이른 오후였다. 낮것을 한 지도 얼마 되지 않은 시간이니 궁 안은 사람들이 바쁘게 돌아다니고 있었다.

조잘조잘 서로 수다를 나누는 려화와 산여 주변을 지나가기도 하였다. 그때 궁녀 무리 하나가 려화의 곁을 지나쳤다.

"근본 모를 저주 덩어리……."

"얼른 지나가자, 괜히 스쳐서 우리도 썩어 버리면 어떻게 해."

저들끼리 속삭이는 말이었으나 려화에게도 확실하게 들렸다. 잠시 려화의 걸음이 느려졌다. 려화에게 들렸다면, 가까이에 있던 산여에게도 응당 들렸음이라.

산여가 흰 눈을 뜨고 팔을 걷어붙였다. 당장에라도 궁녀들에게 가서 대거리하려 드는 산여를 려화가 말렸다.

"언니!"

"뭐. 뭐라고 지껄이든 내게 손 하나 댈 수 없는 아이들이잖아."

"그래도……!"

"더구나 뭐로 저들을 벌할 거야. 내가 첩지 받은 후궁도 아니고, 그저 궁에 머무는 하급 호족에 불과하니 저들이 내게 무례를 범한다 해서 죄는 되지 않아."

여전히 려화의 신분은 불명확했다. 그저 궁에 머무는 여인. 채선궁의 주인. 그뿐이었다.

물론 휘강의 총애가 있는 것은 확실하였으나, 려화는 자신이나 저의 사람들에게 위해를 가하지 않는 한 조용히 지냈다. 그것이 옳다 여겨서라기보단 괜한 앙심을 더해 긁어 부스럼을 만들까 싶은 노파심 때문이었다.

그러나 려화가 그리 미적지근하게 굴자, 이리 지나치며 대놓고 려화를 욕보이는 이들이 많아졌다.

차라리 궁녀들은 소곤거리기나 하지, 어쩌다 신료들을 만나면 대놓고 더러운 계집이라는 소리를 들었다. 그래도 려화가 휘강에게 미주알고주알 일러바치지 않는다는 것을 안 이상, 그들의 행동은 점차 박차를 가할 것이었다.

다만 그런다 하여도, 직접적 위해는 끼치지 않을 것이었다. 일전의 일로 휘강이 개입되거든 무슨 피바람이 불게 될지 몸소 배웠으니 말이다.

"하지만, 언니는 폐하의 총애를……!"

"내가 총애를 휘두를 일은, 내 사람들을 지키기 위함이면 족해. 하지만 지금은 안전하잖니."

동생을 어르듯 상냥한 목소리에 기어이 산여가 울상으로 고개를 끄덕이고야 말았다. 려화는 산여에게 어서 좋은 것이나 보고 눈과 귀를 정화하자고 채근했다.

오늘의 산책은 조금 먼 곳까지 이어졌다. 속상해하는 산여를 달래기 위해서였다.

려화의 시선이 문득 궁의 외진, 쓰임이 없어 조용한 곳에 닿았다.

특이하게도 쪽마루가 난 저 궁은, 도국에 방문한 타국의 국빈을 위해 지어진 건물이었다. 입식과 좌식을 섞어 생활하되 입식이 더욱 익숙한 도국과 달리, 변방 여느 나라는 좌식으로 생활한다 하였다.

감히 궐 안에 몇 년에 한 번도 채 찾지 않는 사신을 위한 궁을 지어 두었다. 이는 도국의 위세를 자랑하기 위함이었다.

그러나 려화에게는 감상이 조금 다른 곳이었다.

'이곳에서……. 그에게 처음으로 황가의 이야기를 들었지.'

눈물은 없었으나 마치 우는 듯이 말하던 휘강이었다. 황제를 증오하면서도, 그런 황제의 비극을 공감하는 듯 보였던 휘강의 거짓된 모습을 접했던 곳이기도 하였다.

려화의 표정이 싸늘하였다. 죄인의 신분을 벗고 처음에는, 이곳을 포함하여 휘강을 떠오르게 하는 궁의 모든 곳을 피해 다녔다.

하나 그마저 휘강을 의식하는 행동이라 여겨, 이제는 그러지 않으려 하였건만.

정작 눈으로 과거의 풍경을 담으니, 그를 떠오르게 되는 것은 어쩔 수 없었다. 비록 그 기억으로 려화를 채우는 감정의 색은 몹시 달라졌지만 말이다.

"언니, 오늘 조금 멀리 나왔는데 힘들지 않아?"

산여가 려화의 감상을 깨며 물어 왔다. 조심스러운 걱정이었다. 려화는 언제 싸한 표정을 지었냐는 듯 부드럽게 웃으며 고개를 저었다.

"너는 아직도 나를 병자로 보는구나. 이제 전부 나았어."

려화의 말에 산여의 표정이 다소 밝아졌다. 그러나 마냥 밝다기에는 어딘가 쓸쓸한 부분이 있었다.

산여는 차마, '마음은?' 하고 묻지 못하고 질문을 제 목구멍 뒤로 넘겼다.

"그래도 멀리 걸었잖아. 이제 돌아가자."

"그래, 이리로 돌아서 가는 게 좋겠다."

려화가 쪽마루가 달린 궁의 외곽을 가리키며 말했다. 또 산여가 자신을 헐뜯는 말을 듣고는 화를 내며 씩씩댈까 싶어서, 외진 곳으로 돌아가려는 것이었다.

"저쪽이 양지바르고 꽃도 더 예쁘지 않아?"

"여기 담이 닿은 쪽으로는 물든 은행잎이 넘어오잖아. 언니 치마랑 닮아서 색이 참 곱지?"

"듣고 보니 언니 말이 맞는 것 같다! 그래! 뭐 이쪽으로 가자!"

려화의 완곡하고 따뜻한 말투에 산여가 고개를 끄덕였다. 려화가 앞장서 걸음을 옮겼다.

은행잎이며 단풍잎이 물드는 나무를 보고, 저것을 서책 사이에 말려 꽃을 대신해 서찰을 장식해도 예쁘겠다는 이야기를 나누었다.

다분히 소녀스러운 이야기인지라, 산여가 괜히 볼까지 붉혔다.

"나는, 내가 산 서책에 작은 이파리들만 모아서 말렸다가 붙일까 봐. 이름 쓰는 것보다 그것이 더 예쁘게 내 것이라는 표시가 될 것 같잖아?"

"그러게. 좋은 생각이야. 그럼, 잎은 산여가 모아 오고 언니는 가용금으로 네 책을 선물⋯⋯."

잘 이야기하던 려화가 말을 멈추었다. 앞에서 웬 사내와 마주쳤다가 이쪽으로 돌아오는 공영이 보였기에 그리했다.

어차피 다른 궁녀들처럼, 빠른 걸음으로 저를 지나쳐 사라지지 않을까 싶었지만. 그래도 낯익은, 어쩌면 반가울 어릴 때의 얼굴을 마주하니 그리되었다.

공영의 도도하다 못해 싹퉁머리 없게 들리던 목소리가 괜히, 귓전을 쨍하게 울렸다. 새침한 얼굴이 어른이 되어선, 사연을 품었으나 긍지를 잃지 않는 소설의 주인공처럼 참으로 잘 자랐다.

그리 생각하며 려화가 공영을 지나쳐 돌아가려는 찰나, 공영이 먼저 려화를 붙잡았다.

"나다니지 않는 것이 좋을 텐데?"

"오랜만에 보는 동기에게 할 소리니?"

공영은 여전했다. 쨍함이 줄어들고 차분함이 그 자리를 채웠으나, 오만한 듯도 들리는 말투는 그대로였다.

려화는 그저, 그 말투 안에 숨은 공영의 마음이 마냥 차갑지는 않은 것 같아 웃어 버렸다. 옆에서 영문 모르고 산여만 눈을 부라리며 공영을 보다가, 또 의아한 낯으로 려화를 살폈다.

"지금의 넌 궁녀도 아닌데, 네가 왜 내 동기니?"

"뭐, 한때는……. 이라고 할까? 동기마저 아니라면, 내게 그리 말한 이유는 뭔데?"

"근본 없는 계집이 채선궁의 씨를 말리는 저주를 불러왔다, 뭐 그런 얘기나 들을 것이니 그러려면 궁에 박혀 있으라고 충고하는 것이잖아. 고이 새겨들어."

"아랑곳하지 않으니 괜찮아. 나야 예비궁녀 시절부터 좋은 소리 못 듣고 궁을 맴돌았으니."

공영이 려화의 말에, 고개를 숙이고 낮은 목소리로 중얼거렸다.

"애초에 넌 궁에 오래 남을 생각도 없었잖아. 궁녀가 될 생각도……. 그러니 차라리, 궁을 나가든지."

공영은 마치 려화에게 그러한 이야기를 들은 적이 있다는 듯 확신처럼 이야기했다. 하나 려화는 공영에게, 자신은 궁에 남을 생각이 없다는 이야기는 단 한 번도 털어놓은 적이 없었다. 생각해 보면 어릴 때의 자신이 궁에 남고 싶은 마음이 없다는 티를 많이 낸 것도 같고.

기실 중요한 것은 앞의 말이 아니었다.

"내가 지금 궁을 나가면, 목숨을 부지할 수 있을까?"

공영은 려화의 담담한 물음에 쉬이 답하지 못했다. 다만 무슨 생각을 하는지는 몰라도 얼굴이 새빨갛게 변했다. 화가 일어 그러는 것처럼 보이는 모습이건만, 어쩐 영문인지 알 수가 없었다.

"……아무튼, 채선궁에나 박혀 있으라고."

"걱정하는 마음만 고맙게 받을게."

"넌 정말이지, 여전해."

"너도 그래."

한때 동기였던 여인들의 대화는 이리 삭막하게 끝을 맺었다. 공영은 더는 려화를 마주할 생각이 없는 것처럼 인상을 굳히고 빠른 걸음으로 그녀를 지나쳐 사라졌다.

두 사람 사이를 제대로 모르는 산여만 어안이 벙벙해졌다. 그녀가 사라지는 공영의 뒤꽁무니를 바라보다가, 려화를 바라보고는 씩씩대며 말했다.

"저 사람, 왜 저래?"

"제 나름대로 걱정하는 거야. 말투가 좀 새침하긴 하지만, 천성이 아주 못된 친구는 아니었어."

"저게 무슨 걱정이래!"

"지금보다 한창 어릴 때부터 봐 왔던 벗, 아니 동기간이야. 그러니 내 말이 틀리진 않을 거야. 너무 신경 쓰지 마."

려화의 말에 산여가 대충 수긍한 듯 볼멘 얼굴로 고개를 끄덕였다. 려화 또한 산여를 다독여 채선궁으로 가는 걸음을 재촉했다.

돌아가는 길에 려화의 머릿속에는 자꾸만 이상한 생각이 들어찼다. 어쩌면 공영은 제게 죄책감 비슷한 것을 느끼고 있는 것처럼 보였다는, 그러한 생각 말이다.

야심한 밤 채선궁을 찾은 휘강의 모습이 어째 뭐 마려운 개처럼 안절부절못하는 모습이었다. 려화는 조용히 타오르며 제 몫을 하는 등불을 바라보다가, 결국 얼굴이 따갑도록 저를 바라보는 휘강의 시선을 마주했다.

"색정을 나누고 싶으시다면, 그리하셔도 됩니다."

려화의 말에 휘강이 낯을 붉혔다. 그리고는 커다란 두 손을 들어 제 얼굴을 가렸다. 수치스럽다기보다는 갑갑해 보이는 모습이었다.

"그런 것이 아니다."

어찌 네게 다시 예전처럼 굴겠느냐, 그리 말할 수는 없기에 휘강이 에둘러 말했다. 실로, 그는 지금 려화를 품을 생각이 없었다.

아니, 그의 육신이야 당장에라도 려화를 끌어안고 뒹굴고 싶은 색욕으로 가득했다. 그러나 그가 이리 려화를 바라보고 있는 이유는 다른 데에 있었다.

"너, 내게 할 말이 없는가?"

"달리 특별할 것도 없는 나날을 보내고 있습니다. 이리 평안하게 지내는 것은 모두 폐하의 덕이지요. 감사하고 있습니다."

"그런 것을 이르는 것이 아니다. 게다가 너는 지금……!"

휘강이 기어이 갑갑한 속내를 이기지 못하고 자리에서 일어났다. 벌떡 일어나는 바람에 그가 앉아 있던 의자가 바닥에 끌리며 거친 소음을 만들었다.

려화는 그 소리에 귀가 아파 잠시 미간을 찌푸렸다간, 이내 표정을 가다듬고 휘강에게 말하였다.

"아무 일도 없습니다."

"채선궁의 꼴이 말이 아니다. 그것은 이리 깊은 밤에도, 내게도 보인다. 한데 아무 일도 없다?"

려화가 고개를 갸웃, 모로 기울였다.

"아무도 다치거나, 죽지 않았습니다."

"네 마음이, 자존심이, 그러한 것들이 다치고 있지 않으냐!"

"그것이 중요합니까?"

궁에서 명분과 소문이란 어마어마한 위력을 가진다. 하여, 작금 려화가 처한 상황은 풍전등화와도 같았다. 누가 보아도, 이는 려화를 겁박하여 쫓아내기 위하여 벌어지는 일들이었다.

더군다나 본디 려화는 궁에서 제 자리를 찾지 못하고 있는 인사가 아니었는가. 그러니 위험하기 짝이 없는 일이거늘, 정작 당사자인 려화는 아무렇지 않게만 보였다.

되레 흥분한 휘강이 이상한 상황이 되어 버렸다. 이러니 휘강도 김이 샜다. 그가 자리에 털썩 주저앉았다.

"하면 중요하지 않으냐?"

"살아 있는 것에 감사한 목숨입니다. 그저 천수를 누린다면, 먼저 간 가족들에게도 면이 서는 홍복이겠지요."

"무릇 인간이란 더 나은 것을 추구하는 향상심을 지닌 존재가 아니냐. 한데 너는 그렇지 않은 것이냐?"

휘강의 목소리가 간절했다. 애간장이 녹을 목소리에도 려화는 너무나 담담했다.

"여름에는 시원하고 겨울에는 따뜻할 곳에서, 좋은 옷을 입고 좋은 것만 먹으며 살고 있습니다. 이보다 더한 영화가 필요하겠습니까?"

"그 자리가 가시방석이 아니냐!"

이 밤, 려화가 처음으로 보인 웃음은 비소였다.

"저를 가시방석에 앉힌 것은 누구입니까? 폐하."

답은 명백했다. 하나 휘강이 절대로 입으로 뱉을 수 없는 답이었다. 그가 얼굴을 일그러뜨리며 고개를 수그렸다.

"네가 탓하고자 한다면, 나는 아무런 말도 할 수 없다. 변명할 자격이 없으니."

풀이 꺾인 휘강의 목소리에 려화가 작게 한숨을 뱉었다. 문득 그에게 날을 세운 자신을 발견하고는 실망한 것이었다. 무엇이든 이리 감정을 보인다는 것은, 아직도 제 안에 휘강의 편린이 남아 있다는 것이리라.

언제쯤 이것이 다 사라질까. 그래도 이제, 휘강에게 다시 안긴다 하여 죽고 싶을 정도는 아니기에 괜찮아진 줄로만 알았거늘.

"감히 폐하께 변명을 바라고 입을 열었겠습니까. 그저, 저는 괜찮으니 그냥 두셔도 된다는 뜻입니다."

"려화."

휘강이 부르는 이름이 아팠다. 그가 제 이름을 부를 때마다 뾰족한 가시가 되어 폐부를 찌르는 듯하였다. 려화는 턱

끝에 잔뜩 힘을 주었다. 휘강은 가장된 려화의 무심에 다시 금 상처 입었다.

서로를 향한 가시의 굴레였다. 누가 먼저 빠져나올지 모르는.

"그냥 두세요. 아무것도 하지 마셔요. 만일 제가 폐하의 힘이 필요한 순간이 오거든, 그때 제가 말씀드리겠습니다. 그러니⋯⋯."

"그때가 되면 너무 늦는다. 늦는다고!"

"무엇이 말입니까?"

"네가 나를 찾아 도움을 구할 때까지 기다리거든, 너는 이미 만신창이가 되어 있을 것이다. 늘 그랬다. 이번엔 그러지 않으리란 보장이 있는가?"

려화가 고개를 내저었다. 이리 제 일에 감정적으로 구는 휘강은 아직 려화에게 낯설었다. 그러나 참으로 우습기도 하고. 더해 어쩌면 안쓰럽기도 하였다.

이리 뒤바뀐 상황이 참으로 오묘했다. 이런 미래를 상상이나 했을까.

려화는 이제, 자신이 어떻게 행동해야 휘강이 상처받을지 알아 버렸다. 그녀가 휘강에게로 다가갔다. 그리곤 그의 무릎 위에 앉았다. 더해 휘강의 목을 감고, 볼에 입을 맞추었다.

석상처럼 굳어 있던 휘강의 몸에 경련이 일었다. 불가해하게도, 과거 휘강이 자신을 휘두르기 위해 썼던 방법에 이제는 그가 상처받는다.

"제 마음에 상처가 생기는 일은, 오직 제 사람이 다칠 때만입니다. 그럴 기미만 보여도 말씀드릴 테니, 걱정하지 마십시오."

뒤늦게 정신을 차린 휘강이 느리게 고개를 끄덕였다. 마땅찮은 얼굴이었으나, 달리 려화에게 더 강요할 수는 없는 듯하였다.

려화는 제가 원하는 바를 이루었으니, 이제 휘강의 무릎 위에서 내려오고자 하였다. 그러나 그녀가 몸을 움직이자마자 곧바로 휘강이 려화의 허리를 감고 힘을 주었다.

구속당한 려화가 휘강을 짐짓 놀란 눈으로 바라보았다. 휘강은 상처받은 짐승의 꼴을 하고 려화를 바라보았다. 그에게서 촉촉하게 젖은 눈길을 받을 것이라곤 상상조차 못 한 려화가, 휘강의 시선을 슬쩍 피했다.

"잠시만 이대로 있어 다오."

"폐하……."

"아주 잠시만. 잠깐이면 된다."

휘강이 차마 그 이상의 접촉을 할 자신도 없으면서 애원했다. 그 목소리가 몹시도 아파, 려화는 휘강의 청을 들어줄 요량으로 몸에 힘을 빼고 늘어뜨렸다.

휘강이 려화의 머리칼에 코를 묻었다. 따뜻하고 부드러운 향이 휘강의 비강을 채웠다. 향유조차 쓰지 않거늘 이 향은 대체 어디서 오는가. 휘강의 가슴이 쿵쾅거리다가도, 이 부드러운 향에 녹아 제 박동을 찾았다.

그리 마음의 안정을 찾고 나서도, 휘강은 처음 약속과는 달리 려화를 곧바로 놓아주지 못했다. 안타까움이 맞닿은 부위를 타고 려화에게도 전해졌다. 다만, 이제는 그 감정이 려화에게 아무것도 아니게 되었을 따름이다.

"내 꽃을 말려 죽이는 자가 있음에도, 그가 누구인지 알아도 손 쓸 수가 없어."

휘강은 려화를 꽃에 빗대어 말했다. 어쩌면 채선궁 화원의 말라 죽어 가는 초목들을 이르는 것처럼도 들렸다.

"꽃에는 마음이 없어 아무것도 원하지 않으니까요."

하여 려화 또한 휘강처럼 중의적인 의미로 답하였다.

"꽃에 마음이 없더라도 살고자 하는 의지는 있으련만."

"태어나 피어 보지 못한 것은 안타까운 일이나, 살고자 하는 의지는 나비를 타고 날아 어디론가 전해지겠지요."

"나비는 제 꽃에 앉고 싶었다."

려화가 피식 웃었다. 긴 속눈썹이 만든 그늘에서, 담갈색의 눈동자는 빛을 잃었다.

"꽃에는 뿌리가 없고, 잎사귀는 말라비틀어졌으니 다른 꽃을 찾을 겁니다. 꽃이 피었다 한들 그 빛은 열흘을 가지 못했을 것이니, 나비의 생에는 언젠가 다른 꽃이 찾아들겠지요."

만일 제가 받아 주었더라도, 사랑을 배운 휘강은 언젠가 다른 꽃을 찾았으리라. 려화는 그리 말하였다.

그리고, 지금 시처럼 흐르는 제 말에 답하는 려화의 말도 구절을 지켜 이르고 있음이 눈에 들어왔다. 기품을 잃지 않았다. 얼마나 많은 역경이 그녀의 삶을 꺾으려 하였는가. 휘강조차 거기에 크게 손을 보태지 않았는가.

그리하여도 려화는 꺾이지 않았다.

누가 감히, 려화를 뿌리조차 알지 못해 피어나지 못하고 말라붙은 꽃이라 하는가.

휘강은 지금이라도 달려 나가, 이 계책을 벌인 시중의 목을 꺾어 놓고 싶었다. 이리 피곤하면서도 쉽사리 파훼하기 어려운 수를 쓰는 이야 응당 신료 중에는 노 시중이 유일했다.

"……나비는 처음 본 꽃의 빛깔을 잊지 못하리라."

휘강이 무엇을 결심한 듯 낮은 목소리로 말했다. 려화는 제 목덜미를 타고 따뜻한 바람처럼 전해진 휘강의 목소리가, 반대로 몹시 춥게 여겨졌다.

려화가 고개를 돌려 휘강을 바라보았다. 그저 다스려 눌러 놓았을 뿐인 휘강의 광기가 심홍빛의 이채가 되어 그의 눈에서 빛났다.

"꽃은 말합니다. 그와 같은 빛깔은 많지 않으냐고. 나비에게 꽃은 그저, 그것만을 바랍니다."

꽃과 나비에 빗대어 유하게 돌려만 말하던 려화가, 다시금 휘강에게 단호하게 말했다.

휘강은 고개를 끄덕이지도, 가로젓지도 않았다. 그저 조금 누그러진 눈으로 억울한 듯 려화를 바라보았다.

근본도 모르는 변방의 잡초가
태양의 땅으로 찾아와 버렸네

뿌리가 없어서 시들던 잡초야

어드메 기어와 태양을 가리누

썩어진 잎사귀 크게두 자라

하늘을 가리니 상심아 커라

뿌리가 없어서 뽑아도 뽑아도

죽지를 않어서 시름이 깊어라

아이고 아이고 망조라 하여라

금번의 농사는 망조라 하여라

썩어진 잎사귀 크게두 자라

세월아 네월아 죽어라 하나

이듬년 농사는 씨앗이 없으니

이듬년 농사도 망조라 하여라

썩어진 잎사귀 크게두 자라

곡소리 넘쳐라 태양의 땅에

도성의 비렁뱅이들이 황궁을 둘러싼 강의 돌다리 아래에 모두 모였다. 그들은 열여섯 줄의 노래를 모두 외웠다. 대가는 도성 다리 아래 묻어 놓은 닭 열 마리였다. 고작 그것이었다.

위로 피운 모닥불의 열이 아래로 향해 닭은 맛있게 익으리라.

익힌 노래는 거지들의 입에서 아이들의 입으로 전해졌다. 아이들은 뜻도 모르면서 부르기 쉬운 곡조의 노래를 습관처럼 불렀다.

사방치기를 하고, 꼰 새끼줄 사이를 넘으면서도, 어미와 아비의 일을 도우면서도 불렀다.

도성의 거지들은 제 몫을 마쳤다며 아주 맛있게 익은 닭을 게걸스럽게 먹었다. 그것이 비천한 삶을 죽음으로 이끄는 길인 것도 모르고 말이다.

그들의 시체는 찾지 못했다.

감쪽같이 사라졌다.

꾀죄죄한 얼굴에 냄새나는 옷가지의, 다른 거지들이 그 자리를 채웠다. 그러나 사람들은 냄새나고 비천한 거지들의 얼굴을 일일이 외우지 못했으니, 그들이 본래의 거지들과 다른 무리임을 알지 못했다.

노 시중의 대궐 같은 집은 감히 거지와 양민 아이들이 발조차 들이지 못할 곳에 있었다. 황궁과 가까운 곳으로, 잘 닦인 길과 고래 등 같은 집들이 즐비한 곳이었다.

하나 노 시중은 무슨 변덕인지, 백성들을 굽어살펴야 폐하께 더 좋은 간언을 할 수 있지 않겠느냐고 부득불 천하고 어려운 백성들이 사는 곳으로 길을 돌아 집으로 향하였다.

며칠이나 휘하의 신료들과 함께 그리 먼 길을 돌아 들어갔다. 더해 몹시 삶이 궁핍한 자들을 보면 개인 곳간을 열어 구휼까지 하였다.

노 시중과 신료들의 이름을 칭송하는 노래와 함께, 거지들이 퍼뜨린 노래 또한 널리 퍼졌다.

오늘도 노 시중은 길을 돌아 집으로 향했다. 가마 밖으로 거지가 일러 준 노래를 부르며 웬 아이들이 와아아, 달려 지나갔다.

"변방의 것이라도 귀한 가문에서 자랐으니, 뿌리 없는 잡초라 하긴 어폐가 있구나."

그가 고개를 느리게 내저으며 말했다. 려화는 그의 불길한 예상대로 공진성 성주의 고명딸이 맞았다. 그러나 이제까지로 미루어 보건대, 려화는 휘강에게 그를 밝힐 생각이 없었다.

물론, 이미 휘강이 려화의 정체를 알고 있을 수도 있었다. 다만 그것을 쉬이 밝히지는 못할 것이었다. 드러난 것만으로는, 공진성 성주가 침략에서 제 성을 지켜 내지 못한 죄인이기 때문이었다.

이것을 전부 뒤엎으려거든 휘강은 지난 일을 다시 끌어와 사방을 혼란에 빠뜨려야 했다. 그렇다면 나라가 도탄에 빠질 것은 자명한 일이다.

선황이 휘강을 죽이려 했음에는 둘러댈 명분이나마 있었지만, 반대로 휘강이 선황을 죽인 것에는 명분이 모자랐다. 무엇을 가져다 대어도 아비를 죽인 황제가 되는 것이다.

더해 백성들은 이미 신료들의 편이었다. 나라를 암운에 휩싸이게 하면서까지 피바람을 불러일으키는 황제는 백성의 인망조차 잃으리라.

노 시중이 생각하기에, 작금 휘강의 상황은 사방이 막힌 길에 서 있는 것과 다름없었다. 미치광이의 젊은 황제는 어떻게 나올 것인가.

"이제 꽃을 찾기만 하면 되는가……."

노 시중은 이미 그 건에 대하여서도 충분히 손을 써 두었다. 그의 성격상 마냥 안심하지만은 않았으나, 이미 깔린 판은 충분히 그에게 유리하게 돌아가고 있었다.

그의 만면에 만족스러운 미소가 감돌았다.

*
**

채선궁의 풍경은 모조리 시들었고, 궁 안에서만 돌던 흉포한 바람은 백성들 사이에까지 퍼졌다. 아이들이 그저 노랫가락이 좋아 불러 댔을 따름인 그 노래는 분명 려화를 저격하고 있었다.

도성과 변방 가릴 것 없이 모든 아이가 같은 노래를 불렀다. 삽시간에 퍼진 노랫말이 어른들의 귀에 들어가는 것은 일도 아니었다.

세월을 살아 내어 연륜을 쌓은 이들은 양민과 귀족, 호족을 가리지 않고 그 노랫말의 참뜻을 파악했다.

황제가 어디서 온 것인지도 모르는 간악한 계집에게 빠져 나라를 말아먹으려 한다. 하여 이립이 가까운 나이에도 황후를 맞이하지 아니하는 황제는 후사를 볼 생각이 없다.

황제를 잃은 나라는 망국의 길을 걸을 것이다.

사람들은 너나 할 것 없이 모이면 이 노랫말을 가지고 갑론을박하였다.

이리되니 휘강의 발등에 불이 떨어졌다.

"해서, 차마 그 계집에게는 말할 수 없어 저를 찾아오셨다 그 말이십니까?"

"아무리 상처받지 않는다고 말해도, 제가 지키려는 백성들이 입을 모아 비난하고 있다는 사실을 알면 상처가 될 것이 자명하다. 어찌 짐이 려화에게 그것을 전하겠느냐."

"전하는 게 아니라 아예 틀어막은 것이지요."

유 노인이 우스워 죽겠다는 듯 껄껄거렸다. 황제가 되기 전, 죽음을 목전에 둔 마당에도 누군가에게 도움을 청하지 않던 휘강이었다. 유 노인, 그러니까 과거에는 유 태감이었던 그는 오로지 자신의 의지로 휘강을 도왔다.

당시 선황의 슬하에 적통이랄 자식도, 아들도 오직 휘강 하나였기에 그러했다. 그러니 황실의 계보를 잇기 위해서는 응당 휘강이 살아 있어야 하건만, 선황은 휘강을 황제의 재목이 안 된다는 이유만으로 방치하고 죽이려 들었다.

그저, 한낱 환관이라 하나 황실의 종이었다. 그는 소명을 따라 움직이는 걸 자신의 철칙으로 삼고 살아오기도 하였다.

응당 황제가 정신을 차리지 못하고 더해서 신료들조차 간신뿐이라면 자신이라도 나서 황실의 도리를 바로 세워야 한다 여겼기에, 그리 행했다.

유 노인이 휘강을 도왔을 때, 휘강의 나이는 고작 열다섯이었다. 그때부터 보아 왔으니 아닌 척하여도 늙은이는 못난 휘강에게 정이라는 것이 들었다.

"허허허…… 폐하께서 그런 감정을 알게 되셨다고요. 해서 물러난 이 늙은이에게 사견까지 구하러 친히 납시었고 말입니다."

짙은 감상이 묻은 목소리였다. 저의 인생을 두고 느끼는 감상은 아니었다. 그는 제가 살아온 길에 퍽 당당하고 만족하고 있으니 말이다.

다만 눈앞에 앉은, 저 덩치도 크고 곧 이립을 앞두기까지 한 장년(壯年)의 황제를 향한 감상이었다. 참으로 오만불손하게도 그러한 생각이 들었다.

어린 손주가 걸음마를 하고 말을 배우고, 그저 우는 것밖에 모르던 놈이 어느새 감정을 배우는 것을 지켜보는 할아비의 마음이 저와 같지 않겠는가.

휘강에게 광증이 있음은 명확했다. 변하지 않는 진실이었다. 더구나 그것을 누구보다 더 잘 알고 확신할 수 있는 이 중의 하나가 바로 유 노인이었다.

그는 선황에 앞서 계도제 또한 얼마간 모셨었다.

계도제가 제위 중일 때에는 유 노인의 나이가 지금의 휘강보다도 한참 어렸으나, 그래도 그가 보통 사람과는 다르다는 것을 알았다.

더해 그를 가르치던 환관이 또한 황가의 광증에 관하여 상세히 설명해 주었다. 어찌 모셔야 하며 어찌 대처해야 하는지까지 전부 말이다.

계도제는 역사를 타고 전해진 태감들의 비책에 담긴 것과 하나도 다르지 않은 모습이었으며, 어느 날 각성하여 돌아온 휘강 또한 그랬다.

감정이 무뎠다. 황실 혈족에 대해서라면 더욱이 그러했다.

오히려 더욱 잔악하였으며, 자비라는 것을 찾아볼 수가 없었다.

입으로 뱉는 자비는 온갖 계산을 통해 도출한 결론에 그것이 필요할 때나 갖다 붙이는 것이었다. 휘강도 그러했다.

인간이 느끼는, 주로 '인간적'이라 불리는 감정이 휘강에게는 결여되다시피 했다. 그런 자가, 지금은 타인이 느낄 상처를 제가 먼저 고려하고 파악하여 움직이고 있었다.

어찌 감회가 남다르지 않을 수 있으랴.

"비꼬든 뭐든 나중에 하라."

"급하시니까요?"

"한시가 급하다. 이미 걷잡을 수 없을 지경이건만, 쉽사리 움직일 수 없는 상황이지 않으냐."

"비꼬는 것에는 저를 벌하지 않으십니까?"

"네가 내놓는 계책이 옳다면 그것의 값을 치르는 것으로 할 터이고, 마땅치 않다면 죗값은 그때 받겠다."

휘강의 말에, 유 노인은 다시금 허허허 웃음을 터뜨렸다. 감히 황제의 앞이고, 황제임을 드러내고 찾아온 휘강의 앞이니 담배를 물 수는 없건만 곰방대가 아쉬웠다.

휘강은 기민하게 유 노인이 곰방대를 찾는 것을 알아채었지만, 무시하였다. 감히 제 앞에서 담배 태우는 것을 용납할 인사는 아니긴 하였다.

그렇다 하여도 많이 변했다. 예전 같았으면 아무리 제 목숨을 지켜 준 이라 하여도 심기를 상하게 한 자를 가만히 놓아줄 휘강이 아니었으니 말이다.

사람의 심성이 완벽히 변하랴마는, 참으로 많이 유해졌다. 그것이 참으로 우스웠다.

예의는 좀 있었으나 맹랑한 꼬맹이였던 여인이, 휘강을 이리 바꾸었단 말이지.

"짐이 어려 미욱하던 시기, 네가 노 시중을 상대하였다. 선황을 대신해 움직이던 너구리 같던 자를 아주 잘도 대비하였지. 한데 지금은 늙어서 머리가 굳었는가?"

"글쎄요……."

"어찌 쉬이 대응책을 찾지 못하느냔 말이다."

다급해진 휘강의 말이 퍽 길어졌다. 그것을 바라보는 유노인의 입이 곰방대를 물지 못한 아쉬움을 달래고자 우물거렸다.

사실, 유 노인은 휘강에게 노 시중의 짓거리들을 듣던 순간부터 그가 원하는 유하고 우아한 대응책의 실마리를 잡아냈다. 다만 그것을 쓸 만한 것으로 다듬는 데에는 아무리 유노인이라도 시간이 필요했다.

더군다나, 지금 휘강의 꼴이 과거와 달라 자꾸만 호기심이 동하니 머리가 잘 굴러가지 않기도 하였다. 그나마 유 노인이 려화 또한 손녀처럼 아끼지 않았더라면, 휘강의 변화를 살피는 데에만 주력하였을 것이다.

무엇보다 오만불손한 황제인 그를 놀리는 재미가 쏠쏠하였다. 하여 유 노인은 시간을 끌 참으로 휘강을 놀리듯 농을 던져 보았다.

"그런데, 노 시중이라면 이전의 승상을 이르심입니까?"

"몰라 묻는 것이냐? 이 복숭아 냄새가 코를 찌르는 곳에 처박혀서도, 네가 황궁 담벼락에 눈이 달린 듯 궐 안의 일거수일투족에 이치가 밝은 것을 내 알고 있거늘!"

"폐하께 죄송하게도, 이 노인네가 퇴직한 것이 족히 십 년이 되어 갑니다. 황궁에 눈을 두었다 하더라도, 이제 그자 또한 퇴직하였을 나이가 아니겠습니까?"

"짐을 우롱하는구나."

그만 신이 나서 너무 나갔다. 지금 휘강의 분노는 진짜였다. 유 노인은 곧장 진중한 표정이 되어 휘강을 향해 오체투지하였다. 휘강은 손을 내저어 유 노인을 말렸다.

"네 제사상 차려 주러 온 것이 아니다."

그 말에 유 노인이 곧바로 꼿꼿하게 허리를 세워 앉았다. 그가 본격적으로, 궁지에 빠진 려화의 처지를 구해 낼 방법을 궁리하였다.

"……폐하께서 생각하신 대로, 려화 그 아이의 신분을 지금 밝힐 수는 없습지요."

"선황 적의 이야기를 전부 끄집어내야 하니 손해가 막심하며, 려화 그 아이가 상처받아야 할 시간이 너무 길다."

휘강의 말에 유 노인이 곧장 고개를 끄덕였다. 그의 생각도 같았다. 노 시중이 퍽 단순한 방법일지나 꽤 공들여 덫을 쳐 두었다. 아마, 그 또한 려화의 정체를 파악했으리라.

백성의 민심까지 두루 제 것으로 만들어 둔 것은 필시 지금의 약해진 신권 때문만은 아닌 것이 확실했다. 본디 노 시중이라는 자가, 하나의 일을 할 때 한 가지 이유만으로 움직이는 자가 아니니 말이다.

유 노인의 고민이 깊어졌다. 그의 입에서 침음이 흘렀다.

온전히 고민에 빠져드니 휘강에게 들은 려화의 전후 사정이 더욱 크게 닿아 왔다. 공진성 성주의 딸, 변방 호족들의 영수 가문에서 금지옥엽으로 자라 상상치도 못했을 우여곡절을 겪었지 않은가.

가엾기 짝이 없었다. 그런 아이가 하필이면 또 제 아비를 사지로 몰아넣은 황제를 만나 저 또한 남은 인생을 불구덩이로 집어넣었다.

공진성에서 일었던 전쟁은 온전히 휘강의 탓이 아니었으나……

이것은 지금 중한 것이 아니니 넘기는 것이 좋겠다. 유 노인이 그리 생각하며 작금의 상황을 넘길 타개책으로 다시 집중을 옮겼다.

감히 황제인 것을 모르고 만인지상을 연모하여, 그 마음을 주체하지 못해 상처를 입은 가엾은 아이. 이제는 껍데기만 남았다는 그 아이를 지켜 낼 방법……

"옛말에, 이안환안(以眼還眼)이라 하였습니다."

"더해 이아환아(以牙還牙)라 하였지."

유 노인의 말에 담긴 속뜻을 파악한 휘강이, 마음에 들었다는 듯 입꼬리를 비틀어 올려 웃으며 곧장 답했다. 유 노인이 텁텁한 입안을 오물거리며 고개를 끄덕였다.

"돌려주시면 됩니다."

"다만 그것으로 이 시국이 모두 안정이 되겠는가?"

휘강은 유 노인의 생각이 제법 좋은 술책이라 생각하였다. 다만, 려화의 거짓 허물을 노 시중과 그 휘하 신료들의 허물로 덮는다 하여도 과연 이 분위기를 완전히 뒤집을 수 있는가는 확신이 들지 않았다.

유 노인이 고개를 저었다.

"그리 접근하면 곤란합니다. 거짓을 과장된 진실로 덮되, 다만 방법을 같게 하여 돌려주자는 말입니다."

휘강이 흥미가 동하는 듯 눈을 조금 크게 뜨고 그를 바라보았다.

"좋은 생각이다. 다만, 짐은 계도제가 아닌지라 눈에 거슬리는 것은 확실하게 치워 버리는 방법만을 알 뿐이다."

"후궁 후보 살해 건을 듣고 이 노인은 이에 버금가는 계략이 있었을 것으로 예상하였는데요."

다소 기분이 누그러진 휘강이 장난스레 픽 웃었다.

"그때는 살육을 앞두고 있었잖은가."

"이번에는 그것과는 다르다 여기십니까?"

"다르지. 어느 것 하나, 내 여인에게 떳떳하지 못한 계책을 쓸 수는 없으니 말이다."

유 노인이 고개를 끄덕이다간 진지한 눈으로 휘강을 바라보았다. 감히, 농장지기 늙은이가 황제의 용안을 똑바로 보는 것임에도 휘강은 대수롭잖게 넘겼다.

"많이 변하셨습니다."

"늙은이는 저승길을 앞두고 많이 건방져졌군."

"여부가 있겠사옵니까. 이제 눈을 감으면 북망산천이 바로 앞에 보입니다."

너털웃음과 함께 나온 말이었으나, 어느 정도는 진심일 것이다. 유 노인은 종심을 훌쩍 넘겼다. 일흔을 넘은 늙은이가 죽음을 논한다면 그것은 가벼운 농담일지언정 쉬이 넘겨선 안 되었다.

다만, 휘강의 직감이 예견하기를 앞으로 유 노인이 필요할 일이 많을 것만 같았다. 그의 직감은 확신이 되었다.

과거, 궁녀 시절의 려화는 유 노인을 마치 친할아버지처럼 여기는 것으로 보였다. 농을 나누기도 하고 간혹 의지하기도 했다. 그런 모습들을, 려화의 앞에 나서지 않고 나무 위에 숨어 앉아서 지켜본 적도 있었다.

휘강이 생각하기에, 어쩌면 유 노인이 쌓은 정은 려화와 더 깊을 수도 있었다. 보고 지낸 세월을 떠나서 말이다. 자신이야 감정이 무디다 못해 쇠토막 같은 인사이니, 생기가 넘치는 려화와 쌓은 정이 더 많을 수밖에.

유 노인이, 세상에 홀로 남은 려화에게 기댈 곳이 되어 주었으면 했다. 불행히도 자신은 그녀에게 그런 존재가 되기에는 아주 틀려먹었으니.

잠시 욱신, 하고 가슴이 아파 왔다. 휘강이 씁쓸한 낯으로 유 노인의 검고 주름진 손을 바라보았다. 제 색이 절반이라면, 나머지는 검버섯으로 덮인 손이었다.

"아직은 안 돼. 늙은이는 아직 짐에게 쓰일 일이 많아. 지금은 아니야."

"폐하께서도 생로병사는 다스리지 못하실 겝니다."

"그래도 최대한 노력해."

투정 부리는 손주를 앞에 둔 듯, 유 노인이 껄껄 웃었다. 진득한 세월을 담은 웃음이었다.

"애는 써 보겠습니다."

"애는 써 보겠다는 늙은이를 백 세까지는 부려 먹어 봐야 겠네."

"아무렴 폐하라 하셔도, 그건 너무 과하지 않습니까?"

이번에는 휘강이 웃었다. 곧 그가, 얼굴에 황제의 위엄을 되찾고 물었다.

"이제 풀어서 설명해 봐. 짐이 어떻게 움직여야 하는지."

늘 정무를 마친 밤에나 채선궁을 찾던 휘강이 오늘은 훤한 대낮에 행차하였다. 더구나 항상 혼자, 달고 오더라도 믿음직한 태감 하나만을 뒤로 세우던 자가 오늘은 많은 꼬리를 달고 왔다.

하나 오늘 휘강은 곧장 채선궁의 주인인 려화를 찾지 않았다. 그가 향한 곳은 바로 채선궁 후원 뜰에 있는 크지도 작지도 않은 연못이었다.

때마침 려화는 산여와 함께 낮 산책을 마치고 돌아오는 길이었다. 오늘은 세야와 은호도 함께였다.

"도국의 옳은 길을 비추시는 폐하를 뵈옵니다."

"폐하를 뵈옵니다."

려화가 먼저 휘강에게 예를 취하고, 뒤로 선 산여와 세야도 따라 허리를 숙였다. 은호는 부복하여 무사의 자세로 달리 예를 표했다.

휘강이 려화의 인사를 받아 주었다.

"폐하, 낮 시각의 채선궁은 풍취가 보잘것없는지라 소인이 부끄럽습니다."

"이것은 그대의 관리 소홀이 아니니, 그대가 부끄러워할 필요가 없다."

려화의 아랫사람들이 그녀를 제대로 윗전으로 모시고 있었다. 인사의 예를 취하는 것부터, 곧바로 뒤로 물러서는 것까지 그러했다. 휘강이 그것을 보고는 만족스러운 얼굴로 말했다.

"채선궁의 체계는 완벽히 잡힌 듯 보이는군."

"미욱하여 부끄럽사오나, 채선궁에는 달리 체계랄 것이 없습니다. 다들 벗처럼 지내고 있습니다. 다만 폐하께서 계신 가운데 이리 저들이 예를 다하는 것은 전부 폐하께서 궁을 덕치로 다스리신 공덕입니다."

"그대가 나의 얼굴에 금칠하려 하는가."

차마 저를 낮추어 지칭할 말을 찾지 못해, 소첩이란 말은 쓸 수 없으니 소인이라는 말을 쓰는 려화가 휘강의 눈에 밟혔다.

"어찌 금칠이라 이르십니까. 소인의 진심입니다."

휘강은 려화에게 웃음으로 답하곤 고개를 돌렸다. 그리고 제가 이끌고 온 신료와 군사들에게 연못의 조사를 명했다.

"어찌⋯⋯. 채선궁 안으로는 들지 않으십니까?"

다른 이유가 있어 이곳을 찾았냐고, 려화가 그것을 돌려 물었다. 휘강이 가볍게 고개를 끄덕였다.

"오늘 밤도 그대를 찾을 것이니 걱정하지 말라. 지금은 다른 용무가 있어서 채선궁을 들른바, 아쉬워도 용무가 끝나면 돌아갈 셈이니."

"용무라 하시면⋯⋯."

휘강이 말없이 채선궁의 작은 못을 바라보았다. 군사들이 연못의 물을 떠서 작은 약병에 담았다. 그밖에 못 주변의 젖은 흙도 담았다.

더해 뿌리가 녹아 말라붙은 정원수를 치워 낸 구덩이 주변의 흙도 샅샅이 뒤졌다. 아마 정원의 흙에서는 아무것도 발견되지 않을 것이다.

'연못입니다. 폐하, 연못의 물에는 미약하나마 식물의 뿌리를 녹여 못살게 굴었던 흔적이 남아 있을 것입니다.'

휘강이 유 노인의 말을 떠올리며 피식 웃었다. 그는 우선 황궁에서 일어난 기이사가 사람의 손을 탄 것임을 확실히 하여 반격의 기틀을 잡는 것이 좋겠다고 일렀다.

"이곳 채선궁 또한 짐이 다스리는 공간에 들었을진대, 기이한 일이 벌어진다는 것을 알면서도 짐이 신경을 쓰지 못하였다. 하여, 늦게라도 친히 그 진상을 밝히려 함이다."

"그저 땅의 기운이 다하여 그러한 터일 것입니다. 어찌 귀하신 폐하의 신경을 이곳에까지 쏟으십니까."

려화는 휘강에게, 아무것도 하지 말라 하지 않았느냐고 다그치고 있는 것이었다. 그러나 휘강은 눈을 내리깔 따름이었다. 그녀의 말을 지키지 않을 생각은 없었으나, 일이 커졌으니 대응이 필요할 뿐이다.

아무도 다치게 하지는 않겠다, 긁어 부스럼은 만들지 않겠다. 이러한 말들이 그의 입안에 맴돌았으나 지금은 보는 눈이 많아 쉬이 꺼낼 수 없었다.

다만, 려화의 입지를 더욱 확고히 굳힐 수는 있었다.

"그대가 있는 곳이니까."

웃는 낯이나 단호했다. 그러한 표정으로 꺼낸 휘강의 한마디를 려화는 차마 정면으로 바라볼 수 없었다. 하여 조심스레 고개를 내리깔았다. 감히 황제에게서 고개를 돌릴 순 없으니 말이다.

휘강의 말에 려화를 대신하여 산여와 세야가 낯을 붉혔다. 그 표정은 둘이 완전히 같지는 않았으나, 려화가 느껴야 할 설렘을 대신 받아 느끼는 것으로 보였다.

"답이 되었는가?"

"황궁의 누구라도 귀히 여기는 폐하의 어진 상심(上心)에 감읍합니다."

려화는 휘강의 진심을 고이 받지 않고 물러섰다. 여기까지가 저의 한계라 명확히 선을 그었다. 타인이 보았을 때는 그저 겸손이었으나, 휘강은 저것이 려화의 진심임을 알았다.

그가 허탈한 표정으로 몸을 돌렸다. 때마침 증좌의 채취가 끝났다.

가장 중요한 연못의 물을 뜨는 것은 전부 확실한 휘강의 사람을 썼고, 어차피 아무것도 발견되지 않을 흙에는 혹여 신료들이 손을 썼을지도 모르는 이 또한 두었다.

"일을 마쳤습니다, 폐하!"

"돌아가지. 확실한 확인을 위해, 금번 일은 형부와 병부가 교차로 검증할 것이다."

"예!"

휘강은 돌아가겠다는 말 대신에 눈빛으로 려화에게 인사했다. 려화는 그저 상황 돌아가는 것으로 그가 곧 떠나겠구나, 하는 것을 알고는 이미 허리를 깊이 숙인 채였다.

휘강이 허리를 숙인 려화의 무리를 지나쳐 채선궁을 빠져 나갔다.

려화는 휘강의 걸음 소리가 들리지 않을 정도로 멀어지고 나서야 숙였던 허리를 들어 올렸다. 려화의 시선이 아주 잠시 휘강이 지나간 길을 향했다. 스치듯 지난 시선이었지만 그것이 세야의 눈에는 보인 모양이었다.

"폐하와 네가 서로 마음이 있는 것 같은데……."

세야는 려화의 태도가 이해가 가지 않는다는 듯 중얼거렸다. 려화가 설핏 웃으며 세야를 바라보았다.

"폐하께서는 변덕이시고, 나는 글쎄. 그저 살아남는 데 필요한 분의 손을 잡을 뿐이지."

"변덕이라기엔 폐하께서 오래 널 찾고 계시고, 너는……."

세야가 려화를 바라보며 말을 흐렸다. 그녀는 어느샌가 무엇을 떠올리고 있었다. 아마도 려화가 유배소에 위리안치 중이던 때인 것 같았다.

그때라면 분명히 버리지 못하던 진득한 미련이 있었으니, 티가 났을 것이다. 려화는 그리도 티를 내었나 싶어졌다.

다만 이런들 저런들, 산여나 세야가 이리 세세한 것에 마음 쓰지 않기를 바랐다.

"너도, 산여도. 만일 폐하의 총애가 끝나 그 화가 너희에게까지 미칠까 싶으면 채선궁을 떠나도 돼."

세야가 화들짝 놀라며 고개를 절레절레 내저었다.

"무슨 섭섭한 소리야! 네 걱정에 꺼낸 말을……."

산여도 곧장 세야의 말에 동의하며 고개를 끄덕였다. 려화가 한숨 같은 미소를 지었다. 어쩌면 이들 중 려화를 제하고 둘의 감정이 돌아가는 꼴을 가장 잘 알고 있을 은호가, 차마 입을 열지는 못하고 답답함에 침만 삼켰다.

"지금 나를 걱정할 이유가 무에 있어. 내가 궁에 들고 죄인이 된 후에 지금처럼 영화롭게 산 적이 없는데."

려화가 웃으며 말했다. 그러나 그녀의 눈빛은 어딘가 예리하게 벼려진 부분이 있었다. 세야나 산여, 은호에게 불만이나 나쁜 감정이 있어서는 아니었다.

무언가를 탐색하는 듯한 눈빛이었다. 은호가 몸을 사리며 려화의 시선을 피했다. 그녀에게는 익숙한 시선이었다. 휘강이 이리 사람을 살피곤 했다.

서로 다른 둘이건만, 마음 또한 평행을 이루어 마주 보지 못하건만 이런 점은 어찌하여 닮았는가.

은호는 그리 생각하였다.

다만 려화의 입술은 호선을 그리고 웃고 있기에, 아마도 산여와 세야의 긴장은 풀린 모양이었다. 어쩌면 려화를 생각하는 마음이 크기에, 작금의 상황을 모르고 이리 생각하는 려화가 안쓰러웠던 것일지도 몰랐다.

"그렇지만 도국의 모두가 너를 한마음으로 욕하고 있는데, 지금 네가 영화를 누린다고 생각해도……."

기어이 세야의 입에서 해서는 안 될 말이 튀어나왔다. 려화는 여전한 표정으로 세야를 바라보았다. 은호는 고개를 확 돌리고 입술을 깨물었으며, 산여도 아차 싶어 어색하게 웃으며 조용히 세야의 소매 끝을 잡아당겼다.

"내 처지야 어쩔 수 없이 폐하의 총애 위에 세워진 사상누각이지. 네 말이 맞아."

"으, 응……."

뒤늦게 자신이 실수한 것을 깨달은 세야가 크게 당혹한 얼굴로 고개를 끄덕였다.

"아니, 그런 뜻은 아니었어……."

"한데 황궁도, 도성도 아닌 도국의 모두가 나를 욕하고 있다니 그건 금시초문이네?"

"어, 어?"

세야의 시선이 갈피를 잡지 못하고 흔들렸다. 산여는 발을 종종거리고 싶은 것을 가까스로 참았다. 황명으로 채선궁의 주인에게는 작금의 상황을 절대로 발설하지 말라 하였다.

그런데 세야의 섣부른 한 마디로 려화가 상황을 대강 파악한 분위기가 되었으니, 첫 번째로 내려질 벌이 두려웠다. 그리고 다음으로는 려화의 마음에 심려를 얹은 것이 몹시 미안하고 안타까웠다.

"아냐, 내가 말이 헛 나온 거야. 궁에나 박혀 사는 궁녀가 궁 밖의 상황을 어찌 알겠어⋯⋯."

"맞아 언니! 우리가 그런 걸 어떻게 알아!"

산여가 세야의 말에 맞장구를 쳐 주었다. 려화는 잠시 그들을 바라보다가, 이것이 저와는 상관없는 일이라 아예 딴 곳을 보고 있는 은호에게 시선을 던졌다.

"무사님께서는 어찌 생각하세요?"

"⋯⋯갑자기 내겐 왜 묻소?"

"무사님께서는 궁에 묶여 바깥을 알 수 없는 궁녀와 달리 바깥 사정에도 충분히 훤할 수 있는 분이시잖아요."

"달리 틀린 말은 아니오."

평소 휘강 덕에 이러한 압박에 익숙한 은호의 표정은 몹시 평온했다. 하여 려화는 은호에게 별로 얻어낼 것이 없다는 걸 곧장 깨달았다.

하나 작금의 분위기는 숨기려야 숨겨질 수가 없었다. 분명, 무언가 일이 더 터진 것이 분명하였다.

아마도 궁 안에서 벌어진 일과 맥락이 그리 다르지 않으리라. 그것이 무엇인지 정확히 알 필요는 없었다. 다만 자신을 음해하는 일이 다시금, 궁 밖에서 지금보다 더 크게 벌어졌다는 것을 알게 되었다는 것이 중했다.

려화는 이제야 잘 참고 있던 휘강이 하필 지금 움직이기 시작한 경위를 이해했다. 세야의 말을 빌리자면 도국 전체가 들썩일 정도로 나쁜 소문이 퍼진 것이리라.

궁내의 일이야 단순히 채선궁의 주인인 자신을 향한 움직임으로 넘길 수 있겠으나, 궁 밖에까지 말이 퍼졌다면 좀 달랐다.

려화의 처지는 지금 그녀의 말마따나 휘강의 총애 위에 세워진 사상누각이나 다름없었다.

휘강의 총애.

그것이 궁궐 내에 도는 것은 작은 문제이지만 이것이 궁 밖으로 나가면 큰일이 된다. 욕을 먹는 주체가 려화 하나로 끝나지 않게 되니 말이다.

방법이야 알 수 없으나, 소문이든 욕설이든 도국 전체가 들썩인다면 내용이야 뻔했다.

감히 근본도 모를 계집이 황제의 눈을 가리고 귀를 가려 아둔하게 만든다. 국모의 자리를 꿰차려 한다. 사람들은 그리 말하고 있을 것이다.

이것은 단순히 려화를 욕하고 끝나는 일을 넘어섰다. 휘강이 움직일 수밖에 없었으리라. 더해, 려화는 대관절 제가 무에 그리도 거슬리는가 싶어 헛웃음이 나왔다.

휘강의 총애를 가장해도, 무관심을 가장해도 어쨌든 그들에게는 거슬리기 짝이 없는 눈엣가시이려나.

"언니……."

굳은 얼굴로 생각을 곱씹는 려화를 산여가 애타게 불렀다.

이미 생각은 답을 찾아 끝을 맺어가던 참이었다. 려화가 산여를 바라보았다.

그사이 세야는 한 걸음 물러서 산여의 뒤에 서 있었다. 고개를 수그리고 입술을 씹는 모습이 어딘가 불안해 보였다.

"나를 속였다고 뭐라고 할 생각도, 폐하께 일러바칠 생각도 없어."

려화가 산여를 바라보고, 부드럽게 웃으며 말했다. 눈빛은 산여를 향했으나 그녀의 말은 세야를 안심시키기 위함이었다. 그러나 세야는 알아듣지 못한 것인지, 그녀의 안색은 쉬이 펴지지 않았다.

**

휘강이 조사를 위해 채선궁을 찾고 며칠 되지 않아 채선궁 뜰의 꽃이 전부 뿌리가 녹고 말라 죽어 가던 이유가 밝혀졌다.

채선궁의 주인인 려화가 근본도 제대로 되지 않은 계집이라 기이한 일이 벌어진 것이 아니었다. 채선궁 뜰이 말라죽은 것은 려화를 모함하려는 악의였다. 그것이 밝혀져 며칠간 조정에서는 범인이 누군가를 두고 갑론을박이 벌어졌다.

결국엔 이번 일을 벌인 자가 누구인가는 밝혀지지 않고 흐지부지 넘어갔다. 다만 채선궁의 일과 엮어, 휘강은 궁 밖의 소문을 언급하였다. 채선궁의 일과 이 소문의 근원은 분명 같은 자일 것이라 못 박았다.

신료들은 절반으로 나뉘어 싸웠다. 반은 휘강의 말에 동의했으며, 나머지 반은 섣불리 확신해서는 아니 될 것이라 호소했다. 궁 안의 일이 계기가 되어 바깥으로까지 말이 나돌았을 수도 있지 않으냐는 것이었다.

휘강은 그렇다면 차라리 궁 안의 해괴한 일이 직접 전해질 것이지, 어찌하여 아이들이 부르는 노래로 소문을 퍼뜨리는 꾀를 부렸겠냐고 반박했다. 두 개의 일을 '우연히 연관이 생긴' 각기 벌어진 일처럼 보이게 만들려는 수작이 아니겠냐고 말이다.

이에 신료들은 한발 물러났다. 다만 휘강은 이리 몰아친 것과 달리, 딱히 진지하게 범인을 찾으려 하지는 않았다.

노 시중만이 휘강이 이미 자신이 벌인 일임을 확신하고 경고를 하는구나, 하고 조용히 알아챘다.

이러한 가운데.

"채선궁 연못에 때아닌 꽃이 피었대!"

"거기, 무슨 약을 쳐서 꽃이며 나무며 다 죽어 나갔던 거라며."

"그러니까!"

"중화제라도 푼 모양이지. 계속 그리 흉하게 둘 순 없으니까."

"아직 범인을 찾지 못했으니, 채선궁의 뜰 자체가 증좌라며 폐하께서 그 어떠한 것도 건들지 못하게 하셨잖아! 흙에는 약이 없는 듯해도 연못의 물이 오가기 때문에 한동안은 꽃이 피지 못할 것이라 했다고, 그쪽으론!"

이야기를 듣던 궁녀가 심드렁한 얼굴로 입술을 매만졌다. 근래 며칠이나 찬비가 쏟아지고 있어 일이 많은 차였다. 더구나 사방 가릴 것 없이 습하고 어두우니 몸도 찌뿌둥했다.

이런데도 기운차게 호들갑을 떨어 대는 제 동방(同房) 궁녀가 참 대단하게 여겨졌다.

"그게 뭐. 그럴 수도 있지."

사실, 채선궁의 일이라면 뭐가 됐든 이리 귀추를 주목하고 호들갑을 떨어 대는 궁녀들이 많긴 했다. 외려 심드렁하게 구는 제가 더 이상한 축이었다. 그러나 그녀는 추문보다는 잠을 더 중히 여겼다. 축 늘어지는 몸이 정말이지 무거웠다. 그보다 눈꺼풀의 무게가 더했다.

"이리 비가 오는데 그럼, 그 때문에라도 약이 씻기고 어디서 바람이 꽃씨라도 풀었나 보지……."

"그래도 어떻게 며칠 만에 꽃이 피니? 아주 활짝 피었다니까?"

"그래……."

"그것도, 홍련(紅蓮)이라고!"

홍련이 뭐라고…….

심드렁한 궁녀는 기지개를 켜면서 크게 하품했다. 그러고 나니 잠이 조금 달아났다. 옆에서 연신 조잘대는 동방 궁녀 덕에 저도 모르게 홍련이라는 말을 곱씹었다.

"홍련……. 홍련이라, 잠깐. 홍련이라고?"

그녀의 외침에 조잘대던 궁녀가 고개를 크게 끄덕였다.

다른 것도 아닌 홍련이라면, 무엇보다 깊고 유용한 뿌리로 물속에서도 그 몸을 지탱하고 고아하게 피어나는 꽃이었다. 더해 도국에서 홍련이 뜻하는 바는 만복(萬福)이었다. 복을 가져오는 꽃이며 홍련 자체가 만복으로 여겨지기도 하였다.

꽃은 아름다워 그 빛과 생김을 즐기며 향 또한 십 리를 넘어 퍼지는데, 가까이서 맡아도 짙고 화려하면서도 불쾌함이 없이 우아한 맛이 있었다.

줄기와 뿌리, 꽃이 지고 남는 연밥은 또한 식용으로도 쓰이니 버릴 것이 없었다. 귀족과 호족, 팔자 좋은 이들에게 홍련이 복을 전해 주고 그 아름다움으로 풍류를 즐기게 해 주는 꽃이라면.

백성들에게는 그야말로 버릴 것 없이 쓰이는 완벽한 꽃이었다. 심지어 갑자기 이런 찬비가 내리치거든 홍련의 유난히 커다란 연잎을 따서 우산을 대신할 수도 있었다.

하필 피어난 꽃이 홍련이라니 참으로 공교로웠다. 마치 노리고 그것을 연못에 가져다 놓은 듯하였다.

아마, 호들갑을 떨고 있는 뭇 사람들 모두가 내심은 이것이 황제의 꾀가 아닐까 하는 의심을 하였을 것이다.

기지개를 켜다가 그대로 굳어 버린 궁녀 또한 그러했다.

다만 이러다 며칠, 소란스럽다가 말겠지.

그리 생각하였다.

홍련의 기이(奇異)는 채선궁 연못으로 끝나지 않았다. 이윽고, 채선궁과 가까운 곳의 물가부터 황성의 모든 곳에 홍련이 피어났다.

지금은 가을이었다. 홍련은 늦은 봄 봉오리를 맺고 피어나는 꽃이거늘, 황궁을 채운 홍련은 계절조차 잊고 피어났다. 이 기이에 화급을 다투도록 난리가 난 것은 황궁의 정원수와 뜰을 관리하는 청이었다.

주수(主樹)청의 관리들과 소속 궁녀들이 먼저 경을 치렀다. 본디 황궁의 수목이란 이를 데 없이 계획적으로 조화를 이루어 조경하게 되어있었다. 그 법도를 어기고 피어난 홍련의 씨를 파종한 것이 누구인가.

그러나 주수청의 그 누구도 자신이 벌인 일이라 자백하지 않았다. 그럴 것이, 애초에 주수청에서 벌인 일이 아니었으니 말이다.

아무도 뿌리지 않은 씨앗이 틔워 난 일.

그것도 단 하룻밤 만에 만개한 홍련이 황궁 전역에 퍼졌으니 황제 휘강의 귀에 들어가지 않을 수 없었다.

"홍련이라면 무릇 번영과 만복을 기원하는 꽃이니, 그리 요란법석을 떨어 댈 필요가 없는 일이다."

휘강은 그를 대수롭지 않게 넘겼다. 이는 하늘이 일으킨 상서로운 일일 수 있으니 굳이 범인을 찾는 데에 힘쓸 이유가 없다고 일축했다.

다만, 만일 하늘이 벌인 일이 아니라 하여도 좋은 뜻을 품고 벌인 일일 테니 범인을 찾더라도 엄벌치 않겠다 하였다. 신료들은 같은 기이를 두고 다르게 처벌하는 것은 옳지 않다 목소리를 내었으나 크게 반발치 못했다.

홍련이 지니는 뜻이 너무나 상서로웠다. 황제의 말에 틀림이 없으니 쉽게 말을 보태기에 어려웠다. 그에 노 시중이 웃는 얼굴로 황제의 말에 수긍하면서도 속으로는 이를 갈았다.

홍련의 기이는 여기서 끝나지 않았다. 황궁 안에서만 끝날 줄 알았던 붉은 물결은 기어이 궁의 굳건한 담을 넘었다.

이번에는 황궁과 가까운 곳부터였다. 황궁과 가까운 곳의 연못에 홍련이 한 쌍 피었다. 그것을 먼저 발견한 것은 황궁 안으로 드나드는 여궁이었다.

"넓은 황궁 곳곳의 연못이 덮이는 데에 고작 나흘이 걸렸습니다! 한데 이제는 홍련이 궐을 넘었습니다! 이는 필시 폐하께, 이 도국에 큰 홍복이 내릴 것이라는 계시와 다르지 않습니다!"

흥분한 여궁이 그리 외치고 다녔다. 그리고 이 여궁의 말을 뒷받침하기라도 하듯 궐을 넘은 홍련의 물결은 그치지 않고 이어졌다.

붉은 꽃이 도성의 모든 연못마다 하나 이상씩 피어나는 데 열흘이 채 걸리지 않았다. 피어난 홍련은 그 상서로움이 이루 말할 수 없어, 도성의 모든 이들이 그 쓰임이 많은 홍련임에도 불구하고 어느 하나 쉬이 손을 대지 못했다.

이제 피어나는 꽃의 붉은 물결은 잠시 주춤하였다. 마치 숨을 고르는 듯하였다. 한동안 홍련의 성장을 돕듯 쏟아지던 찬비도 잠시 걷히고 해가 쨍쨍하였다.

이에 신료들은 내심 안도했다. 도국의 홍복을 기원하듯 피어난 홍련이라 하나, 이는 필시 사람의 손길이 닿았음을 확신하는 그들이었다. 물론 그들에게 그러한 사고를 불어넣은 것은 노 시중이었고 말이다.

그들에게 홍련이 피어난 것은 도국의 홍복을 기원하는 일이 아니라, 감히 황제가 술수를 부린 자신들을 향해 반격을 시작한 것으로 보였다.

실제로 그 생각은 틀리지 않았다. 분명히 휘강의 손이 닿은 작품이었으니 말이다.

"기밀군을 이용하셨습니까?"

돌아가는 상황을 곱씹으며 흡족해하던 휘강의 귓가에 어딘지 모르게 힐난조가 담긴 려화의 목소리가 닿았다. 휘강이 상념에서 벗어나 려화를 바라보았다.

단정한 얼굴 어딘가에 분명한 불만이 숨어 있었다. 그녀의 불퉁한 입술이, 이러한 상황에 마저 탐스럽게만 보여 휘강은 실소했다.

"무엇이 말이냐?"

"모른 척하실 셈이십니까? 때가 아님에도, 없는 씨앗에서 피어난 꽃이 정녕 하늘의 일이라 하시려고요?"

"나는 려화 네가 무슨 말을 하는 것인지, 정녕 모르겠다."

려화가 한숨을 내쉬었다. 그리곤 휘강을 바라보던 몸을 모로 돌려 그를 외면하였다. 아주 보란 듯이었다.

마치 앙탈을 부리듯 보이는 제 모습이 썩 마음에 들지는 않았으나, 려화는 휘강의 입에서 확답을 받고 싶었다. 이 일이 휘강의 손을 타고 벌어진 일이라는 것을 말이다. 짐작으로는 그의 계략이 확실하였으나, 휘강의 생각이라기에는 몹시 온화했다.

단순히 온화하다는 말로만 설명하기에는 어폐가 있었다. 상서로운 일을 두고 말하기에는 조금 민망하였으나, 이는 다소 간교한 느낌 또한 있었다. 심지 곧게 직진하여 모든 것을 휩쓸어 놓는 평소의 휘강과는 달랐다.

그러니 려화는 이 일에 숨은 것을 파악하고 싶었다. 어찌 되었든 자신이 관련한 일이었다. 도성 밖에서 만민이 저를 욕하고 있더란 사실을 알게 된 지 얼마 되지 않았다.

한번 물꼬를 터놓으니, 산여와 세야가 앞다투어 여태 하지 못했던 말들을 하소연 섞어 늘어놓았다. 그러던 것이 며칠 전부터는, 도성 밖의 사람들이 이 상서로운 홍련의 피어남에 눈이 멀어 려화의 욕을 하지 않기 시작하였다. 세야와 산여가 곧장 그것을 려화에게 전했다.

시기상조라곤 하나, 이 홍련이 어쩌면 려화를 뜻하지 않느냐는 말을 하는 이들도 있다 하였다. 극소수이니 이들의 의견이 정론이 될 일이야 희박했으나, 일이 긍정적으로 풀리고 있으니 좋은 것이 아니겠냐며 저의 궁녀들이 요란을 떨었다.

"려화……."

"숨기려거든 계속 숨기십시오. 그렇다면 저 또한 폐하께서 원하시는 대로, 아무것도 모르는 폐하의 꽃으로 남겠습니다."

감정 하나 보이지 않는 말투였으나, 분명 휘강을 책하고 있었다. 휘강이 얼이 빠진 표정으로 그런 려화를 바라보았다. 보이는 것은 삼단 같은 새카만 머리칼이 덮은 그녀의 작은 어깨뿐이런만.

그것이 휘강의 생에 그 어떠한 적보다도 무서웠다. 저는 려화의 앞에 서면 이제 무엇보다도 작아질 뿐인 신세이거늘.

이미 전모의 파악을 마친 것이 확실해 보이는 그녀를 속이려 했으니 이리 그녀의 작은 어깨가 무서워 보이는 것도 이상한 일은 아니었다.

휘강이 려화를 달래듯 낮고 다정한 목소리로 말을 붙였다.

"내 언제 네게 꽃으로만 남으라 하였더냐."

"아아, 폐하의 광기를 누르는 기물 정도의 쓰임은 되었던가요. 그조차 요즘은 쓰지 않으시니, 차마 피어난 꽃보다 못함을 다시 알려 주셔 감읍합니다."

"그런 뜻이 아니지 않으냐."

쩔쩔매는 휘강의 목소리에 려화가 실소했다. 그의 이러한 절절맴이 얼마나 가려나. 려화는 그를 믿지 않았다. 그러니 지금 휘강이 제 발아래에 있는 것처럼 조심스레 굴어도 그를 믿지 않아야 하였다.

그러나 다만, 자신을 휘두르고 마음을 모조리 박살 낸 그에게 무엇이라도 복수를 하고 싶음인가. 그를 압박하는 이 순간에 재미와 비슷한 감정을 느끼는 것을 보면 말이다.

"압니다. 잠시 투정을 부려 보았습니다."

다소 풀린 듯한 려화의 목소리에 휘강이 제 가슴을 부여잡았다. 려화의 몸은 언제 돌아섰냐는 듯 안도하는 휘강을 향하고 있었다.

"그럼 이제는 말씀해 주시렵니까?"

"그래. 네 생각이 옳다. 기밀대를 썼다."

"저처럼 하찮은 이의 일에요."

"나와 네 명예와 안녕이 걸린 일이다. 어찌 사사롭다 하겠느냐."

"저의 안녕은 모르겠으나, 폐하의 안녕까지야 위협할 일이겠습니까."

휘강이 말없이 려화를 바라보았다. 지금의 그녀는 이해하지 못하겠으나, 신료들의 악책으로 그녀를 잃은 자신은 절대로 안녕할 수 없었다.

휘강에게 이제 려화는, 그녀가 어떻게 생각하든 한 몸과 다름없는 존재였다. 제 몸의 일부를 잃고도 어떤 존재가 안녕할 수 있겠는가. 가슴에 품어 다스리고 있는, 언제 튀어나올지 모르는 광기가 튀어나와 모든 것을 죽음으로 이끌 것이다.

그 죽음에는 휘강 자신 또한 포함이었다. 휘강은 원하는 것을, 가장 갈망하는 것을 지근에서 보지조차 못하는 상황을 이겨 낼 자신이 없었다.

"너보다도 오히려 나를 위한 일이었다. 내 성정이란 평생 이기적이고야 말 테니."

"폐하께서 그리 말씀하시니 믿을밖에요. 다만."

"다만?"

"폐하께서 평소 행하시던 방법과 지금의 방법이 다릅니다. 그것이 의아했습니다."

휘강이 려화의 말에 침음을 흘렸다. 거기까지 내다보고 있었던가. 휘강은 려화라는 여인이 얼마나 깊고 깊은가를 재고 했다.

오랜 기간을 함께 보냈거늘, 이제야 진짜 려화의 본색이 제대로 보였다. 그것이 기꺼우면서도, 이리 어려운 여인이 언젠가는 그 혜안을 발휘해 자신의 품을 떠나갈까 한편으로는 두려웠다.

"농원의 노인을 기억하는가?"

휘강의 뜬금없는 물음에 려화가 고개를 끄덕였다.

"어찌 잊겠습니까. 거칠고 투박한 데가 있으나 식견이 깊고 저를 손녀처럼 아껴 주셨지 않습니까? 아, 설마?"

유 노인을 추억하던 려화가 눈을 동그랗게 뜨고 휘강을 바라보았다. 휘강은 려화의 짐작이 맞다는 듯이 고개를 끄덕였다.

"폐하께서는 생각보다 사람을 쓰는 데에 있어 유연함이 있는 분이셨군요."

"네가 나를 좋게 보아 주니 고마우나, 그렇지는 않다."

"예?"

"그 노인네, 두 대의 황제를 모셨던 태감이었다. 권모술수에서는 어쩌면 그저 날뛰는 데만 능통한 나보다 훨씬 나은 자이지."

상상조차 하지 못했다. 하여 려화가 얼이 빠진 얼굴로 휘강을 바라보았다. 휘강은 려화의 저 표정이 몹시 사랑스럽다 느꼈다. 그리해 그녀를 제 품에 끌어안고 그녀의 눈꺼풀이며 콧잔등, 입술을 훔치고 싶은 생각이 역력했다.

그러나 지금 려화가 꽃이라면, 휘강에게는 감히 닿을 수 없이 높은 절벽 위의 꽃이었다. 쉽사리 손을 뻗을 수 없어, 휘강은 대신해 자신의 용포 자락을 쥐었다.

"세상에……. 어르신께서 제게는 그런 말씀은 일언지도도 없으시더니."

려화의 얼굴에서 여러 감정이 보였다. 그러잖아도 나이가 지긋했던 어르신을 더 돕지 못했다는 미안함. 그의 과거를 알았더라면 더욱 공경해 마지않았어야 했는데, 하고 떠오른 후회.

그러나 그 어떠한 감정에도 그런 높은 끈을 몰라보았던 자신을 향한 아쉬움은 보이지 않았다. 그저 몰랐던 사실을 알게 되어 놀란 것과 그에 맞는 공경을 보이지 못한 자신에 대한 반성뿐이었다.

려화는 그리 깨끗하고 맑은 수원 같은 마음을 지녔다. 휘강은 려화의 일변하는 표정을 보며 더욱 그녀에 대한 마음을 키울 수밖에는 없었다.

자신이 겪어 온 풍파가 어찌 려화가 겪은 것보다 넘친다고 하겠는가. 우열을 가리는 것이 우스운 일이나 휘강이 생각하기에는 그러했다. 그런데, 자신은 이리 비뚤어졌건만.

부서진 채로도 저리 곧은 마음을 유지하는 려화를, 휘강은 어쩌면 존경스레 여겼다.

"제게는 그 농원의 관리 일도 돈을 주고 샀다고 하시더니……."

"푸흡! 뭐, 무어라?"

"어르신께서 제게 그러셨습니다. 농원의 관리직을 돈으로 샀다고요. 더해서 궁의 일이 그렇게 만만하게 돌아가느냐고도 하셨습니다."

"그 늙은이가 어린 궁녀를 제대로 놀렸군."

휘강이 웃음기 어린 목소리로 그리 말했다. 잠시 사레까지 들렸던 목을 가다듬으며 말이다. 려화는 순간 휘강의 우스꽝스러운 표정에 저 또한 풋, 하고 웃음을 터뜨렸다가 언제 그랬냐는 듯이 얼굴을 굳혔다.

그녀가 아직 웃음을 잃지 않았다는 것이 휘강에게는 실낱같은 희망이 되었다. 더해, 그를 용서할 수는 없다는 듯이 다시금 제 여린 속살을 숨기는 것에 절망했다.

이 아슬아슬한 줄타기는 어쩌면 살아갈 평생 계속되리라. 그러나 휘강은 이 위험천만한 줄 아래로 내려갈 생각은 없었다.

내릴 수 없었다. 이미 려화를 잃은 휘강의 세상은 천 길 낭떠러지니.

"내 그대를 안아도 되겠느냐."

휘강의 부탁은 이번에도 간절했다. 그러나 려화가 부담을 느끼지 않도록, 겉으로나마 담담함을 가장했다.

려화가 자리에서 일어나 휘강의 무릎 위에 제 몸을 앉혔다. 그러고는 휘강의 목에 팔을 감았다. 늦가을의 한기를 품은 려화의 옷자락의 감촉이 서늘했다.

이것이 작금 려화의 마음이려나. 휘강은 애써 그 한기를 무시하며 그녀의 허리에 제 팔을 감았다. 미끄러지지 않도록 단단하게 고정해 주니 려화도 좀 더 편하게 자세를 바로잡았다.

"언제나 폐하께서 원하는 대로 쓰시면 됩니다. 그것만으로도 저는 얻는 것이 많으니까요."

"그대 안에서 나와 그대의 관계는 그저 득실을 셈하는 정도밖에는 안 되는군."

휘강의 말에 려화는 아무것도 듣지 못한 것처럼 그저 그의 품에 고개를 묻었다. 휘강이 조금 고개를 숙이자 려화의 정수리가 그의 코끝에 닿았다. 그녀의 옷자락과는 달리 온기를 품은 은은하되 아찔한 향기가 그의 코를 사로잡았다.

"폐하, 감히 간언 올리고자 합니다."

잠시간 가장하던 평온이 깨졌다. 평온을 깨는 목소리마저 휘강에게는 달콤하기 짝이 없게 느껴졌다. 그러나 그녀가 앞으로 꺼낼 말조차 마냥 달콤하지는 않을 것이었다.

"그대는 내 허락을 얻지 않고 어떤 말이든 해도 좋다."

다만, 나를 떠나겠다는 말만 아니면 족하다. 가장 하고 싶은 말을 삼킨 휘강이 려화의 머리칼을 붙잡아 입을 맞추었다.

려화가 휘강의 손을 붙잡아 내리고, 부득불 그를 마주 보았다.

"황궁을 넘어서까지 붉은 길을 피워 내심은, 다시 생각해도 너무 과하셨습니다."

"과하지 않았다."

"도성으로 끝이라 말씀해 주세요."

"그것은 이미 내 손을 떠난 일이다."

휘강의 말에 려화의 고운 미간에 주름이 잡혔다. 휘강은 말없이 낮은 목소리로 웃었다.

그러나 정녕 이 일은 이미 휘강의 손을 떠나 있었다. 사실 홍련의 흐름은 이미 도성의 성벽조차 넘어섰다. 휘강이 기밀 대에 내린 명은 분명 도성까지였다.

이미 홍련이 도국의 홍복을 뜻하는 상서로움이라는 소문이 기정사실과도 같이 된지라, 이제는 휘강이 손쓰지 않아도 홍련이 퍼져 나가고 있었다. 종자는 도성 안 어느 연못에서라도 구할 수 있었다. 사람들은 한 줄기에서 하나만 틔우는 연꽃의 물 아래 줄기와 뿌리를 조심히 떼어다 날랐다.

황궁을 감싼 도성의 중심으로 홍련이 퍼졌을 때부터였다. 그때 얻어 간 뿌리는 이제 도성 밖에서도 꽃을 피우기 시작했을 것이었다.

이것은 자신의 고을과 성 또한 홍복이 피어나는 땅이길 바라는 백성들이 벌인 일이었다. 그러나 휘강은 그를 알면서도 은밀히 움직여 홍련을 퍼트리는 이들을 벌할 마음이 없었다.

백성들이 조용히, 자신들도 복을 받고자 홍련을 옮긴 것이, 그들이 복을 염원하는 마음이 휘강을 도왔다. 백성들의 조용한 바람이 휘강이 벌인 일을 단순히 인력으로 행할 수 없는 진짜 기이로 만들고 있었다.

이 기세대로라면 도국 전체를 홍련이 가득 채우는 데도 족히 한 달이 걸리지 않을 것이었다.

휘강은 이 모든 것을 함구하고 그저 려화를 안았다. 그러나 휘강의 품에 안긴 려화는 군이 그가 말해 주지 않아도, 휘강과 같은 미래를 파악한 듯 작은 한숨만을 대신 삼켰다.

"그래도 피의 붉은빛보다는 꽃의 붉음이 낫습니다."

"잘했다고, 칭찬하는 것이냐?"

"제가 감히 만인지상의 폐하를 칭찬할 자격이 있습니까?"

"나를 칭찬하든, 헐뜯든. 무엇이든 해도 될 자격이 있는 자라면 오직 너뿐이다."

휘강의 가슴팍에 려화의 실소가 미약한 진동이 되어 전해졌다. 휘강은 려화의 웃음에 대단히 겸연쩍어졌다. 그녀의 웃음이 마치 자신을 힐난하듯 하였다.

지금 려화의 처지를 이리 만든 오 할은 휘강이었다. 그것도 려화가 제 앞에서 황제를 헐뜯는 것을 죄로 삼아 벌하지 않았는가.

려화는 그저 과거와 지금의 차이에, 별일 없이 터뜨린 웃음이었으나 휘강에게는 려화가 자신을 탓하는 것으로 여겨졌다.

모두 자신이 쌓은 죄이니 휘강은 그저 입을 다물었다. 채선궁의 주인은 그저 가만히 휘강이 원하는 대로 그의 품에 안긴 채 숨을 죽였다.

조용한 적막이 어서 저를 놓아달라는 채근인 것만 같아, 휘강이 품에서 려화를 놓아주려 할 참이었다.

"폐하께서도 어쩌면 참으로 피곤하시겠습니다."

영문 모를 물음이나마 먼저 말을 건네는 려화의 목소리가 기꺼웠다. 하여 휘강은 반색하는 것을 숨기지 못하고 다시금 그녀를 끌어안으며 물었다.

"무엇이?"

"폐하께서 어찌 행하시든 저를 가만히 두지 않는 그들을 신경 쓰시는 것이요."

"하나도 그렇지 않다."

휘강은 마치, 려화를 절대로 놓치지 않겠다는 듯 그녀의 허리를 감은 손에 힘을 꽉 주었다.

"내가 그대를 지키는 것은, 내게 어떤 것도 피곤할 일이 아니다."

려화에게 다짐하듯 뱉는 말은 가히 그 무게가 가볍지 않았다. 휘강은 제 다짐에 려화가 무슨 생각을 하는지 퍽 궁금해졌다. 그러나 차마 그녀의 표정을 살필 수도, 그녀에게 너는 어떠하냐 물을 수도 없었다.

그런 휘강의 속을 아는 것인지, 아니면 몰라서 그러는 것인지. 나긋한 목소리로 려화가 입을 열었다.

"다행입니다. 폐하께서 그리 여기시니, 그 마음이 변치 않는 동안이라도 저와 채선궁 식솔들의 생은 바람이 무섭지 않은 등불일 테니 말입니다."

려화는 휘강의 마음이 영원하지 않을 것이라 확신하고 있었다. 그것이 훤히 보이는 그 한마디가 휘강의 폐부를 찔렀다.

더는 려화도, 휘강도 그 어떠한 말조차 꺼내지 않았다. 휘강이 려화의 확신에 무엇이라도 변명 한마디를 꺼낼 자신이 없었기 때문이었다.

오랜만에 긴 대화를 나누었다. 그것이 려화를 지치게 한 것인지, 저를 사랑한다 말하는 원수의 품 안에서 그녀는 까무룩 잠이 들었다.

휘강은 문득 고르게 변한 려화의 숨소리를 느끼고는 저도 모르게 입가에 부드러운 미소를 띠었다. 제 품에서 잠들어도 괜찮다고, 려화가 그만큼의 틈은 나누어 준 것만 같아서 그것이 위안이 되었다.

려화를 조심스레 누여 두고 휘강이 채선궁을 나왔다. 그가 채선궁을 나오고 나서야 그녀에게 전할 말과 물건이 있었음을 떠올렸다.

"나는 아직 겁쟁이로구나. 네게 있어 겁쟁이야."

그가 자조했다. 아무렴 정말로 전할 말을 잊어서였을까. 아직은 쉬이 그저 보고 싶었다는 마음만으로 려화를 찾기에 겁이 났다. 그러니 전할 말이 있어 다시금 그녀를 찾겠다는 핑계를 찾았다.

그러나 오늘 그 핑계는 전하지 못했으니, 한 번 더. 마땅한 이유를 가지고 채선궁을 찾을 수 있겠다. 휘강은 자신을 그리 위안했다.

황제궁으로 돌아가는 그의 발걸음이 턱없이 무거웠다.

휘강의 예상대로 도국 전역이 홍련으로 덮이는 데에는 한 달이 걸리지 않았다.

일이 이리되니, 신료들은 휘강이 그러했듯 이것이 사람의 손으로 벌어진 일이라 따질 수 없게 되었다.

휘강은 날로 유유자적한 표정을 하며 신료들에게 무언의 압박을 보냈다. 더는 려화를 건들 생각 말라는 뜻이었다.

반대로 신료들은 똥 씹은 얼굴을 하곤 대전을 나서는 날이 연이었다. 개중 가장 아무 일 없는 것처럼 평정을 가장하고 있는 이가 바로 노 시중이었다.

려화를 모함하고 음해할 계략을 짠 바로 그 당사자 말이다.

"참으로 이상한 일이야……."

"무엇이 말입니까?"

명실상부 이제 노 시중의 오른팔로 자리를 잡은 홍덕권이 물었다. 그는 아예 노 시중의 정자가 아닌 고택 사랑채로 왕래를 하고 있었다.

지금도, 깊은 시름에 잠긴 노 시중과 홍덕권이 자리한 곳은 노 시중의 고택 별당 사랑채였다.

"자네도 이번 일이 진정 하늘의 뜻이라 생각하는가?"

"그럴 리 있겠습니까? 하늘이 이리 드러나게 의지를 지니고, 이리 공교로울 때 움직이는 것을 저는 본 적이 없습니다."

"고금에서라면 찾아볼 수 있겠지."

"그것은 승자가 쓴 역사이니, 허투루 믿을 수야 있겠습니까."

노 시중이 쓸쓸함을 다 지우지는 않았지만, 만족스러운 얼굴로 고개를 끄덕였다.

"내 생각도 자네와 같네. 그러나, 작금의 상황이 한 사람의 의지로 일어날 수 있는 일이라 보이는가?"

노 시중의 물음에 홍덕권이 몹시 고민하는 기색을 보였다. 그의 입에서 침음이 흘렀다. 침묵으로 일관하나 싶어 노 시중이 먼저 입을 열려는 찰나에 홍덕권의 입이 열렸다.

"시작이 한 사람의 의지였다 하여, 그 끝까지 그의 의지로만 일이 진행되진 않았을 것입니다."

"무슨 뜻인가?"

"분명 황궁 안까지는 폐하의 입김이든 손길이든 닿았을 것입니다."

홍덕권의 말에 이번에는 노 시중이 생각에 깊이 잠겨 들었다. 그러다간 이내 답을 찾은 듯 흐릿한 미소가 스몄다.

"어찌 된 일인지 알겠네."

"아마도 어르신께서 찾으신 답과 저의 답이 다르지 않을 겁니다."

"이 노구가 많이 늙긴 하였어. 그러니 자네 같은 젊은 피가 나를 받쳐 줘야 하네."

서로가 덕담을 주고받았다. 그러나 잠시 풀어졌나 싶었던 분위기는 다시금 가라앉았다.

"이를 문제 삼으면 백성들의 질타를 받을 걸세."

"저의 생각 또한 그러합니다. 민심을 건드리는 결과가 나올 것이니, 쉬이 움직여서는 아니 되겠지요."

"한데 말일세, 자네가 아는 폐하는 이리 움직이던 분이셨는가?"

노 시중의 물음에 홍덕권은 단호하게 고개를 저었다. 잠시 자신을 회유하던 과거의 휘강을 떠올리긴 하였으나, 그때와 지금의 방식은 자신의 심계를 숨기고 행동한다는 것 하나를 제하고는 같은 것이 없었다.

"아닙니다. 폐하께서 손쓰셨다기엔 기실 너무 방법이 온건합니다."

"아니, 이 노구는 그것을 말하는 것이 아닐세. 온건함의 문제가 아니야. 간교함이 느껴져. 폐하의 여태 방식과는 다르다는 말일세. 오히려 이것은, 자네는 모시지 못했을 계도제 폐하를 다시 보는 듯하네."

노 시중 그 또한 계도제를 모신 기간은 아주 짧았다. 그러나 한 번도 휘강의 조부가 되는 계도제를 마주한 적이 없는 홍덕권으로서는 그저 고개를 끄덕일 따름이었다.

"짧게 모신 분이었으나, 그분께 이 노구가 배운 것이 아주 많네. 정치적인 감각으로는 따를 자가 없게 몹시 뛰어난 황제셨지."

"그러하셨습니까."

"그런데, 나 말고도 계도제께 배운 것이 아주 많을 노인이 하나 있다네."

노 시중의 표정이 전에 없이 심하게 일그러졌다. 주름진 손까지 꽉 주먹 쥐는 그는 평소의 잔잔하고 온화한 모습과는 아주 딴판이었다.

"황궁에서 일하는 자입니까?"

"지금은 아니지."

"그런데 어찌 어르신께서는, 마치 폐하의 뒤에서 그가 움직인 것처럼 말씀하시는지요?"

"가능성이 가장 큰 자라서 그렇다네. 폐하께서 보위에 오르시기 전, 폐하를 지키던 방패 중 하나였기도 하고. 그 방식이……."

"같습니까?"

노 시중이 고개를 끄덕였다.

"대체 그가 누구입니까?"

지금 황궁에 남은 황제의 세력 중에는 그의 방패라 할 만한 위력을 가진 사람은 없었다. 다만 노 시중이 말한 방패 중에 궁에 남은 사람이 있다면 그는 바로 태황태후일 것이었다.

그러나 노 시중이 말하는 사람은 태황태후는 확실히 아니었다. 이전 후궁 후보 살해 건이 있었던 이후, 큰 충격을 받은 태황태후는 예전보다 심각해진 병중을 들어 아예 칩거한 참이었다.

더군다나 황궁을 드나드는 사람들이 아는 태황태후의 성격은, 휘강과는 다른 방향일지나 간교함과는 더욱이 거리가 멀었다.

홍덕권이 노 시중의 주름진 입술에 시선을 집중했다. 그 입이 열리고 나올 이름이 몹시 궁금하였다.

"유객춘."

"예?"

"그 이름까지 기억하는 자가 많지는 않을 걸세. 자네가 모르듯이, 많은 이들이 이름만 들어선 이자를 기억하지 못할 것이야."

"어찌……. 그리 폐하의 지근에서 그분을 모셨던 신료라면 아무리 그땐 말단 관직이었던 저라도 그 위명을 모르진 않았을 텐데요."

노 시중이 웃으며 고개를 저었다. 그리고는 과거의 어느 때를 떠올리는 듯 먼 곳을 보는 눈을 하였다. 그의 손은 저의 수염을 쓰다듬고 있었다.

"신료가 아닐세."

"신료가 아니라시면……. 아!"

뒤늦게 홍덕권이 신료가 아니면서, 황제를 모실 수 있고 태자를 쉬이 배알하고 지킬 수 있는 자를 떠올려 냈다.

환관이었다. 정확히는 환관 중에서도 측근에서 황제를 모시고 그의 생각을 따라 눈과 귀가 되어 움직이는 태감직의 환관 말이다.

유객춘, 그것이 그의 이름이었다. 유 태감이라는 이름으로라면 휘강이 실권을 잡기 전 말단을 전전하고 있던 홍덕권이라도 그를 모르지 않았다.

어찌 이를 바로 헤아리지 못하였단 말인가. 괜한 자존심에 홍덕권의 얼굴이 붉게 달아올랐다. 금세 제 감정을 다스려 낸 그가 의아한 얼굴로 노 시중을 바라보았다.

"제가 생각한 그자가 맞으면 말입니다. 그는 이미 옷을 벗고 물러나 산천에서 은거하고 있지 않습니까? 폐하께서 은거한 곳까지 찾아가 도움을 얻었단 말씀입니까? 폐하께서요?"

"그가 은거한 산이 황궁의 등을 감싸고 있는 휘은산(輝隱

山)이라면 어떠한가?"

휘은산이라면 황궁의 뒤를 넓게 품에 안은 듯 감싸고 있는 산이었다. 그리고 황궁으로 들어오는 하늘 복숭아의 농원이 있는, 신기가 벌어지는 산이기도 하였다.

"유 태감이 휘은산에……."

"그곳의 농원에서 여생을 보내고 있지. 폐하께서 능히 찾아가고도 남을 거리가 아닌가."

노 시중이 웃는 것도, 침중한 것도 같은 묘한 얼굴로 그리 말했다. 홍덕권은 확신에 차서 말하는 노 시중을 바라보며 얼이 빠진 얼굴이 되었다.

과연 노 시중이 어떻게 그것을 이리 확신하고 있는가. 궁녀들 사이에까지 그의 손이 뻗쳐 있던가.

가능성은 충분하고도 남았다. 신료들이 알 수 있는 황궁은 오직 해가 뜬 낮의 시간뿐, 야심한 밤의 일을 알려거든 환관이나 궁녀에게 연이 닿아야 했다. 그를 위해 기반이 빈약한 궁녀가 가문째로 양반가와 손을 잡는 일은 꽤 많았다.

하긴, 노 시중쯤 되어서 통하는 궁녀나 환관이 없을 리 없었다. 그러니 휘강이 조용히 다녀오는 길을 눈치채는 게 어렵진 않았을 것이다.

홍덕권은 그렇게 제 나름대로 노 시중이 휘강과 유 태감의 만남을 확신하는 이유를 파악했다.

"해서, 진실로 지금의 홍련 사태가 폐하께서 벌이신 일이라면……. 이를 어찌하실 생각이신지 고견을 여쭈어도 되겠습니까?"

"어쩌겠는가. 이것은 흐름으로 막을 수 없으니, 다음 계책을 짜 볼 수밖에."

"저는 바로 그 다음 계책이 알고 싶습니다. 제가 아직 어르신의 고견을 듣기에 모자란 것입니까?"

홍덕권이 아직도 자신을 믿지 못하는 것이냐며 물었다. 속을 훤히 드러내고 묻는 홍덕권을 노 시중이 깊은 눈으로 바라보았다.

"자네를 믿지 않는 것이 아니네. 이전에 나를 돕던 육가조차 이 사랑채까지 발을 들이지는 못했어. 그만큼 자네를 믿네."

"그런데 어찌 어르신께서는……."

"자네는 나를 어찌 생각하는가?"

노 시중이 돌연 주제를 돌리듯 홍덕권에게 물었다. 홍덕권은 꿀 먹은 벙어리처럼 쉬이 입을 열지 못하고, 노 시중의 의중을 파악하며 머릿속을 바삐 돌렸다.

그를 바라보고 있는 노 시중의 만면에 웃음이 피어났다. 그러나 그 웃음은 어딘가 음험한 데가 있었다. 그리해 더욱이나 홍덕권은 입을 열지 못하게 되었다.

"나를 따르는 이들은 나를 청렴하다 여기네. 중앙 귀족들의 영수란 그리해야 한다, 그리 여기는 자리에 내가 있잖은가?"

"어르신께서는 응당 그리 여겨질 만한 분이시잖습니까?"

"한데 말일세, 정치라는 것이 오롯이 깨끗하게만 돌아가는 판이던가?"

홍덕권이 노 시중이 무엇을 말하려는지 깨달았다는 듯 느리게 고개를 끄덕였다. 그러나 여전히 의구심과 불만이 완전히 가시지는 않은 표정이었다.

"이 늙은이는 그러한 치부를 숨기고 싶네. 더해서, 어려운 일. 손이 더러워지는 일을 아직 한창인 자네에게는 엮이게 하고 싶지 않아."

"아무렴 어르신께서 그리 말씀하신다고 해도, 어르신의 고결함이 드높은 것이지 정말로 손을 검게 할 만큼의 흉계를 펼치시겠습니까?"

노 시중이 단호하게 고개를 내저었다.

"지금만으로도 나는 자네를 믿고 많은 실마리를 준 것일세. 그리고, 나는 나와 함께하는 '양반들'만을 나의 사람으로 여기네."

노 시중의 엄한 목소리에 홍덕권은 마치 찬물이라도 뒤집어쓴 기분이 되었다. 그가 흉험한 기세를 보인 것은 처음이기에 적잖게 놀랐다. 다만, 그의 말에서 홍덕권은 그가 귀족과 황족이 아니고는 목숨을 사람 목숨으로 여기지 않는다는 그 의중을 알아 버렸다.

아무렴 백성의 목숨이다. 그러니, 응당 옳은 귀족이라면 나라의 홍복을 바라고 황실을 옳은 방향으로 이끄는 사상을 가져야 했다. 노 시중은 지금 그를 위배하는 말을 하고 있었다.

등골이 오싹해졌다. 이러한 뜻을 품은 노 시중의 계략이 얼마나 흉험할지 상상하자 머릿속이 아득해졌다. 또한, 이번이 절대로 처음이 아닐 것이니. 여태 몇의 목숨을 저 온화한 얼굴로 거두었을지 두려웠다.

진실로 노 시중은 자신에게 많은 것을 밝힌 것이나 다름없었다. 홍덕권은 잠시, 그래도 앞일을 더 알고 싶은 마음과 여기서 물러나야 옳지 않은가 하는 마음 사이에서 싸웠다.

지금은 물러나는 것이 맞았다. 노 시중은 의심이 많은 자였다. 지금 그가, 자신의 계책을 확실히 밝히지 않는 것이 자신을 따르는 귀족들을 지키기 위해서만은 아닐 것이었다.

여기서 더 나갔다간 그의 의심을 살지도 몰랐다. 더해 치부가 될지도 모르는 일에 발을 들이는 것이 홍덕권으로서도 부담스럽기는 했다.

"……이리 아래의 사람들을 아껴 주시는 어르신이기에, 따르는 자들의 충심이 대단한 것이겠지요."

한발 물러나듯 고개를 숙이며 말하는 홍덕권을 노 시중이 예의 온화하고 공명한 얼굴로 바라보았다.

"밤이 깊었네. 이슬이 내리기 전에 돌아가 보는 것이 좋겠어."

노 시중의 온화한 축객령에 홍덕권이 예를 갖추고는 사랑채를 나섰다. 노 시중은 잠시 비어 버린 사랑을 지키다가, 뒤늦게 무거운 엉덩이를 일으켰다.

그의 걸음이 느리게 안채로 향했다. 사랑과 정자, 작은 뜰에 어울리지 않는 키 큰 나무로 둘러싸인 깊은 곳에 그의 처소가 있었다.

노 시중이 그리로 들었다. 그리곤 바로 침소에 들지 않고 침소 곁에 입구가 숨은 곁방으로 향했다. 인적 드물다 못해 없다시피 한 노 시중의 처소에 놀랍게도 혈향이 가득했다.

"다쳤구나."

"태양의 그림자가……, 저를 좇았습니다."

사내의 목소리가 들렸다. 곧 목소리와 피 냄새뿐이던 사내가 노 시중의 앞에 모습을 드러냈다. 비척거리는 걸음이며 헐떡이는 숨이 몹시 힘들어 보였다. 모습을 드러낸 사내는 긴급히 지혈한 옆구리를 손으로 짚고 있었다.

"태양의 그림자라……. 도무지 이 나라의 길은 그 종착지를 모르게 길고 광오하구나. 고생이 많았다."

노 시중이 상처 입은 사내를 치하했다. 그가 말한 태양의 그림자, 노 승상이 말한 나라의 길이란 곧 황제와 그의 힘을 이름이었다.

황가에 정체를 숨긴 군사가 있는 것을 모르지는 않았지만, 노 시중으로서도 그들과 제 수하가 직접 마주쳐 그 힘을 확인하게 된 것은 처음이었다.

눈앞의 사내는 노 시중이 거두어 자신의 검으로 삼은 자 중에서도 손에 꼽힐 만큼 뛰어난 이였다. 한데 이 사내조차 황제의 기밀 군사에게 당해 내지 못하였다. 노 시중이 침중한 얼굴로 고개를 저었다.

"임무는 어찌 되었더냐?"

"성공하였습니다."

사내가 노 시중에게 작은 나무함 하나를 내밀었다. 노 시중이 그를 받아서 함을 열어 보았다.

금으로 만들어 낸 실처럼 가는 가지에 황금의 꽃이 만개했다. 만개한 꽃의 이파리는 하나하나 진짜 꽃잎처럼 얇기 그지없었고, 잎사귀는 비취로, 꽃술은 석류석을 작게 깎아 만들어 그 화려함이 대단했다.

그리 만개한 꽃을 품은 장신구 세 점이 들어 있었다. 머리 장식과 귀걸이, 목걸이였다.

이 함에 담긴 장신구 세 점의 본래 주인은 채선궁에 거처를 마련한 려화였다. 그러나 노 시중의 손에 들어온 이상 본 주인을 찾아 돌아갈 길은 요원해졌다.

장신구를 바라보는 노 시중의 눈에 섬뜩한 이채가 돌았다.

"반쪽에 지나지 않은 성공이구나. 적진에서 네놈의 흔적을 알아 버렸으니 말이다."

"소, 허억, 송구합니다."

노 시중의 눈은 단 한 번도 사내를 향하지 않았다. 이제는 그의 입가에도 흐릿한 미소가 감돌았는데, 그 웃음이 흉험하기 그지없었다. 노 시중의 이러한 모습을 본 자라고는 눈앞의 사내 정도일 것이었다.

그는 엄청난 상처에도 불구하고 괴로운 신음조차 억지로 삼키며 자신의 죄를 빌었다. 바닥에 고개를 숙인 사내의 옆구리가 주인의 피로 점점 젖어 들었다.

"그래도 고생했다. 앞으로는 이리 위험한 일은 맡기지 않을 터이니, 이제 마음 편히 놓아도 좋다."

"어르신의 은혜에, 감사, 감사드립니다."

사내는 몹시 놀란 듯 저도 모르게 잠시 노 시중을 올려다 보았다가 화급히 고개를 숙였다. 사내로서는 노 시중이 이리 저를 사람처럼 대해 주는 것이 생에 처음 있는 일이었다.

물론, 이번에 맡은 일이 그만큼 어려운 일이기는 하였지만 말이다.

사내는 노 시중의 말 중에서도 마음을 편히 놓아도 좋다는, 앞으로는 위험한 일을 맡기지 않겠다는 말에 가장 안도하였다. 사내에게는 자신보다도 이 말을 더욱 기쁘게 여길 사람이 있었다.

노 시중이 진심으로 기뻐하는 사내를 무감각한 눈으로 내려다보았다. 사내의 쓰임이 끝났다. 노 시중의 안에서는 그러했다.

노 시중이 제 품을 뒤적거리고는 웬 환이 든 주머니를 사내의 앞으로 집어 던졌다.

"이것이 무엇……, 입니까?"

"상한 육신을 정양하는 환단이다. 곡기를 끊고 그것으로 사흘 정도 연명하면 상처에 도움이 될 것이다."

"가, 감사합니다. 정말로 감사합니다, 나리!"

사내의 감사 인사에 노 시중이 피식 웃었다. 그리고는 곁방을 나가는 문에 서서 마지막 한마디를 던졌다.

"정양하는 동안은 수마가 쏟아질 것이다. 그는 몸이 상처를 보하기 위해 기운을 아끼는 것이니, 수마에 이길 생각 말라. 이곳을 나갈 생각도 말고 말이다."

"명심하겠습니다."

곁방 문이 닫혔다. 사내는 곧바로 주머니를 열어 환단을 꺼내 입에 물었다. 환단은 사내의 입에 들어간 적도 없는 것처럼 스르르 녹아 목구멍을 넘어갔다.

곧, 노 시중의 말대로 지독한 수마가 사내를 찾아왔다. 사내는 노 시중의 말을 하나도 의심치 않고, 그 수마에 제 몸을 맡겼다.

깊이 잠든 사내의 숨이 완전히 끊어지고 단숨에 피가 굳어졌다. 육신이 싸늘하게 식는 데까지는 일각도 걸리지 않았다.

노 시중의 말은 새빨간 거짓말이었다. 환은 사람의 숨을 조용히 앗아 가는 것으로, 과거 환이 아닌 물약의 형태로 한 궁녀 후보의 목숨을 빼앗은 적도 있었다.

육관억이 그러한 약이 있음을 누구에게 배웠겠는가. 그를 이끌어 주던 노 시중에게서였다.

노 시중이 몹시 편안한 얼굴로 침수에 들었다. 사람을 죽인 자의 얼굴이라고는 믿기지 않을 정도로 평온했다.

오히려 걱정되던 짐 덩이를 치워 낸 것처럼 시원하게만 보였다.

**

[송구합니다, 폐하.]

막 정무를 마치고 려화를 찾을 생각이던 휘강의 발걸음을 잡는 전음이었다. 휘강이 그대로 행동을 멈추고 싸늘하게 얼굴을 굳혔다.

기밀대가 무엇을 송구하게 여기는지 곧바로 알았기 때문이었다.

[놓쳤는가.]

[채선궁의 물건도, 쥐새끼도 모두 놓쳤습니다.]

[짐의 명을 수행치 못한 벌을 피하지 못할 것이다!]

휘강이 살벌히 꾸짖는 목소리에 일시에 전음을 하던 기밀대장의 목소리가 그쳤다. 그러나 계속 침묵하는 것은 휘강의 분노를 부채질하는 짓이었다.

[응당 명을 수행치 못한 벌을 받겠습니다.]

[죽음으로 갚아야 할 것이다.]

[……존명.]

[다만 지금은 아니다. 네 목숨줄은 채선궁의 주인이 쥐고 있으니, 만일 그녀에게 무슨 일이 생기거든 그때는 내 절대 쉬이 넘어가지 않을 것이다.]

기밀대장이 안도했다. 휘강의 앞이 아니거늘 그의 살벌한 눈이 검 끝처럼 자신을 향하다가 빗겨 난 것처럼 느껴졌다.

응당 명을 받잡지 못한 자를 즉결처분하였을 휘강이 이리 변한 것은 바로 그가 지키라 명한 채선궁의 주인 덕이었다. 기밀대장은 자신의 목숨이 그녀의 안위에 달렸다는 휘강의 말을 마음에 새겼다.

[쥐새끼의 주인은 파악했나?]

[그러합니다.]

[볼 것도 없지. 시중의 집으로 향하더냐?]

[정확히는 동의로에서 숨어든 것까지 파악하였으나, 상처를 입었으니 혈향을 쫓으면 되리라 여겨 기다렸습니다.]

한 번은 놓쳤단 말이었다. 휘강의 인상이 무섭게 일그러졌다. 다시금 숨죽인 침묵이 끊긴 전음을 타고 흘렀다.

[그리고……. 충의로로 향하는 개천 다리 밑에서 쥐새끼의 사체를 찾았습니다.]

[그만. 더 들을 필요도 없다. 물러가 다음 명령을 기다려.]

[존명.]

쓰임이 끝난 자를 처리하는 방식이 몹시 익숙했다. 볼 것도 없이 노 시중의 방식이었다. 려화의 정체를 알고 있을 아랫놈을 살려 두고서야 불안해 살 수 없었겠지. 그러니 쓰임이 끝난 놈을 죽여서 버린 것일 테다.

노 시중은 늘 이런 식이었다. 청렴한 척, 온화하고 품이 넓은 중앙 귀족들의 어른인 양 구는 그의 속은 몹시 새카맣기 짝이 없었다.

도성 아이들에게 려화를 헐뜯는 노래를 퍼뜨린 거지들의 시체도 결국은 발견해 냈다. 과거에도 몇 번 이런 일이 있었다. 심증으론 전부 노 시중의 짓거리였다.

그러나 확실한 물증은 남기지 않았다. 그랬기에 휘강은 황위를 제 손으로 물려받던 그때 선황의 사람 대부분을 쳐냈음에도 그 영수인 노 시중은 처리하지 못했었다.

그리하여 그 악연이 지금까지 이어졌다. 참으로 거슬리는 자였으며, 어쩌면 휘강에게 가장 위험한 자였다.

차라리 저 혼자의 몸을 지키는 것이라면 위험할 것도 없었으나, 지금 그에게는 지켜야 할 반려가 있었다. 비록 자신만이 반려로 여기는 반쪽짜리라 하여도 말이다.

드러난 것과 달리 몹시 간악하기 짝이 없는 자, 그에게서 려화를 지켜야 했다. 그러나 방금으로 한 번. 그녀도 아니고 그녀의 추억조차 지켜 내지 못했다. 그것을 노 시중에게 강탈당했다.

하물며 이미 려화의 평판마저 노 시중의 모략에 이리저리 휘둘리게 하였다. 그 건은 수습을 마쳐 가긴 하였다. 그러나 그렇다 한들 려화가 제 사람들이 다칠까 불안에 떨었던 시간이 아예 없던 일이 되는 것은 아니었다.

"면목이 없군……. 면목이 없어."

휘강이 미간을 짚으며 한숨을 내쉬었다. 실로 려화를 볼 면목이 없었다. 물론 려화에게 장신구에 대해서는 일언반구 말을 꺼낸 적이 없으니 려화는 모르겠지만 말이다.

그저 자신의 양심이 면목이 없다 호소하고 있었다. 어쨌든 그녀의 소중한 가족의 마지막 선물이 하필이면 노 시중의 손에 들어갔다. 괴롭기 짝이 없었다.

휘강은 전해 줄 물건을 핑계 삼아 려화에게 가려던 걸음을 완전히 포기했다. 당장 려화를 볼 자신이 없었다. 아무렇지 않게 그녀의 얼굴을 마주하고 눈으로나마 그녀를 탐할 자신이 없었다.

휘강이 깊은 한숨을 내쉬었다.

"여봐라, 밖에 누구 없느냐?"

"하명하시옵소서."

"채선궁으로 보낼 것이 있다."

차마 려화에게 전할 물건을 핑계 삼을 염치가 없으니, 아랫사람을 통해 전하고자 하였다.

휘강의 명에 처소 밖을 지키고 있던 궁녀 하나가 명을 받잡고 잰걸음으로 채선궁을 향했다.

**

"이것이 무엇입니까?"

"폐하께서 전하라 하셨습니다. 그 외에는 알지 못합니다."

려화가 기거하는 채선궁 처소의 입구에서 두 궁녀가 대치했다. 하나는 려화를 모시는 채선궁 궁녀요, 다른 하나는 황제궁에서 물건을 들고 온 다른 궁녀였다.

"폐하께서 전할 물건이 있으셨다면 직접 오셨을 것입니다."

"처리할 것이 많아 한동안 들르지 못한다 하셨습니다. 그래서 제가 대신 찾아온 것이거늘, 채선궁은 폐하의 명을 받고 온 저를 괄시하는 것입니까?"

황제궁 궁녀의 얼굴이 딱딱하게 굳었다. 지근에서 황제를 모신다는 자부심이 대단할 것이었다. 그런데 마치 황제보다 위에 있는 자를 모신다는 듯이 구는 채선궁 궁녀의 행동이 마음에 들지 않았으리라.

바깥의 소란이 묘한 기류가 되어 안으로까지 전해졌다. 잠시 그친 듯하였던 비가 다시금 내리며 오후 나절이라도 퍽 어두웠다. 어두침침한 분위기에 오수에 취해 있던 려화가 소란에 잠에서 깨어났다.

얕은 잠의 기운이 아직 그녀를 휘감고 있었다. 다시 잠들고 싶은 마음이 컸으나, 그보다 먼 곳의 소란이 걱정되어 려화가 몸을 일으켰다.

세야는 저녁 준비를 위해 자리를 비운 듯했고, 산여는 제 곁에만 붙어 있느라 가족을 본 지가 오래된 것이 가여워 려화가 휴가를 주었다. 하여 지금은 오랜만에 채선궁에 려화가 말 붙일 이라곤 없는 날이었다.

려화의 미묘한 위치를 신경 써 가며 대응해 줄 사람이 하나도 없었다. 은호는 무사이기에 대응을 기대할 것이 못 되는 사람이었고 말이다.

그러니 려화가 나섰다.

"무슨 일입니까?"

"황제궁에서 왔습니다. 한데 채선궁은 황제 폐하의 명으로 온 저를 이리 박대하는군요."

려화가 물음을 던지기 무섭게 싸늘한 얼굴로 궁녀가 일갈했다. 려화가 황제궁의 궁녀를 직시했다. 연배가 저보다도 높은 여인이었다. 려화가 궁녀 시절에도 지나치며 몇 번 인사를 올린 적도 있는 얼굴이었다.

"갈 여어……, 시군요."

궁의 사람들이 려화를 어찌 칭해야 할지 모르는 것처럼, 려화 또한 사람들을 어찌 대해야 할지 모르는 것은 매한가지였다. 여어를 마마라고 올려 부를 수도, 또한 내려 부르기도 모호한 처지.

하여 호칭을 생략한 려화에게 궁녀 또한 심기는 상했으나 뭐라 할 말을 찾지 못해 입을 꾹 다물었다. 려화는 가볍게 고개를 숙여 우선 예를 취하고, 제 편을 들어 주던 궁녀를 뒤로 물렸다.

그녀는 려화의 사람은 아니되 세야가 데려온 아이였으니, 려화로서는 화를 면하게 해 주고 싶었다.

"폐하의 명을 받잡고 온 그대를 박대하게 된 것은 제가 대신 사과하겠습니다. 제 주변의 분위기가 항시 흉험하여 폐하께서 친히 모두를 경계하라 이르셨습니다. 그것에 이 아이가 과히 반응한 듯하니 노여움을 거두십시오."

려화가 먼저 고개를 숙이니 갈 여어라 불린 궁녀 또한 말을 보태기가 어려워졌다. 그녀가 복잡한 얼굴로 려화의 뒤로 숨은 어린 궁녀를 노려보다가 한숨을 내쉬었다.

"채선궁의 주인이 나서 그리 말하니 도리가 있겠습니까."

"이리 이해해 주시니 감사합니다. 한데, 폐하께서 제게 무엇이라도 전해 달라 하셨는지요?"

려화가 궁녀의 손에 들린 것을 흘긋 바라보고는 물었다. 그것에 제가 찾아온 본분을 떠올려 낸 궁녀가 아, 하는 소리를 내며 려화에게 손에 든 것을 내밀었다.

"폐하께서 바쁜 일이 생기셨다 하여, 한동안 들르기 어려울 것이라 하셨습니다. 전언과 함께 이것을 당신께 전하라 하셨지요."

웬 길쭉한 함이었다. 려화가 궁녀에게서 그것을 넘겨받았다. 생긴 모양에 비해 그리 무겁지는 않았으나, 안에 든 것이 무엇인지 달그락 소리와 바스락 소리가 함께 났다.

"들르지 못하실 때도 이렇게 신경 써 주시니, 폐하의 은혜에 감읍하였다 전해 주실 수 있겠습니까?"

"그리하겠습니다."

볼일을 마친 궁녀가 려화의 뒤에 숨은 어린 궁녀를 다시 한번 노려보고는 몸을 돌렸다. 려화는 궁녀가 채선궁에서 멀리 떠난 것을 확인하고 나서야 어린 궁녀를 타일렀다.

다만 이해가 안 되는 점이 조금 있었다. 아무렴 채선궁에 머무르는 궁녀라도 세야와 산여를 제하면 이리 제게 신경 쓰는 궁녀가 없었다. 한데 이 아이는 자신을 위해 감히 황제궁의 궁녀와 대치하였으니 그것이 다소 의아했다.

내심 머리를 굴려 보니, 이 아이는 세야가 데려온 아이였다. 아마 세야에게 어떠한 언질을 받았으려나, 그리 넘겼다.

"나를 위해 경계해 주는 것은 고마우나, 그것으로 네가 위험을 자초해서는 안 된다."

"폐하께서 총애하는 부인의 궁녀입니다. 위험할 일이 있겠습니……까?"

어린 궁녀가 려화의 눈치를 살피며 말했다. 정말로 아까 황제궁의 궁녀라는 여인은 무섭지 않지만, 황제의 총애를 받는 려화는 어렵다는 기색이 역력하였다.

려화가 작게 한숨을 내쉬며 고개를 가로저었다.

"사람의 감정만큼 덧없는 것이 없다. 증좌로 남는 것 하나 없는 것에 네 안위를 맡겨서는 안 된다."

"그래도……. 연 해 마마께서도 부인을 지키기 위해 목숨까지 내놓을 마음을 먹으면, 필히 부인께서 지켜 주실 거라고……."

어린 궁녀가 무엇을 알아서 그리 대범하게 굴었나 했더니, 역시 뒤에 세야가 있었다. 세야의 명이 그릇되지야 않았다.

그리고 어린 궁녀의 말대로 휘강이 채선궁 궁녀들에게 온 마음을 다해 자신을 지키라 언질한 적이 있기는 하였다.

하나 이리 화를 면치 못하게 나서 경거망동하는 것은 세야에게도, 자신에게도, 어린 궁녀에게도 좋지 못했다. 휘강은 섬세한 사람이 아닌 데다 려화가 알기로 변덕이 심한 자였다. 그의 마음이 제게서 언제 떠날 줄 알고.

제게서 마음을 거둔 휘강이 한때의 명으로 목숨 바친 궁녀가 있었던들 거기까지 신경 써 챙겨 줄 사람이던가. 려화가 준엄한 얼굴로 말했다.

"연 해 그 친구가 내게 큰 신임이 있는 모양이구나. 그것은 기꺼우나, 난 그 친구의 생각처럼 대단한 인사가 아니라 네 위험을 막지 못할 때가 많을 테니. 절대로. 절대로 함부로 나서서는 안 된다."

"……예에."

궁녀가 자못 이해가 안 된다는 기색이 역력한 목소리로 답했다.

"차라리 당장이라면 폐하께서 진노하신 것을 막아설까, 다른 이해관계가 엮인 궁녀들 사이에서의 일은 나도 손댈 수 없어. 네 미래를 네 손으로 꺾지 마라."

"명심하겠습니다."

궁녀의 일은 내명부의 일이니, 만일 궁녀 사이에서 일이 벌어지거든 휘강이 나서기도 어려움이 있었다. 명분이 없다면 더욱 그러했다. 그를 완곡히 돌려 말하는 려화의 말에 어린 궁녀가 그제야 제가 벌인 일을 깨닫고는 하얗게 질린 안색으로 고개를 끄덕였다.

그리 궁녀가 다시 제 자리를 찾아 돌아가고 나서야 려화도 다시 자신의 침소로 돌아왔다.

침상 곁에 놓인 탁자에 받은 함을 놓았다. 길고 폭이 좁은 나무 함이었다. 안에 든 것을 상상해 보아야 그 상상력이 빈약해질 정도로 함의 모양이 특이했다.

보통 이러한 길쭉한 함에는 검이나 도와 같은 날붙이가 들어 있게 마련이었다. 다만, 려화는 휘강이 제게 그리 흉험한 물건을 주지는 않으리라 생각했다.

그는 자신이 검을 다루는 것을 안다. 직접 제 손을 보태 가르쳐 주기까지 하였으니, 이것은 날붙이는 아닐 것이다.

다만, 그가 자신에게 날붙이라 할 것을 준 적이 있긴 하였다. 전쟁을 마치고 돌아오는 길, 그것도 선물이라고 사 왔던 은장도였다. 하지만 이제는 려화의 것이 아니었다.

죄인 신분을 벗어나며 몰수되었던 개인 물건을 전부 돌려받았지만, 거기에 은장도는 없었다.

아마도 휘강이 불안한 마음에 따로 보관했든지, 아니면 그녀의 물건 중 유일하게 값이 나가 보이는 것이라서 누군가 빼돌렸을 공산이 컸다.

달리 휘강에게 은장도의 행방을 묻지 않았기에, 려화는 은장도가 정말로 어디에 있는지는 알지 못했다. 사실 그다지 알고 싶지도 않아진 뒤이기도 했다.

"한데 이것은 무엇이려나⋯⋯."

어쩐지 쉽사리 뚜껑을 열 수 없었다. 휘강이 보낸 것이라 그런 것은 아니었다. 무언가 자신의 감정을 자극할 만한 어떤 것이 들어 있을 것만 같았다.

예감은 틀리지 않았다. 결국 그녀의 손이 뚜껑을 열었다. 함 안에는 낯이 익은 물건이 들어있었다.

보슬비가 점점 두꺼운 찬비로 바뀌는 지금에는 어울리지 않을 물건이었다. 려화는 뜨거워지는 눈시울을 손으로 짚으며 몇 걸음 뒤로 물러났다. 실내 공기조차 서늘한 지금과는 어울리지 않는 뜨거운 숨이 려화의 잇새를 가르고 흘렀다.

'넓은 황궁에 갇히나, 좁은 울타리에 갇히나. 폐하만을 목 빼고 기다리며 그 덧없는 정에 목매는 신세인 것이 뭐가 다르겠어요?'

여상한 얼굴로 감히 누구도 하지 못할 생각을 쉬이 내뱉는 그런 여자가 있었다. 단숨에 사람을 매료시키는 여인이었다.

그러나 이제는 형장의 이슬로 사라져 다시는 볼 수도 말을 섞을 수도 없는 여인이기도 하였다.

함 안에 든 물건은 향설이 제 몸처럼 들고 다니던 양산이었다. 려화가 그녀의 마지막 말을 떠올렸다.

'만일 내가 죽거든, 내가 쓰던 양산을 한 번만 써 줄 수 있어요?'

왜 하필 자신에게 그런 부탁을 했을까. 유품이 되어 버린 이 양산을 맡길 다른 사람 하나 없었을까. 그녀의 처지가 자신과 다르지 않았을까 하여, 려화의 마음은 몹시 심란하였다.

려화가 어렵게 탁자로 다가갔다. 마치 만지면 제 손을 물 어뜯을 흉기를 대하는 것처럼 조심스럽고 두려움이 가득한 손길이 양산에 닿았다.

가볍고 결이 좋아 단단한 나무로 된 손잡이는 주인의 손길을 담뿍 먹어 매끈했다. 그 위로 양산 살 또한 질 좋은 죽간을 쪼개 튼튼하게 만들었다.

먹을 먹인 얇은 비단과 고운 빛깔의 흰 비단을 겹쳐 만든 양산에는, 생전의 향설에게 어울리지 않으리라 보이는 단정한 난초 하나만이 자리 잡았을 따름이었다.

고급스럽지만 화려하기보다는 단정한 물건이었다. 본디 이름에 어울리게 향긋하고 화려하기 짝이 없었던 향설과 어찌 어울리나 싶었던.

그러나 당시에는, 그녀가 들고 다닐 때는 정말이지 구향설의 물건이구나 싶을 정도로 어울렸었지.

여러 감상이 려화를 사로잡았다. 그녀가 용기라도 내듯 그녀의 양산을 함에서 빼 들었다.

양산 사이에 끼어 있었던 듯 작은 종이쪽지가 툭 떨어졌다. 그리고 함에는 아무것도 남지 않았다. 그뿐이었다.

그대로 려화는 한참 멈춰 있었다. 이 양산을 정말로 써 보아야 할지, 저 쪽지를 읽어도 좋을지.

정말 하나도 알 수 없었다. 아무렴 향설의 부탁이 있었더라도 이것을 제게 전한 휘강의 속내조차 알 수 없었다.

한참을 고민하다가 뒤늦게야 쪽지를 펼쳤다. 꼭 이럴 때는 한마디 참견해 주고 수더분하게 분위기를 바꿔 줄 산여도 세야도 없었다.

<당신이라면 읽어 주리라 생각했어요. 어때요, 나의 예상 대로인가요? 물론 내가 이리 생각한 것도, 당신이 이 글을 읽어야만 알 수 있겠지만 말이에요.>

꼭, 생전의 향설의 말투를 그대로 떠올릴 수 있는 도입부였다. 쪽지는 아주 짧았다. 인사말을 읽었을 따름인데 벌써 반절이 끝나 버렸다.

본래는 단정했을 필체에는 상심이 깃든 것인지 아니면 다른 연유에서인지 흔들림이 가득했다. 그러나 필체 자체가 단정하기 짝이 없이 곧아서 알아보기에 어렵지는 않았다.

종종 번진 곳이 있어, 오히려 흔들린 글씨보다는 그쪽이 더욱 알아보기에 어려웠다. 이것은 향설의 눈물 자국일지도 모르겠다. 그리 생각하니 려화는 목구멍에서 쓴 물이 올라오는 것만 같았다.

참으로 이상한 일이다. 향설은, 저를 챙겨 주긴 하였으나 아무래도 목숨을 빼앗으려 했던 원수이건만.

자꾸만 그녀를 마음속으로 용서하고 싶어진다. 그저 서로의 처지가 어쩔 수 없어 그리로 이끌었단 변명을, 죽어 버린 그녀를 대신해서 자기에게 하고 싶어만 진다.

어쩜 이러할까, 자신이 왜 이러한가 이해할 수 없어 려화는 헛웃음을 흘렸다.

<햇살 좋은 날만 들고 다녔던 양산은 사실 비가 올 때에 쓰는 것이랍니다. 언젠가 비 오는 날, 이것이 당신 손에 닿는

다면 한 번쯤 써 주시겠어요?>

야속한 쪽지는 이것으로 끝이었다. 무어라 제 속말이라도 할 줄 알았더니. 직접 변명이라도 할 줄 알았더니.

향설은 세상을 떠나고도 여전하였다. 죽기 직전에도 오롯이 그녀였다. 이것을 어찌 받아들여야 할지 모르겠다. 머리가 지끈거렸다. 양산, 아니 우산일 향설의 유품 손잡이를 꽉 붙들고 려화가 창밖을 바라보았다.

비가 내려 닫아 놓은 문밖을 톡, 토독 두드리는 소리가 들렸다. 빗물이 저를 맞이해 달라 부르는 소리인 것만 같았다. 어쩌면 하늘에서 향설이 저를 부르는 소리일까.

려화는 홀린 듯이 향설의 우산을 들고 걸음을 옮겼다. 채선궁을 나가는 것은 무거운 걸음으로도 아주 금방이었다.

따라붙으려는 궁녀를 만류하기는 몹시 쉬웠다. 무조건 제 곁을 지키려는 산여나, 그와 비슷하게 주변을 맴돌려는 세야와 달리 다른 궁녀들은 려화와 채선궁 밖에 향하는 것을 저어했기 때문이었다.

이제 황궁 안팎으로 드러내고 려화를 욕보이는 말을 하는 사람은 없다시피 했으나, 신료들의 끄나풀이 닿아 큰 목소리를 낼 수 있는 궁녀들의 시선은 여전히 싸늘했다.

려화가 지닌 것이라곤 언제 잃을지 모르는 총애였다. 그보다는 직접 힘과 돈을 써 줄 높은 자리의 궁녀들이 더 무서울 것이었다. 세야나, 산여와는 달리 말이다.

그러니 려화는 쉬이 채선궁을 혼자 떠났다. 가까운 곳에서 그저 비를 조금 맞으면 되련만, 향설과의 몇 안 되는 추억이 려화를 어디론가 이끌었다.

향설과 자주 마주했던 곳들을 지나, 향설과 가장 많은 이야기를 나누었던 곳에서 려화의 걸음이 멈추었다.

려화의 메마른 눈동자가 으슥한 돌담을 바라보았다. 돌담을 따라 심어 둔 나무가 빗물을 조금 막은 까닭인지 나무 밑동 주변에는 흙이 아직 덜 젖었다.

그곳에 서서 하염없이 이야기를 나누며 햇살을 피하기도 했다. 더러 잎사귀가 조금 덜 자란 나뭇가지 사이로 햇살이 비집고 내려오거든 향설은 지금 려화가 쓰고 있는 이 양산의 귀퉁이를 빌려주기도 했다.

그것을 지금은 혼자 쓰고 있다. 비를 대신해 어깨를 적시던 햇살도, 조금 덜 자라 앙상하던 이파리도 없다. 나무조차 비와 바람을 맞고 울창하게 자라서 지금은 바람에 잎사귀를 부딪치며 서러운 소리를 냈다.

려화는 옷가지가 더러워지는 것도 잊으며 나무 아래로 가서 주저앉았다. 이미 빗물을 한껏 맞은 우산은 젖어서인지 조금 무거웠다.

려화는 나무 살이 촘촘한 사이로 얼룩진 우산을 올려다보았다. 의미 없는 시선의 흐름이었다.

그런데.

"젖은 얼룩이....... 아니야?"

양산으로 쓰기 위해 덧댄 검은 비단이 려화의 눈길을 잡았다. 조금 더 젖고, 덜 젖은 얼룩이 깨알 같은 글자를 그려냈다. 자세히 살피니 그것은 단순히 글자를 닮은 얼룩이 아니라, 정말로 누군가 이야기를 전해 주기 위해 장치한 문장이었다.

향설이 정말로 전하고자 한 것은 아마도 이곳에 다 담겨 있으리라. 무엇을, 왜 하필 려화에게 전한 것인지는 그 누구도 모르겠지만 말이다.

그러나 다른 것들은 알아 버렸다.

향설의 본래 이름, 그녀의 본래 신분, 겉으로 드러내고 살 때의 그녀와 철저하게 길러진 살수로서의 모습.

그리고 서로가 서로에게 의지해 가까스로 버텨 왔을 기방의 동무들 이름까지.

향설의 속마음은 하나도 적혀 있지 않았으나, 이것들로 충분히 알 수 있었다.

<육관억이 쓸모없는 치부에 불과한 나의 쓸모를 배운 것은 다름 아닌 그가 따르는 자이니, 그야말로 어쩌면 나의 큰 원수일 것이다.

육가와 노가의 처마 아래서 비를 피하려다 피눈물을 흘린 자가 여럿이리라. 나로 인해 휘말린 당월루의 예섬과 화혜, 소령의 원수 또한 그와 다르지 않으리.

누군가 나의 뜻을 발견하거든, 이루어 줄 수 있다면 이것을 태우고 사소하나마 복수를 해 주기를 바란다. 그것이 어렵다면 차라리 미안한 내 동무들에게 전해 주었으면, 하고 바라 본다. 아무것도 해 줄 수 없는 자라면 그저 이 세상에

이러한 멍청이들이 있었다고, 기억이라도 해 줄 수는 없으려나.>

우산의 꼭대기로 향하니 그 뜻을 모를 수가 없었다. 이것은 유서였다. 언제라도 죽을 수 있는 자가, 언제 누구에게라도 발견되길 원하며 지니고 다닌 통한의 문장들이었다.

그것을 향설은 려화에게 전했다. 원수를 갚아 달라 하는 것인가. 어차피 려화를 괴롭힌 모든 이들에겐 육관억과 노필상의 숨이 닿아 있으니. 그를 잡아 달란 말이던가.

아니, 별 대단한 뜻은 없었을 것이다. 다만 향설은 사람의 심리를 파악하는 데 대단한 재능이 있고 매력이 넘쳤으니, 려화의 속내가 정이 깊은 것도 알고 있었으리라.

거기에 기대, 적어도 이 우산에 담긴 뜻을 제 동무들에게 전달이라도 해 주었으면.

그리 바랐을 것이다. 아무렴 저 자신에게 당당하고 대단히 도도했던 향설이 려화에게 양심도 없이 복수해 달라는 마음은 아니었을 것이다.

려화는 그리 확신했다. 그녀의 확신이 달리 틀리지도 않았으나.

려화는 향설의 생각대로 그저 이 우산을 그녀의 동무들에게 전하고 끝낼 생각이 없었다.

"여인들의 처지야 어쩌든 다 같다는 당신 생각에, 나도 동의했어요."

낮게 읊조리는 려화의 목소리에 독기가 가득했다.

"그렇기에 당신을, 내가 미워하지 못하는 것이겠죠."

멀리서 빗소리를 뚫고 인기척이 전해졌다. 어느새 려화의 시선은 그 인기척으로 꽂혔다. 빗방울이 거세게 내리치고 있었다.

"저기 또, 몹쓸 자들의 입김에 휘말린 여인이 오네요."

아랫배를 붙잡고 곧 무너질 듯 비탄을 겨우 숨긴 표정의 궁녀였다. 려화가 아는 얼굴이기도 하였다. 매양 도도할 줄만 알았던 제 동기.

공영이 비를 전부 맞으며 휘청휘청 걸어오고 있었다.

려화가 선 지금 이곳은, 공영이 기거하는 궁녀들의 처소에서 채선궁으로 곧장 향하는 길목이었다.

공영은 제게 오고 있었다. 단순한 직감에 불과했으나, 절대로 간과할 수 없게 만드는 어떤 감각이 맺힌 확신이었다.

<3권에 계속>